**rowohlt**
POLARIS

Katharina Herzog

# Wo die STERNE tanzen

Roman

Rowohlt Polaris

2. Auflage August 2020

Originalausgabe
Veröffentlicht im Rowohlt Taschenbuch Verlag,
Hamburg, August 2020
Copyright © 2020 by Rowohlt Verlag GmbH, Hamburg
Redaktion Anne Fröhlich
Covergestaltung Claudia Kaschmieder Grafikdesign & Illustration
Coverabbildung Shutterstock
Schrift DTL Dorian
Typografie Farnschläder & Mahlstedt, Hamburg
Druck und Bindung CPI books GmbH, Leck, Germany
ISBN 978-3-499-27529-6

Die Rowohlt Verlage haben sich zu einer nachhaltigen Buchproduktion verpflichtet. Gemeinsam mit unseren Partnern und Lieferanten setzen wir uns für eine klimaneutrale Buchproduktion ein, die den Erwerb von Klimazertifikaten zur Kompensation des $CO_2$-Ausstoßes einschließt. www.klimaneutralerverlag.de

MIX
Papier aus verantwortungsvollen Quellen
FSC
www.fsc.org
FSC® C083411

**Für Max**

Verlerne nie zu träumen!

There is freedom waiting for you,
On the breezes of your sky,
and you ask «But what if I fall?»
Oh my darling, what if you fly?

Erin Hanson

# Prolog

Juist, 30. August 1991

> My cold, dark tower seems so bright
> I swear it must be Heaven's light
>
> «Heaven's Light», aus: Der Glöckner
> von Notre-Dame

«Möchtest du noch eine Runde Domino spielen, Herzchen?» Oma Lotte legte ein neues Holzscheit in den Kamin. Sofort fing das Feuer an zu prasseln.

Nele schüttelte den Kopf. «Nur wenn Mama mitspielt.» Sie stützte den Kopf in die Hände und schaute in die züngelnden Flammen.

Oma Lotte seufzte. «Du weißt doch, dass deine Mama ... im Moment sehr müde ist. Sie muss sich ausruhen.»

Ihr leichtes Zögern war Nele nicht entgangen. Sie hasste es, wenn ihre Oma sie anflunkerte. Mama war nicht müde oder krank. Mama war traurig. Sehr traurig, weil Papa sie und Nele verlassen hatte. Und das wusste Oma Lotte genauso gut wie sie selbst.

Ein Kloß, so groß wie ein Tennisball, bildete sich in ihrer Kehle. Es war schlimm für sie, dass Papa nicht mehr da war. Und dass Mama die ganze Zeit auf ihrem Zimmer saß und weinte und nur zum Essen herauskam oder wenn sie aufs Klo musste, war noch schlimmer.

«Darf ich dann mit dem Fahrrad ein bisschen durchs Dorf fahren?», fragte Nele. Auf einmal war es ihr in Oma Lottes gemütlicher Stube viel zu heiß.

Oma nickte. «Aber nimm Otto mit – hopp, hopp!» Mit einer entschlossenen Handbewegung scheuchte sie den Hund auf, der sich langsam hochrappelte.

Als ob der alte Otto ihr helfen könnte, wenn etwas passierte! Nele konnte ein kleines Lächeln nicht unterdrücken. Sie war froh, dass Oma Lotte ihr erlaubte, allein nach draußen zu gehen. In all den großen Städten, durch die Mama, Papa und sie mit den Jungs von der Band getourt waren, wäre das viel zu gefährlich gewesen. Aber hier auf Juist gab es nicht einmal Autos. Nur Pferdekutschen. Und selbst die durften hier nur ganz langsam fahren.

Es war das erste Mal, dass sie längere Zeit auf der Insel verbrachte. Natürlich hatte sie Oma Lotte schon früher hin und wieder besucht, aber meist nur für einen Tag oder zwei. Als Papa noch bei ihnen gewesen war, hatten Oma Lotte und Mama sich nicht besonders gut verstanden. Sie hatten zwar immer versucht, das vor Nele zu verbergen, aber sie hatte es an der Art gemerkt, wie sie miteinander redeten. Und nie war Papa mitgefahren.

Nele schlüpfte in ihre Regenjacke, stieg in die Gummistiefel und zog die schwere hölzerne Eingangstür des «Deichschlösschens» auf – so hieß das hübsche weiße Haus mit den Erkern und Türmchen, in dem Oma Lotte wohnte. Als sie hinaustrat, blies ihr eine Windbö die langen blonden Haare ins Gesicht. Sie stopfte sie in ihren Jackenkragen und ging zu ihrem Fahrrad.

Heute war einer dieser kalten und stürmischen Tage, an denen man vom Sommer kaum etwas merkte. Der Himmel war grau wie Blei, und die Wolken hingen so tief, dass es aussah, als würden sich die Hausdächer unter ihnen ducken. Um vorwärtszukommen, musste sie ganz schön fest in die Pedale treten. Otto blieb alle paar Meter stehen und schaute sehnsüchtig zurück zum Deichschlösschen. Bei dem Wetter wäre er sicher viel lieber zu Hause auf seinem warmen Platz vor dem Kamin geblieben.

Nele wusste nicht genau, wo sie hinwollte. Sie wusste nur, dass sie rausmusste aus dem Haus, wo ihre Mutter die ganze Zeit in ihrem Zimmer saß und weinte. Zwar versuchte sie immer, ihre Tränen vor ihr zu verbergen, aber Nele sah es an ihren Augen. Die waren rot wie die eines weißen Kaninchens, und ein paarmal hatte sie ihre Mama laut schluchzen gehört. Nele wünschte sich nichts mehr, als dass ihre Mutter wieder lachte, so wie sie es früher immer getan hatte. Als Papa und sie einander noch lieb hatten ...

Bisher war Nele tapfer geblieben, um Mama nicht noch trauriger zu machen. Aber nun flossen auch bei ihr die Tränen. Wie Sturzbäche strömten sie über ihre Wangen und verschleierten ihr die Sicht. Hastig löste sie eine Hand vom Lenker, um sie mit dem Jackenärmel wegzuwischen. Doch sie war keine geübte Radfahrerin, und ihr Fahrrad geriet ins Schlingern. Aus dem Augenwinkel sah sie noch, wie Otto erschrocken zur Seite sprang. Dann tauchte etwas Graues vor ihr auf, und schon lag sie auf dem Boden.

Mühsam rappelte Nele sich hoch. Sie war gegen eine Mülltonne gefahren. Ihre Jeans war am Knie aufgerissen und die Haut aufgeschürft. Ein Blutfleck breitete sich auf dem hellblauen Stoff aus.

Nele schluckte. Die Hose war neu gewesen. Wieder schossen ihr Tränen in die Augen. Was würde Mama dazu sagen? Sie hatte sich so fest vorgenommen, ihr nicht noch mehr Kummer zu machen und immer brav zu sein! Wenn ihr das gelang, dann würde Papa vielleicht zu ihnen zurückkommen ...

Ein Junge mit dunkelblonden Haaren kam auf seinem Skateboard auf sie zugerollt und stoppte kurz vor ihr. Nele wusste, wer das war: Der Junge hieß Henry und war der Enkel von Oma Lottes bester Freundin Emily. Und er war sieben, genau wie sie.

«Hast du dir wehgetan?», fragte er besorgt und schaute auf ihr Knie hinunter.

«Nein. Mir geht es gut.»

«Aber du blutest.»

Verlegen versuchte Nele ihre Wunde mit dem aufgerissenen Stoff ihrer Jeans zu verdecken. «Es ist nicht so schlimm.»

Doch davon wollte Henry nichts hören. «Wir könnten zu meiner Oma gehen und ein Pflaster holen. Ihre Tanzschule ist gleich da vorne.» Er zeigte in Richtung eines kleinen Parks. Dann hob er Neles Fahrrad hoch, klemmte sein Skateboard auf den Gepäckträger und schob es weiter.

Nele humpelte hinter ihm her. Am Januspark war sie gestern schon mit Oma Lotte gewesen. Sie waren ins Lütje Teehuus gegangen, ein kleines mit Efeu bewachsenes Häuschen, und hatten dort leckere Schokolade getrunken und Waffeln mit heißen Kirschen gegessen. Es war einer ihrer Lieblingsorte auf Juist.

«Ich habe dich gestern bei Lotte im Garten gesehen», sagte Henry. «Wohnst du jetzt bei ihr?»

Nele hatte ihn auch gesehen. Er hatte mit drei anderen Jungs in Omas Nachbargarten Fußball gespielt, und Oma Lotte hatte sie aufgefordert, zu ihnen hinüberzugehen. Aber sie hatte sich nicht getraut.

«Nein, ich besuche meine Oma nur. Meine Mama und ich

wohnen in der Stadt.» Vor einem Monat erst waren sie dort hingezogen, und Nele hatte schon wieder vergessen, wie die Stadt hieß. Irgendetwas mit «Dorf», was sie ziemlich seltsam fand.

Gerade noch hatte Henry konzentriert über den Fahrradlenker hinweg auf die Straße geblickt, aber jetzt schaute er sie höchst interessiert an.

«Wie Wendy», sagte er.

Wendy? Nele hatte keine Ahnung, wen er damit meinte.

«Na, Wendy aus *Peter Pan*», setzte er erklärend hinzu. «Sie kommt auch aus der Stadt. Kennst du den Film nicht?»

Sie schüttelte den Kopf. «Worum geht es darin?»

«Um einen Jungen, der Peter Pan heißt, und ein Mädchen namens Wendy. Peter Pan nimmt Wendy und ihre Geschwister mit nach Nimmerland, das ist eine Insel, und zusammen kämpfen sie gegen Piraten und böse Nixen. Indianer und Feen kommen auch darin vor.»

«Das hört sich schön an.»

«Meine Oma hat die Videokassette.»

Inzwischen waren sie beinahe bei der Tanzschule angekommen. Drei Mädchen eilten an ihnen vorbei. Wie Nele trugen sie dicke Jacken und Gummistiefel.

«Hallo Henry!», sagte eine von ihnen.

Die Mädchen fingen an zu kichern, woraufhin Henry die Augen verdrehte.

Das Haus, in dem sich die Tanzschule befand, lag direkt neben dem Teehuus und war ebenfalls vollständig mit Efeu bewachsen. An rosa blühenden Rosenbüschen vorbei gingen die Mädchen hinein, und Henry und Nele folgten ihnen. Otto blieb vor der Tür sitzen.

Henry führte Nele durch einen ziemlich düsteren Gang, von dem mehrere Türen abgingen, dann betraten sie ein Zimmer.

Regale mit Aktenordnern standen darin und ein Schreibtisch, der mit allerlei Krimskrams übersät war: Kaputte Ballettschuhe, CDs und Stifte lagen darauf, und neben Bergen von Papier stand ein gerahmtes Foto, das ein junges Mädchen in einem wunderschönen bestickten Kleid zeigte, das auf Zehenspitzen stand und die Arme hoch über den Kopf erhoben hatte.

Am Schreibtisch saß eine kleine dünne Frau mit roten Locken, die sie mit einem bunten Tuch zurückgebunden hatte.

«Henry!» Sie schaute auf und schob sich ihre Brille ins Haar. «Wen hast du denn da mitgebracht? Du bist Lottes Enkeltochter, nicht wahr?»

Nele nickte. Ebenso wie Henry hatte sie die Frau schon ein paar Male in ihrem Garten oder auf der Straße gesehen, aber sie hatte noch nie mit ihr gesprochen.

«Sie ist vom Rad gefallen und hat sich das Knie aufgeschlagen. Es blutet», erklärte Henry.

«Lass mal sehen!» Die Frau kam hinter ihrem Schreibtisch hervor und zog vorsichtig den zerrissenen Stoff von Neles Hose zur Seite. «Das ist nur eine Schürfwunde. Das haben wir gleich.» Aus einer weißen Box mit einem roten Kreuz darauf nahm sie ein Desinfektionsspray, das sie auf die Wunde sprühte. Nele sog scharf die Luft ein, weil es so brannte, und es kostete sie alle Anstrengung, nicht das Gesicht zu verziehen. Um sich abzulenken, schaute sie sich im Zimmer um.

«Sind Sie das auf dem Foto?», fragte sie, während die Frau ihr Knie rund um die Wunde mit einem weichen Tuch abtupfte und dann ein Pflaster darüberklebte.

«Du», korrigierte sie. «Ich bin Emily.»

«Ja, das ist Oma auf dem Foto», bestätigte Henry stolz. «Sie war früher Ballerina.»

Emily lächelte. «Lotte sagt, du tanzt auch gerne.»

Nele nickte. Ja, das tat sie. Allerdings sah es bei ihr nicht so elegant aus wie bei Emily auf dem Foto. Bei ihr war es eher ein wildes Hüpfen und Drehen. So wie gestern Abend auf dem Deich. Eigentlich war sie nur mit Otto spazieren gegangen und hatte die Vögel auf den Salzwiesen beobachten wollen, aber dann war aus dem Restaurant am Hafen Musik erklungen, und ihre Arme und Beine hatten wie von selbst angefangen, sich dazu zu bewegen. Das taten sie immer. Nele konnte überhaupt nichts dagegen tun. Ihr ganzer Körper war in Bewegung, sobald irgendwo Musik ertönte.

Und solange sie Musik hörte und dazu tanzte, konnte sie vergessen, dass ihr Vater lieber weiter mit seiner Band auf Tour ging, anstatt zu Hause bei Mama und ihr zu sein, wenn Nele in ein paar Tagen in der neuen Stadt zur Schule kam.

Emily stand auf. «Ich muss jetzt eine Tanzstunde geben. Wenn dein Knie verheilt ist, komm doch mal vorbei und mach einfach mit!» Sie verließ das Zimmer. Ihre Bewegungen waren anmutig, aber Nele entging das leichte Hinken nicht. Auch sie musste sich verletzt haben.

Als Nele und Henry die Tanzschule verlassen hatten, drehte Nele sich noch einmal um und schaute durch ein Fenster ins Innere. Gerade in diesem Augenblick betraten die drei Mädchen den Übungsraum. Statt der unförmigen Jacken, Hosen und Gummistiefel trugen sie nun Gymnastikanzüge, kurze Röckchen aus Tüll und weiße Strumpfhosen. Die vorhin noch so struppigen, windzerzausten Haare hatten sie zu festen Knoten zusammengesteckt, sodass ihre Hälse lang und anmutig wie die von Schwänen wirkten.

Sie stellten sich vor einem Spiegel auf, und Emily machte Musik an. Da eines der Fenster nur gekippt war, konnte Nele die Melodie hören. Sie war schön, aber auch ein bisschen traurig.

Auf ein Kommando von Emily hin winkelten die Mädchen ihre Knie an und streckten sie dann wieder. Ihre Arme schwangen dabei langsam auf und ab, als ob die Mädchen Vögel wären und gleich anfangen würden zu fliegen.

Nele war von diesem Anblick vollkommen verzaubert. Die Schmerzen an ihrem Knie spürte sie plötzlich nicht mehr.

Am liebsten wäre sie sofort in den Raum gestürmt und hätte mitgemacht. Es sah so wunderschön aus, wie die Mädchen sich bewegten. Sie stellte sich vor, dass sie auch so tanzte und dass sie Mamas Augen damit wieder zum Leuchten brachte. Nele konnte nicht verhindern, dass bei diesem Gedanken erneut Tränen in ihre Augen stiegen.

«Tut es noch sehr weh?», fragte Henry.

«Nein.»

Er sah sie forschend an. «Du weinst nicht wegen deinem Knie, oder?»

Nele schüttelte noch einmal den Kopf, und jetzt fingen die Tränen so richtig an zu fließen.

«Warum weinst du dann?», fragte er.

«Weil mein Papa meine Mama und mich verlassen hat», schniefte sie.

Eine Zeitlang stand Henry nur da, bevor er sagte: «Meine Mama wohnt auch nicht mehr bei uns.»

Sofort hörte Nele auf zu schluchzen und sah ihn mit großen Augen an. «Ist das schlimm für dich?»

Er zuckte gleichmütig die Achseln. «Ich habe ja noch meinen Papa. Und Oma. Und meinen Freund Piet. Du hast doch bestimmt auch Freunde?»

Nele überlegte. Sie hatte die Jungs aus der Band, aber die sah sie nun auch nicht mehr. Kinder, die so alt waren wie sie, kannte sie kaum. Sie hatten bisher mehr oder weniger im Tourbus und in Hotels gewohnt und waren immer nur kurze Zeit an einem Ort geblieben. «Nein», gab sie zu.

«Ich könnte dein Freund sein», schlug Henry vor. «Also, zumindest solange du hier bist. Und wenn du wiederkommst. Du kommst doch wieder, oder? Wir könnten uns zusammen *Peter Pan* anschauen.» Er sah sie erwartungsvoll an.

Nele war sich nicht sicher, ob das ging. Aber sobald sie zu Hause war, würde sie Mama fragen. Denn es wäre schön, schon bald wieder nach Juist zu fahren. Zu Oma Lotte, Otto und dem Deichschlösschen. Zu Emily und ihrer Tanzschule, wo Mädchen wie feine Prinzessinnen aussahen und lernten, sich so leicht und schwerelos zu bewegen wie Federn im Wind. Und zu Henry, der ihr Freund sein wollte.

Nele wischte sich mit den Fingern die Tränen von den Wangen und lächelte ihn an.

# 1. Kapitel

Juist 2019

Von oben wirkte Juist nicht sonderlich spektakulär. Nur eine gelbgrüne Sichel in einem Meer von schlammigem Blau. Man konnte sich schwer vorstellen, wieso sie von den Insulanern liebevoll *Töwerland*, Zauberland, genannt wurde.

Der Frau mit der Louis-Vuitton-Handtasche und den Wildleder-Overknees sah Nele die Enttäuschung deutlich an. Missbilligend verzog sie die Lippen. Sicherlich ärgerte sie sich, dass sie nicht wie sonst nach Sylt gefahren war – oder zumindest nach Norderney –, sondern auf ihren Mann gehört hatte, der unbedingt mal etwas Neues ausprobieren wollte.

Zwar trug auch der Designerkleidung, eine Wachsjacke von Barbour und teuer aussehende Segeltuchschuhe, aber er sah um einiges freundlicher aus als seine Frau. Mit melancholischem Bernhardiner-Blick streichelte er ihre Hand. Sie aber entzog sie ihm mit verkniffenem Gesicht.

Normalerweise reiste Nele lieber mit der Fähre von Norddeich nach Juist. Sie liebte die Anfahrt auf der *Frisia*: Die Gischt, die ihr ins Gesicht spritzte, wenn sie an der Reling stand, das Kreischen der Möwen, die sie auf der Fahrt begleiteten, die salzige Luft – und die Insel, die erst nur ein diesiger, unwirklich scheinender Fleck war und dann langsam Konturen annahm. Aber sie hatten die Fähre verpasst, weil das Flugzeug am JFK Airport über eine Stunde zu spät losgeflogen war.

Ihre Tochter hatte sich gefreut. Annika war noch nie mit einer Propellermaschine geflogen, und nun drückte sie die Nase aufgeregt an der schmutzigen Scheibe platt. Obwohl sie inzwischen schon seit fast zwanzig Stunden unterwegs waren und nur im Flieger ein paar Stunden geschlafen hatten, schien die Achtjährige überhaupt nicht müde zu sein.

«Auf dem Kalfamer liegen Seehunde», schrie sie über das Knattern des Motors hinweg. «Ich glaube, ich kann schon das Deichschlösschen sehen.»

Das glaubte Nele nicht. Die Pension von Oma Lotte, liebevoll von allen «das Deichschlösschen» genannt, lag nämlich gar nicht in der Nähe des Flughafens, sondern im Dorf. Die *ehemalige* Pension von Oma Lotte, korrigierte Nele sich in Gedanken. Denn ihre Oma war vor einem Jahr gestorben. Und anders als in fast all den Jahren zuvor war Nele diesmal nicht nach Juist gekommen, um im Deichschlösschen Urlaub zu machen. Sie war hier, um es zu verkaufen.

Emily wartete vor dem Flugplatz, als sie das abgezäunte Gelände verließen. Sie hatte Ivy vor die Kutsche gespannt.

Nele erschrak, als sie Oma Lottes beste Freundin und Nachbarin sah. Emily war schon immer sehr schlank gewesen, aber jetzt wirkte sie regelrecht verhungert. Wie ein zusammengefallenes Kartenhaus saß sie auf dem Kutschbock, und erst als sie Nele und Annika bemerkte, straffte sie die Schultern. Doch auch ihre aufrechte Haltung konnte nicht darüber hinwegtäuschen, dass ihre Augen müde waren, ihre Wangen hohl und ihr Körper ausgemergelt.

Emily kletterte vom Kutschbock.

«Wie schön, dass ihr da seid.» Sie nahm erst Annika und dann Nele in die Arme. Mit einer Kraft, die man ihrem zierlichen

Körper gar nicht zugetraut hätte, wuchtete sie anschließend die Koffer auf die Ladefläche.

«Letztes Mal, was?», sagte sie leise zu Nele, nachdem sie sich vergewissert hatte, dass Annika nicht zuhörte. Das Mädchen war damit beschäftigt, Ivy mit hartem Brot zu füttern.

Nele nickte mit schmalen Lippen.

«Aber du kannst jederzeit wiederkommen. Bei mir ist immer ein Bett für euch Mädchen frei.»

«Ich weiß.» Aber es würde nicht dasselbe sein, dachte Nele. All die Jahre, in denen sie im Deichschlösschen wohnen konnte, hatte sie sich als Insulanerin fühlen können. Nahm sie Emilys Angebot an und kam wieder, würde sie nur eine Touristin sein. Nun stiegen ihr doch die Tränen in die Augen, und sie griff hastig in die Tasche ihres Trenchcoats, um ein Taschentuch herauszuholen und sich zu schnäuzen.

«Darf ich Ivy nachher reiten?» Annikas brünetter Lockenkopf tauchte zwischen ihr und Emily auf. Sie hatte das widerspenstige Haar ihres Vaters geerbt.

«Natürlich.» Emily half ihr auf den Kutschbock und kletterte dann ebenfalls hinauf. «Aber erst einmal muss sie euch und euer Gepäck nach Hause bringen, und danach darf sie sich im Stall ein bisschen ausruhen und Heu fressen. Sie ist schließlich nicht mehr die Jüngste. Morgen früh, versprochen! Du kannst aber jetzt gerne die Zügel nehmen und uns nach Hause kutschieren. Möchtest du?»

Annika nickte. «Hü!» Sie schnalzte mit der Zunge und ließ die Zügel auf den Rücken des Pferdes klatschen, wie sie es schon viele Male zuvor bei Emily gesehen hatte. Gehorsam beschleunigte die Stute ihren Schritt.

Es dauerte nicht lange, und Nele merkte, dass der Stress und die Hektik, die sie in den letzten Wochen fest in ihren Eisenklauen gehalten hatten, von ihr abfielen und dass sie anfing, sich zu entspannen. Und auch die Anstrengung der langen Reise verschwand. Es hatte etwas Beruhigendes, sich mit der Geschwindigkeit von nur fünf Stundenkilometern vorwärtszubewegen. Annikas Geplapper, das Zwitschern der Vögel und das rhythmische Klappern von Ivys Hufeisen auf dem Asphalt waren die einzigen Geräusche, die sie auf ihrem Weg begleiteten. Nele liebte New York, doch in so friedlichen Momenten wie diesem dachte sie oft, dass ihr das Leben dort viel zu laut und zu schnell war.

«Wieso fahren wir denn ins Dorf?», fragte sie. Die Kutsche war nicht auf dem direkten Weg zum Deichschlösschen, der an der Deichkante entlangführte, sondern fuhr in eine andere Richtung.

«An der Billstraße wird mal wieder gebaut», gab die alte Frau zurück. «Ivy verkraftet den Lärm nicht mehr so gut.»

«Wirklich?», wunderte sich Nele. Früher hätte eine Mülltonne neben der Stute explodieren können, und sie hätte nicht einmal den Kopf gehoben. Anscheinend hatte Ivy etwas mit ihr gemeinsam: Auch Nele machte der Lärm in New York immer mehr aus.

«Ja, sie mag es inzwischen gerne beschaulich», bestätigte Emily. «Außerdem habe ich meine Strickjacke in der Tanzschule vergessen, und mir ist ein bisschen kühl.» Sie zog fröstelnd die Schultern hoch. «Ich hole sie mir schnell.»

Nicht nur an der Billstraße, sondern auch im Dorf wurde gebaut. Dort, wo im letzten Jahr noch das Haus Inselzauber gestanden hatte, ragte nun ein hoher Kran in den blauen Schäfchenwolkenhimmel. Zwei kräftige Kaltblüter, neben denen die alte Stute wie ein halbes Hemd aussah, fuhren eine Ladung Bauschutt fort.

Es war so traurig! Alte Leute starben, junge zogen fort, und dort, wo gerade noch charmante kleine Inselhäuser mit verwilderten Gärten gestanden hatten, schossen nun viel zu oft Apartmentkomplexe aus dem Boden, die für teures Geld an Touristen vermietet wurden. Wie Unkraut vermehrten sich diese seelenlosen, immer gleich aussehenden Klötze. Im Grunde konnte es Nele egal sein, so schnell würde sie nicht mehr auf die Insel zurückkehren. Trotzdem war und blieb Juist ein Stück Heimat. Daher hoffte sie, dass dem Deichschlösschen dieses Schicksal erspart blieb und dass sie einen Käufer finden würde, der keinen modernen Apartmentkomplex daraus machte.

Im Januspark hatte sich erfreulich wenig verändert. Vor zwei Jahren waren hier ein paar futuristisch aussehende Sportgeräte aufgestellt worden, an denen überarbeitete Großstädter ihre vom vielen Sitzen verkürzten Muskeln trainieren konnten. Ansonsten sah hier alles aus wie immer, stellte Nele erleichtert fest.

«Die Inselboutique wird nach dieser Saison schließen.» Emily wies mit einem Kopfnicken in Richtung des kleinen Geschäfts, das sich zwischen das Lütje Teehuus und Emilys Tanzschule quetschte, und machte damit die schöne Illusion, dass es hier wenig Veränderung gab, zunichte. «Wenn du dir ein hübsches Kleid kaufen willst: Lilo hat im Moment alles um die Hälfte reduziert.» Sie nahm Annika die Zügel aus der Hand und brachte Ivy mit einem energischen «Ho!» vor der Tanzschule zum Stehen. «Wollt ihr kurz mit reinkommen? Greta wird sich freuen, euch zu sehen. Sie studiert gerade mit den Inselkindern ein Musical ein. Nachdem sich hier jahrelang alles nur um die Gäste gedreht hat, dachten wir, dass es Zeit wird, auch den Inselkindern in den Ferien mal was zu bieten. – Hast du Lust mitzutanzen, Igelchen?»

«Nee.» Annika rümpfte ihr Himmelfahrtsnäschen. «Ich spiele doch Fußball.»

«Ach du liebe Güte! Immer noch?»

«Klar!» Annika sah Emily so fassungslos an, als hätte sie gerade behauptet, die Erde sei eine Scheibe. «In meiner Mannschaft schieße ich die meisten Tore. Sogar noch mehr als Jaimey. Tanzen ist total doof.»

Mit Annika an der Hand betrat sie das niedrige Haus aus Naturstein, dessen Fassade fast ganz von Efeu bedeckt war. Nele folgte ihnen ins kühle Innere. Der Geruch von Emilys Zigarillo vermischte sich mit dem von Schweiß, Bohnerwachs und altem Holz, und für einen Moment schnürte sich ihr bei dieser schmerzhaft vertrauten Mischung die Kehle zusammen.

Durch die gläserne Tür des Übungsraums winkte ihnen Greta zu. Sie war eine hübsche junge Frau mit einem hoch angesetzten Pferdeschwanz, der bei jeder Bewegung wippte. Unter ihrer Leggings in Regenbogenfarben wölbte sich ein runder Babybauch. Mit einer Gruppe von Kindern und Jugendlichen unterschiedlicher Altersgruppen stand sie vor einem Spiegel und tanzte.

«Sie macht das wirklich toll mit den Kindern», sagte Nele, als Greta einem kleinen Jungen geduldig noch einmal die Schritte erklärte.

Emily nickte, schien aber nicht richtig bei der Sache zu sein. «Leider ist sie nur noch diesen Sommer hier», sagte sie, während ihr Blick unruhig durch das Tanzstudio schweifte. «Im Oktober geht sie aufs Festland. Wenn das Baby erst da ist und ihr Freund und sie ein zusätzliches Zimmer brauchen, können sie sich das Leben hier nicht mehr leisten.» Sie seufzte. «Bevor du es von jemand anderem erfährst, sag ich es dir lieber gleich: Auf dem

Sanddornfest führen Greta und ich mit den Inselkindern noch unser Musical auf, und dann schließe ich die Tanzschule. Ich bin allmählich zu alt dafür, den ganzen Tag mit nervigen Kindern, streitenden Ehepaaren und einsamen Herzen herumzuhüpfen.»

Wieder etwas, das sich ändern würde. Nele verspürte einen Stich in der Magengegend. «Gibt es denn niemand, der die Tanzschule übernehmen könnte? Dann könntest du zumindest noch ein paar Stunden pro Woche unterrichten. Den Tanztee am Wochenende zum Beispiel.»

Emily zog an ihrem Zigarillo. «Übernimm du sie», sagte sie und blickte Nele durch blaugraue Rauchschwaden hindurch mit schmalen Augen an. «Früher wolltest du das doch immer.»

Nele sah, wie Annika sich anspannte. Ihre Tochter hörte genau zu. Juist – das bedeutete für sie lange Tage am Strand, Siggis Eismobil, Hufgeklapper auf dem Asphalt und eine Mutter, die sich nicht abhetzen musste, um zwischen Proben und Aufführungen wenigstens ein paar Stunden Zeit mit ihr zu verbringen. Ein bitteres Gefühl stieg in Nele auf, und bevor Annika Hoffnung schöpfen und enttäuscht werden konnte, sagte sie schnell: «Das geht nicht, und das weißt du.»

Ihre Zukunft würde sich nicht hier auf Juist abspielen. Und auch nicht in New York. Sondern in München. Aber das hatte sie bisher noch niemandem gesagt, selbst Annika nicht. Neles Blick wanderte wieder zu Greta und den tanzenden Kindern. «Was für ein Musical führt ihr eigentlich auf?»

«Hatte ich dir das denn nicht erzählt? Wir spielen dieses Jahr *Peter Pan*.»

## 2. Kapitel

Juist, 24. August 2001

> Tale as old as time.
> True as it can be.
>
> «Tale as Old as Time»,
> aus: Die Schöne und das Biest

Der Himmel über ihnen leuchtete indigoblau und war übersät von Sternen. Henry lag mit geschlossenen Augen neben ihr im Sand. Nele nahm an, dass er eingeschlafen war. Piet, Tom und die anderen waren in die Spelunke gegangen, eine schummrige, verrauchte Kneipe in der Dorfmitte, um dort Billard zu spielen. Aber sie hatte keine Lust gehabt, dort herumzuhängen. Der Sommerabend war so schön, deshalb hatte sie Henry gebeten, noch ein bisschen mit ihr draußen zu bleiben. Er war mit ihr zu Heinos Schuppen gegangen, der am Rand des Dorfs in den Dünen lag, und er hatte eine Flasche Saurer Apfel mitgenommen. Henry konnte das Zeug hinunterkippen, als wäre es Fruchtsaft. Nele dagegen hatte nur ein paarmal daran genippt, aber bereits das reichte, dass sie sich angenehm bedüselt und schwerelos fühlte. Sie trank normalerweise keinen Alkohol, weil sie sich keine vergeudeten Kopfwehtage im Bett leisten konnte, auch nicht in den Sommerferien. Morgens stand sie immer sehr früh auf, um vor Emilys ersten Stunden mit ihr zusammen in der Tanzschule zu trainieren.

Inzwischen war es nach Mitternacht. Eigentlich sollte sie Henry wecken, sich aufs Fahrrad schwingen und so schnell wie möglich zum Deichschlösschen radeln, schließlich hatte sie niemandem gesagt, dass sie heute länger wegblieb. Aber sie glaubte nicht, dass es Oma Lotte oder Laura aufgefallen war. Seit Oma Lotte abends immer Baldrian nahm, schlief sie so tief, dass vermutlich nicht einmal ein Erdbeben sie wecken konnte. Und Laura, ihre Mutter ... Die würde Besseres zu tun haben, als am Fenster zu stehen und auf Neles Rückkehr zu warten. Julius, ihr neuer Freund, war nämlich nach Juist gekommen, um das Wochenende mit ihr zu verbringen, und jetzt machten die beiden einen auf große Liebe. Dabei war es erst knapp sechs Wochen her, dass Laura sich von einem Stargeiger getrennt hatte, der nicht nur seine Geige, sondern auch seine Hände für einen sechsstelligen Betrag hatte versichern lassen. Laura und ihr gegenüber hatte er sich weniger spendabel gezeigt. Als er selbst im Schnellimbiss auf getrennte Rechnungen bestand, hatte Nele gewusst, dass es nur eine Frage der Zeit war, bis ihre Mutter ihn in die Wüste schickte, und genau das war passiert. Nele hatte dem selbstverliebten Typen keine Träne nachgeweint. Im Nachhinein musste sie aber zugeben, dass er als Mensch – verglichen mit Julius – gar nicht so übel gewesen war.

Ihre Mutter und der neue Lover waren der eine Grund, warum Nele keine Lust hatte, nach Hause zu fahren. Der andere war, dass sie sich von ihren trüben Gedanken ablenken wollte: Auch gestern hatte Mette wieder keinen Brief für sie dabeigehabt. Seit einer Woche lungerte sie nun schon jeden Morgen ab kurz vor zehn im Garten herum und wartete darauf, dass die alte Frau auf ihrem gelben Postfahrrad angeradelt kam. Doch immer war sie enttäuscht worden.

Die Aufnahmeprüfung hatte doch schon Anfang Juli stattgefunden! Vielleicht hatte man den Brief aus Versehen zu ihr nach Hause nach Düsseldorf geschickt? Dabei hatte sie extra angegeben, dass sie die Sommerferien, so wie alle Ferien, bei ihrer Oma verbrachte:

> Nele Strasser
> c/o Charlotte Strasser
> Loogster Pad 25
> 26571 Juist

Nele hatte sich an der Stage School in Hamburg beworben. Dort wollte sie Mitte September eine dreijährige Ausbildung als Musicaltänzerin beginnen. Laura davon zu überzeugen, dass zehn Jahre Schule und ein Realschulabschluss ausreichten, war nicht schwer gewesen. Schließlich hatte ihre Mutter selbst mit sechzehn die Schule verlassen, um auf dem Festland eine Lehre als Friseurin anzufangen. Allerdings hatte sie die nie beendet, sondern stattdessen Neles Vater Eddy auf seinen Konzerttouren durch Europa begleitet.

Der Mond schien heute besonders hell auf Juist. Henrys Atem ging immer noch gleichmäßig und brachte damit den vorwitzigen Halm Seegras zum Zittern, der dicht über seinem Gesicht hing. Nele stützte ihr Kinn in die Handfläche und schaute auf den Jungen hinunter, der für sie genauso untrennbar mit Juist verbunden war wie Meeresrauschen, Hufgeklapper, Buttermilch-Zitrone-Eis und Sand zwischen den Zehen. Nicht zu vergessen Emilys Tanzschule.

Seit Nele als Siebenjährige einmal beobachtet hatte, wie drei dick vermummte Mädchen in dem mit Efeu bewachsenen Haus verschwunden und kurz darauf als wunderschöne Prinzessinnen hinter der Fensterfront wieder aufgetaucht waren, hatte sie davon geträumt, Balletttänzerin zu werden. Doch obwohl sie fünf Tage die Woche mehrere Stunden am Tag trainierte, war schnell klargeworden, dass ihr Körper zwar schlank und dehnbar war, aber nie so zartgliedrig sein würde, wie es der einer Ballerina sein musste. Außerdem war sie viel zu groß. Als ihre Lehrerin Nathalia sie darauf hinwies, dass sie einfach nicht die körperlichen Voraussetzungen für eine Karriere als Balletttänzerin hatte, und ihr riet, zum Jazztanz zu wechseln, war für Nele zunächst eine Welt zusammengebrochen. Schließlich hatte sie jahrelang davon geträumt, irgendwann einmal die Hauptrolle im *Schwanensee* zu tanzen! So wie Emily es lange Zeit getan hatte. Als Laura ihren Kummer nicht mehr mit ansehen konnte, hatte sie Nele zum Geburtstag Karten für *Cats* in Hamburg geschenkt – Oma Lotte und Emily hatten sie dorthin begleitet. Dieses Erlebnis hatte alles verändert. Kaum hatte der Samtvorhang sich geöffnet, hatte Nele verstanden, wieso ihre Mutter von Musicals so fasziniert war, dass sie in Neles Alter unbedingt Maskenbildnerin hatte werden wollen. Nele war hingerissen: nicht nur von der Musik, sondern auch von den Kostümen, den Effekten, dem Bühnenbild. So viel Pomp kannte sie vom Ballett gar nicht, und spätestens als eine alte Katze am Ende des ersten Akts «Mondlicht, schau hinauf in das Mondlicht» sang, waren der *Schwanensee* und das Staatsballett vergessen. Nun hatte sie einen neuen Traum.

«Irgendwann werde ich die Grizzabella spielen. Aber nicht hier in Hamburg, sondern in New York. Auf dem Broadway», verkündete sie auf dem Nachhauseweg.

«Das ist ein hervorragender Plan.» Laura hakte sich bei ihr unter.

Bei Oma Lotte kam er nicht so gut an. «Setz dem Kind doch nicht solche Flausen in den Kopf», murrte sie. «Wie soll sie das denn schaffen? Eine Nummer kleiner tut es schließlich auch. Ich hab dich genauso lieb, wenn du eine Nebenrolle tanzt und in Hamburg bleibst.»

Doch auch Emily stellte sich auf Neles Seite. «Wieso um Himmels willen sollte sie sich mit einer Nebenrolle begnügen? Das Mädchen hat Talent. Großes Talent.» Sie sah Lotte streng an. «Nur wer nach den Sternen greift, lernt zu fliegen.» Dann stieß sie Nele in die Seite. «Du solltest allerdings ein paar Gesangsstunden nehmen, Liebes!» Sie lachte schelmisch.

Henry murmelte im Schlaf etwas, was sie nicht verstand. Nele rückte näher und schaute zu ihm hinunter. Wegen Henry ertrug Nele den Spott ihrer Schulfreudinnen, die sich darüber lustig machten, dass sie ihre Ferien immer nur auf Juist verbrachte, weil ihrer Mutter das Geld für weite Reisen fehlte. Sie hätte gar nicht nach Italien, Spanien oder Frankreich fahren wollen.

Nach der Trennung ihrer Eltern war ihre Freundschaft mit Henry – neben dem Tanzen – ihr Silberstreif am Horizont gewesen. Henry war ihr Peter Pan, der sie, das Mädchen aus der Großstadt, auf eine Insel entführte. Hier begleitete sie das Geräusch der Brandung überallhin, und hier erwartete sie an jeder Ecke ein Abenteuer. Wenn sie mit ihm unterwegs war, wurde aus dem idyllischen Wäldchen auf der Westseite von Juist ein wilder Dschungel voller gefährlicher Tiere, und aus dem Kalfamer eine Steppe, in der sie sich vor feindlichen Indianerstämmen in Acht nehmen mussten. Den Hammersee durchsuchten sie verbotenerweise mit ihrem selbstgebauten Piratenfloß nach menschenfressenden Nixen.

Henry hatte sie getröstet und sie zum Lachen gebracht. Und als Nele vor ihrem ersten Auftritt so schlecht gewesen war, dass sie dachte, nicht auf die Bühne gehen zu können, hatte er ihre Hand genommen und ihr zugeflüstert: «Du weißt doch, was Peter Pan gesagt hat: Von dem Moment an, in dem du zweifelst, dass du fliegen kannst, wirst du es nie mehr können. Also tu es einfach.» Voll Wehmut dachte Nele an diese Zeit zurück, in der noch alles so einfach gewesen war. Nie war Henry etwas anderes als ihr Freund gewesen, ihr bester, aber seit diesem Sommer hatte sich etwas Neues, Beunruhigendes in den Kokon ihrer Freundschaft gewebt.

War Henry Anfang des Jahres nur einen Fingerbreit größer gewesen als sie, überragte er sie nun mit seinen siebzehn Jahren um einen halben Kopf. Und er hatte Muskeln bekommen. Unter dem Ärmel seines ausgewaschenen T-Shirts wölbte sich sein Bizeps, und wenn seine weite Hose tief auf seine Hüftknochen rutschte, konnte Nele nicht nur die karierten Boxershorts, sondern auch seinen durchtrainierten Bauch sehen. Was sie aber noch viel mehr verwirrte, waren seine Augen. Erst in diesem Sommer war ihr aufgefallen, dass das Graublau seiner Iris von einem Kranz goldener Sternchen umrandet war. Dass seine Nase sich kräuselte, wenn er lachte – was er so gut wie immer tat. Dass er genau vierzehn Sommersprossen auf der Nase hatte und dass seine Lippen so weich aussahen, dass sie sich fragte, wie es wohl war, sie zu küssen ...

Henry öffnete die Augen, und Nele zuckte schuldbewusst zurück.

«Hey», murmelte er. «Ich bin wohl eingeschlafen.»

«Offensichtlich», sagte sie und ärgerte sich, dass ihr keine schlagfertigere Antwort einfiel.

Henry strich sich seine viel zu langen Haare aus der Stirn und schaute auf die Uhr. «Schon so spät.»

«Glaubst du, dass dein Vater sich Sorgen macht?», fragte Nele. Aber das hätte sie gewundert. Nachdem sein Krimi unerwartet die Bestsellerlisten gestürmt hatte, saß Arno nur noch vor dem Computer und tippte. Das Fuhrunternehmen, das schon sein Vater und sein Großvater geführt hatten, war jetzt verpachtet.

«Quatsch!», bestätigte Henry prompt ihre Meinung. «Der liegt garantiert schon seit Stunden im Bett und kriegt nix mit. Schließlich muss er morgen um sieben aufstehen und arbeiten.» Henry rollte sich auf den Bauch. «Wir zum Glück nicht.» Sein Lächeln war ein bisschen schief und so süß, dass man sich kaum vorstellen konnte, dass dieser nette Junge im letzten Jahr vom Internat geflogen war und auf ein anderes wechseln musste, weil er ständig Ärger mit den Lehrern hatte. «Ferien sind doch was Schönes», setzte er nach einer Pause hinzu. «Ich habe überhaupt keine Lust mehr auf Schule.»

«Ist die neue denn genau so schlimm wie die alte?»

Er nickte düster. «Am liebsten würde ich gar nicht mehr hingehen. Zum Glück sind die Ferien erst zur Hälfte um. Aber du musst schon nächste Woche wieder zurück, oder?»

Jetzt wäre der geeignete Moment gewesen, Henry von ihrer Bewerbung bei der Stage School zu erzählen, dachte Nele. Wenn sie angenommen wurde, hatten sie noch drei Ferienwochen zusammen. Wenn nicht, musste sie schon in ein paar Tagen wieder nach Düsseldorf zurück. Aber sie sagte nichts. Auch Emily hatte sie eingetrichtert, Henry nichts zu verraten, denn es sollte eine Überraschung sein.

«Pssst!», sagte Henry auf einmal, griff nach ihrem Arm und zog sie nach unten. Und da hörte Nele die Stimmen auch. Im Schein des Mondes sah sie, wie sich ein kleines Mädchen und ein dürrer Junge dem Schuppen näherten. Der Junge war ihr diese Woche schon am Eiswagen aufgefallen. Zum einen weil er karottenrote Haare hatte – eine solche Farbe war schließlich nicht alltäglich –, hauptsächlich aber weil er sie angeschaut hatte, als wäre sie eine übersinnliche Erscheinung – oder zumindest Claudia Schiffer. Zweimal hatte Siggi nachfragen müssen, welche Eissorten er wollte. Was machten er und seine Schwester denn hier am Strand?

«Vielleicht liegt er bei dem Schuppen da drüben!», rief das Mädchen.

«Aber dort waren wir doch gar nicht.» Die Stimme des Jungen klang ungeduldig.

«Lass uns trotzdem nachschauen! Jetzt komm schon, Ben!» Das Mädchen schob ihn vorwärts.

Nele drückte sich unwillkürlich noch ein wenig flacher neben Henry auf den Boden. Sie hatte keine Lust, entdeckt zu werden.

Glücklicherweise hatte auch der Junge namens Ben anscheinend nicht vor, seine Suche nach wem oder was auch immer fortzusetzen.

«Nein, Anemone!» Er blieb stur stehen. «Wir gehen zurück! Wenn Mama und Papa erfahren, dass ich um diese Zeit mit dir draußen rumlaufe, um deinen Stoffhasen zu suchen, bekomme ich Ärger. Lass uns morgen im Hellen noch einmal herkommen.»

«Aber ohne Schnuffi kann ich nicht schlafen!» Die Stimme des Mädchens wurde weinerlich.

Der Junge stöhnte auf. «Du kannst bei mir schlafen, du Nervensäge. Und jetzt los!» Er packte die protestierende Kleine an der Hand und zog sie hinter sich her. Gleich darauf waren sie verschwunden. Nele atmete aus.

«Der arme Kerl scheint ganz schön unter der Fuchtel seiner Eltern zu stehen», sagte Henry. Nele konnte hören, dass er grinste. «Wo waren wir stehengeblieben?»

Sie wandte den Kopf zur Seite und sah ihn an. Erst jetzt fiel ihr auf, wie dicht sie nebeneinanderlagen. Ihre Gesichter waren nur wenige Zentimeter voneinander entfernt.

«Wir hatten darüber gesprochen, wie schön Ferien sind.» Ihre Stimme hörte sich belegt an, und sie räusperte sich. «Und darüber, dass bei mir die Schule bald wieder anfängt.»

«Stimmt.» Henrys Blick hielt ihren fest. Eine Sekunde. Zwei. Drei. «Ich will nicht, dass du gehst», sagte er plötzlich. Diesen Gesichtsausdruck hatte Nele noch nie bei ihm gesehen, und in ihrem Kopf fing es an zu brausen. Mit angehaltenem Atem wartete sie auf einen lockeren Spruch, der seine Worte abschwächen, vielleicht sogar ein bisschen ins Lächerliche ziehen würde, so wie er es oft tat. Doch der blieb aus. Nele überlegte, ob sie etwas sagen sollte, um die merkwürdige Stimmung zwischen ihnen aufzulockern, doch ihre Kehle war wie zugeschnürt, und auch der Macht von Henrys graublauen Augen konnte sie sich nicht entziehen. «Mit dir zusammen ist alles viel schöner», sagte er. Seine Hand griff nach ihrer, und wie von selbst verschlangen sich ihre Finger ineinander.

Was tun wir da?, dachte Nele. Plötzlich empfand sie einen Anflug von Verzweiflung, weil ihr klarwurde, dass von jetzt an zwischen ihnen alles anders sein würde. Und dann zog Henry ihr Gesicht zu sich heran und küsste sie.

Die Warnsirene in ihrem Kopf verstummte, dafür fing ihr Herz an Loopings zu schlagen, und auf ihrem ganzen Körper breitete sich eine Gänsehaut aus. Und dann spürte sie nur noch das berauschende Gefühl von Henrys Lippen auf ihren. Sie waren genauso weich, wie sie gedacht hatte.

# 3. Kapitel

## Juist 2019

«Peter Pan! War das deine Idee?», fragte Nele schrill.

«Ja.» Emilys Blick glitt an ihr vorbei und richtete sich auf eine Frau und ein Mädchen, die in der Ecke des Raumes standen. Die Kleine trug ein kurzes Kleid, das wie ein Kittel geschnitten war, und ihre dünnen Beinchen steckten in bunt geringelten Strumpfhosen. Ihre Haut hatte die Farbe von Kaffee mit einem kleinen Schuss Milch darin. In der einen Hand hielt sie eine Stoffgiraffe, die sie fest an ihre Brust drückte. Die andere verschwand in der Hand ihrer Mutter, die einen schwarzen Umhang trug. Nur Augenpartie, Nase und Mund waren von der Frau zu sehen.

Greta streckte die Arme aus, um das Mädchen aufzufordern, sich zu der bunt gemischten Tanzgruppe zu gesellen. Doch die Kleine klammerte sich ängstlich an ihrer Mutter fest.

«Wer ist das?», fragte Annika, die alle anderen Kinder kannte.

«Das sind Fatima und Aliya», antwortete Emily, und aus irgendeinem Grund hörte sie sich dabei enttäuscht an. «Die beiden wohnen seit ein paar Tagen bei mir. Platz habe ich schließlich genug.» Sie schnaubte. «Dem Gemeinderat gefällt das gar nicht. Die alten Säcke meinen, dass dann noch mehr Flüchtlinge kommen wollen und dass die Infrastruktur der Insel darauf überhaupt nicht ausgerichtet ist. Aber sie können mir ja schlecht vorschreiben, an wen ich Zimmer vermiete.» Mit grimmiger

Miene zog sie einen Aschenbecher heran, der auf einem kleinen Tisch stand, und drückte ihren Zigarillo darin aus. «Kommt, wir fahren!»

«Was ist mit deiner Strickjacke?», fragte Nele verwundert.

«Natürlich.» Emily schüttelte den Kopf. «Wo habe ich nur meine Gedanken?»

«Und Greta haben wir auch noch nicht Hallo gesagt», beschwerte sich Annika.

«Du siehst doch, dass sie gerade zu tun hat, Igelchen. Wir schauen ein anderes Mal bei ihr vorbei. Ich gehe schnell ins Büro und hole die Jacke.» Sie marschierte davon.

Das Deichschlösschen war eines der wenigen weiß getünchten Gebäude auf Juist. Mit ihren Erkern und Türmchen hatte sich die Villa neben all den Natursteinhäusern drum herum stets wie ein vornehmes Edelfräulein inmitten einer Schar einfacher Hofdamen ausgemacht. Es tat Nele weh, dass der Platz vor dem Gartentürchen leer war und Oma Lotte nicht wie früher – piekfein wie für einen Sonntagsausflug zurechtgemacht – dort stand und auf die Kutsche wartete. Durch ihren Tod hatte Nele ihren sicheren Hafen verloren, in den sie stets zurückkehren konnte. Für immer verschwunden waren der Geruch von Kernseife und frischem Apfelkuchen, das Gefühl von rauen und doch unglaublich sanften Händen an ihren Wangen …

Als Nele aus der Kutsche stieg, nahm das Gefühl der Verlorenheit zu. Jetzt, wo das Schlösschen schon seit einem Jahr nicht mehr von Oma Lotte gehegt und gepflegt wurde, zeigten sich erste Anzeichen von Verwahrlosung. Das Gras im Garten reichte Nele an einigen Stellen fast bis an die Knie. Die Rosenbüsche, Oma Lottes ganzer Stolz, waren vollkommen außer Form geraten. Ein Fensterladen war kaputt und klapperte ruhelos im

Wind. Auch die Dachrinne hing an der linken Seite etwas tiefer und wippte, als wollte sie ihnen zur Begrüßung zuwinken, froh, nach all den einsamen Monaten endlich wieder Besuch zu bekommen.

Nele stieß langsam die Luft aus. Ihre Mutter hätte den Verkauf nicht so lange herauszögern dürfen.

«Weißt du, wann Laura kommt?», fragte sie und hob Annika aus der Kutsche. Die Kleine war auf dem Weg tief und fest eingeschlafen.

Emily, die gerade dabei war, das Gepäck herunterzuwuchten, schüttelte den Kopf. «Hat sie heute nicht ihre Prüfung an der Kosmetikerinnenschule?»

«Stimmt!» Daran hatte Nele gar nicht mehr gedacht. Durch den Zeitunterschied zu New York geriet bei ihr alles etwas durcheinander. Sie atmete auf. Einen Tag hatte sie also noch Galgenfrist.

Ihre Mutter war anstrengend. Ihr lautes Lachen, das Nele als Kind und Jugendliche als ansteckend und fröhlich empfunden hatte, ging ihr inzwischen auf die Nerven. Es klang aufgesetzt und künstlich. Die viel zu engen und zu kurzen Kleider, die Laura immer noch trug. Ihr Drang, sich stets in den Mittelpunkt zu stellen. All das konnte Nele nur noch schwer ertragen. Manchmal schämte sie sich sogar ein wenig für Lauras Auftreten.

Am liebsten hätte sie sich ein Zimmer im Hotel oder in einer Pension genommen, anstatt während der nächsten Tage mit Laura im Deichschlösschen zu wohnen. Aber erstens gab Neles Budget das nicht her – die Preise auf Juist waren inzwischen fast so hoch wie auf Sylt –, und zweitens hätte das nur für noch mehr Zündstoff in ihrer sowieso schon explosiven Mutter-Tochter-Beziehung geführt.

«Wusstest du, dass sie sogar schon eine Stelle hat?», sagte Emily auf dem Weg ins Haus.

«Nein.» Nele runzelte die Stirn. «Wo denn?»

«In einem neuen Wellnesshotel an der Ostsee. Dort haben sie ihr gleich einen Vertrag für die nächsten zwei Jahre angeboten. Deine Mutter ist schon ganz aufgeregt.»

Eigentlich hätte Nele sich jetzt für Laura freuen sollen, doch stattdessen schnürte sich ihr die Kehle zusammen. Wie grotesk, dass ihre Mutter ausgerechnet zu dem Zeitpunkt eine feste Anstellung bekam, da sie selbst schon fast ein halbes Jahr ohne festes Engagement dastand!

Im Nachbargarten von Emily ging es weitaus lebhafter zu als in dem des Deichschlösschens. Obwohl der Himmel sich über dem Meer schon langsam rosé färbte, spielten dort noch zwei Jungen, deren Haut den gleichen Kaffeeton aufwies wie die von Fatima und Aliya, mit Otto Ball. Oma Lotte hatte alle ihre Hunde Otto genannt. Sie mochte den Namen einfach. Dieser Otto, Otto der Vierte – oder war es schon der Fünfte? –, war noch jung, kaum zwei Jahre alt. Als er Emily bemerkte, quetschte er sich durch die Lücke im Zaun, die schon da war, seit Nele denken konnte, und begrüßte sie so begeistert, als wäre sie von einer einjährigen Weltreise zurückgekommen. Seinem cremefarbenen Flokati-Fell sah man an, dass er sich gerade ausgiebig in einem Beet gewälzt hatte.

«Bleib mir vom Leib, du dreckiger Kerl!», brummte Emily, die in Gesellschaft anderer immer so tat, als hätte sie Lottes Hund nur aufgenommen, weil ihr keine andere Wahl geblieben war. Doch Nele wusste, dass sie dem Tier mittags etwas kochte, dass er auf dem Teppich vor ihrem Bett schlafen durfte und dass sie ihn, wenn sie glaubte, dass niemand sie hörte, ‹Ottolein› nannte.

Einen Moment blieb Nele stehen und schaute den spielenden Jungen zu. Ihre Tochter hing währenddessen schlaff in ihren Armen, und nicht einmal das laute Lachen und Quietschen der Jungen weckte sie auf.

«Die beiden sind richtige Wirbelwinde», stellte Emily mit einem Lächeln auf den rot geschminkten Lippen fest. «Ganz im Gegensatz zu ihrer Schwester.» Sie senkte die Stimme. «Aliya war dabei, als ihr Vater umgebracht wurde, und seitdem spricht sie nicht mehr. Da sie zu Hause gern getanzt hat, wäre es schön, wenn wir sie irgendwie dazu bringen könnten, bei dem Musical mitzumachen. Schon allein damit sie Kontakt zu anderen Kindern bekommt.»

Neles Herz zog sich vor Mitleid zusammen, und sie presste ihre Tochter fester an sich. «Annika wird bestimmt gerne mit ihr spielen.»

«Ja. Sie ist ein liebes Kind.» Emily streichelte dem schlafenden Mädchen leicht über die Wange. «Bring sie rein, ich habe euch in deinem alten Zimmer die Betten bezogen. Und wenn du fertig bist, kommst du wieder zu mir herunter. Ich mache uns eine Flasche Wein auf.»

Nele betrat das Deichschlösschen. Weder Emily noch Laura hatten schon damit angefangen, es auszuräumen, deshalb sah es aus wie immer. Selbst Oma Lottes Strickjacke hing noch an der Garderobe, als würde sie nur darauf warten, dass die alte Frau aus der Küche trat und sie sich überzog. Im Haus war ihr immer so kalt gewesen. Doch die Küchentür blieb verschlossen, genau wie alle anderen Türen. Ein Kloß bildete sich in Neles Kehle, und so richtig gelang es ihr nicht, ihn hinunterzuschlucken.

Niedergeschlagen trug sie Annika die Holztreppe hinauf in den ersten Stock.

Die Stimmen von Aliyas Brüdern drangen durch die geschlossenen Fenster nur noch leise zu ihr. Nele war froh um diese Ruhe, diesen Moment der Atempause, in der sie sich noch ganz ihren Erinnerungen hingeben konnte. Morgen, allerspätestens übermorgen würde ihre Mutter hier auftauchen. Sie würde ihre Kleider überall herumliegen lassen, ihr Lachen würde durch die Räume schallen, der Duft ihres Parfüms alles durchdringen.

In dem Zimmer, wo Nele schon als kleines Kind geschlafen hatte und das sie sich nun mit ihrer Tochter teilte, legte sie Annika aufs Bett. Sie zog ihr die Schuhe aus und deckte sie zu, wickelte die Bettdecke eng wie einen Kokon um ihren Körper – so, wie Annika es mochte. Dann setzte sie sich neben sie und vergrub ihre Nase in Annikas dunklem Haar. Sie genoss die Wärme, die von ihrer Tochter ausging, und versuchte, ihre eigenen flachen, schnellen Atemzüge den tiefen, gleichmäßigen ihres schlafenden Kindes anzupassen. Erst als sie merkte, dass der Druck auf ihrem Brustkorb langsam nachließ, stand sie auf und verließ den Raum. Wie schon zuvor beim Hineingehen achtete sie darauf, nicht auf das vierte Dielenbrett zu treten, weil das fürchterlich laut knarzte. Nele kannte dieses Haus in- und auswendig.

Wieder im Erdgeschoss, nahm sie ihr Handy aus der Tasche und wählte eine Nummer.

«Hey!», sagte Ben am anderen Ende der Leitung. Seine Stimme war warm und dunkel. «Bist du schon da?»

«Ja.» Nele ließ sich gegen die Wand sinken. «Ich wünschte, du wärst hier.»

## 4. Kapitel

Juist, 25. August 2001

> A whole new world
> A new fantastic point of view
> No one to tell us no
> Or where to go
> Or say we're only dreaming.
>
> «A Whole New World», aus: Aladdin

«Heute habe ich was für dich, Lütte!» Mette winkte mit dem Brief in der Hand, und ihre schiefen Zähne leuchteten in dem von Wind und Wetter gegerbten Gesicht.

Nele, die gerade noch mit geschlossenen Augen im Liegestuhl gelegen und in einer Mischung aus Aufregung und Erstaunen jeden Moment der gestrigen Nacht noch einmal durchgespielt hatte, fuhr hoch. Mit weichen Knien eilte sie auf das gelbe Postfahrrad zu.

Mette gab ihr den Brief. Neles Hand zitterte, als sie ihn ergriff, und fast hätte sie vergessen, auch die Post von Oma Lotte entgegenzunehmen.

Endlich war er da. Mit klopfendem Herzen betrachtete Nele den Umschlag, die blaue Tinte, mit der Adresse und Absender geschrieben waren, die Briefmarke mit dem Enzian darauf.

«Und? Ist er da?», rief ihr Oma Lotte aus dem Garten zu. Sie nutzte das schöne Wetter, um Wäsche aufzuhängen.

Nele nickte gedankenverloren und streichelte mit der freien Hand Ottos geflecktes Fell.

«Ach, Mädchen!» Oma Lotte ließ die rosa gestreifte Bluse in ihrer Hand sinken und seufzte. «Hast du dir das auch gut überlegt? Vielleicht kannst du mich in den Ferien dann gar nicht mehr besuchen kommen, und du musst jeden Tag von morgens bis abends üben. An die frische Luft kommst du gar nicht mehr, und bald werden deine Füße so hässlich sein wie die von Emily.»

«Das habe ich gehört!», schallte es zu ihnen herüber.

Emily kniete auf der anderen Seite des Gartenzauns und zupfte Unkraut aus ihrem Gemüsebeet. Nun stand sie auf und erhob drohend den Zeigefinger.

Anders als Oma Lotte, die, selbst wenn sie das Deichschlösschen nicht verließ, aussah, als ginge sie in ein schickes Restaurant, kleidete Emily sich lässig: Ihre dünnen Beine steckten in dreiviertellangen Leggings, den mageren Oberkörper kaschierte ein weit schwingendes Oberteil. Dazu legte sie aber einen dunkelroten Lippenstift auf, der fast den gleichen Ton hatte wie ihre gefärbten Locken. Und immer – selbst im Hochsommer – trug sie geschlossene Schuhe.

Ihre Füße sahen nämlich wirklich nicht schön aus. Sie waren mit Schwielen und Hornhaut bedeckt, und zwei ihrer Nägel waren schwarz. Nele hatte das einmal zufällig gesehen, als Emily im Garten ein Fußbad genommen hatte.

«Ist das die Antwort von der Akademie?», fragte Emily gespannt und zeigte auf den Brief.

Nele nickte.

«Und was stehst du dann noch hier wie angewachsen herum? Mach ihn auf!»

Unentschlossen knibbelte Nele mit Daumen und Zeigefinger

an der Lasche des Umschlags. Sie schaute erst zu Emily, dann zu Oma Lotte. Die rosa gestreifte Bluse hing jetzt an der Wäscheleine und flatterte fröhlich im Wind. Erwartungsvoll sahen beide Frauen sie an.

«Ich kann nicht, wenn ihr mir zuschaut», sagte sie verlegen. «Dazu muss ich allein sein.»

Oma Lotte war die Enttäuschung deutlich anzusehen, aber Emilys strenge Gesichtszüge wurden weich. «Natürlich! Zeig ihn uns, wenn du bereit bist.»

Oma Lotte nickte. «Emily und ich stellen inzwischen schon mal eine Flasche Sekt kalt.»

«Das ist eine hervorragende Idee, Charlotte!» Es kam selten vor, dass Emily ihrer besten Freundin beipflichtete. Sie kramte eine Schachtel Zigarillos aus der Tasche ihres weiten Oberteils und zündete sich einen an. Tief inhalierte sie den Rauch und blies ihn dann in unterschiedlich großen Kringeln wieder aus. «Wenn es eine Zusage ist, können wir darauf anstoßen. Bei einer Absage betrinken wir uns.»

«Ach, was du immer für dummes Zeug redest! Und du weißt genau, wie sehr ich es hasse, wenn der Qualm dieser Teufelsdinger in meinen Garten zieht.» Oma Lotte wedelte mit der Hand, um den Rauch zu vertreiben. «Hör nicht auf sie, Herzchen!», sagte sie zu Nele. «Natürlich ist es eine Zusage.»

«Das war ein Spaß!» Emilys grüne Augen richteten sich gen Himmel, als würde sie den lieben Gott darum bitten, ihr Geduld zu schenken. «Laura hat mir das Video vom Vortanzen und Vorsingen gezeigt. Du warst wundervoll. Und selbst wenn das Auswahlgremium Tomaten auf Augen und Ohren hatte, denk dran: Kopf hoch, Schultern tief, Brust raus! Du gehst deinen Weg, Mädchen, das weiß ich.»

Genau das Gleiche hatte auch Laura zu ihr gesagt. Nele

wünschte, sie könnte genauso sehr an sich glauben, wie Emily und ihre Mutter es taten.

Oma Lotte lächelte ihr ebenfalls aufmunternd zu. Auch wenn sie immer über ihre Tanzerei schimpfte, war sie stolz auf Nele, das merkte man.

Nele überlegte kurz, ob sie den Brief in ihrem Zimmer öffnen sollte. Nein, in einem geschlossenen Raum würde sie jetzt verrückt werden. Mit dem Umschlag in der Hand schwang sie sich auf ihr Hollandrad. Otto richtete sich auf, er hoffte, dass er sie begleiten durfte. Doch Nele schüttelte den Kopf.

Auf der Uferpromenade angekommen, schlängelte sich Nele durch den Strom der Menschen, die mit voll bepackten Taschen auf dem Weg zum Strand waren, und schaute sich nach einer freien Bank um. Doch nach dem Regen der letzten Tage brannte die Sonne heute wieder heiß von einem blauen Himmel voller Schäfchenwolken, und alle Plätze waren besetzt. Ein Pärchen mit Hund, eine Familie mit vier kleinen Kindern, ein alter Mann, der Pfeife rauchte und Zeitung las … Niemand hatte Lust, sich bei diesem Wetter drinnen aufzuhalten.

Auch Laura nicht. In ihrem neuen roten Kleid saß ihre Mutter dort drüben an der Strandbar und winkte ihr zu.

«Hallo, meine Süße! Wohin fährst du denn? Zu Henry?»

Nele stieg ab und schob ihr Fahrrad zu ihr. «Nein. Ich gehe schwimmen.» Sie hoffte, dass Laura nicht in ihren Fahrradkorb schaute und merkte, dass sie kein Handtuch dabeihatte.

Von dem Brief wollte sie ihrer Mutter jetzt nicht erzählen, denn neben Laura saß Julius. Nele mochte den Immobilienmakler einfach nicht. Alles an ihm war schmierig: seine dunklen, nach hinten gegelten Haare, sein aufgesetztes Lächeln, sein ganzes Gehabe. Großspurig wie immer zog er gerade eine goldene

Geldscheinklammer von einem Bündel Scheine, um ihre zwei Tassen Cappuccino zu bezahlen. Dabei funkelte sein schwerer Siegelring mit dem mattschwarzen Stein im Sonnenlicht.

Nele rümpfte die Nase. Seine Hände waren viel zu gepflegt für einen Mann. Bestimmt ging er zur Maniküre. Henrys Hände dagegen waren immer ein bisschen schmutzig und rau, weil er es liebte, an allem herumzuschrauben, vor allem an Dingen, die Räder hatten. Neles Pulsschlag beschleunigte sich, als sie daran dachte, wo er sie gestern Nacht mit diesen Händen überall berührt hatte.

Schnell verabschiedete sie sich und radelte weiter zum Strandaufgang. Dort legte sie ihr Rad in den Sand und sah sich verstohlen um. Niemand war zu sehen. Sie kletterte über das niedrig aufgespannte Tau, das den Strand von den Dünen abtrennte.

Ein Junge, etwa in ihrem Alter, lag reglos auf dem Rücken im Sand, halb verdeckt vom Seehafer. Fast wäre Nele über ihn gestolpert.

«Kannst du denn nicht lesen?», fuhr sie ihn an. Einen schrecklichen Augenblick lang hatte sie gedacht, er wäre tot. «Es ist verboten, die Dünen zu betreten.»

Eigentlich hätte er sie jetzt darauf aufmerksam machen müssen, dass sie selbst sich auch nicht an dieses Verbot hielt. Doch anscheinend war er auf den Mund gefallen. Wie von einer Hornisse gestochen fuhr er plötzlich nach oben. Erst jetzt realisierte Nele, dass es der rothaarige Junge von letzter Nacht war.

«Tut mir leid», sagte er und schluckte.

«Ach!» Nele reckte das Kinn. Ihr Herz schlug immer noch wie wild.

Unbeholfen klopfte der Junge sich den Sand von seinem Poloshirt und schwieg.

«Anemone! Florentine! Hört sofort auf mit dem Unsinn!», durchschnitt eine schrille Stimme die Stille. Sie gehörte einer korpulenten Frau, deren platinblond gefärbte Haare so hoch aufgetürmt waren, dass Nele hätte wetten können, dass sie darunter ein Haarteil trug. Mühsam schälte sich die Frau aus ihrem Strandkorb unterhalb der Dünen.

Die kleinen Zwillingsmädchen, die ein paar Meter entfernt von ihr standen und sich gegenseitig Sand über den Kopf rieseln ließen, sahen einander an und rannten dann kichernd in Richtung Meer. Ihre wadenlangen Sommerkleider flatterten hinter ihnen her.

Die Frau wandte sich dem Jungen zu. «Was machst du denn da oben auf der Düne?», herrschte sie ihn an. Der dünne Stoff ihrer Chiffonbluse war zwischen den Brüsten und unter den Achseln dunkel von Schweiß. «Komm sofort her und kümmere dich um deine Schwestern. Kann ich denn keine fünf Minuten in Ruhe lesen?» Wütend schwenkte sie ihr Buch mit dem rosafarbenen Einband.

Wie redete sie denn mit ihm?, wunderte sich Nele. Wenn Laura sie so anraunzen würde, würde sie ihr was erzählen! Doch der Junge biss sich nur kurz auf die Unterlippe und lief dann zu den Mädchen die Düne hinunter.

«Ha, ha, du kriegst uns nicht», rief die eine und streckte ihm die Zunge heraus. Die beiden kicherten lauter und beschleunigten ihre Schritte.

Mit seinen langen, dünnen Beinen hatte er sie schnell eingeholt und sich eine von ihnen geschnappt. Er packte das Mädchen an der Taille und wirbelte sie herum. Anscheinend war er stärker, als er aussah. Die Kleine juchzte vor Wonne.

«Ich auch. Ich auch! Ben, ich will jetzt auch mal!», rief die andere und reckte die Ärmchen.

Was für ein schräger Typ!, dachte Nele kopfschüttelnd. Ließ sich von seiner Mutter herumkommandieren, als wäre er erst zehn.

Sie wandte sich ab und lief weiter in die Dünen hinein. In einer tiefer gelegenen Mulde, die vom Strand aus nicht einsichtig war, ließ sie sich in den Sand plumpsen.

Nele schloss kurz die Augen. Was würde sie tun, wenn sich in dem Briefumschlag eine Absage befand? Natürlich gab es noch andere Musicalschulen in Deutschland, aber keine war so gut wie die Stage School in Hamburg. Es musste einfach eine Zusage sein! Sie überlegte, ob sie noch etwas tun konnte, um das Schicksal milde zu stimmen. Das machte sie schon, seit sie klein war. Zum Beispiel in der vierten Klasse: Damals hatte sie dem Schicksal angeboten, trotz ihrer Tanz- und Gesangsstunden für die Schule so viel zu lernen, dass sie nur Einser und Zweier im Zeugnis hatte. Dafür hatte sie zu Weihnachten das wunderschöne glitzernde Tutu bekommen, das sie sich schon so lange wünschte. Abgesehen davon, dass Eddy nicht zurückgekommen war, obwohl sie monatelang lieb und artig gewesen war und Laura niemals Widerworte gegeben hatte, hatte ihre Strategie fast immer funktioniert. Aber was konnte sie in diesem Moment und mitten in den Dünen schon tun? Einen einarmigen Handstand machen? Oder die Luft anhalten und bis fünfhundert zählen?

Nele atmete tief ein. Es hatte keinen Zweck, noch länger zu warten. Sie musste sich dem Unvermeidlichen stellen. Wenn es wirklich eine Absage war, würde sie es so machen, wie Emily gesagt hatte: Kopf hoch, Schultern tief, Brust raus. Das Leben würde schließlich weitergehen. Es ging immer weiter. Sie würde sich einfach an anderen Musicalschulen bewerben. Oder doch ihr Abitur machen und studieren …

*Hör auf zu zaudern, Mädchen, und lies endlich den Brief!*, donnerte Emilys strenge Stimme in ihren Gedanken.

Jaja, sie machte ja schon! Mit zitternden Fingern riss Nele den Umschlag auf, zerrte den dünnen Papierbogen heraus und öffnete ihn.

> Sehr geehrte Frau Strasser,
> wir freuen uns, Ihnen im nächsten Schuljahr
> einen Platz an unserer Schule anbieten zu können.
> Der Unterricht beginnt am 12. September um
> acht Uhr ...

Nele ließ den Brief auf ihre zum Schneidersitz gekreuzten Beine sinken. Erst jetzt atmete sie aus. Sie hatte es geschafft! Sie hatte es wirklich geschafft. Das musste sie unbedingt Henry erzählen! Sie entknotete ihre Beine und sprang auf. Doch dann hielt sie inne. Wie würde es aussehen, wenn sie schon jetzt wieder bei ihm auftauchte? Henry würde denken, dass sie ihm nachlief. Schließlich war es noch keine zwölf Stunden her, dass sie sich voneinander verabschiedet und ausgemacht hatten, sich später im «Zaubergärtchen» zu treffen. Von dort wollten sie gemeinsam auf das Sanddornfest gehen.

Schweren Herzens beschloss Nele, sich noch ein wenig zu gedulden. Es waren ja nur noch ein paar Stunden. Und jetzt hatte sie noch ganze drei Wochen mit ihm ... Nele presste den Brief fest an ihre Brust. Dann ging sie zurück zu ihrem Fahrrad.

Am Kurplatz überholte sie den rothaarigen Ben und seine Schwestern. Die drei kamen nicht besonders schnell voran, denn die beiden Mädchen balancierten schwatzend eine Luftmatratze über ihren Köpfen. Ben trug eine große Strandtasche, aus der ein Schnorchel und Sandspielzeug ragten. Nele spürte den Blick des Jungen in ihrem Rücken. Als sie sich zu ihm umdrehte, schaute er hastig weg.

Irgendwo brummte ein Rasenmäher, und der unvergleichliche Geruch von frischgemähtem Gras stieg ihr in die Nase. Vögel zwitscherten über ihrem Kopf, und obwohl es schon Ende August war, war es immer noch richtig heiß. Nele zog den Haargummi aus ihrem Pferdeschwanz und ließ die hellblonden Haare im Fahrtwind flattern. Sie hatte eine Zusage von der Stage School bekommen – und ihren ersten Kuss. Von Henry.

Auf einmal sah sie ihre Zukunft vor sich wie in der Glaskugel einer Wahrsagerin: Sie würde drei Jahre nach Hamburg gehen und danach an den Broadway. Und wenn sie eines Tages zu alt war, um selbst auf der Bühne zu stehen, würde sie nach Juist zurückkommen und Emilys Tanzschule übernehmen. Sie würde mit Henry im Deichschlösschen wohnen – oder bei Emily, und sie würden zwei süße Kinder haben. Ein Mädchen und einen Jungen. Natürlich würde das Mädchen ebenfalls Tänzerin werden wollen, und natürlich hatte es ihr Talent geerbt ... ein phantastisches Leben wartete auf sie! Übermütig ließ Nele den Lenker los und breitete die Arme aus.

# 5. Kapitel

## Juist 2019

«Hallihallo! Ist jemand zu Hause?»

Schlagartig war Nele wach. Kurz fragte sie sich benommen, was Laura denn in ihrer New Yorker Wohnung machte, bevor sie realisierte, wo sie sich befand. Sie blinzelte in Richtung des altmodischen Radioweckers, der neben ihrem Bett auf dem Nachtschränkchen stand. Es war erst acht. Was machte ihre Mutter denn um diese Zeit schon hier? Der erste Inselflieger landete erst um Viertel vor neun, die Fähre kam sogar erst am Mittag. Mit einem Stöhnen zog Nele sich die Decke über den Kopf. Ohne mindestens eine Tasse Kaffee getrunken zu haben, konnte sie Laura unmöglich gegenübertreten.

Sie hörte, wie Annika sich neben ihr aufrichtete. «Oma?», sagte sie verschlafen. Und dann etwas lauter: «Oma!» Nele konnte sich genau vorstellen, wie ihre Augen dabei leuchteten. Wie die meisten Menschen konnte auch Annika sich Lauras Zauber nicht entziehen. Selbst Nele konnte ihrer Mutter nicht absprechen, dass sie Charisma hatte.

Eine Bettdecke wurde hastig zur Seite geworfen, kleine Füße tapsten zur Tür hinaus und die Treppe hinunter.

«Mäuschen!!! Was bist du groß geworden!», schrie Laura. Spätestens jetzt wäre Nele wach gewesen.

Annika juchzte. Wahrscheinlich wirbelte Laura sie gerade herum. «Hast du mir was mitgebracht?»

«Natürlich. Was glaubst du denn? Ist deine Mami schon wach?»

«Nein.»

«Dann lassen wir sie noch ein wenig schlafen und gehen ins Wohnzimmer.»

Schritte entfernten sich, eine Tür fiel ins Schloss.

Erst jetzt hob Nele den Kopf und schaute noch einmal auf die Uhr. Nein, sie hatte sich nicht geirrt! Es war definitiv erst acht. In New York wäre es jetzt sogar noch mitten in der Nacht. Eingeschlafen war sie erst gegen vier. Zuvor hatte sie im Wohnzimmer gesessen, eine ganze Flasche Weißwein getrunken, die sie in Oma Lottes Vorratsschrank gefunden hatte, und sich danach noch stundenlang ruhelos im Bett herumgewälzt.

Nele kramte in ihrer Handtasche nach einer Kopfschmerztablette und schluckte sie trocken hinunter, bevor sie in ihre Kleider von gestern schlüpfte und barfuß nach unten ging.

Sehnsüchtig schielte sie nach der Kaffeemaschine, die sie durch die geöffnete Küchentür anlachte, entschied sich dann aber doch dafür, die Begegnung mit Laura so schnell wie möglich hinter sich zu bringen.

Laura hatte Annika ein leuchtend gelbes Gummiband mitgebracht, das sie jetzt zwischen zwei Stühle gespannt hatten, um Gummitwist zu spielen. Trotz ihrer vierundfünfzig Jahre sprang Laura leichtfüßig darüber. Als Kind hatte sie, genau wie Nele, getanzt. Wenn sie dieses Hobby ein bisschen ernster genommen hätte, wäre sie auch gar nicht so schlecht gewesen, hatte Emily gemeint. Doch als Teenager hatte sie damit aufgehört. Die Ausbildung zur Kosmetikerin war die erste Sache, die Laura konsequent durchgezogen hatte. Zumindest konnte Nele sich an keine weitere erinnern.

Wie um sich zu vergewissern, dass sie noch da war, wanderte

Neles Hand in die Tasche ihrer langen Strickjacke und berührte die Postkarte, die sie ein paar Tage vor ihrer Abreise in New York erreicht hatte. Eine fliegende Möwe vor einem türkisblauen Himmel war darauf abgebildet. Nele hatte sofort gewusst, was Ben ihr damit sagen wollte: Ich bin frei. Und: Es ist endlich vorbei. Sie hatte ihn sofort angerufen.

«Mami!» Endlich hatte Annika sie bemerkt. «Oma ist da», fügte sie fröhlich hinzu. Als ob Nele das nicht längst gesehen hätte.

«Ja, und das sogar schon ein paar Stunden früher als geplant. Ein junger Mann, den ich gestern im Norddorf in einem Restaurant kennengelernt habe, war so nett, mich mit seinem Privatboot schnell rüberzufahren.» Laura nahm eine Urkunde vom Tisch und hielt sie hoch. «Schaut mal, wer gestern seine Ausbildung zur Kosmetikerin abgeschlossen hat! Sogar mit Auszeichnung!» Sie verzog die Lippen zu ihrem berühmten Julia-Roberts-Lächeln, doch Nele entging nicht, dass es irgendwie falsch wirkte. Es hatte einiges von seiner früheren Strahlkraft verloren.

Steif umarmten sie sich, und Laura hauchte rechts und links von Neles Wangen Küsschen in die Luft. Vor Annika taten sie immer so, als wären sie ein Herz und eine Seele. Dabei hatten sie sich letzte Woche am Telefon heftig gestritten. Nachdem Laura monatelang nicht in die Gänge gekommen war, was den Verkauf des Deichschlösschens anging – ständig kam ihr etwas dazwischen –, hatte Nele von New York aus einen Termin mit einem Maklerbüro vereinbart. Emily war bereit gewesen, der Frau die Villa zu zeigen, doch Laura hatte darauf bestanden, es selbst zu tun. Aber sie war zu diesem Treffen nicht erschienen; angeblich hatte sie es vergessen. Als die Maklerin Nele verärgert anrief, um ihr dies mitzuteilen, war ihr der Kragen geplatzt, und dann hatte sie ebenfalls zum Hörer gegriffen.

«Wieso stellst du dich mit dem Hausverkauf so an?», hatte sie ihre Mutter wütend gefragt. «Du hast es doch nach der Schule gar nicht erwarten können, endlich von der Insel wegzukommen! Und auch später hast du Oma Lotte fast nie besucht, sondern mich immer allein dorthin abgeschoben, damit du ungestört Zeit mit deinem neuesten Typen verbringen konntest.»

Doch Laura hatte sich von diesen Vorwürfen überhaupt nicht provozieren lassen, sie war noch nicht einmal darauf eingegangen, sondern hatte lediglich entgegnet: «Meine Güte! Du reagierst ja vollkommen über. Ja, es war blöd von mir, den Termin zu vergessen. Aber das ist doch kein Grund, sich so aufzuregen. Es wird nicht wieder vorkommen.»

«Nein, das wird es ganz bestimmt nicht! Denn da du ganz offensichtlich nicht dazu in der Lage bist, werde ich nach Juist fliegen und mich selbst um den Verkauf kümmern», hatte Nele gefaucht und dann ohne ein weiteres Wort aufgelegt.

Nun tat ihre Mutter so, als hätte dieser Streit niemals stattgefunden. Auch als Annika nach draußen lief, weil sie hörte, dass die beiden Jungs mit Otto durch Emilys Garten tobten, beschränkte sie sich auf belanglosen Smalltalk. Sie erzählte von ihren viel jüngeren Kolleginnen auf der Schule und darüber, dass ihre Nachbarin ihre asthmatische Französische Bulldogge absichtlich jeden Morgen vor ihrer Haustür einen riesigen Haufen machen ließ. Laura war schon immer eine Verfechterin der Vogel-Strauß-Taktik gewesen. Vor ein paar Jahren hatte sie die Mahnungen ihres Stromanbieters auch so lange ignoriert, bis sie einen Dummen gefunden hatte, der so verknallt in sie gewesen war, dass er ihre Schulden beglichen hatte. War das dieser stinklangweilige Steuerberater gewesen oder der Restaurantbesitzer, der Kajalstift benutzte? Nele konnte sich nicht mehr genau erinnern. Die Männer in Lauras Leben hatten immer recht schnell gewechselt. Nur bei Julius war sie eine ganze Weile hängengeblieben ...

Nachdem Nele eine Tasse Kaffee getrunken hatte – vorher war sie einfach kein Mensch –, kam sie noch einmal auf den verpassten Termin mit der Maklerin zu sprechen.

«Letztendlich schiebst du den Verkauf des Deichschlösschens doch nur auf.» ... *durch dein kindisches Verhalten*, hätte sie beinahe noch hinzugefügt, aber das verkniff sie sich. «Wir müssen das Haus verkaufen. Ich will nicht darin wohnen, und du willst es auch nicht. Davon abgesehen könnte es sich keine von uns leisten, die andere auszuzahlen. Wir müssten also beide hier einziehen, um es behalten zu können.» Etwas blitzte in Lauras Augen auf, was Nele nicht deuten konnte. Kurz sah sie aus, als ob sie etwas darauf erwidern wollte, aber dann schloss sie die Lippen schon wieder. Deshalb setzte Nele schnell nach: «Also gehe ich heute noch zu einem Maklerbüro und mache einen neuen Termin aus.»

«Aber wir werden nicht die Maklerin damit beauftragen, die du beim letzten Mal kontaktiert hast», protestierte Laura. «Schlimm genug, dass diese Frau auf dem Foto eine blau getönte Dauerwelle hatte, sie trug auch noch einen rosafarbenen Angorapulli, und ihre Brille hing an einer Samtkordel. So jemanden kann man doch nicht ernst nehmen.»

«Wenn du so wählerisch bist, musst du wohl oder übel mitkommen. Es gibt inzwischen fünf Maklerbüros auf der Insel. Eines davon wird dir ja wohl zusagen.» Bevor Laura darauf etwas erwidern konnte, fügte Nele hinzu: «Du kannst zweimal dein Veto einlegen. Danach suche ich aus.»

«Na gut! Abgemacht.» Laura verdrehte die Augen, und diese Geste trug noch mehr dazu bei, dass sie mit ihren blond gefärbten Locken und dem kurzen kanariengelben Kleid wie ein Teenager wirkte.

«Könntest du dich vorher noch umziehen?», fragte Nele vorsichtig.

«Wieso?», entgegnete Laura unschuldig. «Was stimmt denn mit dem, was ich anhabe, nicht?» Sie schaute an sich hinunter, bis ihr Blick an ihren hohen Sandaletten hängenblieb, aus denen leuchtend rot lackierte Zehennägel hervorblitzten.

«Nichts. Ich könnte mir nur vorstellen, dass wir souveräner wirken, wenn wir beide etwas tragen, das ein bisschen …»

«… spießiger ist?»

«Geschäftsmäßiger.»

In diesem Moment kam Annika wieder herein. «Können wir Fußball spielen?»

«Nein, Schätzchen», antwortete Laura. «Du weißt, deine Oma ist wirklich zu vielem bereit. Aber mit Bällen und allem, was damit zusammenhängt, konnte man mich schon immer jagen.»

«Dann will ich an den Strand!»

Nele strich ihrer Tochter übers Haar. «Heute Nachmittag. Erst müssen wir ins Dorf und ein paar Dinge erledigen.»

«Menno!» Annika zog eine Schnute. «Ich will aber jetzt schwimmen. Mir ist heiß.» Ihrer Tochter war immer heiß. Selbst im härtesten New Yorker Winter beschwerte sie sich manchmal darüber, dass sie schwitzte. «Wenn ich groß bin, kaufe ich mir einen Pool. Mit einer ganz langen Rutsche. Und ein Einhorn.»

«Das ist eine phantastische Idee!», rief Laura. «Darf ich dann darauf reiten?»

Nele konnte nicht anders, als zu lächeln. Momente wie dieser waren der Grund, warum sie ihrer Mutter so einiges verzeihen konnte. Oma Lotte hätte jetzt garantiert gesagt, dass man der Kleinen solche Flausen frühzeitig austreiben müsse, aber Laura war da ganz anders. Nele fand es schön, dass Annika Träume hatte, und sie sah überhaupt keinen Sinn darin, diese jetzt schon zu zerstören. Das tat das Leben noch früh genug.

# 6. Kapitel

## Juist, 25. August 2001

> Can you feel the love tonight?
> You needn't look too far
> Stealing through the night's uncertainties
> Love is where they are.
>
> *«Can You Feel the Love Tonight?»,*
> *aus: König der Löwen*

Ungeduldig rutschte Nele auf der roten Holzbank hin und her. Es war schon halb neun. Henry war noch nie der Pünktlichste gewesen, aber allmählich hätte er wirklich mal auftauchen können.

Das Zaubergärtchen, in dem sie sich verabredet hatten, war ein kleiner Park. Ein Schriftsteller aus der Schweiz war bei seinem Besuch auf der Insel so begeistert von ihm gewesen, dass er ihm eine Kurzgeschichte gewidmet und ihm diesen Namen gegeben hatte.

Auch Nele liebte das Gärtchen, das sich schräg gegenüber von Oma Lottes Haus auf der anderen Seite des Loogster Pad befand. Im Frühling wuchsen dort so viele Schneeglöckchen und Märzbecher, dass man den Boden kaum sehen konnte, und im Sommer war es durch die dicht belaubten Bäume darin herrlich schattig und kühl. Manchmal kamen Rehe vorbei, um aus dem Teich zu trinken oder an den Taglilien zu knabbern. So viele faule Stunden hatte Nele in der alten, schon ein wenig fadenscheinigen Hängematte verbracht, die zwischen zwei schlanken Birken gespannt war. Sie hatte gelesen, Musik auf ihrem MP3-Player gehört oder einfach nur dagelegen und vor sich hin geträumt. Mit vierzehn hatte sie sich hier zusammen mit Henry an Emilys selbstgemachtem Eierlikör betrunken, den er ihr stibitzt hatte. Emily war damals stinksauer auf Henry gewesen.

«Nur Blödsinn hat der Junge im Kopf, und du lässt dich auch noch von ihm anstacheln», hatte sie gewettert, als Nele am nächsten Tag zerknirscht und verkatert bei ihr in der Tanzschule erschienen war. «Das Training können wir heute vergessen. Du kannst ja kaum gerade stehen, und ich habe keine Lust, dass du dich bei der ersten Drehung auf mein Parkett übergibst.»

Schuldbewusst hatte Nele der älteren Frau geschworen, dass das nie wieder vorkommen würde, und sich danach für den Rest des Tages ins Bett verzogen. Nicht ohne vorher noch einmal ihren Magen vor dem großen Rosenbusch im Garten des Deichschlösschens zu entleeren. Am nächsten Tag hatte sie pflichtbewusst um Punkt acht Uhr an der Stange gestanden, um das ausgefallene Training nachzuholen. Auch wenn sie es genoss, in den sechs Wochen Sommerferien auch mal zu faulenzen und andere Dinge zu tun, als immer nur zu tanzen, stand das Tanzen in ihrem Leben an erster Stelle.

Rollen knirschten auf Kies. Henry bremste und sprang vor dem Zaubergärtchen von seinem Skateboard, dann quietschte die Pforte.

«Sorry, dass ich so spät komme. Meine Mum hat angerufen.»

Henrys Mutter Ela hatte die Familie kurz vor seinem sechsten Geburtstag für einen Springreiter verlassen, mit dem sie nun am Chiemsee Pferde züchtete. Auch wenn Henry das nie zugeben würde und die seltenen Telefonate mit ihr stets als unvermeidliches Übel abtat, wusste Nele, was sie ihm bedeuteten. Er vermisste seine Mutter immer noch.

«Macht ja nichts. Ich bin auch gerade erst gekommen», log Nele. Sie klopfte neben sich auf die Bank. Henry zögerte kurz, bevor er sich setzte. An diesem Morgen hatten sie sich mit einem langen Kuss voneinander verabschiedet, aber die vergangenen Stunden hatten eine Kluft zwischen ihnen gegraben. Henry stand auf der einen Seite, sie auf der anderen, und Nele traute sich nicht, zu ihm hinüberzuspringen. *Wir hätten es nicht tun sollen*, dachte sie niedergeschlagen.

Doch dann legte Henry den Kopf schief und lächelte sie an. «Ich hab mich auf dich gefreut.»

Nele atmete erleichtert aus, ein ganzer Backstein fiel auf einmal von ihrem Herzen. «Und ich mich auf dich», flüsterte sie.

Sie neigten sich einander zu, bis ihre Nasenspitzen einander berührten. Nele spürte Henrys Hände auf ihrem Rücken, auf der Stelle zwischen ihrem Sommertop und dem Bund ihrer Shorts, und sie hörte sein leises Seufzen, als ihre Lippen sich trafen. Der Kuss war sanft und süß, und als sie sich Minuten später ein wenig verlegen voneinander lösten, wusste sie mit untrüglicher Gewissheit, dass sie niemals wieder so viel für jemanden empfinden würde wie für Henry.

«Weißt du, wie lange ich mir das schon gewünscht habe?», sagte er, und ihr Herz machte Hüpfer.

«Seit du mich mit aufgeschlagenem Knie von der Straße aufgelesen hast», neckte sie ihn.

«Nein, schon viel länger.»

«Schon länger?» Nele runzelte die Stirn. «Aber da hast du mich doch gar nicht gekannt.»

Henry schwieg, und sie dachte schon, dass er seine merkwürdige Aussage nicht weiter kommentieren würde. Aber dann sagte er: «Ich hatte dich doch vorher bei Lotte im Garten gesehen.» Er zog eine Packung Zigaretten aus seiner Hosentasche, zündete sich aber keine an. «Sollen wir zum Fest gehen?»

«Nein, erst muss ich dir etwas erzählen. Ich habe nämlich eine Überraschung für dich.» Nele spürte, dass sie über das ganze Gesicht strahlte, als sie ihm den Brief gab.

«Was ist das?» Er runzelte die Stirn.

«Ein Brief von der Stage School!», erklärte sie. «Von der berühmtesten Musicalschule Deutschlands», fügte sie nach einer Weile hinzu, weil Henry immer noch nichts zu verstehen schien. «Sie ist in Hamburg. Anfang Juli hatte ich dort einen Termin zum Vortanzen und Vorsingen.» Sie packte Henry am Arm. «Und sie haben mich genommen! Mitte September fange ich dort an. Die Ausbildung dauert drei Jahre. Und danach … Broadway, ich komme!» Sie riss begeistert die Arme in die Luft und schaute erwartungsvoll zu Henry auf.

Aber anstatt ihr Lächeln zu erwidern, starrte er sie nur an. Er sah aus, als hätte sie ihm gerade mitgeteilt, dass sie unter einer unheilbaren Krankheit litt. «Du hast mir gar nicht gesagt, dass du dort beim Aufnahmetest warst», sagte er mit tonloser Stimme.

«Weil ich nicht wusste, ob sie mich dort nehmen würden. Und es sollte eine Überraschung sein. Was ist denn los mit dir? Freust du dich denn gar nicht für mich?»

Der schockierte Ausdruck auf Henrys Gesicht verschwand, und sein Blick wurde starr. Genauso hatte er ausgesehen, als er noch ein kleiner Junge gewesen war und ihm die alte Hilta eine Ohrfeige gab, weil er ihrer Katze eine Blechdose an den Schwanz gebunden hatte.

«Doch, klar. Das ist toll! Ich sehe dich schon auf den Plakaten am Times Square.» Er schaute auf seine Uhr. «Können wir jetzt los? Ich habe den anderen gesagt, dass ich um neun Uhr da bin.»

Auf dem Weg ins Dorf fuhr Henry mit seinem Skateboard so schnell, dass Nele auf ihrem Fahrrad kaum hinterherkam. Auf dem Kurplatz, wo das Sanddornfest stattfand, steuerte er geradewegs den Schiffchenteich an, wo Piet und Tom saßen und damit beschäftigt waren, zwei Mädchen anzubaggern. Die beiden waren kaum älter als Nele, aber sie hatten sich stark geschminkt. Beide trugen teure Designerjeans, und eine von ihnen hatte blonde, fast taillenlange Extensions. Als sie ihre Locken nach hinten warf, sah Nele die Schweißstellen an ihrem Haaransatz.

Nele stand ein paar Augenblicke neben ihnen, aber da Piet und Stefan nur Augen für die beiden Mädchen hatten und Henry nur düster vor sich hin starrte und kein Wort sprach, fühlte sie sich bald schon fehl am Platz. Sie wünschte, sie hätte den Mut, Henrys Hand zu nehmen, um die unsichtbare Barriere zum Einsturz zu bringen, die wegen des Briefs gerade zwischen ihnen entstanden war – aus welchem Grund auch immer. Aber vor seinen Freunden traute sie sich das nicht.

Ziellos ließ Nele den Blick umherschweifen und erkannte ihre Mutter, die zusammen mit Henrys Vater auf einer der Holzbänke saß. Noch vor ein paar Jahren hatte Arno gar nicht so schlecht ausgesehen; wie eine ältere und größere Ausgabe von Henry. Aber in der letzten Zeit hatte er sich immer mehr gehenlassen. Sein ehemals glattrasiertes Gesicht bedeckte jetzt ein üppiger Vollbart, und jedes Mal, wenn Nele ihn sah, schien es ihr, als wäre er noch dicker geworden.

Nele winkte ihrer Mutter zu, und sie winkte fröhlich zurück.

Arno und Laura waren früher beste Freunde gewesen, genau wie Henry und sie.

Auch Jens war da und lehnte allein am Getränkestand. Der Metzgersohn wohnte mit seinen Eltern und seinem kleinen Bruder im Haus neben dem von Emily. Als Kind hatte er immer versucht, sich an Henry und Nele zu hängen. Er wollte aus ihnen die drei Musketiere machen. Doch sie waren lieber Peter Pan und Wendy geblieben. Bei der Erinnerung musste Nele schlucken.

«Ich hole mir was zu trinken», sagte sie zu Henry. Eigentlich hatte sie gar keinen Durst, aber sie hoffte, ihm irgendeine Reaktion zu entlocken. «Soll ich dir was mitbringen?»

«Ich hole mir selbst was», antwortete Henry. Seine Miene war immer noch so undurchdringlich wie zuvor im Gärtchen.

Niedergeschlagen machte Nele sich auf den Weg. Gerade war er noch so lieb zu ihr gewesen, er hatte sie geküsst und gestreichelt, und jetzt behandelte er sie wie Luft. Und alles nur weil sich ihr Traum erfüllte! Sie hatte gedacht, dass er sich für sie freuen würde.

Am Getränkestand bestellte sie sich eine Cola und gesellte sich zu Jens.

«Ich glaube, er mag dich», sagte Jens unvermittelt, nachdem sie ein paar Worte miteinander gewechselt hatten. «Er schaut die ganze Zeit zu dir rüber.»

Neles Herz schlug einen Purzelbaum. «Wer?» Meinte er Henry?

«Na, der rothaarige Junge dort drüben!»

Für eine Sekunde trafen sich ihr Blicke, und obwohl der Junge ein ganzes Stück von ihnen entfernt war, hätte Nele schwören können, dass seine Haut fast den gleichen Farbton annahm wie sein Haar.

«Das ist ein komischer Typ!», murmelte sie und zog die Nase kraus.

«Findest du?» Jens legte den Kopf schief. «Er ist doch ganz s...» Er verstummte.

Nele hob die Augenbrauen. «Wolltest du gerade *süß* sagen?»

«Nein!!!» Jens schüttelte so heftig den Kopf, dass seine Hornbrille ein Stück nach unten rutschte. Er schob sie mit dem Zeigefinger wieder auf seine Nasenwurzel zurück. «S ... sympathisch.»

Neles Lippen kräuselten sich. Dass Jens auf Jungs stand, wusste jeder auf der Insel. Nur er selbst nicht. Und seine streng katholischen Eltern.

«Zu der Familie gehört auch ein Vater», erklärte Jens. «Aber den bekommt man kaum zu Gesicht. Er sitzt die ganze Zeit in seinem Zimmer und arbeitet.» Als Nele ihn fragend ansah, setzte er nach: «Sie sind im Kurhotel abgestiegen. Ihm gehört in München eine Abendzeitung, sagt meine Mutter, und dass er stinkreich ist. Der Rothaarige ist also eine gute Partie.» Jens grinste.

«Nein, danke.» Nele schnaubte und sah sich nach Henry um. Er stand jetzt neben der aufgetakelten Schnepfe mit den Extensions und zündete sich gerade eine Zigarette an. «Was soll ich denn mit einem wie dem? Fährt immer noch mit seiner Mutter und seinen zwei kleinen Schwestern in den Urlaub. Dabei ist er doch bestimmt so alt wie wir.»

«Du bist doch auch mit deiner Mutter hier.»

Nele sah ihn herablassend an. «Das kann man doch gar nicht vergleichen.» Jens hatte ja keine Ahnung.

Laura und sie machten schließlich keinen Urlaub auf Juist, sondern besuchten Oma Lotte. Außerdem kommandierte Laura sie nicht herum, so wie die Mutter des Jungen es mit ihm tat.

Neles Freundinnen vom Festland sagten immer, Laura sei total cool, und beneideten Nele um ihre Mutter. Die Mutter des Jungen war definitiv nicht cool.

Auch optisch hätte der Unterschied zwischen den beiden Frauen nicht größer sein können. Nicht nur weil Laura mindestens zehn Jahre jünger und zwanzig Kilo leichter war. Sie trug auch kein kaftanähnliches Gewand, sondern einen kurzen Rock und eine enge Bluse, die so weit offen stand, dass man den spitzenbesetzten Träger ihres BHs sehen konnte. Ihr Lachen war – wie so oft – eine Spur zu laut.

Inzwischen hatten sich Julius und zwei weitere Männer zu Arno und ihr gesellt. Die beiden wirkten genauso unsympathisch wie Lauras Freund. Der eine trug einen Anzug und sah so spießig aus wie ein Banker. Der andere hatte einen Bürstenschnitt und trug eine dicke Goldkette über dem eng anliegenden Rippshirt. Gerade sagte er etwas, worüber Laura sich köstlich amüsierte.

Nele seufzte. Laura hatte einen miserablen Männergeschmack. Ihr einziges Kriterium war, das sie genug Geld besaßen, um ihr einen gewissen Luxus zu verschaffen. Da sie die Jobs, mit denen sie Nele und sich über Wasser hielt, genauso oft wechselte wie ihre Männer, brauchte sie dazu ein bisschen Unterstützung.

Neles Blick wanderte noch einmal zu Henry hinüber. Inzwischen stand er nicht mehr unbeteiligt neben dem Mädchen mit den Extensions, sondern unterhielt sich mit ihr. Dabei rückte die blöde Schnepfe ihm so sehr auf die Pelle, dass sie ihm auf den Fuß treten würde, wenn sie noch einen Schritt näher kam.

«Seit Henry auf dem Festland lebt, ist er so ein Idiot», sagte Jens, der ihrem Blick gefolgt war. «Wusstest du, dass er vom Internat geflogen ist, weil er beim Kiffen erwischt worden ist?»

Nein! Emily hatte ihr erzählt, er habe die Schule verlassen müssen, weil er so oft den Unterricht geschwänzt hatte.

«Meine Mutter sagt, dass Henry irgendwann mal im Knast landen wird, wenn er nicht aufpasst.» Jens' rundes Gesicht hatte jetzt einen oberlehrerhaften Ausdruck, wie meistens, wenn er Hannelore zitierte.

«Deine Mutter erzählt viel, wenn der Tag lang ist», sagte Nele und verdrehte die Augen. Doch in der nächsten Sekunde zog sich ihr Magen zusammen. Das Mädchen legte jetzt nämlich eine Hand auf Henrys Schulter. Dann stellte sie sich auf die Zehenspitzen und flüsterte ihm etwas ins Ohr. Daraufhin sagte Henry etwas zu Piet und den anderen, sie wandte sich kurz an ihre Freundin, und wie auf Kommando verließen alle den Kurplatz. Kurz schaute Henry sie an, als sie an ihr vorbeikamen, und einen Moment erwartete Nele, er würde sie auffordern mitzukommen. Doch dann schnipste er nur wortlos seine Zigarettenkippe fort und ging weiter.

Nele spürte, dass Wut in ihr aufstieg. Hatte er nicht mehr alle Tassen im Schrank?

Auf der Bühne nahm jetzt Tanja, die 21-jährige Tochter vom Friseur Brauschegg, freudestrahlend ihren Kranz entgegen. Alle klatschten und jubelten der neuen Sanddornkönigin zu. Nur Nele stand da und starrte Henry nach, der mit seinen Freunden und den beiden Mädchen in Richtung Strand verschwand.

Die Band, die auf dem Kurplatz spielte, stimmte einen neuen Song an: Seals *Kiss from a Rose*. Wütend und gleichzeitig wie gelähmt vor Kummer wartete Nele noch drei weitere Lieder ab und verabschiedete sich dann von Jens mit der Begründung, dass sie müde sei. Die Freude über die Zusage der Stage School war wie weggeblasen. Wie konnte Henry ihr das nur antun? Er hatte sie geküsst! Nicht nur letzte Nacht, sondern heute Abend wieder!

Und nun ignorierte er sie nicht nur, sondern zog auch noch mit dieser blöden Kuh und ihrer Freundin ab! Nele schluchzte auf. Sie wollte nur noch ins Bett.

Zuerst schlug sie den direkten Weg zum Deichschlösschen ein, doch dann überlegte sie es sich anders und ging am Mühlenhaus vorbei, einem der letzten Reetdachhäuser der Insel Juist. Hier wohnten Henry und Arno. Vielleicht hing er ja gar nicht mit seinen Freunden und den beiden Mädchen irgendwo im Dorf herum, sondern war nach Hause gegangen?

Die Stute Ivy stand mit ihrer Freundin, einem winzigen Shetlandpony namens Goldie, auf der Weide und graste, ein großer dunkler Schatten und ein kleinerer weiß-braun gefleckter, in der Dunkelheit der Nacht. Als sie Nele sah, kam sie zum Zaun getrottet, um sich ein paar Streicheleinheiten abzuholen. Nele tätschelte ihr die Stirn. Das schwarze Fell der Friesenstute war struppiger als früher, als Henrys Mutter noch bei der Familie gelebt hatte. Nele hatte Ela damals nicht gekannt, genauso wenig wie Henry und Emily. Aber weil Oma Lotte wusste, wie sehr Nele Pferde mochte, war sie bei ihren seltenen Kurzbesuchen auf der Insel meist mir ihr zu Ivy gegangen, um ihr Möhren, einen Apfel oder einen Kanten Brot zu bringen.

Noch nie zuvor hatte Nele ein so sauberes Pferd gesehen. Es sah immer aus, als käme es gerade frisch aus der Waschanlage. Oma Lotte hatte ihr erzählt, dass seine Besitzerin es jeden Tag putzte, ihm die Hufe einfettete und Schweif und Mähne entwirrte. Später hatte Nele erfahren, dass Ela sich um Henry nicht halb so gut gekümmert hatte wie um Ivy. Schon als Kindergartenkind hatte er sich sein Frühstück selbst machen müssen.

Letztendlich hatte Ela aber nicht nur Henry und Arno, sondern auch Ivy zurückgelassen, als sie sich in den Springreiter aus Süddeutschland verliebte. Sie hatte versprochen, die Stute abzuholen, sobald sie einen Stall für sie gefunden hätte. Und Henry auch. Sie war nie zurückgekommen.

Genau wie Eddy, Neles Vater. Anfangs war diese gemeinsame Erfahrung der Klebstoff gewesen, der Henry und sie miteinander verband. Aber nach und nach war noch so viel mehr dazugekommen ...

Nele zerzauste Ivy noch einmal den dichten Schopf und ging dann zum Haus. Alle Fenster waren dunkel. Trotzdem warf sie ein paar Kiesel an die Scheibe, hinter der Henrys Zimmer lag. Niemand öffnete.

Dafür ging nebenan im Haus Seestern ein Fenster auf, und ein struppiger grauer Kopf erschien. Er gehörte Rufus, dem Gepäckträger der Insel. Genau wie Jens' Mutter Hannelore, die als Rezeptionistin im Kurhotel viel Klatsch und Tratsch mitbekam, hatte er seine Augen und Ohren überall.

«Ach, du bist es, Lütte!», sagte Rufus. «Ich hab mich schon gewundert, was das für ein merkwürdiges Klackern ist, und dachte, dass der Klabautermann bei Arno einsteigen will.» Rufus zwinkerte ihr zu. «Willst du zu Henry?»

Nele nickte verlegen.

«Den hast du um ein paar Minuten verpasst. Er war mit seinen Freunden und zwei Mädchen hier und hat sein Skateboard über den Zaun in den Garten geworfen. Dann sind sie alle zum Strand gegangen. Dass ihr jungen Leute nicht sorgfältiger mit eurem Kram umgehen könnt!»

Nele biss sich auf die Unterlippe. Dann waren sie bestimmt auf dem Weg zu Heinos Schuppen. Dort gingen die Jugendlichen auf Juist immer hin, wenn sie ungestört trinken und rauchen wollten ... oder sich küssen. Und dort war er gestern auch mit ihr gewesen. Ihr Herz wurde schwer.

Auch Nele schlug den Weg zum Strand ein, nachdem sie sich von Rufus verabschiedet hatte. Weil sie von dort aus genauso schnell zum Deichschlösschen kam wie auf dem Weg durchs Dorf, vielleicht sogar noch schneller, redete sie sich ein. Der Strand war menschenleer, und außer dem Rauschen des Meeres und dem gelegentlichen Schrei einer Möwe war kein Geräusch zu hören. Was Henry wohl in diesem Augenblick mit dem Mädchen tat?, fragte sich Nele wieder und wieder, während sie über den feuchten Sand ging.

Da sie, tief in ihre Gedanken versunken, den Blick auf den Boden gerichtet hielt, sah sie den rothaarigen Jungen erst spät. Er saß so nah am Meer, dass die Wellen beinahe bis an seine Füße reichten. Die dünnen Arme hatte er um seine langen Beine geschlungen, und er schaute aufs Wasser hinaus.

«Hallo», grüßte ihn Nele. Um ihm aus dem Weg zu gehen, hätte sie einen ziemlich großen Bogen schlagen müssen.

«Hallo!» Wie auch am Morgen sprang er bei ihrem Anblick jäh auf.

So ein Mist! Jetzt, wo er nur etwa einen Meter vor ihr stand, konnte sie schlecht ohne ein weiteres Wort an ihm vorbeigehen.

«Was machst du denn hier?», fragte Nele deshalb aus reiner Höflichkeit.

«Ich … ich schaue mir den Sternenhimmel an.» Er knetete nervös seine Hände. «Ist es nicht unglaublich, wie klar er hier ist? In der Stadt kann man nie so viele Sterne sehen, dazu gibt es überall zu viele Lichter.» Die Worte sprudelten aus ihm heraus, was Nele überraschte. Sie hatte keine Antwort erwartet. «Und du? Was machst du hier?»

*Ich gehe nach Hause*, wollte Nele erst entgegnen und sich abwenden. Doch da fiel ihr Blick über die Dünen, die im Schein eines kreisrunden Mondes hell unter dem indigofarbenen Himmel leuchteten. Hinter ihnen lag die Inselschule, und dann kam Heinos Schuppen. Nele wandte sich wieder dem Rothaarigen zu, der sie erwartungsvoll ansah, und sagte: «Ich gehe spazieren. Magst du ein Stück mitkommen?»

# 7. Kapitel

## Juist 2019

Laura, Annika und Nele stiegen auf ihre Fahrräder und radelten los. Auf dem Weg ins Dorf musste Nele ihrer Tochter wie so oft von früher erzählen. Annika liebte Geschichten von Nele, als sie klein war, und wollte immer wieder hören, was ihre Mutter als Kind auf Juist alles erlebt hatte. Wie Nele vor dem Wollgeschäft gegen eine Mülltonne gefahren war, weil eine junge Katze vor ihr über die Straße lief. Wie sie sich im Supermarkt an der Ecke, der jetzt *Preiskauf* hieß, heimlich Cola gekauft hatte, obwohl Oma Lotte ihr diese zuckerhaltige Brühe aus Amerika streng verboten hatte. Und wie sie sich im Januspark einmal so gut versteckt hatte, dass Henry angefangen hatte zu weinen, weil er dachte, sie sei entführt worden.

Nur wie sie Ben kennengelernt hatte, das hatte sie ihrer Tochter nie erzählt. Neles Mundwinkel verzogen sich zu einem Lächeln, als sie an ihre erste Begegnung dachte. Damals hatte er furchtbar ausgesehen. Seine Arme und Beine schienen viel zu lang für seinen Körper. Er war dünn, blass und linkisch gewesen, und seine Haare hatten die Farbe einer Karotte gehabt und noch nicht die einer alten Kupfermünze. Ganz anders als der gut aussehende, selbstbewusste Mann von heute.

Beinahe hatten sie das erste Maklerbüro erreicht, als sie Fatima und Aliya überholten, die auf dem Weg zur Tanzschule waren.

«Hallo!», rief Annika im Vorbeifahren, und das Mädchen lächelte immerhin schüchtern. «Das sind die Flüchtlinge, die jetzt bei Emily wohnen», erklärte sie ihrer Oma, als sie Lauras fragenden Blick bemerkte. «Das Mädchen heißt Aliya. Sie spricht mit niemandem, und sie will auch nicht mit mir spielen. Aber ihre Brüder sind meine Freunde.»

Das war schnell gegangen. Kinder sind so wunderbar unkompliziert, dachte Nele. Aber schon bald musste sie ihre Meinung ändern, denn kaum hatte Annika herausgefunden, dass sie weder ein Eis essen noch auf den Spielplatz gehen, sondern einen Makler aufsuchen wollten, verschlechterte sich ihre Laune. Sie wolle das Deichschlösschen auf gar keinen Fall verkaufen, jammerte sie. Ihr ganzes Taschengeld würde sie Nele geben, wenn sie es nicht tat!

Kurz entschlossen hielt Nele vor der Tanzschule, ging hinein und bat Greta, die gerade eine weitere Probe mit den Inselkindern abhielt, auf Annika aufzupassen.

«Auf gar keinen Fall tanze ich bei dem blöden Musical mit», protestierte Annika und stampfte mit dem Fuß auf wie ein widerspenstiges Pony.

Doch Nele gab nicht nach. Es reichte, dass sie ihre Mutter im Schlepptau hatte, da konnte sie ein quengelndes Kind wirklich nicht auch noch ertragen.

Der erste Makler, den sie aufsuchten, war Laura mit seinem Alter von Ende zwanzig noch viel zu grün hinter den Ohren, bei dem zweiten, einem Mann mittleren Alters, kritisierte sie die Haare auf seinen Händen.

«Er sieht aus wie ein Orang-Utan», beschwerte sie sich bei Nele, nachdem sie das Büro verlassen hatten. «Würdest du dir von einem Orang-Utan ein Haus verkaufen lassen?»

Nele konnte nicht anders, als Oma Lotte dafür zu verwünschen, dass sie das Deichschlösschen Laura und ihr zusammen vererbt hatte. Wahrscheinlich war das nicht ganz ohne Absicht geschehen. Oma Lotte hatte immer bedauert, dass Nele und Laura sich nicht besonders gut verstanden, und jetzt waren sie wie siamesische Zwillinge aufeinander angewiesen, bis dieser verflixte Verkauf endlich unter Dach und Fach war.

Sofort angetan war ihre Mutter von dem dritten Makler, der Nele an George Clooney erinnerte. Allerdings fand Nele ihn schleimig. Und er ließ seinen Blick geradezu unverschämt lange auf Lauras von einer weißen Bluse sittsam verhüllten Brüsten verweilen. Als Nele ihm erzählte, dass sie das Deichschlösschen verkaufen wollten, blitzten in seinen Augen regelrecht die Dollarzeichen auf.

«Ich könnte mir das Haus gleich ansehen», sagte er und griff auch schon nach Jackett und Schlüssel.

Nele wollte ihm gerade sagen, dass sie sich noch andere Maklerbüros anschauen wollten, bevor sie eine endgültige Entscheidung trafen, da hatte Laura schon mit einem beifälligen Lächeln erklärt: «Sie sind ein Mann der Tat, das gefällt mir.»

Nele hätte wirklich lieber jemanden beauftragt, der nicht wie ein alternder Playboy wirkte. Trotzdem gab sie nach.

Als der Makler sein Fahrradschloss aufsperrte, konnte sie sich trotzdem nicht verkneifen, Laura zuzuzischen: «Solange der Verkauf des Deichschlösschens nicht unter Dach und Fach ist, ist dieser Mann für dich tabu!»

«Für was hältst du mich?», zischte ihre Mutter empört.

«Versprich es mir einfach!», beharrte Nele.

«Als ob ich an so jemand Interesse hätte!» Laura schnaubte. «Schließlich gibt es viel tollere Männer.» Ihre Augen bekamen plötzlich einen verklärten Schimmer.

Ihre Mutter war also mal wieder verliebt. Das wurde ja auch langsam Zeit. Nele seufzte. Seit Laura vor zwei Jahren feierlich verkündet hatte, sich nun voll und ganz auf ihre Ausbildung zu konzentrieren, hatte sie sich die Ich-nehme-mein-Leben-von-nun-an-selbst-in-die-Hand-Maxime auf die Fahnen geschrieben. Ihr Vorhaben schien sie auch umgesetzt zu haben, jedenfalls war Nele nicht bekannt, dass sie sich mit irgendeinem Mann getroffen hätte, und auch Emily hatte das bestätigt. Aber jetzt, wo sie ihren Abschluss in der Tasche hatte, wurde sie natürlich wieder schwach.

«Können wir?», fragte der Mann, der sich im Gegensatz zu den meisten Insulanern und auch Touristen ganz vorschriftsmäßig einen Fahrradhelm auf die graumelierten Haare gesetzt hatte.

«Bereit, wenn Sie es sind», antwortete Laura kokett.

Nele stöhnte auf.

Während ihre Mutter und George Clooney direkt zum Deichschlösschen fuhren, stoppte sie kurz an der Tanzschule, um Annika abzuholen. Sie tanzte brav mit den anderen Kindern, aber ihr Gesichtsausdruck war mürrisch. Ihre kurzen, stämmigen Beine waren nicht für Sprünge und Drehungen gemacht, sondern dafür, einem Ball nachzulaufen und Tore zu schießen.

Es war Chris gewesen, der sie fürs Fußballspielen begeistert hatte. Chris, mit dem Nele zwei Jahre zusammen gewesen war. Sie hatten keine andere Gemeinsamkeit gehabt als die Tatsache, dass ihre Karriere ein Verfallsdatum besaß und dass ihre Körper ihr Kapital waren. Aber er war ein netter Kerl. Wenn Ben ihr nicht nach der Beerdigung von Oma Lotte seine Liebe gestanden hätte, wären sie vielleicht immer noch ein Paar.

Fatima und Aliya waren inzwischen auch angekommen. Wie am Tag zuvor standen sie in der Ecke, ein dunkler Schatten und ein bunter. Auch das Stofftier hatte Aliya wieder im Arm. Mittanzen wollte die Kleine immer noch nicht, doch wenn sie ihr Gesicht einmal nicht in den Rockfalten ihrer Mutter versteckte, ruhte ihr Blick sehnsuchtsvoll auf den herumhüpfenden Kindern. Es brach Nele fast das Herz, das mit anzusehen. Wie gerne hätte sie dem Mädchen geholfen!

Als sie nach der Probe wieder mit Annika im Deichschlösschen ankam, hörte sie, wie ihre Mutter den Makler überdeutlich auf den kaputten Fensterladen aufmerksam machte. Und auf die herabhängende Dachrinne.

«Das macht keinen guten Eindruck, ich weiß», sagte Laura gerade. «Aber leider werden wir daran so schnell nichts ändern können. Wie Sie bestimmt wissen, ist es auf der Insel so gut wie unmöglich, kurzfristig einen guten Handwerker zu bekommen.»

«Doch, wir werden das noch rechtzeitig hinbekommen», schaltete sich Nele in das Gespräch ein, nicht ohne ihre Mutter wütend anzublitzen. Zur Not würde sie selbst Hand anlegen. Es konnte schließlich nicht so schwer sein, eine Dachrinne und einen Fensterladen zu reparieren.

«Das wäre gut», sagte der Makler mit geschäftsmäßiger Miene. «Auch der Rasen sollte gemäht werden. Wenn es Ihnen recht ist, werde ich gleich morgen früh vorbeikommen, Fotos von der Immobilie machen und sie ausschreiben. Sie werden sehen: Ruckzuck haben wir einen Liebhaber dafür gefunden.»

Dieser Satz versetzte Nele einen Stich. Denn auch wenn sie froh war, endlich mit dem Kapitel Juist abzuschließen, und auch wenn sie das Geld gut gebrauchen konnte, tat der Gedanke weh, dass das Deichschlösschen bald nur noch eine Erinnerung sein würde. Am besten lenkte sie sich mit Arbeit ab. Das hatte bisher immer funktioniert.

«Du mähst den Rasen, ich suche im Haus einen Werkzeugkoffer», wies sie ihre Mutter an, kaum dass der Makler gegangen war. Den Rasenmäher hatte sie bereits aus dem Schuppen geschoben und gut sichtbar auf den Weg gestellt.

Nele durchsuchte das komplette Haus – selbst in den Bädern und Schlafzimmern sah sie nach –, einen Werkzeugkoffer fand sie jedoch nicht. Verschwitzt und erschöpft öffnete sie schließlich die Balkontür und trat hinaus. Nebenan schimpfte Emily mit Otto, der ein riesiges Loch neben dem Forsythienbusch gebuddelt hatte. Auf der anderen Seite des Gartenzauns kämpfte Laura mit dem Rasenmäher. Am liebsten hätte Nele ihr zugerufen, dass sie viel schneller vorankäme, wenn sie ihre Stöckelschuhe gegen ein flacheres Modell austauschte, aber sie verkniff sich den Kommentar.

Unbeeindruckt von dem asthmatischen Geräusch, das der altersschwache Rasenmäher machte, ästen im Zaubergärtchen, das direkt gegenüber vom Deichschlösschen auf der anderen Straßenseite lag, zwei Rehe. In den fünfziger Jahren hatte man es für eine gute Idee gehalten, diese Tiere auf der Insel anzusiedeln. Aber da sie keine natürlichen Feinde hatten, hatten sie sich so vermehrt, dass sie inzwischen eine regelrechte Plage waren. Vor Menschen hatten sie überhaupt keine Angst. Auch jetzt stand kaum zwanzig Meter von ihnen entfernt ein Mann und telefonierte. Selbst als er das Handy in seine Hosentasche steckte und sich eine Zigarette anzündete, blieben die Tiere ruhig stehen. In Neles Körper jedoch spannte sich jede einzelne Muskelfaser. Der Mann war ganz in Schwarz gekleidet. Sein dunkelblondes Haar war in den letzten Jahren an den Schläfen lichter geworden, und er hatte es mit Gel schräg nach oben frisiert. Ein Bartschatten lag auf Kinn und Wangen. Seine Lippen konnten viel zu gut küssen …

Hastig, als hätte sie sich an den Steinen verbrannt, löste Nele ihre Hände von der Balustrade. Sie stürmte die Treppe hinunter und rannte zu Emily hinaus, die gerade damit beschäftigt war, mit den Händen Erde in das Loch zu schieben, das Otto mal wieder gegraben hatte.

«Wann wolltest du mir eigentlich sagen, dass Henry auch auf der Insel ist?», herrschte sie Emily über den Gartenzaun hinweg mit nur mühsam gedämpfter Stimme an.

Erst sah Emily verdutzt aus, als ob sie gar nicht wüsste, was Nele überhaupt meinte. Dann wurde ihr Blick trotzig, und sie richtete sich langsam auf. «Er kennt Aliya und ihre Familie aus Berlin. Es war seine Idee, sie hierherzubringen.»

«Ach!» Nele reckte das Kinn. «Dann war er der Grund, wieso du gestern noch einmal zur Tanzschule wolltest?» Von wegen Ivy hat Angst vor dem Baulärm! Von wegen Strickjacke … «Du hast gehofft, dass er dort sein würde und ich ganz begeistert davon wäre, was für ein guter Mensch er geworden ist.»

Emily nickte zerknirscht. Die bunte Holzkette, die sie über ihrer Bluse trug, hob und senkte sich. «Glaub mir, er hat sich verändert», setzte sie mit leiser Stimme nach.

Nele fiel es äußerst schwer, ein Schnauben zu unterdrücken. Nein, das hatte er nicht! Sie konnte es Emily zwar nicht sagen, denn Emily liebte ihren missratenen Enkel über alles, aber sie wusste es besser: Henry war kein bisschen anders als früher.

# 8. Kapitel

Juist, 25. August 2001

> Once upon a time I was falling in love
> Now I'm only falling apart
> There's nothing I can do
> A total eclipse of the heart
>
> «Total Eclipse of the Heart»,
> aus: Tanz der Vampire

«Ich? Ich soll mit dir mitkommen?» Der Junge riss die Augen auf. Sein sowieso schon blasses Gesicht sah im Mondschein noch blasser aus.

«Ja, du. Wer sonst?» Bereits jetzt bedauerte Nele, dass sie ihn gefragt hatte, ob er mit ihr spazieren gehen wollte. Dass sie Henry mit diesem schrägen Typen eifersüchtig machen könnte, war äußerst unwahrscheinlich. Aber immerhin wäre sie nicht allein, wenn sie gleich an Heinos Schuppen auftauchte. Sie konnte Henry zwar nicht daran hindern, mit dieser blöden Kuh abzuziehen, aber sie konnte ihm zeigen, dass ihr das vollkommen egal war. Weil sie selbst jemanden kennengelernt hatte. Natürlich wäre ihr jeder andere lieber gewesen, aber …

«Also, kommst du mit?»

Der Adamsapfel des Jungen hüpfte, als er schluckte. Dann nickte er.

«Ich heiße übrigens Nele.»

«Ben.»

Das wusste Nele bereits. Während sie nebeneinander am Meer entlanggingen, suchte sie verzweifelt nach einem Gesprächsthema. «Bist du das erste Mal auf der Insel?»

«Ja, Flori ... also eine meiner Schwestern ... Sie hat Asthma, und der Arzt meinte, Juist wäre gut für sie. Wegen des gesunden Klimas. Und weil hier keine Autos fahren dürfen ... Sonst sind wir in den Ferien immer ins Ausland geflogen.»

Angeber! «Bist du nicht schon etwas zu alt, um mit deinen Eltern in den Urlaub zu fahren?», konnte Nele es sich nicht verkneifen zu fragen.

Ben zuckte mit den Schultern. «Unsere Au-pairs haben im August immer frei, und meine Schwestern haben einen schöneren Urlaub, wenn ich dabei bin.»

Wenn es stimmte, was Hannelore behauptete, und Bens Vater die ganze Zeit nur in seinem Zimmer saß und arbeitete, konnte Nele sich das vorstellen. Die Mutter hatte sie ja heute Morgen am Strand erlebt.

«Wohnst du auf Juist?», fragte Ben.

«Nein, aber meine Oma. Ich verbringe jedes Jahr die Sommerferien hier.»

«Die Insel ist wunderschön.»

Ja, das war sie. Der wunderbarste Ort, den sie kannte. Allerdings wollte sie gerne ein bisschen mehr von der Welt sehen als immer nur die Nordsee. Anders als die Familie dieses Jungen hatte Laura nicht das Geld, um große Reisen mit ihr zu unternehmen. Aber nach der Tanzausbildung ... New York wartete auf sie! Trotz all ihres Kummers durchlief ein Kribbeln der Vorfreude ihren Körper. «Ach!», sagte sie wegwerfend. «Du hast doch bestimmt schon viel Schöneres gesehen.»

«Nein», sagte er nur, und dabei schaute er sie an.

Puh! Gut, dass es nicht mehr weit war. Allmählich wurde Nele nervös. Sollte sie wirklich mit dieser traurigen Gestalt bei Henry auftauchen? Sie war sich nicht mehr sicher. Wenn er und die anderen überhaupt zum Schuppen gegangen waren …

Gerade wollte sie vorschlagen, doch lieber nach Hause zu gehen, als Ben fragte: «Bist du allein hier oder mit deiner Familie?»

«Nur mit meiner Mutter», antwortete Nele. «Geschwister habe ich keine, und meinen Vater kenne ich kaum.»

Ben sah sie betroffen an.

«Ist nicht so schlimm», wiegelte Nele ab. «Meine Eltern haben sich getrennt, als ich noch ganz klein war. Mein Vater war Gitarrist in einer Band. Meine Mutter war so etwas wie ihr Groupie.» Sie kniff die Lippen zusammen. Wieso hatte sie das gesagt? Irgendetwas hatte dieser komische Junge an sich, das es einem leichtmachte, sich ihm zu öffnen. Vermutlich weil er so schräg war, dass es egal war, ob man sich vor ihm blamierte. «Vorhin hast du gesagt, dass ihr sonst immer in den Urlaub geflogen seid. Wo warst du denn schon alles?», erkundigte sich Nele.

«Ach, immer nur in Amerika.» Ben klang nicht besonders begeistert, was Nele überhaupt nicht verstehen konnte.

«Warst du auch schon in New York?»

Er nickte. «Vor zwei Jahren im Advent. Meine Mutter wollte den Baum vor dem Rockefeller Center sehen.»

Oh, wow! Jetzt war sie neidisch. «Den möchte ich auch unbedingt mal sehen. Und später möchte ich mal in New York arbeiten. Am Broadway.»

«Am Broadway?», fragte er mit großen Augen.

«Als Musicaldarstellerin. Ich habe heute Morgen die Zusage für eine Ausbildung an der Stage School in Hamburg bekommen. Dort werde ich von den besten Lehrern unterrichtet. Das ist eine unglaubliche Chance.»

«Wahnsinn! Das freut mich riesig für dich», sagte Ben, und anders als bei Henry glaubte sie ihm.

Nele lächelte ihn an, und Ben lächelte zurück. Er hatte ein hübsches Lächeln. Seine Zähne waren weiß und ebenmäßig, und seine Lippen waren nicht zu schmal und nicht zu voll. Sein Mund war eindeutig das Schönste an seinem Gesicht.

«Deine Liebe zur Musik hast du wohl von deinem Vater.»

Darüber hatte Nele noch nie nachgedacht. Es fiel ihr schwer, sich vorzustellen, dass sie etwas mit einem Mann gemeinsam hatte, den sie mit sieben Jahren das letzte Mal gesehen hatte und von dem Laura, wenn sie glaubte, dass sie nicht zuhörte, immer nur als ‹dem Arschloch› sprach.

«Ja. Wahrscheinlich. Was möchtest du werden? Astrologe?»

«Weil ich mir den Sternenhimmel angeschaut habe?» Er grinste. «Nein. Ich will Medizin studieren. Aber vorher muss ich noch ein Jahr zur Bundeswehr.»

Nele runzelte die Stirn. «Wieso machst du keinen Zivildienst? Als Vorbereitung für das Medizinstudium wäre das doch viel sinnvoller.» Außerdem konnte sie sich diesen harmlosen, schlaksigen Kerl beim besten Willen nicht im Tarnanzug und mit Waffengürtel vorstellen.

Seine Miene wurde wieder ernst. «Mein Vater besteht drauf. Bei der Bundeswehr soll ich endlich zu einem echten Kerl werden.» Jetzt klang er müde und resigniert. «Nur dann erlaubt er mir zu studieren. Es wäre ihm nämlich viel lieber, wenn ich bei ihm arbeiten würde. Er ist der Herausgeber einer Zeitung.»

Auf einmal hörte Nele Stimmen. Sie kamen von einem der Strandkörbe, und eine von ihnen gehörte Julius. Zusammen mit den beiden Männern, die ihn schon auf dem Fest begleitet hatten, stand er davor. Alle drei hatten eine Bierflasche in der Hand.

«Oh, schaut mal, wer da ist!», rief Julius, als er sie bemerkte. An seiner undeutlichen Aussprache erkannte Nele, dass das nicht sein erstes Bier war. «Komm mal her zu mir!» Er winkte sie zu sich heran.

Nur widerstrebend folgte Nele seiner Aufforderung, und Julius legte den Arm um sie. «Das ist Lauras Tochter Nele», stellte er sie den anderen Männern vor. «Sie macht ab September eine Ausbildung zur Ballettänzerin.»

«Zur Musicaldarstellerin», korrigierte Nele, doch keiner hörte ihr zu.

«Ein hübsches Ding bist du», sagte der feiste Mann mit dem Bürstenschnitt. Er ließ seine kleinen Schweinsäuglein beifällig über ihren Körper wandern, und Nele wünschte sich, sie hätte mehr an als nur Jeansshorts und ein bauchfreies Shirt.

«Das stimmt», bestätigte der Banker. «Wenn alle Frauen auf der Insel so hübsch wären, könnte ich glatt darüber nachdenken, hier zu wohnen, anstatt mir ein Häuschen nur als Kapitalanlage zu kaufen.» Er klopfte seinem Freund auf die Schulter. «Julius, Julius, bist du ein Glückspilz! Hast nicht nur eine scharfe Freundin, sondern auch noch ein heißes Stieftöchterchen.»

Julius plusterte sich sichtlich auf. «Mir könnte es besser nicht gehen!», grinste er.

Nele trat einen Schritt zurück. Nicht nur sein alkoholgeschwängerter Atem, sondern auch seine feuchtwarme Berührung verursachte ihr Übelkeit.

«Hey, bleib doch da!», lallte er und zog sie wieder an sich. Dieses Mal legte er seinen Arm um ihre Taille.

Ben hatte bisher schweigend etwas abseits gestanden. Jetzt trat er einen Schritt vor. «Lass sie los!», forderte er.

«Wen hast du denn da mitgebracht?», sagte Julius belustigt.

«Lass sie sofort los!», wiederholte Ben noch einmal. Dabei hob er die Hände vor sein Gesicht, so wie es Karatekämpfer kurz vor dem Angriff tun.

Die Männer grölten. «Die halbe Portion hat Mut!», rief der Bankertyp und prostete den anderen zu.

Obwohl Nele Ben wirklich dankbar war, dass er ihr zu Hilfe kam, musste sie zugeben, dass seine Pose nicht besonders furchteinflößend aussah. Im Gegenteil, bei ihm wirkte sie eher lächerlich, und sie fragte sich, aus welchem Film er sie hatte.

«Oh, jetzt habe ich aber Angst», höhnte auch Julius.

Sein Griff um ihre Taille verstärkte sich, und Nele spürte, wie er mit dem Daumen den Streifen freier Haut zwischen Hosenbund und Shirt streichelte.

Sie versuchte ihn wegzuschieben, aber er hielt sie fest.

Wie aus dem Nichts schoss jetzt Bens Fuß nach oben und traf Julius am Hals. Der Mann sackte in sich zusammen. Nele schlug erschrocken die Hände vor den Mund. Benommen lag Julius im Sand, und Ben stand schwer atmend über ihm.

«Ich hatte dir gesagt, dass du sie loslassen sollst», stieß er hervor. Die Hände hielt er immer noch vor sein Gesicht. «Und jetzt hau ab!»

Ohne Ben aus den Augen zu lassen, kroch Julius ein Stück von ihm weg, erst dann rappelte er sich hoch. Er hob die Hände zu seinem Hals und massierte ihn dort, wo Bens Fuß ihn getroffen hatte. «Dafür wirst du bezahlen», knurrte er. Sein Atem ging schwer. «Ich zeig dich wegen Körperverletzung an!»

Ben ließ die Arme sinken.

«Mach das ruhig!» Nele, die sich langsam von dem Schreck erholte, reckte das Kinn. «Es wird gar nicht peinlich für dich sein, wenn du auf der Polizeiwache erzählst, dass dich eine *halbe Portion* fast k. o. geschlagen hat.»

Der Typ mit dem Bürstenhaarschnitt und der Banker feixten.

Julius funkelte sie wütend an. «Kommt», sagte er mit einem auffordernden Kopfnicken zu seinen Kumpels. Er schien gehen zu wollen, halb hatte er sich schon abgewandt, aber dann wirbelte er plötzlich noch einmal herum. Seine Faust krachte auf Bens Gesicht.

Ben schrie auf und taumelte zurück. Hart knallte er mit dem Kopf auf die Bank des Strandkorbs.

Julius kam breitbeinig auf Ben zu, und Nele befürchtete schon, dass er ihm nun auch noch in den Bauch treten würde, doch zum Glück schien er es sich anders zu überlegen und zischte nur: «So, jetzt hast du hoffentlich gemerkt, dass man sich mit mir besser nicht anlegt.» Sein Gesicht war hasserfüllt. Er drehte sich um und stapfte davon. Die beiden Männer folgten ihm.

Nele sank neben Ben in den Sand. «Bist du verletzt?» Über seine rechte Wange zog sich ein blutiger Kratzer, der von Julius' Siegelring stammen musste. Sie schluchzte auf. «Es tut mir so leid.»

Stöhnend stemmte Ben sich hoch. «Wieso?», fragte er heiser. «Du hast mich schließlich nicht geschlagen.»

Aber Julius, dieser Mistkerl, und zwar ihretwegen! Nele schossen die Tränen in die Augen. Sie half Ben aufzustehen. Erst jetzt sah sie, dass der Kratzer nicht seine einzige Verletzung war.

«Du blutest aus dem Ohr», stellte sie schockiert fest, als sie das dunkle Rinnsal bemerkte, das seinen Hals hinunterlief. «Wir müssen zum Arzt!»

«Nein.» Ben schüttelte den Kopf. Die Bewegung schien ihm wehzutun, denn er verzog sofort das Gesicht. «Das ist nicht nötig. Es ist bestimmt nur eine Schürfwunde.»

Aber das glaubte Nele nicht. Das Blut kam aus Bens Ohrmuschel! Doch er wollte nichts davon wissen, dass sie ihn zum alten Dr. Herberger brachte, der seine Praxis auf der anderen Seite des Dorfes hatte, sondern erlaubte ihr nur, dass sie ihm ein Taschentuch reichte, das er sich auf das Ohr presste. Man sah ihm deutlich an, dass er Schmerzen hatte.

«Am besten gehen wir zurück. Deine Eltern fragen sich bestimmt schon, wo du bleibst», schlug Nele vor.

«Sie merken gar nicht, wenn ich nicht da bin. Ich habe ein eigenes Zimmer», entgegnete Ben.

Ganz so ein Muttersöhnchen, wie Nele gedacht hatte, war er also nicht. Im Moment sah er auch nicht so aus. Seine vorher so sorgfältig zur Seite gekämmten Haare standen jetzt vom Kopf ab, sein blasses Gesicht war gerötet. Sein Poloshirt war am Kragen blutig und auf einer Seite aus seinem Hosenbund gerutscht.

«Wieso kannst du das?», fragte Nele, während sie langsam in Richtung der Dünen gingen. «Julius wiegt bestimmt fast hundert Kilo, aber du hast ihn mit einem einzigen Tritt niedergestreckt.»

«Sieben Jahre Wing Tsun. Mein Vater wird begeistert sein, wenn er hört, dass all die Stunden nicht umsonst waren.» Ben lächelte schief, aber die Bitterkeit in seiner Stimme entging Nele nicht.

«Es tut mir echt leid, dass er dir so viele Steine in den Weg legt, mit dem Medizinstudium und so», sagte sie leise. Auch wenn Laura nicht viel Geld hatte, unterstützte sie Nele doch, wo es nur ging.

Ben zuckte die Achseln. «Zur Not finanziere ich mir das Studium ohne ihn. Nebenjobs gibt es schließlich genug. Ich werde Arzt, ob es ihm passt oder nicht.» Sein Gesicht nahm einen so entschlossenen Ausdruck an, dass Nele ihm jedes Wort glaubte.

Sie entfernten sich vom Strand und schlugen den Weg zum Dorf ein. Zu Heinos Schuppen wollte Nele jetzt natürlich nicht

mehr. Auf dem asphaltierten Weg, der sich zwischen den Dünen an der Inselschule vorbeischlängelte, standen zwei Leute. Als sie näher kamen, erkannte Nele, dass die kleinere der beiden Gestalten lange blonde Locken hatte, und die größere … Neles Kehle schnürte sich zusammen. Das war Henry! Obwohl Ben und sie noch ein ganzes Stück entfernt waren, konnte Nele die beiden im hellen Licht der Straßenlaterne gut erkennen. Viel zu gut. Das Mädchen hatte die Arme um Henrys Hals geschlungen, und er hatte die Hände auf ihren Rücken gelegt. Die beiden küssten sich!
Nele wurde schlagartig eiskalt, und sie hatte Mühe, die Tränen zurückzudrängen.
«Ist alles in Ordnung mit dir?»
Nein, nichts war in Ordnung. Ihr Herz war gebrochen und ihr Leben von einem Moment auf den anderen ein einziger Scherbenhaufen. Wie konnte Henry ihr das nur antun? Es war noch keine vierundzwanzig Stunden her, dass er sie geküsst hatte! Und nun hielt er diese blonde Schnepfe im Arm. Trotzdem zwang sie sich zu nicken. «Komm! Ich bringe dich noch zum Kurhotel zurück», sagte sie leise und zog Ben auf einen Trampelpfad. «Wenn wir durch die Dünen gehen, sind wir ruck, zuck da.»

Laura war bereits zu Hause. Vom Garten aus sah Nele, dass in ihrem Zimmer noch Licht brannte. Julius dagegen war wohl noch mit seinen Freunden unterwegs, seine Schuhe standen nicht an der Garderobe. Nele atmete erleichtert auf.
Sie ging die Treppe hinauf und klopfte an Lauras Zimmertür.
«Kann ich reinkommen?»
«Natürlich, Süße.»
Ihre Mutter hatte sich schon abgeschminkt und lag in einem

cremefarbenen Spitzennachthemd im Bett. Ohne Make-up sah sie unglaublich jung aus. Viel jünger als sechsunddreißig. Im Schwimmbad oder am Strand wurden sie deswegen manchmal für Schwestern gehalten.

«Wo ist Julius?», fragte Nele.

«Er ist noch mit Werner und Hilger auf dem Fest.» Laura grinste leicht. «Er muss sie bei Laune halten. Die beiden denken darüber nach, sich hier auf Juist ein Häuschen zu kaufen. Ich bin früher heimgegangen, weil ich Kopfschmerzen bekommen habe.»

Nele holte tief Luft und nahm all ihren Mut zusammen. «Ich muss dir was erzählen.» Sie setzte sich zu ihrer Mutter aufs Bett.

«Was ist denn los? Hattest du Streit mit Henry?» Laura streichelte ihren Arm. «Du siehst aus, als ob dich was bedrückt.»

Nele hätte ihr gerne von Henry und dem Mädchen erzählt. Es hatte wehgetan, die beiden zusammen zu sehen. Aber jetzt gab es noch etwas Wichtigeres. «Nein! Es geht um Julius. Ich habe ihn und die beiden anderen gerade getroffen. Sie standen in der Nähe der Inselschule vor einem Strandkorb und haben Bier getrunken.»

«Und weiter?» Laura runzelte die Stirn.

Bevor Nele kneifen konnte, riss sie sich zusammen und berichtete, was passiert war.

Nachdem sie geendet hatte, schwieg Laura eine ganze Weile. Erst als Nele die Stille nicht mehr aushielt und den Mund aufmachte, um etwas zu sagen, atmete sie lange aus und sagte: «Da hast du etwas völlig falsch aufgefasst. Julius wollte nur nett zu dir sein.»

Nele starrte ihre Mutter entsetzt an. «Aber er hat den Arm um mich gelegt und mich am Bauch gestreichelt! Und Ben hat er so fest mit der Faust ins Gesicht geschlagen, dass er geblutet hat! Was kann man denn daran falsch verstehen?»

«Julius hat dich bestimmt nicht am Bauch gestreichelt, sondern nur aus Versehen dort berührt.» Lauras Stimme klang schneidend. «Und dieser Junge … Er hat Julius zuerst geschlagen. Das hast du selbst gesagt. Wer in Julius' Situation hätte sich nicht verteidigt?» Ihre Hand tastete nach dem Schalter ihrer Nachttischlampe. «Und jetzt will ich nichts mehr von der ganzen Sache hören. Gute Nacht!»

Nele saß da wie erstarrt. Das konnte doch nicht Lauras Ernst sein? Aber da hatte ihre Mutter schon das Licht gelöscht.

Benommen und fassungslos ging Nele in ihr Zimmer und ließ sich auf das Bett sinken. Sie schloss die Augen. Dieser Tag hatte so wunderschön begonnen. Wie konnte es sein, dass er sich zu einem nicht enden wollenden Albtraum entwickelt hatte? Ihr Herz fühlte sich an, als wäre es mit einem Hammer zertrümmert worden. Erst von Henry, als er das Touristenmädchen geküsst hatte, dann von ihrer Mutter, die ihr nicht glaubte. Noch immer wartete sie darauf, dass sie zu ihr ins Zimmer kam und ihr sagte, dass alles nicht so gemeint war. Doch niemand klopfte, und auch die Türklinke wurde nicht heruntergedrückt. Im Gang blieb es still.

Langsam ging Nele zum Fenster und öffnete es. Mit angezogenen Beinen setzte sie sich auf die breite Fensterbank. Das hatte sie schon früher oft getan, wenn sie nicht schlafen konnte. Es hatte sie entspannt, den Wind auf ihrem Gesicht zu spüren, dem sanften Rascheln der Schwarzerle in Oma Lottes Garten zu lauschen und in den dunklen Himmel zu schauen. Doch dieses Mal waren ihre Augen blind von Tränen.

Eines ihrer Lieblingslieder kam ihr in den Sinn. Es stammte

aus dem Musical *Grease*. Nele lehnte den Kopf gegen den Fensterrahmen, summte die ersten Takte und fing dann leise an zu singen. *Guess mine is not the first heart broken. My eyes are not the first to cry.* Und wie so oft, wenn sie sang oder tanzte, fühlte sie sich ein klein wenig getröstet durch das Wissen, nicht allein zu sein mit ihrem Schmerz oder ihrer Sehnsucht.

Auf einmal sah Nele, wie jemand in den Garten huschte. Auf bloßen Füßen lief Laura auf die Erle zu. In ihrem hellen Nachthemd sah sie aus wie ein Gespenst. Sie setzte sich auf die schmiedeeiserne Bank unter dem Baum, dessen Äste durch den ständigen Wind auf der Insel nicht nach oben, sondern seitlich wuchsen. Ihr Gesicht war ein bleicher Fleck in der Dunkelheit, umrahmt von einem Kranz blonder Haare. Sie zündete sich eine Zigarette an und zog gierig daran, obwohl sie sich dieses Laster schon Monate zuvor abgewöhnt hatte. Nele sah die Zigarettenspitze orange aufleuchten und roch den beißenden Rauch. Die Schultern ihrer Mutter zuckten. Weinte sie etwa? Nele war sich nicht sicher.

Doch sie musste sich geirrt haben.

«Was machst du denn hier draußen?», fragte Julius, als er wenige Minuten später durch das Gartentor kam.

Nele hielt den Atem an. Würde Laura ihn jetzt auf die Ereignisse des Abends ansprechen?

Aber Laura warf nur ihre Zigarette weg und eilte auf ihn zu. «Was wohl?», fragte sie. «Auf dich warten natürlich.» Dann schlang sie die Arme um seinen Hals und küsste ihn.

Der Hoffnungsfunke, der sich gerade erst in Nele entzündet hatte, erlosch. Sie kletterte von der Fensterbank, schmiss das Fenster richtiggehend zu und warf sich auf ihr Bett. Ihre Mutter glaubte ihr wirklich nicht! Sie vergrub den Kopf in ihrem Kissen und fing an zu weinen.

Als ihre Tränen endlich versiegt waren, fühlte Nele sich kalt und leer, und ihre Kehle schmerzte. Sie griff nach einem Päckchen Papiertaschentücher und nahm eins heraus, um sich die Nase zu putzen. Dabei fiel ihr Blick auf den Brief, der daneben auf ihrem Nachttisch lag.

> Sehr geehrte Frau Strasser,
> wir freuen uns, Ihnen im nächsten Schuljahr einen Platz an unserer Schule anbieten zu können ...

Nele nahm den Brief und starrte auf die Zeilen, bis ihre Sicht verschwamm. Sie atmete ein paarmal tief durch. Ja, die beiden Menschen, die ihr bisher die liebsten auf der Welt waren, hatten sie enttäuscht. Aber sie hatte eine Zusage von der Stage School, der besten Musicalschule Deutschlands, und in drei Jahren würde sie nach New York gehen, um dort am Broadway zu tanzen. Sie würde eine Hauptrolle in einem erfolgreichen Musical bekommen und eine berühmte Musicaldarstellerin werden. Und niemals würde sie sich dabei von einem Mann abhängig machen, so wie ihre Mutter es tat. Von jetzt an gab es für sie nur noch das Tanzen und Singen.

# 9. Kapitel

## Juist 2019

Obwohl dieser Tag inzwischen schon so lange zurücklag, konnte Nele sich noch an fast jede Einzelheit erinnern. Damals hatte sie gedacht, der Moment, in dem sie den Brief von der Stage School geöffnet hatte, wäre der wegweisende, alles verändernde Meilenstein in ihrem Leben. Aber das stimmte nicht. Es war der Moment, in dem sie Ben gefragt hatte, ob er ein Stück mit ihr am Strand entlanggehen wollte. Denn damit hatte sie eine Lawine losgetreten, die alles gnadenlos überrollt hatte.

Wie so oft schon fragte Nele sich, wie ihr Leben verlaufen wäre, wenn sie damals allein nach Hause gegangen wäre. Wären Henry und sie vielleicht immer noch Freunde …? Nein, das wären sie nicht! Nele blinzelte. Dazu war viel zu viel passiert.

Da verließ Henry auch schon das Zaubergärtchen und kam über die Straße direkt auf sie zu. Verflixt! Sie war einen Moment zu lange bei Emily stehen geblieben und hatte sich in ihren Erinnerungen verloren. Neles Kehle wurde eng, ihr Herzschlag geriet aus dem Takt, und ihre Hände fühlten sich so feucht an, als hätte sie sie gerade gewaschen.

Wie konnte es sein, dass dieser Idiot noch immer diese Wirkung auf sie hatte? Er war wie ein hartnäckiger Virus: Sie wurde ihn einfach nicht los, und seine Wirkung war fatal. In den letzten Jahren war er immer mal wieder in ihrem Leben aufgetaucht. Nur auf Oma Lottes Beerdigung, da war er nicht erschienen. Nele überlegte, ob sie Henry etwas Gemeines an den Kopf werfen oder ihn mit Gleichgültigkeit strafen sollte. Letztendlich fehlte ihr für beides die Energie.

«Ich muss jetzt kochen», sagte sie deshalb schnell zu Emily, drehte sich um und ging ins Haus.

In der Küche nahm Nele das Weinglas, das sie in der letzten Nacht viel zu oft nachgefüllt hatte, von der Spüle und wusch es aus. Dabei beobachtete sie durch das Fenster, wie Henry sich zu Emily gesellte. Er sagte etwas zu seiner Großmutter, vermutlich erkundigte er sich nach ihr, denn Emilys Blick huschte zu der Gardine, hinter der Nele sich versteckte. Nele trat einen Schritt zurück.

Nun hatten auch Laura und Annika Henry bemerkt. Das Geräusch des Rasenmähers verstummte, und ihre Mutter stakste durch das gemähte Gras an den Zaun. Auf dem Weg dorthin wurde sie von Annika überholt.

«Henry!» Übers ganze Gesicht strahlend lief ihre Tochter auf ihn zu, und Nele musste mit ansehen, wie sie sich an ihn schmiegte.

Das Weinglas in Neles Hand fing an zu zittern, und ihre Augen füllten sich mit Tränen. Sie war wütend, so unglaublich wütend! Wieso musste Henry gerade jetzt hier auftauchen, wo ihre Zukunft mit Ben in so greifbarer Nähe war?

Nele hat schon Pfannkuchenteig gemacht und Öl erhitzt, als Laura und Annika ins Haus kamen.

Annika stürmte auf sie zu und klammerte sich an ihren Arm. «Mama, Mama! Henry ist auch hier! Und er bleibt noch die ganze Woche.»

«Wie toll!» Nele rang sich ein Lächeln ab.

«Ist mein Skateboard noch da?», fragte Annika. «Ich muss ihm unbedingt zeigen, wie gut ich den Ollie kann!»

Was auch immer das war. «Es steht im Schuppen, Schätzchen. Als ich vorhin den Rasenmäher rausgeholt habe, habe ich es dort gesehen.»

Annika flitzte davon, und Nele blieb mit ihrer Mutter allein in der Küche zurück.

«Bist du wegen Henry so schnell ins Haus gesprintet?» Auf Lauras Lippen lag ein belustigtes Lächeln.

«Wieso sollte ich?» Nele verdrehte die Augen. «Ich hatte Annika versprochen, dass es Pfannkuchen zum Mittagessen gibt.»

Laura lehnte sich gegen die Spüle. «Annika hat mir erzählt, dass Henry manchmal an ihrer Schule in New York ist. Dabei dachte ich, er würde in Berlin wohnen und dort als Skateboardlehrer arbeiten.»

«Henry wohnt auch in Berlin, aber er ist kein Skateboardlehrer.» Nele schöpfte eine großzügige Portion Teig in die Pfanne. «Er gehört zu einem Team von Streetworkern. Sie versuchen, durch Trendsportarten Kindern aus benachteiligten Familien Lust auf Bewegung zu machen.» Sie hörte sich an, als hätte sie eine Broschüre der Krankenkasse auswendig gelernt, dachte Nele.

«Ach! Du bist ja gut informiert.» Ihr Lächeln wurde breiter. «Und was macht Henry dann an Annikas Schule?»

«Er organisiert einen Schüleraustausch zwischen Berlin und der ... und New York.» Im letzten Moment hatte Nele das Wort *Bronx* zurückgehalten. Dass sie vor ein paar Jahren in diesen Stadtteil gezogen war, weil sie sich nirgendwo anders eine Wohnung mit zwei Zimmern leisten konnte, hatte sie ihrer Mutter nie erzählt. Sie würde sich nur unnötig Sorgen machen und ein völlig falsches Bild von ihrem Leben in New York bekommen. «Wenn er in der Stadt ist, gibt er dort an manchen Schulen Kurse. Er ist mit einem New Yorker Streetworker befreundet. – Wohnt er eigentlich bei Emily?», erkundigte sie sich bemüht beiläufig.

«Nein, er wohnt bei Arno.» Bei der Erwähnung von Henrys Vater überzog eine leichte Röte Lauras Gesicht, die Nele misstrauisch machte. War da etwas zwischen ihrer Mutter und ihm? Hoffentlich nicht.

«Was ist eigentlich damals zwischen Henry und dir vorgefallen?», fragte Laura so unvermittelt, dass Nele zusammenzuckte. «Früher wart ihr ein Herz und eine Seele. Ich habe dich kaum jemals ohne ihn gesehen. Und dann … auf einmal … hattet ihr überhaupt keinen Kontakt mehr.»

Nele war froh, dass der Pfannkuchen fertig war. Während sie ihn herausnahm, konnte sie dem prüfenden Blick ihrer Mutter ausweichen. «Wie du weißt, ist er ziemlich abgestürzt, nachdem er auf dem Festland aufs Internat gegangen ist. Ich hatte einfach keine Lust mehr, mich mit jemandem abzugeben, der keine größeren Ziele im Leben hat als abends in der Spelunke Bier zu trinken oder sich am Strand die Birne zuzukiffen.»

Laura kniff die Augen zusammen. «War das so? Davon habe ich gar nichts mitbekommen.»

Weil du zu der Zeit nur deinen Julius im Kopf hattest, dachte Nele. «Ja, das war so.» Sie nahm einen Teller aus dem Schrank und ließ den Pfannkuchen daraufgleiten. «Annika!», rief sie durch das geöffnete Fenster. Ihre Tochter hatte das Skateboard inzwischen gefunden und fuhr damit die Straße auf und ab. «Komm rein und deck den Tisch! Wir können in zehn Minuten essen.»

Nachdem auch der letzte Pfannkuchen verputzt war, ließ Laura sich theatralisch auf ihrem Stuhl zurücksinken und rieb sich den Bauch. «Ich weiß nicht, wie es euch geht, aber ich brauche jetzt dringend Bewegung. Und ein bisschen Abkühlung. Kommt jemand mit zum Strand?»

«Iiiiich!» Annika rannte nach oben in ihr Zimmer, um sich ihren Badeanzug, ein Handtuch und das neue aufblasbare Schwimmeinhorn zu holen, das Laura ihr gekauft hatte. Als Überbrückung, bis sie ein echtes bekam.

Laura brauchte deutlich länger, um die unzähligen Sachen zusammenzusuchen, ohne die ein Nachmittag am Strand für sie nicht möglich war. Als die Gartenpforte endlich hinter den beiden ins Schloss fiel, war Nele erleichtert. Auch ihr wäre nach einem Bad in der kühlen Nordsee zumute, es war heute unglaublich heiß. Aber sie hatte keine Lust, Henry über den Weg zu laufen. Sie musste die Tatsache, dass auch er auf Juist war, erst einmal in Ruhe verdauen.

Sie griff zu ihrem Handy und wählte Bens Nummer. Bestimmt würde ein Gespräch mit ihm gegen das entsetzliche Gefühlschaos in ihrem Herzen helfen. Leider meldete sich nur die Mailbox.

Langsam ging Nele durch alle Räume und blieb schließlich vor der Kommode im Wohnzimmer stehen. Sie zog die oberste Schublade auf und atmete erleichtert auf. Es war noch da! Laura war in den letzten Monaten ein paarmal allein im Deichschlösschen gewesen, und Nele hatte befürchtet, sie könnte das Foto von Eddy und sich weggeworfen haben. Aber vielleicht erinnerte sie sich gar nicht mehr daran, dass es in der Schublade lag.

Seit Nele es vor einiger Zeit zufällig unter ein paar Stoffservietten entdeckt hatte, hatte sie es bei ihren Besuchen im

Deichschlösschen immer wieder hervorgeholt. Das tat sie auch jetzt. Sie setzte sich in Oma Lottes gemütlichen Ohrensessel und betrachtete das Bild. Ihre Eltern standen darauf vor ihrem Tourbus, zwei späte Flower-Power-Kinder mit langen Haaren und Hosen, deren Schlag so weit war, dass er bis über die Schuhspitzen reichte. Eddy hatte den Arm um Laura gelegt, und sie schaute mit ihrem Tausend-Watt-Lächeln zu ihm hoch. Sie waren ein schönes Paar. Und sie sahen so glücklich aus auf dem Foto, dass es Nele richtig wehtat, wenn sie daran dachte, wie alles geendet hatte.

Laura hatte Eddy auf einem seiner Konzerte kennengelernt. Sie war ihm im Publikum aufgefallen, und der Auftritt war noch nicht ganz zu Ende gewesen, als er – ganz der selbstbewusste Rockstar – schon von der Bühne gesprungen und zu ihr gegangen war, um sie auf einen Drink einzuladen. Laut Laura hatten sie sich in die Augen geschaut und sofort gewusst, dass sie zusammen sein wollten.

Leider hatte sich die Magie zwischen den beiden schnell verflüchtigt, als Laura feststellte, dass die Pille ihre Wirkung verlor, wenn man sich übergab, weil man zu viel Wodka getrunken hatte. Das Leben, das Eddy und sie führten, ließ sich nur schwer mit einem Kind vereinbaren. Trotzdem tourte Laura weiter mit der Band durch Deutschland, und später, als die *Thunder Boys* erfolgreicher wurden, auch durch Teile Europas. Erst als Neles Einschulung endgültig näher rückte – Laura hatte sie schon ein Jahr zurückstellen lassen –, war der Moment gekommen, in dem ihre Mutter Eddy vor eine Entscheidung stellte: Kind oder Karriere? Ein Reihenmittelhaus auf dem Land oder weiter ein Leben im Tourbus?

Eddy hatte sich für seine Musik entschieden, und zurückgeblieben war die Sehnsucht nach ihm. Wie ein lästiger Phantomschmerz hatte sie noch lange Zeit an Nele geklebt, als Eddy schon lange aus ihrem Leben verschwunden war. Genau wie von der Wand mit den Familienfotos. Nur ein heller Fleck auf der Tapete zeugte noch davon, dass hier ein paar Jahre lang auch das Bild von Laura und Eddy gehangen hatte.

## 10. Kapitel

Juist, 24. August 2002

> Come stop your crying, it will be alright.
> Just take my hand, hold it tight.
> I will protect you from all around you.
> I will be here, don't you cry.
>
> «You'll Be in My Heart», aus: Tarzan

Henry war ja so ein Idiot! Nele lugte hinter einem Postkartenständer hervor, der gleich neben dem Eingang der Buchhandlung *Bücherinsel* stand. Die Finger hatte sie fest um Ottos Halsband gekrallt, damit der Hund nicht zu ihm laufen konnte. Die Hand lässig um die schmale Taille eines Mädchens gelegt, schlenderte Henry gerade an ihr vorbei. Es war bereits die dritte Eroberung, in deren Begleitung Nele ihn in diesen Ferien sah. Kaum war eins abgereist, hatte er bereits das nächste Mädchen in seinen Fängen. Es war widerlich!

Seit Henry die Schule im Frühjahr abgebrochen hatte, arbeitete er in Köln in einem Laden für Skateboardbedarf. Von dort hatte er diesen Sommer zwei Freunde mitgebracht. Zwei langhaarige Angeber, die sich genau wie der neue Henry für die Allercoolsten hielten. Im Gegensatz zu ihm, der Nele in diesem Jahr genauso ignorierte wie sie ihn, sprachen sie allerdings mit ihr.

«Ich habe gehört, dass du Tänzerin bist», hatte der eine erst gestern am Strand mit einem anzüglichen Grinsen zu ihr gesagt. «Dann kannst du bestimmt Spagat.»

*Ja. Und ich habe außerdem so starke Füße, dass ich dir einen Tritt versetzen kann, der dich von hier bis aufs Festland katapultiert,* hätte Nele gerne erwidert. Aber das war leider nicht besonders überzeugend, wenn einer dieser besagten Füße in einer Schiene steckte und sie mit ihren Krücken bei jedem Schritt so tief im Sand versank, dass sie sich nur mühsam fortbewegen konnte.

Nele hatte sich einen Ermüdungsbruch am Mittelfuß zugezogen. Die Diagnose hatte sie Anfang der Ferien von Dr. Herberger bekommen, nachdem sie bereits mehrere Wochen nur hatte tanzen können, wenn sie mehrmals am Tag hochdosierte Schmerzmittel schluckte.

«Da hat es wohl jemand mit dem Training ein bisschen übertrieben», hatte der Arzt gesagt und ihr väterlich die Schulter getätschelt.

Er hatte ja keine Ahnung! Fast jeder an der Schule trainierte so viel wie sie. Es ging gar nicht anders. Der Unterricht begann um acht und endete nicht selten erst abends um sechs. An den Wochenenden fanden häufig Aufführungen statt. Viele der anderen Mädchen jammerten, dass sie kaum Freizeit hatten. Nele dagegen war froh darüber, denn so hatte sie keine Zeit zu grübeln.

Worüber sie überhaupt nicht froh war, war Dr. Herbergers Rat, den Fuß sechs Wochen lang nicht zu belasten und nach dieser Zeit die Belastung nur langsam wieder zu steigern.

Das konnte er vergessen! Eine so lange Pause durfte Nele sich nicht erlauben. Spätestens Anfang September würde sie wieder trainieren. Der Konkurrenzdruck an der Schule war unerbittlich. Nur die Allerbesten hatten am Ende der Ausbildung eine Chance, eines der begehrten Engagements zu bekommen! Der

Ellenbogeneinsatz an der Schule ging sogar so weit, dass ein Mädchen aus der Abschlussklasse, das die Hauptrolle auf dem Sommerfest tanzen sollte, von der Zweitbesetzung die Treppe hinuntergestoßen worden war.

Trotzdem war Nele froh, wenn die Ferien endlich zu Ende waren. Da sie mit dem verletzten Fuß so gut wie nichts machen konnte, zogen sie sich wie ein ausgeleiertes Gummiband. Wenn sie nicht gerade Physiotherapie hatte, lag sie die meiste Zeit im Zaubergärtchen in der Hängematte und las. Allmählich musste sie beinahe sämtliche Bücher der Bücherei gelesen haben. Hin und wieder, wenn Oma Lotte, Emily oder Jens Zeit hatten – sein Vater hatte ihn dazu verdonnert, in der Metzgerei auszuhelfen –, ging sie mit ihnen an den Strand. *Mit Henry war alles schöner ...* Der Gedanke war in ihr aufgeblitzt, bevor Nele ihm Einhalt gebieten konnte. Sie schaute die Straße hinunter, doch Henry und das Mädchen waren längst nicht mehr zu sehen.

«Komm, Otto!», rief sie den Hund und ließ sein Halsband los. Als sie hinter dem Postkartenständer hervorhumpelte, kreuzte ihr Blick plötzlich den von Ben. Mit den Zwillingen an der Hand kam er gerade aus dem Inselkino.

Mist! Weil sie so sehr damit beschäftigt gewesen war, Henry und seiner neuesten Flamme Pfeile in den Rücken zu schießen, hatte sie ihn zu spät bemerkt.

Ben und seine Familie machten auch in diesem Jahr Sommerurlaub auf der Insel. Bisher war es Nele gelungen, dem Jungen aus dem Weg zu gehen. An den Tag vor genau einem Jahr, als sie das letzte Mal miteinander gesprochen hatten, wollte sie so wenig wie möglich erinnert werden. Es reichte schon, dass Laura und Julius das taten.

Ihre Mutter war immer noch mit dem Ekelpaket zusammen. Oma Lotte meinte sogar, sie wäre bereit für den nächsten Schritt und würde darüber nachdenken, mit ihm zusammenzuziehen! Nele seufzte. Zum Glück verbrachten die beiden die Ferien nicht hier, sondern auf Korfu.

*Bitte geh einfach an mir vorbei!*, flehte sie stumm. Mit den Krücken war jeder Fluchtversuch zwecklos. Doch Ben und seine Schwestern steuerten direkt auf sie zu.

«Na, auch wieder da?», begrüßte sie ihn und zwang sich zu einem Lächeln.

Ben nickte und wurde rot wie ein gekochter Hummer. Es fiel ihr schwer, nicht die Augen zu verdrehen.

«Woher kennst du das Mädchen?», wollte eine seiner Schwestern wissen und bückte sich, um Otto zu streicheln, der gehorsam neben Nele Sitz gemacht hatte.

Nele fragte sich, wie um Himmels willen irgendjemand die beiden auseinanderhalten konnte. Nicht nur dass sie völlig identisch aussahen, sie hatten auch die gleichen Kleider. Und sie trugen sogar die gleichen Haarklammern, um sich die langen Ponysträhnen aus der Stirn zu halten.

«Wir sind uns letztes Jahr am Strand begegnet», antwortete sie, weil Ben stumm blieb.

«Seid ihr verliebt?», wollte das Mädchen wissen. Dabei grinste es breit.

Das andere schlug sich die Hand vor den Mund und kicherte.

«Anemone!» Nun machte Ben endlich den Mund auf, und er schaffte es, dabei sogar noch mehr zu erröten. Die Farbe seiner Haut ging jetzt in Richtung Klatschmohn.

Der arme Kerl! Ausnahmsweise war Nele jetzt froh, ein Einzelkind zu sein.

«Wir haben *Stuart Little* angeschaut», erzählte das Mädchen, bei dem die Haarspange ein wenig schief saß. Es schien die

Wortführerin der beiden zu sein. «Hast du den Film auch schon gesehen? Er ist witzig.»

Ein fröhliches Klingeln verkündete, dass sich Siggi mit seinem Eismobil näherte. Ein paar Meter vor ihnen kam es zum Stehen. Von überallher strömten jetzt Kinder herbei, gefolgt von Eltern mit gezückter Geldbörse. Auch Bens Schwestern fingen sofort an zu betteln.

«Können wir ein Eis haben? Bitte!», schallte es synchron aus zwei Kehlen. Die beiden legten ihre Köpfe in den Nacken und schauten mit großen Augen zu ihrem Bruder auf.

«Aber nur zwei Bällchen.» Ben kramte in der Tasche seiner knielangen Shorts nach Münzen und gab sie ihnen.

Nele verzog das Gesicht. Sie hatte gehofft, er würde seine Schwestern zum Eismobil begleiten. Dann wäre sie ihn losgewesen.

«Ich nehme Vanille und Erdbeer.»

«Und ich Schoko und Erdbeer!»

Die Mädchen hüpften davon.

«Was ist denn mit deinem Fuß?», erkundigte sich Ben. Dabei blickte er ihr nicht in die Augen, sondern fixierte einen unbestimmten Punkt neben ihr.

«Er ist verstaucht», antwortete Nele, weil der Begriff ‹Ermüdungsbruch› bestimmt weitere Fragen nach sich gezogen hätte.

Aber die folgten auch so.

«Bist du noch an der Stage School?»

Dass er sich daran noch erinnern konnte! «Ja. Meine Ausbildung geht noch zwei Jahre.»

«Gefällt es dir dort?» Noch immer schaffte Ben es nicht, sie direkt anzusehen. Er war wirklich ein merkwürdiger Typ.

«Ja. Ich muss jetzt weiter», sagte Nele, doch da kamen Bens Schwestern schon wieder auf sie zugelaufen.

«Magst du mal probieren?» Eines der Mädchen streckte Nele ihr Eis entgegen. «Ist lecker!»

Nele schüttelte den Kopf.

«Und du?», fragte sie ihren Bruder und hielt das Eis so nah an seine Brust, dass es fast sein Poloshirt berührte.

Nur Otto hatte Interesse. Der Hund legte den Kopf schief und ließ die Zunge heraushängen. Wie immer, wenn er etwas wollte, versuchte er besonders niedlich auszusehen, der alte Schlawiner. Doch Ben trat abwehrend einen Schritt zurück. Dabei stieß er gegen den Aufsteller, der vor dem Buchladen stand. Scheppernd fiel er zu Boden. Wie zu erwarten, wurde Ben wieder einmal rot.

«Ich ... äh ... Das ... äh» Er sah sich so hektisch um, als befürchtete er, dass Bodo, der Dorfpolizist, hinter einer Ecke hervorspringen und ihn verhaften würde.

«Wir stellen ihn einfach wieder auf», sagte Nele ruhig, während sie sich fragte, wie jemand nur so unbeholfen sein konnte. Hatte Ben nicht im letzten Jahr erwähnt, dass er Medizin studieren wollte? Ein so tollpatschiger Arzt war keine besonders vertrauenerweckende Vorstellung.

Sie ließ die Krücken fallen und bückte sich, um den Aufsteller mit dem Plakat wieder aufzurichten. Es kündigte eine Veranstaltung an, die heute Abend im Foyer des Kurhotels stattfinden würde. Der Sänger mit den schulterlangen blonden Haaren und der gebräunten Haut erinnerte Nele an jemanden.

Der Aufsteller entglitt ihren Händen und krachte wieder auf den Boden. Otto sprang erschrocken zur Seite.

«Was ist?», fragte Ben.

«Nichts», brachte Nele mit belegter Stimme hervor und zwang sich, den Blick von dem Plakat abzuwenden.

Es war schon lange her, dass sie ihren Vater gesehen hatte,

und das einzige Foto von ihm, das sie besaß, war aus einem Zeitungsartikel und lag schon seit mehreren Jahren in ihrer Erinnerungstruhe. Der Mann auf dem Plakat hatte keine Gitarre in der Hand wie auf diesem Foto, sondern saß hinter einem Keyboard, und er trug auch keine hautengen Lederhosen und Stiefel, sondern Jeans und Halbschuhe. Auf dem Boden vor ihm lagen keine Stofftiere und Damenslips. Und Nele war fest davon überzeugt, dass keine der anwesenden Damen, die unscharf im Hintergrund des Fotos zu erkennen waren, ein Schild in die Höhe hielt, auf dem *Eddy, ich will ein Kind von dir!* stand. Aber eine gewisse Ähnlichkeit gab es trotzdem. Zu dem Gitarristen auf dem Foto. Und zu ihr.

Äußerlich kam Nele nach ihrem Vater und nicht nach Laura. Das fand nicht nur ihre Mutter, sondern das hatten auch Oma Lotte und Emily immer gesagt. Bei Emily hatte sich die Feststellung wie ein Kompliment angehört, bei den anderen beiden weniger.

Konnte es sein, dass ihr Vater inzwischen sein Geld als Alleinunterhalter verdiente und heute Abend hier auf Juist einen Auftritt hatte? In ihrem Kopf begann es zu brausen, und ihr Herz raste.

«Ich muss jetzt weiter.» Nele hob ihre Krücken auf und humpelte so schnell wie möglich davon.

«Wollen wir im Kurhotel noch was trinken, bevor wir auf das Sanddornfest gehen?», fragte Nele an diesem Abend ihren Freund Jens, der sie mit dem Fahrrad abgeholt hatte und nun in Richtung Dorf kutschierte.

Sie saß auf dem Gepäckträger, hielt die Krücken in der Hand und versuchte den verletzten Fuß weit von sich zu strecken.

«Was willst du denn da?» Jens wich einer Katze aus, die auf

der Straße lag, sich die Abendsonne auf den roten Pelz scheinen ließ und trotz seines Klingelns partout nicht weichen wollte.

Nele zögerte, gab dann aber zu: «Ich glaube, mein Vater spielt dort heute Abend. Heute Nachmittag habe ich im Dorf ein Plakat gesehen.»

«Der Gitarrist?» Jens bremste so abrupt ab, dass Nele beinahe vom Gepäckträger fiel.

«Wer sonst, du Superhirn?» Nele stellte ihren gesunden Fuß auf den Asphalt und stieg ab. «Oder glaubst du, dass ich mehrere Väter habe?»

«Cool!» Jens Zeigefinger wanderte zu seiner Nasenwurzel. Obwohl er seit diesem Sommer Kontaktlinsen trug, erlag er noch immer der alten Gewohnheit, sich ständig die Brille nach oben zu schieben. «Ich wollte schon immer mal einen berühmten Rockstar sehen.»

«Alleinunterhalter.»

Das Fragezeichen stand ihm ins Gesicht geschrieben.

«Wenn er es wirklich ist, sitzt er jetzt hinter einem Keyboard», erklärte Nele.

Jens sah enttäuscht aus, zuckte aber schließlich mit den Schultern und meinte: «Was soll's? Neugierig bin ich trotzdem auf ihn.»

«Und ich erst», murmelte Nele, so leise, dass Jens es nicht hören konnte.

Da die Fenster des Kurhotels nur gekippt waren, hörte Nele das Keyboard schon von draußen. Der Alleinunterhalter spielte *Biscaya* von James Last, einen Walzer, der beim An- und Ablegen der Fähre immer lief und der selbst gestandenen Seebären hin und wieder ein Tränchen entlockte.

Besonders viele Gäste saßen nicht im Foyer, stellte sie fest, als sie das Kurhotel betrat. Wie immer fühlte sie sich ein bisschen wie in eine andere Zeit versetzt. Zwar war das Kurhotel nach seinem Wiederaufbau komplett modernisiert worden, aber durch die vielen Goldornamente, die schweren dunkelroten Vorhänge und die dicken Teppiche hatte es seinen nostalgischen Charme behalten.

Hannelore war auch da und stand an der Rezeption. «Oh nein!», murmelte Jens, als seine Mutter ihn zu sich winkte. «Ich hatte ganz vergessen, dass sie heute hier arbeitet.» Er zog den Kopf ein.

«Hast du mal wieder was angestellt?», stichelte Nele. Sie versuchte, einen Blick auf den Musiker zu erhaschen, doch leider wurden das Keyboard und er teilweise von den ausladenden Blättern einer Zimmerpflanze verdeckt.

Jens nickte zerknirscht. «Meine Mutter hat herausbekommen, dass ich bei Jutta in der *Blumeninsel* war und sie gefragt habe, ob sie im nächsten Jahr Azubis einstellen.» An seinem Wunsch, Florist zu werden, hatte er gegen den Willen seiner Eltern all die Jahre festgehalten.

«Du Ärmster.»

«Du sagst es.»

Obwohl Hannelore so klein war, dass sie kaum hinter der Theke hervorschaute, wirkte sie ziemlich respekteinflößend. Nicht nur wegen der randlosen Brille, die ihr immer ein Stück zu weit vorne auf der Nasenspitze saß, und der wie festzementierten Dauerwelle, sondern auch weil ihren Augen und Ohren nichts entging. Sie arbeitete nicht nur an der Rezeption des Kurhotels, sondern außerdem an vier Vormittagen in der Woche in der Metzgerei ihres Mannes. Nur dass ihr Sohn als Vegetarier den Laden seiner Eltern nicht übernehmen wollte, war bisher an ihr vorbeigegangen. Und auch dass er sich mehr für Jungs als für Mädchen interessierte, wollte sie nicht wahrhaben.

«Was macht ihr beiden denn hier?», fragte sie.

«Nele will den Alleinunterhalter sehen», sagte Jens, und Nele stieß ihm mit ihrer Krücke ans Schienbein. Musste das sein?

«Oh Gott!» Hannelores Lippen verzogen sich zu einer verächtlichen Schnute. «Ich wäre froh, wenn ich das Gedudel von diesem Heini nicht hören müsste. Ich frage mich, wer den engagiert hat. Dieses Keyboard, auf dem er spielt, macht alles von selbst. Er drückt nur auf ein paar Tasten und bekommt sein Geld dafür, auf der Bühne zu sitzen und Bier zu trinken.»

Nele folgte ihrem Blick. Während das Instrument weiterhin *Biscaya* klimperte, nahm der Musiker gerade einen großzügigen Schluck aus seiner Flasche. Hoffentlich war das nur ein Fremder, der ihrem Vater zufällig ähnlich sah!

«Was spielt er denn für Musik? Schlager?», fragte sie Hannelore. Der Eddy, den sie kannte, würde sich dazu nie herablassen.

«Schön wäre es. Nein. James Last hat sich der Chef gewünscht. Rockmusik und so einen Kram spielt er. Du wirst es ja gleich hören.»

Nele schluckte. Rockmusik! Dann war er es vielleicht doch!

Hannelore wandte sich an ihren Sohn. «Hast du einen Moment Zeit? Mir ist da etwas zu Ohren gekommen, über das ich mit dir sprechen möchte.»

Jens schrumpfte unter ihrem strengen Blick sichtlich zusammen, nickte aber kleinlaut. Hannelore wies ihre Kollegin an, einen Moment für sie zu übernehmen, und die beiden verschwanden in dem Büro hinter der Rezeption.

Nele humpelte ein wenig näher an die Zimmerpalme heran und schob zwei der fleischigen Blätter zur Seite, um einen besseren Blick auf den Musiker zu haben. Leider war sein Gesicht teilweise von den Notenblättern verdeckt. Sie konnte lediglich seine Haare und die Augenpartie sehen. Aber bereits dieser Teil von ihm sah viel älter aus als auf dem Plakat. Ein Bildbearbeitungsprogramm hatte dort kaschiert, dass seine hellen Augen müde aussahen und zwischen seinen Brauen zwei steile Falten aufragten. Eine gerade, die andere schräg.

«Was machst du denn da?» Ein kleines Gesicht tauchte vor ihr auf. Eine von Bens Schwestern stand vor ihr.

Nele erschrak so sehr über ihr plötzliches Auftauchen, dass sie einen halblauten Schrei ausstieß. Jäh ließ sie die Blätter der Zimmerpalme los. Der Musiker löste den Blick von seinen Notenblättern und schaute in ihre Richtung. Als er die Quelle des Geräuschs nicht ausmachen konnte, nahm er einen Schluck aus seiner Bierflasche und richtete seine Aufmerksamkeit wieder auf sein Instrument, das gerade das Intro von *Hotel California* klimperte. Er beugte sich dicht an das Mikrophon und fing an zu singen: *On a dark desert highway, cool wind in my hair* ... Seine Stimme war rau, kratzig und so unverwechselbar, dass es keinen Zweifel mehr für Nele gab. Der verlebt aussehende Typ am Keyboard war Eddy. Laura hatte noch eine Schallplatte von ihm und seiner damaligen Band, den *Thunder Boys*. Manchmal, wenn sie glaubte, dass Nele schon schlief, hörte sie sich die Musik an. Nur dafür hatte sie den hässlichen braunen Plattenspieler behalten.

Wieso hatte sich Eddy in all den Jahren kein einziges Mal bei ihnen blicken lassen? Dachte er denn niemals an die Zeit mit ihr und Laura? Sie hatten es doch auch schön gehabt miteinander! Und selbst wenn er und Laura sich nicht mehr liebten, wenigstens seine Tochter hätte er doch vermissen müssen ...

Ein zweites Gesicht tauchte jetzt zwischen den Palmenblättern auf. «Das ist ja Bens Freundin!», tönte das andere Zwillingsmädchen. Da ihre Zöpfe viel zerzauster aussahen als die ihrer Schwester, vermutete Nele, dass es die vorwitzige Anemone war. «Bist du hier, um ihn zu besuchen?»

«Nein!» Nele schüttelte entschieden den Kopf.

«Du musst ihm trotzdem Hallo sagen. Er freut sich bestimmt, dich zu sehen», sagte die Kleine in einem Ton, der keinen Widerspruch zuließ. Sie nickte ihrer Schwester zu, und schon waren beide Mädchen um den Kübel mit der Palme herumgeflitzt und zerrten sie an ihren Krücken hervor. Nele hatte gar nicht gesehen, dass Bens Familie gleich dahinter saß.

«Schaut mal, wen wir gefunden haben!», rief Anemone, als wäre Nele ein Osterei, das sie während eines Spaziergangs zufällig im dichten Gras entdeckt hatte. Ben, der gerade ein Glas Cola an den Mund geführt hatte, erstarrte mitten in der Bewegung. «Das ist Nele!», stellte Anemone sie ihren Eltern vor. «Ben und sie kennen sich vom letzten Jahr.»

«Wie nett!» Hatten sich die gezupften Brauen von Bens Mutter gerade noch fragend nach oben gewölbt, sanken sie nun wieder nach unten, und sie lächelte Nele freundlich an. «Möchtest du dich auf ein Getränk zu uns setzen?»

Am liebsten hätte Nele höflich abgelehnt. Aber da Jens noch nicht wieder aufgetaucht war und der Tisch dicht vor dem Keyboard stand, nickte sie und setzte sich auf den Stuhl, den Bens Vater für sie heranzog. Trotz seiner zuvorkommenden Geste und obwohl auch er lächelte, erinnerte er Nele an den Lateinlehrer, vor dem sie in der fünften Klasse immer Angst gehabt hatte – ein großer, drahtiger Mann mit stahlgrauen, eng am Kopf anliegenden Haaren und ebenso grauen Augen. Bens Vater hob kurz die Hand, um die Bedienung an den Tisch zu rufen, und Nele bestellte eine Cola.

«Bist du Juisterin?», fragte Bens Mutter, nachdem die Frau

wieder verschwunden war. Genau wie bei ihrer letzten Begegnung hatte sie ihre glatten Haare zu einem hohen Turm frisiert, und ihre überzähligen Kilos kaschierte sie mit unzähligen Lagen Stoff.

«Nein, ich mache Urlaub bei meiner Oma. Sie wohnt hier.»

«Und wo wohnst du?», fragte Anemone.

«Sei doch nicht so neugierig», wies ihr Vater seine Tochter zurecht. «Wenn Erwachsene sich unterhalten, haben Kinder den Mund zu halten. Nimm dir ein Beispiel an Florentine.»

Sofort verstummte Anemone, und ihre Augen füllten sich mit Tränen.

«Schon gut», sagte Nele mitleidig. Sie fand die harsche Reaktion des Mannes heillos übertrieben. «Ich wohne zurzeit in Hamburg», antwortete sie dem Mädchen. «Dort mache ich eine Ausbildung zur Musicaldarstellerin. Deshalb bin ich auch hier. Weil ich gesehen habe, dass heute Abend hier Musik gemacht wird, und ich ... ein bisschen zuhören wollte.» Nele fand, dass es nicht schaden konnte, Ben indirekt klarzumachen, dass sie nicht seinetwegen im Kurhotel war. Aber schon während sie den Satz aussprach, merkte sie, wie verschroben sich das anhörte. Hier spielte ein Alleinunterhalter und keine Band. Und sie war achtzehn und nicht achtzig. Aber zum Glück schien niemand am Tisch ihre Aussage sonderbar zu finden, und Ben sah aus, als würde er sich ganz weit weg wünschen. Sein blasses Gesicht war fleckig, und mit dem Strohhalm rührte er ununterbrochen in seiner Cola.

«Hast du deinen Wehrdienst inzwischen beendet?», fragte Nele ihn. Da er mit dem Rücken zum Keyboard saß, konnte sie unauffällig ihren Vater beobachten, wenn sie sich mit ihm unterhielt.

Ben reagierte nicht.

«Ben!» Sein Vater stieß ihn in die Seite. «Das Mädchen hat dich was gefragt!»

Wieso schaffte er es denn nicht, ihr in die Augen zu sehen? Im letzten Jahr, bei ihrem Strandspaziergang, war das doch auch kein Problem gewesen!

«Ich habe gefragt, ob dein Wehrdienst schon vorbei ist», wiederholte sie.

«Er ist ausgemustert worden», antwortete sein Vater an seiner Stelle, und er klang dabei abgrundtief enttäuscht.

Ach! Nele sah Ben an, und er nickte. Er wirkte nicht so glücklich, wie sie es erwartet hätte. Ihr fiel ein, dass sein Vater ihm das Medizinstudium nur unter der Bedingung finanzieren wollte, dass er vorher ein Jahr zur Bundeswehr ging. Damit er zu einem echten Mann wurde.

«Lasst uns doch von etwas Erfreulicherem sprechen», sagte Bens Mutter und bestätigte damit Neles Ahnung, dass dieses Thema in dieser Familie ein sehr heikles war. «Du möchtest also Musicaltänzerin werden. Wie schön! Ich bin eine große Musikliebhaberin, und in unserem Salon finden häufig Soirées statt. Du musst mir unbedingt von deiner Ausbildung erzählen. Bist du schon einmal vor Publikum aufgetreten?»

Während Nele mechanisch auf die vielen Fragen der Frau antwortete, linste sie immer wieder zu Eddy hinüber.

Inzwischen hatte er eine weitere Flasche Bier bestellt. Als er sie an den Mund führte, sah Nele, dass seine Hand zitterte. Abgesehen von seiner Stimme hatte er nicht mehr viel gemeinsam mit dem selbstbewussten und vor Energie nur so vibrierenden Mann auf dem Foto des Zeitungsartikels, den sie in ihrer Erinnerungstruhe verwahrte und oft hervorholte, um es zu betrachten. Der Mann hinter dem Keyboard hätte ein Fremder sein können, und trotzdem verspürte sie Sehnsucht nach ihm.

Als Eddy nach dem Song der Eagles aufstand und eine Schachtel Zigaretten aus seiner Jeanstasche zog, sagte Nele, sie wolle kurz Luft schnappen, und folgte ihm nach draußen. Er ging die Treppe hinunter und blieb vor dem Eingang stehen.

Der Sommer würde bald in den Herbst übergehen. Obwohl es erst kurz nach acht war, hatte sich die Dunkelheit bereits über die sanften Hügel der Dünen gesenkt, und die Spitze seiner Zigarette leuchtete bei jedem seiner gierigen Züge hell auf. Eddy hatte schon halb aufgeraucht, als Nele sich endlich ein Herz fasste und auf ihn zuhumpelte. Um zu kaschieren, dass ihre Hände zitterten, klammerte sie sich an den Griffen ihrer Krücken fest.

«Entschuldigen Sie bitte …» Sie verstummte. Wieso hatte sie nicht du gesagt?

Eddy kniff verwundert die Augen zusammen.

Nele spürte, wie ihre Hände feucht wurden. Erkannte er sie? Als sein fragender Gesichtsausdruck verschwand und einem Ausdruck des Verstehens Platz machte und er schließlich den Mund öffnete, um etwas zu sagen, spürte sie Erleichterung in sich aufsteigen.

«Willst du Feuer?», fragte er. Seine freie Hand wanderte zur Gesäßtasche seiner Jeans.

Nele konnte nur wortlos den Kopf schütteln.

«Was denn dann?» Ungeduld schwang in seiner Stimme mit. «Ein Autogramm? Das kannst du dir in der nächsten Pause abholen. Ich muss jetzt wieder rein und weitermachen.»

Er warf die Zigarette auf den Boden, trat sie mit dem Absatz aus und ging.

Als er fast am Ende der Treppe angekommen war, wurde die Tür zum Kurhotel geöffnet, und Ben trat heraus. Höflich hielt er Eddy die Tür auf und wartete, bis er eingetreten war. Dann kam er zu Nele herunter.

«Ich habe durchs Fenster gesehen, dass du hier stehst. Kommst du nicht mehr rein?» Er klang verunsichert, aber zum ersten Mal an diesem Tag schaute er sie bei einer Frage direkt an. «Wir wollen gleich zum Sanddornfest gehen, und du ... du hast deine Cola noch nicht ausgetrunken.»

Nele stand da wie erstarrt. «Das war mein Vater», sagte sie schließlich und blickte zu der Tür, hinter der Eddy gerade verschwunden war. «Er hat mich nicht erkannt.» Sie fing an zu schluchzen.

Einige Sekunden stand Ben wortlos vor ihr. Dann zog er ein Taschentuch aus seiner Hosentasche und reichte es ihr.

«Danke», sagte Nele, und damit meinte sie nicht nur das Taschentuch. Sie war froh, dass sie in diesem Moment nicht allein sein musste.

# 11. Kapitel

## Juist 2019

Es war seltsam. Mit dem Foto von Eddy und Laura in der Hand ließ sich Nele auf den alten petrolfarbenen Samtsessel von Oma Lotte sinken. Wenn sie von ihrem Vater träumte, war er niemals die armselige Gestalt hinter dem Keyboard, sondern immer der umjubelte Rockstar mit der Gitarre. Der Mann, auf dessen Schoß sie saß, wenn sie den Tourbus lenken durfte, ihre kleinen Hände zwischen seinen großen. Der, der sie in die Luft warf und bei dem sie niemals den leisesten Zweifel hatte, dass er sie auffangen würde.

In Wirklichkeit hatte er sie fallen lassen, und das nicht nur einmal. Aber in ihren Träumen hielt sie verzweifelt an den guten Erinnerungen fest. Es war ihr selbst ein Rätsel, wieso. Schließlich träumte sie in anderen Träumen ständig vom Fallen. Von der Spitze eines Kirchturms, von einem Hochhaus, sogar von Bäumen fiel sie.

In den Träumen von ihrem Vater fiel sie nicht. Dieses Mal warf Eddy sie besonders hoch, und während Nele wieder auf dem Weg in seine Arme war, drang ein Geräusch in ihr beglücktes Kreischen. Nicht das Klappern von Hufen auf der Straße, ein Klang, den Nele noch viel mehr mit Juist verband als das Rauschen des Meeres, sondern ein Kratzen.

Nele schreckte aus ihrem Tagtraum hoch. Otto stand vor der Terrassentür und sah sie durch die Glasscheibe mit großen Hundeaugen an. Durch die Lücke im Zaun, durch die schon Henry und sie sich als Kinder immer gequetscht hatten und die nie geschlossen worden war, war er ins Deichschlösschen gekommen.

Nele ließ den Hund herein. Eine Zeitlang irrte er ein wenig verloren durch das Wohnzimmer. Dann legte er sich mit traurigem Blick vor ihr auf das Parkett und schaute zu ihr auf.

«Du vermisst Oma Lotte auch, oder?», sagte Nele.

Otto klopfte mit seinem wuscheligen Schwanz auf das Parkett, als würde er sie verstehen.

Einen Moment hielt Nele das Foto von Eddy und Laura fest. Es juckte sie in den Fingern, es wieder an seine ursprüngliche Stelle zu hängen. Der Nagel war nie entfernt worden. Sie musste kichern, als sie sich Lauras Gesicht vorstellte, wenn sie es sah. Doch vermutlich war es besser, wenn ihre Mutter nicht erfuhr, dass das Foto noch existierte.

Nele holte ihre Handtasche vom Garderobenhaken und ließ den Rahmen darin verschwinden.

Emily hatte vorgeschlagen, dass sie Post-its an alles kleben sollten, was sie behalten wollten. Nele einen gelben, Laura einen rosafarbenen. Den Rest würden sie verkaufen, verschenken – oder wegwerfen. Nele hatte diesen Rat super gefunden, doch wie so oft klafften Theorie und Praxis auseinander. Bei den Dingen, die sie Oma Lotte selbst irgendwann einmal geschenkt hatte, hatte sie kein Problem damit, sie in einen Container wandern zu lassen. So wie die beiden hässlichen Engel, die sie aus Flaschen und Holzkugeln gebastelt hatte, die Schneekugel mit dem Kinderfoto von Nele darin und das Stickbild, auf dem stand: *Zu Hause ist dort, wo das Herz eine Heimat findet ...*

Schwer fiel es ihr bei vielen anderen Gegenständen. Unentschlossen nahm Nele mal das eine, mal das andere Stück in die

Hand. Wie um Himmels willen sollte sie eine Auswahl treffen? Schließlich war doch so ziemlich alles in diesem Haus mit Erinnerungen behaftet. Die Lampe aus Quarzstein, die ein so gemütliches Licht verbreitete, zum Beispiel. Oma Lotte hatte sie an dunklen Herbst- und Winterabenden angemacht, wenn sie Nele, die sich auf dem Sofa eng an sie kuschelte, etwas vorlas. Selbst so profane Dinge wie die gusseiserne Bratpfanne ließen Bilder in ihr aufsteigen. Oma Lotte hatte die Pfanne nie gespült, sondern immer nur mit Küchenkrepp ausgerieben und die leckersten und knusprigsten Bratkartoffeln der Welt darin gemacht. Das kleine, leicht gebogene Messer mit dem Holzgriff hatte sie benutzt, um Apfelsinen zu schälen. Nele liebte die süßen Früchte, aber weil sie es nicht mochte, wenn der Saft ihre Finger verklebte, hatte sie es nie selbst getan. Bis heute tat sie das nicht. Wenn sie eine Orange essen wollte, löffelte sie sie aus. Unentschlossen hielt Nele das Messer eine Zeitlang in der Hand und steckte es dann wieder in den Holzblock zurück.

Sie konnte unmöglich ein Post-it daraufkleben, genauso wenig wie auf all die Nippesfiguren, die Oma Lotte gesammelt und sorgfältig jeden Samstag abgestaubt hatte. Sie wollte schließlich nicht mit zehn Koffern zurück nach New York fliegen! Natürlich konnte sie das alte Klavier nicht mitnehmen, das Opa Kalle ihrer Oma geschenkt hatte und auf dem sie hin und wieder gespielt hatte, obwohl eine Taste nicht mehr funktionierte. Es war leider auch nicht anzunehmen, dass Laura daran Interesse hatte. Oder irgendjemand anderes. Aber sie konnte doch Dinge, die Oma Lotte etwas bedeutet hatten, nicht einfach wegwerfen!

Mit einem tiefen Seufzer stellte Nele eine Porzellanschäferin mit Lamm auf dem Arm wieder auf die Kommode zurück und legte auch die Post-its weg. Außer dem gerahmten Foto ihrer Eltern würde sie nur noch die Kiste mit Oma Lottes Briefen behalten.

Nele sah sich noch einmal um Raum um und zögerte. Dann, aus einem unerklärlichen Impuls heraus, nahm sie das Stickbild von der Wand und steckte es zu dem Foto in ihre Handtasche.

Zum Glück musste sie sich nicht auch noch um die Möbel kümmern. Die konnten im Deichschlösschen bleiben, hatte der Makler gesagt, denn sie waren von guter Qualität, und vielleicht wollte der neue Eigentümer sie behalten. Neles Blick fiel auf den schweren Eichentisch. Bisher hatte sie es vermieden, ihn sich allzu genau anzuschauen, und das Mittagessen nicht hier, sondern in der Küche serviert, denn an diesem Tisch, auf dem Stuhl, der vor dem Kamin stand, war Oma Lotte gestorben.

Es war beim Kartenspielen passiert, im Kreise ihrer Freundinnen. Gerade hatte sie noch quietschvergnügt verkündet, die Runde Rommé sicher zu gewinnen, weil sie ein besonders gutes Blatt auf der Hand hatte, und im nächsten Augenblick war ihr Kopf auf die Tischplatte gesunken.

Nele war in New York auf dem Weg zu einer Aufführung gewesen, als Emily sie auf dem Handy angerufen hatte. Und weil die sich in all den Jahren noch nie bei ihr gemeldet hatte, hatte sie sofort gewusst, dass etwas Schlimmes passiert war.

Ein paar Sekunden lang ließ Nele die Hand auf der kühlen, glatten Tischplatte ruhen. Ob sie dieses Gefühl des Verlusts nun immer mit sich herumtragen würde, fragte sie sich. Und: Wie viele Verluste würden in ihrem Leben noch dazukommen?

Sehnsüchtig schaute sie zu der Weinflasche, die auf der Anrichte stand, doch sie widerstand dem Drang, sie zu öffnen. Es war nicht einmal fünf. Wenn sie damit anfing, um diese Uhrzeit schon zu trinken, würde sie die Insel als Alkoholikerin verlassen. Stattdessen zog sie eine CD aus dem Regal. *Cats.* Die hatte Emily ihr nach ihrem Besuch in Hamburg geschenkt.

Nele legte sie in den CD-Player. Die ersten Klänge von *Memories* ertönten. Und wieder einmal verspürte sie bei dieser Musik den kindlichen Wunsch, selbst einmal die Grizabella zu spielen und dieses Lied auf der Bühne zu singen. Da *Cats*, einige Zeit bevor sie nach New York kam, abgesetzt worden war, hatte er sich bisher nicht erfüllt.

Nele schloss die Augen, die vertraute Musik umhüllte sie wie eine kuschelige Decke, und ihr Körper begann wie von selbst, sich im Takt zu wiegen. Dann stimmte sie mit ein, erst leise, dann zunehmend lauter. Sie sang von der Erinnerung an eine Zeit der Jugend und Schönheit, in der sie noch wusste, was Glücklichsein bedeutet, und von der nüchternen Wirklichkeit, von kaltem Rauch und von der Hoffnung, dass der neue Tag ihr das Glück wieder zurückbringen möge. Noch nie hatte Nele sich so gut in Grizabella hineinfinden können wie jetzt.

Erst als die letzte Note verklungen war und Nele langsam wieder in die Wirklichkeit zurückfand, realisierte sie, dass sie eine Zuschauerin gehabt hatte. Sie schaute direkt in die kohleschwarzen Augen von Aliya. Die Kleine musste Otto durch die Lücke im Zaun gefolgt sein, denn nun stand sie vor der Terrassentür und starrte Nele an. Ihre Hände lagen auf der Scheibe und hinterließen schmierige Spuren auf dem Glas.

Nele spürte, dass sie rot wurde. Jetzt hätte nur noch eine Haarbürste in ihrer Hand gefehlt, und die Karikatur der alternden Musicaldarstellerin wäre perfekt gewesen, dachte sie peinlich berührt.

Für einen Moment wusste Nele nicht, wie sie sich verhalten sollte. Dann ging sie zur Terrassentür hinüber und öffnete sie. Sie rechnete damit, dass das Mädchen weglaufen würde, doch

Aliya trat ein, zaghaft und trotzdem leichtfüßig. Zuerst kniete sie sich neben Otto und streichelte ihn. Dann ging sie zu der Wand mit den Fotografien. Mit konzentrierter Miene betrachtete sie eine Zeitlang die Bilder. Schließlich zeigte sie auf ein Foto, auf dem Nele als grünhäutige Hexe verkleidet auf einer Bühne stand. Dabei hob sie fragend die dunklen Augenbrauen.

«Ja, das bin ich», sagte Nele zu Aliya. «Ich habe am Broadway getanzt.»

# 12. Kapitel

Juist, 22. August 2004

> A sense of guilt I can't deny.
>
> «Slipping Through My Fingers»,
> aus: Mamma Mia

«Oh mein Gott! New York! Jetzt bin ich selbst ganz nervös.» Jens wedelte aufgeregt mit den Händen.
Seit diesem Sommer war er offiziell schwul. Sein Vater hatte es recht gefasst aufgenommen. Nach dem Geständnis seines Sohnes war er lediglich in die Spelunke gegangen und hatte sich bis zur Besinnungslosigkeit betrunken.

Hannelore jedoch war so hysterisch geworden, dass Dr. Herberger kommen und ihr eine Beruhigungsspritze geben musste. Erst seit sie auf Anraten des Arztes einmal im Monat aufs Festland fuhr, um dort eine Selbsthilfegruppe für Eltern von homosexuellen Kindern zu besuchen, ging es ihr ein bisschen besser. Nele war geschockt, dass es so etwas überhaupt gab. Homosexualität war schließlich keine Krankheit! Aber Jens machte es nichts aus. Da Hannelore seine Liebe zu Männern nun zumindest zähneknirschend akzeptierte, wartete er nun sehnsüchtig darauf, dass die Einrichtung auch einen Therapiekreis für Eltern anbot, deren Kinder lieber Blumensträuße binden als Tiere töten wollten. Dass er die Metzgerei seines Vaters nicht übernehmen wollte, sondern eine Lehre als Florist angefangen hatte, hatten ihm Hannelore und Horst nämlich im Gegensatz zu seiner Homosexualität immer noch nicht verziehen. Genauso wenig wie Bens Vater es tolerierte, dass er lieber anderen Menschen helfen wollte, als Klatsch und Tratsch über sie zu verbreiten.

Zur Feier von Neles Engagement am Broadway hatte er Jens und sie in die Domäne Bill eingeladen, ein Restaurant an der Westspitze der Insel, das berühmt für seinen Rosinenstuten war. Nele hatte eine Schwäche für das süße, luftige Hefegebäck, gönnte es sich aber nur an ganz besonderen Tagen wie heute. Sie gehörte nicht zu den Menschen, die so viel essen konnten, wie sie wollten, ohne zuzunehmen.

Nun saß Nele in dem Strandkorb, der im Garten der Domäne stand, eingequetscht zwischen Jens und Ben, und ließ sich die Sonne ins Gesicht scheinen. Noch immer konnte sie nicht glauben, dass sich ihre Träume so schnell erfüllt hatten. Sie freute sich schon riesig darauf, es Oma Lotte und Emily zu erzählen. Die beiden waren übers Wochenende zum Shoppen aufs Festland gefahren. Nur Laura wusste bisher davon. Mehr aus Pflichtbewusstsein als aus eigenem Antrieb hatte sie ihr gestern Abend noch eine Nachricht geschrieben. Ihre Mutter war mit Julius auf Sizilien, oder war es Sardinien? Nele hatte nicht richtig zugehört, als sie ihr davon erzählt hatte. Telefonate mit Laura waren für sie nicht mehr als lästige Termine. Abgesehen von diesen seltenen Anrufen und den noch selteneren Besuchen hatte sie zum Glück kaum noch Kontakt zu ihr. Die regelmäßige Überweisung, die Laura jeden Monat auf Neles Konto tätigte, um ihr Leben in Hamburg zu finanzieren, war mehr oder weniger das Einzige, was sie noch verband. Und selbst auf die hätte sie am liebsten schon seit Jahren verzichtet, hätte sie neben ihrer Ausbildung Zeit gehabt, jobben zu gehen. Nele war froh, dass sie nun nicht länger auf Lauras Unterstützung angewiesen war.

«Ach, Mensch!» Jens seufzte. «Ich wünschte, ich könnte dich begleiten.»

Das wünschte Nele sich auch. In den letzten Jahren waren sie gute Freunde geworden. Nele konnte sogar behaupten, dass Jens ihr bester Freund war. Ansonsten hatte sie nur mit Tänzern Kontakt, und mit denen konnte man keine Freundschaft schließen. Das waren Konkurrenten, und auch wenn alle immer sehr kameradschaftlich taten: Wenn es um ein Engagement ging, würden die meisten, ohne mit der Wimper zu zucken, einem anderen ein Messer in den Rücken rammen.

Im Gegensatz zu Jens, den sie in allen Ferien sah und mit dem sie auch während der Schulzeit hin und wieder telefonierte, traf Nele Ben immer nur einmal im Jahr, wenn er auf der Insel Urlaub machte. Obwohl er viel besser aussah als noch vor drei Jahren, war er optisch immer noch nicht ihr Typ. Zwar hatte er sich von diesem furchtbaren Topfschnitt verabschiedet, den er bei ihrer ersten Begegnung gehabt hatte, und trug sein Haar nun modisch zerzaust, doch seine beige Cordhose und das gelb-braun karierte Hemd hätten besser zu Oma Lottes langjährigem Verehrer Rufus gepasst als zu einem Mann Anfang zwanzig. Im Grunde war Nele Bens Kleidungsstil aber vollkommen egal. Da sie die meiste Zeit nur von exzentrischen Künstlern umgeben war (und Jens war auch nicht unbedingt konventionell), empfand sie sein ruhiges, unaufgeregtes Wesen als Wohltat. Und er hatte etwas an sich, das Nele dazu brachte, sich ihm zu öffnen. Nach Henry war Ben der erste Mensch gewesen, dem sie anvertraut hatte, wie sehr sie es vermisste, einen Vater zu haben, und wie sehr es an ihr nagte, dass Eddy nie versucht hatte, Kontakt zu ihr aufzunehmen.

Obwohl das Asthma von Bens Schwester Florentine inzwischen viel besser geworden war, machte die Familie nun schon das vierte Jahr in Folge Urlaub auf Juist, immer in den letzten beiden Augustwochen. Bens Vater, der als Herausgeber einer Abendzeitung sein Geld mit ständig wechselnden Schlagzeilen verdiente, mochte in seinem Privatleben keine Veränderungen. Er hatte sogar schon fürs nächste Jahr gebucht.

Nele allerdings würde dann das erste Mal nicht in den Sommerferien auf der Insel sein. Ein Engagement bei *Cats*, wie sie es sich erträumt hatte, hatte sie nicht bekommen – das Musical war vor zwei Jahren das letzte Mal am Broadway aufgeführt worden. Dafür durfte sie als Gruppentänzerin in *Tanz der Vampire* auftreten, einem ganz neuen Musical, von dem sich Edward, der Intendant, großen Erfolg erhoffte. Er hatte aber auch angekündigt, dass freie Tage für Nele in den nächsten Jahren die Seltenheit sein würden. Aber das war ihr egal. In einer Woche schon ging es los: Sie flog nach New York! Am liebsten hätte sie die ganze Zeit vor Glück gesungen.

«Ihr beide müsst mich unbedingt so bald wie möglich besuchen kommen», sagte Nele zu Jens und Ben.

«Was glaubst du denn?» Jens' Augen fingen an zu leuchten. «Die Gelegenheit, in meine Traumstadt zu kommen, lasse ich mir doch nicht entgehen! Vielleicht schaffe ich es sogar vor Weihnachten noch.» Er wandte sich an Ben. «Wie sieht es bei dir aus? Wir könnten zusammen hinfliegen.»

«Wieso nicht», antwortete Ben. Anders als in dem Jahr, als sie sich kennengelernt hatten, fing er in Neles Gegenwart nicht mehr an zu stottern. Jens meinte trotzdem, er sei bis über beide Ohren in sie verknallt. «Jetzt habe ich ja Zeit.»

«Wie meinst du das – jetzt? Hattest du vorher keine?», erkundigte sich Jens.

Ben schüttelte den Kopf. «Ich höre mit dem Medizinstudium auf.»

«Wieso das denn?», fragte Nele entgeistert.

Nachdem Ben ausgemustert worden war, hatte sein Vater seine Drohung wahrgemacht und ihm jegliche finanzielle Unterstützung verweigert. In jeder freien Minute hatte Ben deshalb gejobbt. Als Nachhilfelehrer, sogar als Kutschfahrer im Zoo hatte er eine ganze Zeitlang gearbeitet, weil er unbedingt Arzt werden wollte.

«Hast du eine Prüfung nicht bestanden?», hakte sie nach, weil Ben sich in Schweigen hüllte.

«Nein. Ich ... ich habe einfach festgestellt, dass es nichts für mich ist.»

«Und was willst du stattdessen machen?»

Er zuckte die Achseln. «BWL studieren.»

Jens und Nele wechselten einen schnellen Blick.

«Jetzt macht bitte keine große Sache daraus», sagte Ben. «Ich bin nicht der Erste, der sein Studium abbricht.»

«Ja, aber die Vorstellung von dir als Betriebswirt ist genauso abwegig wie die von Jens mit einem Schlachtermesser in der Hand.»

«Deine Eltern werden sich jedenfalls freuen.» Jens zog eine Grimasse. «Hoffentlich erfahren meine nichts davon. Ich hatte dich immer als Beispiel dafür angeführt, dass es noch mehr Menschen gibt, die den Berufswunsch ihrer Eltern nicht erfüllen.»

Auf einmal konnte Nele die Sonne nicht mehr richtig genießen. «Lasst uns fahren!», forderte sie die beiden Jungen auf.

Ben bezahlte für alle, und sie gingen zu ihren Rädern. Auf dem Heimweg warf Nele dem rothaarigen Jungen immer wieder einen prüfenden Seitenblick zu. Sie konnte kaum glauben, was er ihnen gerade erzählt hatte, und sie hoffte immer noch darauf, dass er sich einen Spaß mit ihnen erlaubt hatte. Schon so lange sie ihn kannte, hatte Ben den Wunsch gehabt, anderen zu helfen. Wie deckte sich das denn mit der Entscheidung, statt Medizin BWL zu studieren? Da würde er kaum noch mit Menschen, sondern eher mit Zahlen zu tun haben!

Aber wenigstens machte er etwas, versuchte sie sich zu beruhigen, er hing nicht nur herum. So wie Henry ... Über ihren alten Freund aus Kindertagen kursierten die unterschiedlichsten Gerüchte im Dorf. Dass er Drogen nahm, hieß es. Und dass er schon mal für ein paar Wochen im Gefängnis gewesen sei.

Emily stritt das alles ab. «Was für dummes Zeug die Leute immer behaupten», hatte sie sich bei Oma Lotte beklagt. «Arbeitslos ist der Junge im Moment, mehr nicht. Ich weiß nicht, wieso man deswegen gleich einen Knastbruder aus ihm machen muss. Hannelore, dieses Klatschweib, hat sogar behauptet, er sei obdachlos. Ich werde mal ein ernstes Wörtchen mit ihr reden müssen.»

Da diese Standpauke nie erfolgte und es normalerweise nicht Emilys Art war, ihren Worten keine Taten folgen zu lassen, war Oma Lotte sich allerdings nicht sicher, ob nicht doch ein Körnchen Wahrheit in den Gerüchten steckte.

«Es ist ein Jammer», hatte sie erst Anfang der Ferien einmal geseufzt. «Bevor Ela ihn und Arno verlassen hat, war Henry so ein nettes, folgsames Kind. Immer *Moin* hat er gesagt und nie vergessen, seine Schuhe auszuziehen, bevor er zu mir ins Haus kam.» Jetzt nahm ihre Stimme einen verächtlichen Ton an. «Aber der Apfel fällt ja leider nicht weit vom Stamm, nicht wahr?» An Arno ließ Oma Lotte niemals auch nur ein gutes Haar. Ihrer Meinung nach hatte er nur deshalb angefangen, Kriminalromane zu schreiben, damit er Ela wenigstens auf dem

Papier umbringen konnte. Und das immer wieder. Seine Opfer waren nämlich bisher ausnahmslos weiblich gewesen.

Die Kutsche, die zwischen der Domäne Bill und dem Dorf pendelte, rollte von hinten heran. Nele und Jens wichen zur Seite aus, um sie passieren zu lassen. Nur Ben, der ein ganzes Stück vor ihnen fuhr, hielt unbeirrt Kurs.

Nele klingelte ein paarmal, und als Ben nicht reagierte, schrie sie ihm gegen den Fahrtwind zu: «Ben! Da kommt eine Kutsche! Du musst ausweichen!»

Immer noch erfolgte keine Reaktion. Erst als der Kutscher wütend schimpfte: «Hast du Schalldämpfer auf den Ohren, Junge!», drehte Ben sich um. Seine Augen weiteten sich, als er die Kutsche sah. Hektisch riss er den Lenker zur Seite. Sein Rad geriet ins Schlingern, und fast wäre er in eine Familie gerast, die ihnen entgegenkam. Der Vater konnte gerade noch das kleinere seiner beiden Kinder an der Kapuze packen und zurückzerren.

Das war knapp! Neles Herz klopfte heftig.

«Sag mal, wo warst du denn mit deinen Gedanken?», schnauzte der Familienvater Ben an. «Fast hättest du Maxi über den Haufen gefahren!»

Das Kind fing an zu weinen, und seine Schwester stimmte sofort in das Geheul ein.

«Es tut mir leid. Ich ... ich habe nicht aufgepasst», stammelte Ben.

«Das habe ich gemerkt.» Der Mann nahm den Jungen hoch, seine Frau kümmerte sich um das Mädchen.

«Gleich sind wir im Restaurant, und dann bekommt ihr beide ein Eis», redete sie beruhigend auf die Kinder ein. Sie warf Ben einen giftigen Blick zu.

«Ist ja zum Glück nichts passiert», sagte Jens und knuffte den kreidebleichen Ben in die Seite. «Kommt! Wir fahren weiter!»

Nele jedoch konnte das Erlebte nicht so einfach abtun. Der Kutscher war so dicht aufgefahren, dass die Köpfe der Pferde schon fast Bens Gepäckträger berührt hätten. Wieso hatte er sie denn nicht gehört? Warum hatte er auf ihre Rufe nicht reagiert? Er war ja nicht schwerhörig. Oder …?

Als Ben im Restaurant bezahlt hatte, hatte die Bedienung auch zweimal den Betrag nennen müssen, bevor er ihn verstanden hatte, denn am Nebentisch hatte eine Gruppe Kindergartenkinder herumgetobt. Und immer, wenn es laut war, drehte Ben einem die linke Gesichtshälfte zu, wenn man etwas zu ihm sagte. Nele hatte gedacht, das wäre ein Tick. Nun beschlich sie das erste Mal das ungute Gefühl, dass mehr dahinter steckte. Irgendeinen Grund musste es schließlich dafür geben, dass er ausgemustert worden war. Wieso hatte sie ihn nie danach gefragt?

«Ben!», rief sie.

Aber Ben fuhr weiter geradeaus.

Nele wechselte die Seite. «Ben!», rief sie noch einmal.

«Ja?» Jetzt drehte er sich nach ihr um.

«Nichts. Schon gut.» Neles Kehle wurde eng, und das Atmen fiel ihr auf einmal schwer.

Nachdem Oma Lotte und Emily, die von ihrem Einkaufsbummel auf dem Festland inzwischen zurückgekehrt waren, Neles Engagement am Broadway mit der obligatorischen Flasche Sekt begossen hatten, half Nele ihrer Oma noch im Garten. Normalerweise entspannte es sie, wenn sie mit der Schere in der Hand vertrocknete Blüten von den Rosenstöcken schnitt. Doch dieses Mal war es anders. Wie ein Schwarm aufgebrachter Bienen schwirrten ihr die Gedanken im Kopf herum. Nele versuchte, sich auf den köstlichen Duft der Rosen zu konzentrieren, die noch in voller Blüte standen. Oder auf das Brummen der Hummeln in den Lavendelbüschen, die Oma Lotte gleich neben den Rosen anpflanzte, um durch ihren Duft Blattläuse fernzuhalten. Darauf, dass Emily mit Sir Mortimer schimpfte, ihrem Perserkater, weil der ihr schon wieder stolz eine Ratte präsentierte. «Ich will deine Geschenke nicht, du unnützer Kerl, wieso verstehst du das denn einfach nicht? Jetzt muss ich dieses monströse Vieh entsorgen!», zeterte sie.

Au! Nele fuhr zusammen. Sie hatte nicht aufgepasst und sich an einem Dorn gestochen. Hellrotes Blut trat aus der kleinen Wunde hervor ...

Auch Ben hatte nach seinem Sturz auf den Strandkorb geblutet. Aus dem rechten Ohr.

Nele wurde kalt. Wenn Ben seit dieser Nacht wirklich schwerhörig war ... dann war es ihre Schuld.

«Ich muss mir ein Pflaster holen», sagte sie zu Oma Lotte, die neben ihr auf dem Boden kauerte. Mit einem spitzen Messer versuchte sie, dem hartnäckigen Löwenzahn beizukommen.

Oma Lotte betrachtete nachdenklich Neles Zeigefinger. «Ich sehe das als Zeichen, jetzt aufzuhören und morgen weiterzumachen.» Ächzend richtete sie sich auf und rieb sich den Rücken.

Wieder im Haus, versuchte Nele noch einige Zeit, in ihrem neuen Buch weiterzulesen, doch mit den Gedanken war sie nicht bei der Sache. Immer wieder schweiften sie zu der Szene auf dem Rückweg von der Domäne Bill ab. Als sie wieder einmal merkte, dass sie keine Ahnung hatte, was auf der letzten gelesenen Seite überhaupt stand, gab sie es auf.

In diesem aufgewühlten Zustand konnte sie nicht hier herumsitzen, Däumchen drehen und darauf warten, dass es Zeit war, auf das Sanddornfest zu gehen. Erst in zwei Stunden war sie mit Jens und Ben verabredet.

«Komm, Otto! Wir fahren ein bisschen spazieren!», rief sie, und der Hund erhob sich von seinem Schlafplatz in der Küche.

Ziellos fuhr Nele mit dem Rad durchs Dorf. Dabei kam sie auch am Mühlenhaus vorbei. Goldie, das alte Shetlandpony, war auf der Weide und lief unruhig umher. Von Ivy war jedoch nichts zu sehen. Wieso war die Friesenstute denn drinnen geblieben? Arno ließ die Pferde normalerweise immer zusammen raus. War sie krank?

Nele machte sich nicht die Mühe, den Fahrradständer auszuklappen, sondern warf das Rad achtlos zu Boden und lief in den Stall.

Ivy stand wohlbehalten in ihrer Box, und Nele atmete erleichtert auf. Doch im nächsten Augenblick zuckte sie zusammen, denn das Pferd war nicht allein!

Henry war bei der Stute. Er striegelte sie mit langen, gleichmäßigen Strichen, und Ivy stand still da, mit halbgeschlossenen Augen, und stieß nur hin und wieder ein zufriedenes Schnauben aus. Die Sonne schien durch das schmale Fenster auf ihr dunkles Fell, und in dem schrägen Lichtstreifen sah Nele Staubkörnchen tanzen.

Dünn war Henry geworden, stellte sie als Nächstes fest. Die Muskeln an seinen Armen waren verschwunden, und seine Schulterknochen stachen richtiggehend unter dem Stoff seines T-Shirts hervor. Seine Haare waren strähnig und zottelig. Inzwischen reichten sie ihm schon bis über die Schultern.

Nele schluckte. Niemand hatte ihr gesagt, dass Henry auf der Insel war.

Leise zog sie sich zurück, damit er sie nicht bemerkte, aber dabei trat sie Otto auf die Pfote, der sich hinter sie gelegt hatte. Der Hund jaulte auf.

Henry drehte sich um. Seine Augen weiteten sich vor Überraschung, und er ließ den Striegel sinken. Sie schauten sich an, und für einen Moment schien die Zeit stillzustehen. Erschreckend laut hörte Nele ihren eigenen Atem, und dann den Seufzer, mit dem Otto sich wieder auf den Boden plumpsen ließ. Unter Henrys Augen lagen dunkle Schatten, seine Wangen waren eingefallen, und seine Lippen, die sich früher so oft amüsiert gekräuselt hatten, waren zu einem schmalen Strich zusammengepresst. Was um Himmels willen war in den letzten beiden Jahren mit ihm passiert?

«Ich wusste gar nicht, dass du dich um Ivy kümmerst», sagte Nele, nur damit sie einen Grund hatte, ihren Blick von ihm loszureißen und auf das Pferd zu richten.

Henry zuckte die Schultern. «Irgendjemand muss es ja tun.»

Wieder sahen sie sich an. Die Zeit hat ihre eigenen Gesetze, dachte Nele. Obwohl sich der Zeiger einer Uhr immer exakt im selben Tempo vorwärtsbewegte, konnten die Sekunden wie ein durchgegangenes Pferd davongaloppieren oder – wie in einer langweiligen Schulstunde – nur quälend langsam vergehen. Nun stand die Zeit still. Keiner von ihnen sagte etwas, keiner bewegte sich. Sie schauten sich einfach nur in die Augen. Minutenlang. Oder waren es vielleicht doch nur Sekunden? Nele konnte es nicht sagen. Wie gefangen von Henrys Blick stand sie da, und sie hatte das Gefühl, vor Sehnsucht nach dem Jungen, der jahrelang so eine wichtige Rolle in ihrem Leben gespielt hatte, zu zerspringen.

Es war Henry, der den Zeiger der Uhr wieder in Bewegung setzte. Denn er hob die Hand, und einen verrückten Augenblick lang dachte Nele, dass er auf sie zukommen und sie berühren würde. Doch dann strich er sich nur eine lange Haarsträhne zurück.

«Weißt du, meine Mutter hat schließlich nicht nur mich verlassen, sondern auch sie», sagte er rau.

Früher, als sie noch Freunde waren, hätte sie ihn, ohne auch nur einen Moment nachzudenken, in den Arm genommen. Jetzt aber dachte sie: Ich muss weg!

Als Nele gesehen hatte, wie Henry und das andere Mädchen sich geküsst hatten, war sie ziemlich sicher gewesen, an einem gebrochenen Herzen sterben zu müssen. Doch Herzen sind seltsam zähe kleine Dinger, und sie haben die Fähigkeit, sich aus Bruchstücken neu zusammenzusetzen. Deshalb hatte Nele diesen Kuss überlebt und alles, was danach kam, auch. Trotzdem hatte sie nicht vor, ihm jemals wieder die Gelegenheit zu geben, ihr Herz erneut zum Zersplittern zu bringen.

«Ich gehe jetzt wieder», sagte sie. «Ich wollte nur nachschauen, wo Ivy ist. Weil … weil ich mir Sorgen gemacht habe. Normalerweise steht sie immer auf der Wiese. – Komm, Otto!» Mit diesen Worten eilte sie aus dem Stall.

Draußen angekommen, musste sie erst einmal kurz stehen bleiben und tief durchatmen. Ihr war ganz schwindelig.

Otto winselte und stupste sie mit der Schnauze an, als wollte er sie dazu bringen, zurück in den Stall zu gehen.

«Ich weiß, dass ich das tun sollte», sagte Nele zu ihm. Ihr geflicktes Herz klopfte hart gegen ihre Rippen. «Aber ich kann nicht.»

Als Nele und der Hund wieder zurück am Deichschlösschen waren, stand eine Pferdekutsche vor der Gartentür. Erwartete Oma Lotte Besuch? Doch es war keine ihrer Freundinnen, der der Fuhrmann aus dem Planwagen half, sondern Laura. Was machte die denn hier? Sie war doch mit Julius verreist! Angespannt wartete Nele darauf, dass sich gleich auch sein massiger

Körper die Wagentreppe hinunterschieben würde, aber nichts dergleichen geschah. Laura bezahlte Franz für die Fahrt, und er fuhr mit den beiden eingespannten Haflingern wieder davon.

«Laura!», sagte Nele. «Wieso bist du denn nicht auf Sardinien?»

«Sizilien», korrigierte Laura. Ihre langen Haare wirkten kaum gepflegter als die von Henry. Und auch wenn unter ihren Augen keine dunklen Schatten lagen, waren sie doch gerötet. Mit einem Ruck hob sie ihren Koffer an und stolperte auf ihren hohen Absätzen wenig elegant auf das Deichschlösschen zu.

«Du bist allein gekommen?» Das Verhalten ihrer Mutter verunsicherte Nele.

Laura drehte sich um. «Ja», sagte sie und stellte den Koffer wieder ab. Er kippte auf dem unebenen Boden zur Seite, doch sie hob ihn nicht wieder auf. «Und nur für den Fall, dass du wissen willst, wo Julius ist: Ich habe ihn verlassen.» Mit einer Bewegung, die unendlich müde aussah, strich sie sich die Haare aus dem Gesicht. «Ich hoffe, du bist jetzt glücklich. Das ist es doch, was du die ganze Zeit wolltest, nicht wahr?»

# 13. Kapitel

## Juist 2019

«Einen wunderschönen guten Morgen! Ich habe gute Nachrichten für Sie», flötete der Makler gut gelaunt in den Hörer.

«Ja?» Nele hielt am anderen Ende der Leitung den Atem an.

«Ich habe Ihre Immobilie gestern noch inseriert und in den Schaukasten vor meinem Geschäft gehängt, und schon haben sich erste Interessenten gemeldet: ein Ehepaar aus Oldenburg. Die beiden träumen schon lange davon, ihren Alterswohnsitz nach Juist zu verlegen.»

«Wow! Das ging aber schnell!» Obwohl Nele der Gedanke einen Stich versetzte, dass das Haus, das so eng mit ihrer Kindheit und Jugend verbunden war, bald nur noch eine Erinnerung sein würde, war sie auch ein wenig erleichtert. Vielleicht bestand doch die Chance, dass das Deichschlösschen stehen blieb und nicht für einen dieser schrecklichen Apartmentkomplexe abgerissen wurde?

«Ja, und ich habe sogar eine noch bessere Nachricht!» Die Stimme des Maklers überschlug sich beinahe vor Begeisterung. «Sie wollen heute Nachmittag schon vorbeikommen und sich die Villa anschauen.»

«Oh!» Nele sog scharf die Luft ein. «Das ist jetzt aber … spontan.»

«Wie gesagt, sie haben sehr großes Interesse. Passt Ihnen der Termin?»

«Ja, äh, natürlich.» Nele ließ sich auf einen der Gartenstühle sinken.

Gerade war sie noch so gut gelaunt gewesen. Sie hatte länger mit Ben telefoniert, und seine dunkle Stimme zu hören beruhigte sie immer sofort. Außerdem hatte er ihr erzählt, dass in München zur Weihnachtszeit das Musical *Dornröschen* aufgeführt werden würde. Und dass der Intendant, ein Bekannter seiner Mutter, sie unbedingt kennenlernen wollte.

Jetzt sah sie sich hektisch um. Der Rasen war zwar gemäht, aber in den Beeten wuchs mehr Unkraut als Blumen. Die Dachrinne und der Fensterladen waren noch nicht repariert. Das Haus war schmutzig und staubig. Wie sollte sie das alles schaffen? Ihre Mutter würde ihr keine große Hilfe sein. Sie war mit Annika zum Kalfamer hinausgefahren, wo sie picknicken und nach Seehunden Ausschau halten wollten, und sie hatte angekündigt, erst nach Mittag wieder zurück zu sein.

Mit Eimer und Mopp bewaffnet fing sie an, die Böden im Deichschlösschen zu wischen. Nebenher versuchte sie einen der beiden Juister Handwerksbetriebe anzurufen, die von Schädlingsbekämpfung über Schlüsseldienst bis zum Wasserschaden-Notdienst so ziemlich jede Serviceleistung anboten. Doch ihre Mutter sollte recht behalten.

«So schnell geht das bei uns nicht. Rufen Sie Ende der Woche noch einmal an», sagte die Sekretärin, nachdem Nele ihr dringendes Anliegen geschildert hatte.

Beim zweiten Betrieb waren sogar erst Ende des Monats wieder Termine frei. Ende des Monats! Nele stöhnte auf. Da wollte sie doch schon gar nicht mehr da sein. Noch heute Nachmittag würde das Oldenburger Ehepaar vor der Tür stehen! Nele seufzte. Nun musste sie bis dahin auch noch versuchen, die Dachrinne und den Fensterladen zu reparieren.

Ihr fiel das Wenn-dann-Spiel ein, das sie als Kind immer gespielt hatte. Auch später hatte sie es hin und wieder noch gespielt, um sich für besonders große Herausforderungen zu motivieren. Wenn sie es schaffte, Oma Lottes Rahmspinat hinunterzuwürgen, würde das Wetter am nächsten Tag schön werden. Wenn es ihr gelang, zehn Pirouetten hintereinander auf der Spitze zu drehen, würde Nathalia endlich auffallen, dass sie eine viel bessere Ballerina war als Kerstin. Claude würde ihr die Hauptrolle in *Wicked* geben, wenn sie mit ihm ins Bett ging ... Es hat immer funktioniert.

Entschlossen räumte Nele Mopp und Eimer weg und schwang sich auf ihr Fahrrad, um ins Dorf zu fahren und Werkzeug zu kaufen. Wenn sie es schaffte, das Deichschlösschen bis heute Nachmittag in einen einigermaßen vorzeigbaren Zustand zu versetzen, sagte sie sich, dann würde das Ehepaar vom Festland es kaufen. Und dann konnte sie endlich mit der Vergangenheit abschließen und in die Zukunft schauen. In eine Zukunft mit Ben ...

Aber der Eisenwarenladen im Dorf hatte geschlossen. *Mittagspause* stand auf einem Schild. Nele stöhnte auf. Wer hielt denn bitte schön heutzutage noch eine Mittagspause? Und dann auch noch zwei Stunden! In New York hatten viele Geschäfte sogar rund um die Uhr geöffnet. Sie würde verrückt werden, wenn sie hier leben müsste! Aber so schnell würde sie nicht aufgeben. Bestimmt konnte ihr Emily Werkzeug borgen. Wenn sie nicht auch gerade Mittagspause machte ...

Die Tanzschule war geöffnet. Im Übungsraum sah Nele Männer und Frauen Walzer tanzen. Emily stand in der Mitte. *Eins, zwei, drei. Eins, zwei, drei.* Mit ihrem Stock gab sie den Tänzern, die alle die sechzig deutlich überschritten hatten, den Takt vor.

Die Seniorentanzstunde erfreute sich so großer Beliebtheit, das Emily sie gleich dreimal die Woche anbot.

Nele schaute auf die Uhr. Es war erst Viertel nach zwölf, der Kurs hatte also gerade erst begonnen, und sie konnte Emily unmöglich stören. Aber sie würde bestimmt nichts dagegen haben, wenn sie sich selbst nach dem Werkzeug umsah. Schließlich war sie bei Emily jahrelang genauso unbefangen ein und aus gegangen wie bei Oma Lotte. Sie löste den Blick von den Tanzenden und lief den Gang entlang zum Büro. Woanders konnte das Werkzeug gar nicht sein. Schwungvoll öffnete sie die Tür – und fuhr zurück. Henry saß am Computer.

«Hallo!», sagte er und lächelte sie so freundlich an, als hätte er mit ihrem Besuch gerechnet.

Nele öffnete den Mund, um etwas zu sagen, und schloss ihn gleich wieder. Sie versuchte es noch einmal. Wieder ohne Erfolg. Ich muss aussehen wie ein Karpfen, dachte sie verärgert, und genau dieser Ärger half ihr, endlich etwas herauszubringen.

«Hallo!», krächzte sie. Danach war ihr Sprachzentrum zwar wieder gestört, aber immerhin hatte sie nicht nur dagestanden und Henry angestarrt, als wäre er ein Geist. Was um Himmels willen sagte man zu jemand, der einem schon zweimal das Herz gebrochen hatte – einmal als Teenager und einmal als erwachsener Frau, die es eigentlich besser wissen sollte? *Idiot*, lag ihr spontan auf der Zunge.

«Kann ich dir helfen?», fragte Henry.

*Ja. Du könntest deine Sachen packen und von hier verschwinden* wäre die korrekte Antwort auf diese Frage gewesen. Aber nie würde sie Henry gegenüber zugeben, wie sehr er sie verletzt hatte. «Weißt du, ob Emily einen Werkzeugkoffer hierhat?», erkundigte sie sich stattdessen.

«Ja, er steht in der Abstellkammer.» Henry kam hinter dem

Schreibtisch hervor. Auf einmal stand er viel zu dicht vor ihr. «Was brauchst du denn?»

Nele trat einen Schritt zurück, doch die Ausweichmöglichkeiten waren in dem kleinen Raum äußerst begrenzt, und sie fand sich mit dem Rücken zur Wand wieder. «Gib mir am besten alles mit.» Sie verschränkte die Arme vor der Brust, als könnte sie auf diese Weise eine Barriere zwischen sich und Henry bringen. «Ich muss einen Fensterladen und eine Dachrinne reparieren.»

«Du?» Henry schmunzelte.

«Ja, ich», schnappte Nele. «Es sein denn, du kennst einen Handwerker, der nicht erst Ende des Monats wieder einen Termin frei hat. Dann lasse ich gerne einen Fachmann ran.»

Anscheinend war das genau die falsche Antwort gewesen.

«Ich könnte mir das Ganze mal anschauen», sagte Henry.

Auf gar keinen Fall! «Nein, danke. Ich kriege das schon allein hin.» Nele schlängelte sich an ihm vorbei, verließ das Büro und eilte hinaus.

«Warte!» Kurz vor der Ausgangstür holte Henry sie ein und stellte sich ihr in den Weg. «Es tut mir leid.»

«Was tut dir leid?»

«Du weißt genau, was.» Er blinzelte, und es fiel ihm sichtlich schwer, ihr in die Augen zu sehen.

Nele musterte ihn kühl. «Nein, das weiß ich nicht. Mir hat das Ganze genauso wenig bedeutet wie dir. Ich war nur traurig wegen Oma Lottes Tod, deshalb habe ich mich dazu hinreißen lassen. Also spar dir deine Entschuldigungen.»

Henry seufzte. «Wunderbar. Dann ist ja alles in Ordnung, und wir können im Teehuus eine Schokolade mit Minzlikör zusammen trinken. Die magst du doch so gern. Und dann fahren wir zum Deichschlösschen, und ich repariere schnell alles.» Als

Nele zögerte, setzte er nach: «Los, spring über deinen Schatten! Ich bin hier, du bist hier. Die Insel ist zu klein, um sich auf Dauer aus dem Weg zu gehen.»

Und New York anscheinend auch ..., dachte Nele. Grundsätzlich hatte Henry natürlich recht. Es war unmöglich, ihm auf der Insel aus dem Weg zu gehen, es sei denn, sie schloss sich in den nächsten Tagen im Haus ein. Am besten, sie fand sich so schnell wie möglich mit seiner Anwesenheit ab. Sie musste sowieso etwas zu Mittag essen.

«Gut», gab sie widerwillig nach, «aber nur wenn ich eine Waffel mit Kirschen und Sahne dazubekomme.»

Nele war schon ewig nicht mehr im Lütje Teehuus gewesen, und sie hatte ganz vergessen, wie urig die Teestube in dem historischen Insulanerhaus war. Die niedrigen Räume, das offene Kaminfeuer, die blau karierten Gardinen und das nostalgische Geschirr erweckten den Eindruck, eine Puppenstube zu betreten.

«Möchtest du am Fenster sitzen?», fragte Henry. Er musste den Kopf einziehen, als er durch die Tür trat.

Nele nickte. Die Tische am Fenster waren am schönsten. Außerdem hatten sie den Vorteil, dass man auf die Passanten und den dahinterliegenden Januspark schauen konnte. Auf diese Weise musste sie nicht die ganze Zeit Henry anstarren. Wie konnte es dieser Mistkerl nur wagen, so verflucht gut auszusehen? Noch besser, als sie ihn von ihrem letzten Treffen in New York ohnehin schon in Erinnerung hatte. Sie selbst kam sich um Jahre gealtert vor, seit sie auf der Insel war. Oma Lottes Tod, der Verkauf des Deichschlösschens, Henry und die vielen, vielen Erinnerungen – all das setzte ihr zu. Und das Wiedersehen mit Ben, obwohl es bis dahin nur noch etwa eine Woche dauern würde, schien ihr genauso unendlich weit weg wie Weihnachten und Silvester.

Nele hatte keine Lust, Henry zu erzählen, dass ihre Karriere als Musicaldarstellerin momentan brachlag. Sie hatte ja sowieso Probleme, in seiner Gegenwart vernünftige Sätze zu formulieren. Lieber fragte sie ihn nach seinen Kursen, und sofort fingen seine Augen an zu leuchten. «Inzwischen sind wir nicht mehr nur zwanzig, sondern fast hundert Coaches, die an die Schulen fahren, und wir bieten dort nicht mehr nur Skateboardfahren, Frisbeespielen und Slacklining an, sondern auch Freestyle-Fußball, Breakdance, HipHop, Artistik und Parcouring. Letzten Monat waren wir sogar in einer Jugendstrafanstalt.» Er schlug seine langen Beine übereinander. «Es ist unglaublich, wie gut die Idee inzwischen ankommt. Schließlich ist es noch gar nicht so lange her, da hat man uns überhaupt nicht ernst genommen ... In ein paar Wochen bin ich auch wieder in New York. Und vielleicht bleibe ich dieses Mal länger.» Mit seinen blauen Augen sah er Nele jetzt direkt an, und ihr wurde ganz flau im Magen. So musste sich Mogli gefühlt haben, als Kaa, die Schlange, ihn hypnotisiert hatte. Das *Dschungelbuch* las sie Annika abends vor dem Zubettgehen immer vor.

Nele räusperte sich, was für eine Sängerin eigentlich eine absolute Todsünde war. Aber sie hatte das Opfer umsonst gebracht. Ihre Stimme war immer noch heiser. «Wie kommt es?», krächzte sie.

Es war Henry, der den Blickkontakt zwischen ihnen löste. «Moses, der Kollege, mit dem ich den Schüleraustausch organisiere, würde die Kurse gerne auch in der Bronx anbieten. Aber ich weiß noch nicht, ob das machbar ist. Vielleicht können wir uns ja mal wieder treffen, wenn ich unten bin.» Erst jetzt sah er sie wieder an, und Nele wurde noch flauer. Gleichzeitig stieg Wut in ihr auf. Wie konnte er nur glauben, er müsste nur mit den Fingern schnipsen und sie stand ihm wieder zur Verfügung? Die Schokolade schmeckte auf einmal bitter.

«Ich glaube nicht, dass ich dann noch da bin», sagte sie kühl.

Henrys Augen weiteten sich. «Ziehst du nach Juist?»

«Nein.» Nele zwang sich zu einem Lachen. «Hier würde ich es auf Dauer nicht aushalten.» Einen Moment lang zögerte sie, schließlich war alles noch gar nicht spruchreif, und sie hatte es bisher weder Annika noch Laura, Emily oder Jens erzählt. Aber dann tat sie es. «Ich werde nach München ziehen.»

«Nach München?» Henrys Miene wurde zu einem einzigen Fragezeichen. «Ich wusste gar nicht, dass dort Musicals aufgeführt werden.»

«Doch, doch.» Sie zwang sich zu einem Lächeln. «Natürlich nicht so viele wie in Hamburg, aber es gibt immer wieder Produktionen.»

«Hattest du denn schon ein Casting?»

«Nein», gab Nele zu. «Aber Bens Mutter ... hat Beziehungen. Sie wird mir eins beschaffen.»

«Du willst wegen diesem Ben nach München ziehen?» Jetzt starrte Henry sie fassungslos an. «Seid ihr zusammen?»

War sie mit Ben zusammen? Ja, irgendwie schon. Aber sie hatten sich im letzten Dreivierteljahr nur einmal gesehen. Vor vier Monaten hatte Annika ein verlängertes Wochenende bei Jens und seinem Freund Adam verbracht, und Ben hatte sie in New York besucht. Es waren wundervolle Tage gewesen. Ansonsten hatten sie nur telefoniert, geskypt und E-Mails geschrieben.

Zudem hätte der Besuch in New York eigentlich gar nicht stattfinden dürfen. Nach ihrer Trennung von Ben war es Violas Bedingung gewesen, dass er und Nele sich während des Trennungsjahres nicht sahen. Nur dann würde sie in die Scheidung einwilligen. Es war ihr letzter vergeblicher Versuch gewesen, diese Ehe, die nicht aus Liebe geschlossen worden war, doch noch zu retten. Funktioniert hatte es nicht.

Henry sah immer noch ganz erschüttert aus, und Nele konnte nicht anders, als sich über seine heftige Reaktion zu freuen. Damit hatte er wohl nicht gerechnet!

«Ja, das sind wir», erklärte sie.

Er runzelte die Stirn. «Aber du kennst ihn kaum.»

Neles Genugtuung verschwand so schnell, wie sie gekommen war. «Natürlich kenne ich ihn», entgegnete sie verärgert. «Ich kenne ihn schon zwanzig Jahre.»

«Und wie oft hast du ihn gesehen in dieser Zeit?» Henry verschränkte die Arme vor der Brust. «Zehnmal?»

Nele schnaubte empört und gab keine Antwort.

«Gut, dann eben zwanzigmal. Und immer nur wenige Tage, richtig? Ich wette, er hat noch nicht einmal deine Füße gesehen.» Sein Blick wanderte bis zu Neles Sneakers hinunter.

Sie spürte, wie Hitze ihren Nacken hinaufkroch. Nicht nur weil Henry das selbstgefällige Grinsen aufgesetzt hatte, das sie schon als Kind immer zur Weißglut getrieben hatte, sondern auch weil er recht hatte. Zwar waren ihre Füße nicht ganz so hässlich wie die von Emily, aber nach der jahrelangen Beanspruchung doch unansehnlich genug, dass sie keinen Wert darauf legte, sie ihren Mitmenschen zu enthüllen. Auch Ben nicht. Selbst am Strand trug sie in seiner Gegenwart Espadrilles, und wenn sie ins Wasser ging, Badeschuhe. Sie behauptete immer, dass ihr so sehr davor graute, auf etwas Glitschiges zu treten.

Sie wusste selbst, dass es total albern war, sich wegen ihrer Füße so zu schämen. Aber Henry hatte kein Recht, sich darüber lustig zu machen! Und schon gar nicht, sich in ihr Leben einzumischen.

«Ach, scher dich zum Teufel!» In ihrer Kehle brannte es, und sie befürchtete, jeden Moment anzufangen zu weinen. «Ich kenne Ben gut genug, um zu wissen, dass er der Richtige für mich ist, und anders als viele andere Menschen in meinem Leben war er immer für mich da.» Ohne ein weiteres Wort stand Nele auf und ging. Henry war und blieb einfach ein Mistkerl!

# 14. Kapitel

New York, 18. September 2007

> You can be anything you wanna be
> You can go anywhere you wanna see
> A little hard work and you can do it
> Faith will get you through it.
> So many possibilities.
>
> «We're All Made of Stars»,
> aus: Finding Neverland

«Da ist ein Taxi!» Tanita riss den Arm hoch, doch das gelbe Cab hielt nicht an.
Während der Aufführung hatte es geregnet, blinkende Werbetafeln spiegelten sich in Pfützen. Bei solchem Wetter war es schwer bis nahezu unmöglich, ein Taxi zu bekommen. Bei Regen ging in New York niemand zu Fuß.

Ein anderes Taxi näherte sich. Trotz ihrer elf Zentimeter hohen Absätze sprang Tanita auf die Straße, um es anzuhalten, doch der indische Fahrer schüttelte bedauernd den Kopf, während das Auto im Strom der anderen Fahrzeuge an ihnen vorbeikroch. Sicherlich hätte er Tanita liebend gerne mitgenommen, doch es saß bereits eine ganze Familie darin. Eines der Kinder hatte die Nase gegen die Scheibe gepresst und starrte sie mit großen Augen an.

Tanita und Nele waren unter den Letzten gewesen, die an diesem Abend das Gershwin Theatre verlassen hatten. In ihrer gemeinsamen Garderobe hatten sie noch eine Flasche Champagner gekippt, um zu feiern, dass Nele ihre erste Hauptrolle ergattert hatte. Wer hätte das nach ihrem holprigen Start in New York gedacht?

Drei Jahre war sie nun schon in der verrückten, lauten Stadt, die niemals schlief. Ihr Start war alles andere als leicht gewesen. Da sie nur wenig Geld hatte und New York ein ausgesprochen teures Pflaster war, hatte sie in den ersten Monaten bei einer jungen Frau namens Candice gewohnt. Die hatte einen Teil ihres Wohnzimmers mit einem Vorhang abgetrennt und dahinter ein Feldbett aufgestellt. Im Grunde wäre das gar nicht so schlimm gewesen, denn Candice hatte unzählige Jobs, um sich ihre Wohnung und das Leben in New York zu finanzieren, und da sie eine Nachteule war, begannen die alle erst am späten Nachmittag. Sie sahen sich also kaum. Doch leider nahm sie zu diesen Jobs ihre Perserkatze nicht mit, und Missy, ein wunderschönes, aber exzentrisches Tier, hatte die furchtbare Angewohnheit, sich nachts unter Neles Matratze zu legen und sich mit den Pfoten dagegenzustemmen. Wenn Nele sie vertrieb, kotzte Missy ihr zur Strafe auf den Teppich – oder ins Bett.

Nele konnte sich nicht daran erinnern, jemals zuvor in ihrem Leben so müde gewesen zu sein. Nachdem sie einmal im Stehen an eine Hauswand gelehnt eingeschlafen war, während sie darauf wartete, dass die Ampel grün wurde, war sie für ein paar Nächte ins Bad umgezogen, um in der Wanne ein paar Stunden ungestört schlafen zu können. Eine Dauerlösung war das natürlich nicht gewesen.

Hinzu kam, dass das Musical *Tanz der Vampire*, für das sie engagiert worden war und in das man so große Hoffnungen gesetzt hatte, nach nur 117 Vorstellungen abgesetzt werden musste und als der größte Flop der Broadway-Geschichte bezeichnet wurde. An diesem Punkt war Nele fast so weit gewesen aufzugeben und nach Deutschland zurückzukehren. Zum Glück hatte sie es nicht getan. Denn jetzt hatte sie erreicht, wovon sie so lange geträumt hatte.

Es hatte nicht nur Tanita, sondern auch viele andere aus dem Ensemble überrascht, dass Claude, der Intendant von *Wicked*, gerade sie für die Rolle der Elphaba ausgesucht hatte. Hunderte von Bewerberinnen hatte es gegeben, und viele von ihnen waren viel bessere Sängerinnen als Nele, die schon immer mehr Talent dafür gehabt hatte, Gefühle mit ihrem Körper auszudrücken als mit ihrer Stimme. Genau das hatte sie sich zunutze gemacht, als sie mit Claude ins Bett gegangen war ...

Nele hakte sich bei Tanita unter.

«Lass uns ein paar Schritte gehen», sagte sie. «Wenn wir erst einmal ein Stück vom Broadway weg sind, bekommen wir vielleicht eher ein Taxi.» Sie hatten sich nach der Show mit ein paar Kollegen in einer Bar im East Village verabredet.

«Mit den Absätzen?» Tanita deutete auf ihre Manolo Blahniks und schüttelte den Kopf. «Unmöglich.»

Niemand, der sie sah, wäre auf die Idee gekommen, dass Tanita in *Wicked* die gute Hexe Glinda spielte und Nele die vermeintlich böse Hexe Elphaba. Während Nele es nach einer Show gerne bequem hatte und Jeans, ihr geliebtes I-love-New-York-Shirt und Turnschuhe trug, sah Tanita in ihrem roten Lederkleid und den schwindelerregend hohen Schuhen aus, als wäre sie der Leinwand eines Pornokinos entstiegen.

«Hey, Tanita!», grüßte sie plötzlich ein Mann mit gepflegtem Dreitagebart. In seinem perfekt sitzenden und teuer aussehenden Anzug wirkte er so selbstbewusst, und ihn umgab eine derartige Aura des Erfolgs, dass Nele sich beinahe sicher war, dass er an der Wall Street als Broker arbeitete.

«Hey, Adam! Was treibt dich denn hierher? Warst du in der Show? Ich dachte, du arbeitest zwanzig Stunden am Tag.» Tanita warf ihre schwarzen Locken zurück und begrüßte den Mann mit den beiden typischen Luftküsschen.

«Ich war mit Arbeitskollegen im Musical. Ich musste dich doch unbedingt als gute Hexe sehen.» Er grinste, und Tanita lachte laut auf.

«Hast du noch einen Moment Zeit, Schätzchen?», fragte sie Nele.

Nele nickte. Sie war froh um diese Pause. Schnell wie ein Daumenkino war der Abend an ihr vorbeigeflogen. Ihre Ankunft am Theatre, der Besuch in der Maske, das angespannte Warten, bis sich endlich der Vorhang hob, die Show selbst, der Applaus und später die ganzen Glückwünsche. Sie hatte nicht einmal Zeit gehabt, sich richtig über den Strauß roter Rosen zu freuen, den Claude ihr überreicht hatte. Dies war der erste Moment, den Nele ganz für sich allein hatte, inmitten von blinkenden Leuchtreklamen, dem unvermeidlichen Dauerhupen der Autos, dem Benzingeruch und den Fast-Food-Schwaden. Sie legte den Kopf in den Nacken, schloss die Augen und versuchte, so gut es ging, ihn zu genießen.

*Wenn du es hier schaffst, schaffst du es überall*, hatte Frank Sinatra in *New York, New York* gesungen. Nele lächelte glücklich. Auch der Text von *Defying Gravity*, ihrem großen Solo als Elphaba, passte perfekt zu ihrem Leben in New York.

> *I'm through accepting limits*
> *'Cause someone says they're so*
> *Some things I cannot change*
> *But till I try, I'll never know*
> *Too long I've been afraid of*

*Losing love I guess I've lost*
*Well, if that's love*
*It comes at much too high a cost.*

Niemand würde ihr jemals mehr Grenzen setzen, und der Preis für die Liebe war viel zu hoch! Natürlich hatte es Männer in ihrem Leben gegeben. Seit sie in New York war, sogar eine ganze Menge. Denn nur so konnte sie das Gefühl der Einsamkeit zumindest zeitweise vertreiben, das sie in den letzten Jahren wie ein unliebsamer Schatten verfolgte. Aber sie hatte diese Männer immer nur in ihr Bett, niemals in ihr Herz gelassen.

Schade, dass Jens sich nicht hatte freinehmen können, dachte Nele mit einem Anflug von Bedauern. Als riesengroßer New-York-Fan kam er sie mehrmals im Jahr besuchen. Es wäre schön gewesen, wenn ihr bester Freund oder Oma Lotte heute Abend dabei gewesen wären, um all das mit ihr zu teilen. Selbst über einen Besuch von Laura hätte sie sich in diesem Moment gefreut. Aber ihrer Mutter hatte sie nicht einmal erzählt, dass heute ihr großer Tag war.

Obwohl Laura diejenige gewesen war, die Julius verlassen hatte und nicht umgekehrt, hatte ihr die Trennung anscheinend zu schaffen gemacht. Kein Wunder! Schließlich hatte sie auf sein schönes Haus, mehrere Urlaube im Jahr und sonstige Annehmlichkeiten verzichten müssen. Aber nur so lange, bis der nächste Typ auf der Matte gestanden hatte, von dem sie sich aushalten ließ: Mark, ein Apotheker. Der arme Kerl war so verliebt ihn sie, dass er sogar seinen Firmenwagen, mit dem Laura für ihn Medikamente ausfuhr, hatte pink lackieren lassen. Nele war gespannt, wie lange es dauern würde, bis ihre Mutter ihm den Laufpass gab, weil sie jemanden mit einem noch dickeren Bankkonto gefunden hatte.

«Du darfst nicht so streng mit ihr sein», hatte Oma Lotte am Telefon zu ihr gesagt. «Dass die Beziehung zwischen ihr und deinem Vater kaputtgegangen ist, hat sie nie überwunden. Er war ihre große Liebe, und seitdem ist sie auf der Suche nach jemandem, den sie genauso lieben kann wie ihn.»

Nele schnaubte. Sie wollte Oma Lotte ihre Illusionen über ihre Tochter nicht rauben, aber das konnte sie sich nicht vorstellen. Laura ging es nicht um Liebe, sondern nur ums Geld.

Manchmal erschreckte es sie selbst, mit welcher Boshaftigkeit sie an ihre Mutter dachte. So viele Jahre lag dieser entsetzliche Abend nun schon zurück, der ihr Leben und die Beziehung zu ihrer Mutter in ein Vorher und ein Nachher geteilt hatte. Sie konnte Laura immer noch nicht verzeihen, dass sie ihr nicht geglaubt, sondern sich auf die Seite von Julius gestellt hatte.

Wenn es diesen Abend nicht gegeben hätte, wäre heute vielleicht auch Henry hier. Einen Moment lang hatte sie sogar gedacht, ihn in einer der ersten Reihen im Publikum zu sehen. Aber das war natürlich Unsinn. Eine Fata Morgana, entstanden durch den Wunsch, heute, an diesem besonderen Abend, nicht allein zu sein. Was Henry wohl gerade machte? Bei ihren Telefonaten hatte Oma Lotte schon lange nichts mehr von ihm erzählt, und nicht einmal Hannelore, Jens' Mutter, schien eine Vermutung zu haben, wo er sich herumtrieb.

«Hey!», sagte plötzlich eine Stimme hinter ihr.

Nele fuhr herum. «Ben! Was machst du denn hier?» Einen Moment starrte sie ihn entgeistert an, dann warf sie sich in seine Arme. Sie wusste nicht, ob sie vor Freude lachen oder weinen sollte. Das letzte Mal hatten sie sich vor einem Jahr auf Juist gesehen, weil Nele ihren Urlaub zufällig in den letzten beiden Augustwochen bekommen hatte. Und es war auch schon ein paar Monate her, dass sie sich das letzte Mal eine Mail geschrieben hatten. Dass er auf einmal vor ihr stand – auf dem Broadway und ausgerechnet am Tag ihrer Premiere –, war unglaublich. «Woher wusstest du …?» Nele löste ihre Arme von seinem Hals.

«Was denkst du denn? Meinem Vater gehört eine Boulevardzeitung. Es war ein Leichtes für mich herauszufinden, dass heute dein großer Tag ist.» Ben grinste schief.

Er sah gut aus, dachte Nele. Richtig gut. Unter seinem grauen Mantel trug er dunkle Hosen und ein schwarzes Hemd, und alles Linkische war aus seinen Bewegungen verschwunden. Ben zog nicht mehr den Kopf ein wie eine Schildkröte, die befürchtet, jeden Moment auf Tauchstation gehen zu müssen, und seine Schultern hingen nicht mehr nach vorne, sondern er ging aufrecht. Selbst sein Haar war nicht mehr so karottenrot wie damals, sondern wirkte im Schein der Neonbeleuchtung eher bräunlich.

«Das BWL-Studium bekommt dir», sagte Nele. «Oder bist du inzwischen schon fertig?»

«Nein.» Ben schmunzelte. «Ich habe doch erst vor drei Jahren angefangen. Im Moment sind Semesterferien.»

«Und da machst du ein paar Tage Urlaub in New York?»

Ben schüttelte den Kopf. «Ich habe ein Praktikum hier gemacht. Bei einem Freund meines Vaters in einer Marktforschungsfirma.»

«Ach so.» Einen verrückten Moment lang hatte Nele gedacht, er wäre extra wegen ihrer Premiere hergeflogen. Sie schluckte ihre Enttäuschung hinunter. «Es ist so schön, dich zu sehen!» Sie hängte sich an seinen Arm. «Wie lange bleibst du noch? Wir müssen uns unbedingt noch mal treffen.»

Ben zuckte bedauernd mit den Schultern. «Morgen fliege ich nach München zurück.»

«Morgen schon? Wie schade!» Nele schluckte enttäuscht.

Wieso hatte er sich denn nicht schon viel früher bei ihr gemeldet?

Eine Stretchlimo hielt direkt neben ihnen am Bordstein, und vier aufgetakelte junge Frauen sprangen heraus. Dabei lachten sie und machten ein Heidenspektakel.

Ben trat einen Schritt zurück, um die Gruppe passieren zu lassen. «Ich hatte gehofft, dass du heute Abend vielleicht noch ein bisschen Zeit hast. Nur um einen Kaffee mit mir zu trinken. Oder einen Cocktail?»

«Ich ... wir sind eigentlich auf dem Weg zu einer Bar im East Village. Um meine Premiere zu feiern.»

Ben sah sie verständnislos an und drehte ihr seine linke Gesichtshälfte zu.

«Ich bin auf dem Weg zu einer Bar! Um meine Premiere zu feiern!», wiederholte Nele, dieses Mal ein paar Dezibel lauter.

Dieses Mal verstand Ben sie. «Ach so. Schade. Na ja ...», sagte er und wirkte ganz enttäuscht dabei. «Vielleicht wenn ich das nächste Mal hier bin.»

Nele atmete tief durch. Oh nein! In einer lauten Umgebung hörte er offensichtlich immer noch schlecht. Insgeheim hoffte sie bei jedem ihrer Treffen, dass sich das inzwischen gebessert hätte.

Sie schaute zu Tanita, die sich immer noch angeregt mit diesem Adam unterhielt. Bis zum *Lois*, der Bar, wo sie sich mit den anderen treffen wollten, waren es mit dem Taxi keine fünfzehn Minuten. Zu Fuß würde es bestimmt eine Stunde dauern. Aber sie hatte Turnschuhe an ...

«Tanita, fahr du doch schon mal vor! Ich habe einen alten Freund getroffen. Wir haben uns lange nicht gesehen.»

«Ein alter Freund, soso.» Ein breites Lächeln erschien auf Tanitas Gesicht. «So alt sieht er noch gar nicht aus. Ich bin Tanita.»

Sie reichte Ben die Hand. «Aber kein Problem. Adam hat seinen Wagen hier stehen. Er kann mich mitnehmen.»

«Hast du Lust, mich ein Stück zu begleiten? In die Bar kann ich auch später noch gehen», wandte sich Nele an Ben, und er nickte. Dabei strahlte er übers ganze Gesicht.

Es mochte Viertel in New York geben, in denen abends nach zehn die Bürgersteige hochgeklappt wurden. Chelsea zum Beispiel. Aber rund um den Times Square herrschte auch jetzt, kurz vor Mitternacht, noch ein Treiben, das so ruhelos war wie die hektisch blinkenden Leuchtreklamen an den gläsernen Fassaden der Wolkenkratzer.

«Lass uns am East River entlanggehen!», sagte Nele, nachdem sie einer Gruppe kichernder Mädchen ausgewichen war und dabei fast über den Hund eines Obdachlosen gestolpert wäre. Es war ein Kampfhund, der mit seiner langen, spitzen Schnauze aussah wie eine Ratte. Sein gedrungener Körper war zum Schutz gegen die nächtliche Kälte mit einem Wollpullover bedeckt.

«Ja, gerne.» Ben blieb stehen und warf dem Obdachlosen ein paar Münzen in seine Dose.

Auch einem Pärchen, das ein paar Meter weiter in einem Hauseingang saß, gab er Geld.

«Wenn du so weitermachst, bist du am Ende des Abends pleite. In der Stadt gibt es Tausende von Obdachlosen, und du kannst nicht allen helfen.»

Ben zuckte mit den Schultern. «Aber irgendwo muss man doch anfangen.»

Nachdenklich warf Nele ihm einen Seitenblick zu. Ben hatte recht. New York, oder überhaupt ihr Leben der letzten Jahre, hatte sie zynisch werden lassen, abgebrühter, als ihr lieb war.

Wie anders er doch war! Und wie anders als all die Männer, denen sie in New York bisher begegnet war. Ob es ihn wirklich glücklich machte, BWL zu studieren anstatt Medizin? Sie konnte es sich nicht vorstellen. Noch gut erinnerte sie sich daran, wie leidenschaftlich er bei ihrer ersten Begegnung davon gesprochen hatte, dass er es auch ohne die Unterstützung seines Vaters schaffen würde, sich seinen Traum zu erfüllen. Weil er anderen Menschen helfen wollte.

Nele versuchte, den Gedanken zu vertreiben, dass sie wahrscheinlich einen Anteil daran hatte, dass sich dieser Traum nicht erfüllte.

«Ich war übrigens vor kurzem auf Juist. Du kennst ja meinen Vater», sagte Ben und zog eine Grimasse. «Wieder mal zum Sanddornfest.» Konnte er Gedanken lesen? «Sechs Jahre ist es schon her, dass wir uns kennengelernt haben», fügte er nach einer Weile nachdenklich hinzu.

Nele nickte. Ganz schön viel war seitdem passiert. «Wieso hast du dich nicht früher bei mir gemeldet, sondern bis zu deinem letzten Tag gewartet?»

«Eigentlich wollte ich mich gar nicht bei dir melden», gab Ben verlegen zu. «Weil ich nicht wusste, ob es dir überhaupt recht ist, wenn ich auf einmal hier auftauche. Aber dann habe ich dich heute Abend auf der Bühne gesehen.» Die ganze Zeit hatte er auf den mit Kaugummi und Kronkorken bedeckten Asphalt gestarrt, aber jetzt schaute er sie direkt an. «Du warst großartig!»

Plötzlich spürte Nele einen Kloß im Hals. «Du hast dir also die Show angesehen?»

Ben nickte, und auf einmal war ihr zum Weinen zumute. Es gab doch jemanden aus ihrem früheren Leben, der diesen Augenblick mit ihr geteilt hatte!

Die Skyline von Manhattan spiegelte sich im schwarzen Wasser des East River als goldene Säulen. Hatte gerade auf dem Broadway noch so ein hektisches Treiben geherrscht, war hier nur ein einsamer Jogger mit Stirnlampe unterwegs. Und eine Frau, die drei winzige Hunde an einer Leine führte.

Nele setzte sich auf eine Bank. «Wie ist es dir in den letzten Monaten ergangen?», fragte sie.

Ben erzählte ihr von seinem Studium, dass er immer noch bei seinen Eltern wohnte und dass sie auch in den letzten beiden Jahren in den Sommerferien nach Juist gefahren waren. «Einmal habe ich mich mit Jens getroffen. Er hat den Blumenladen in der Wilhelmstraße übernommen.»

«Ich weiß.» Nele lächelte und versuchte, das Gefühl von Heimweh wegzudrängen, das gerade dabei war, sich in ihr auszubreiten. «Über Weihnachten und Silvester hatte ich ein paar Tage frei und habe Oma Lotte besucht. Du hättest den Laden sehen müssen! Auf jedem Tisch und in jedem Regal haben Kerzen geleuchtet, von der Decke hingen Glaskugeln und Sterne. Sogar einen Weihnachtsbaum hatte er aufgestellt!»

«War deine Mutter auch da?», erkundigte sich Ben.

Nele schüttelte den Kopf. «Wir haben nicht mehr besonders viel Kontakt. Ich habe es ihr übel genommen, dass sie mir nicht geglaubt hat, was Julius getan hat.»

«Das tut mir leid.» Ben klang betroffen.

Nele zuckte mit den Schultern. «Sie ist aber nicht mehr mit ihm zusammen, falls du das wissen willst.» Jetzt wäre ein guter Moment, um ihn zu fragen, wie es seinem Ohr ging, dachte sie. Aber sie schaffte es nicht. Ihre Angst war zu groß. Was, wenn sie wirklich schuld daran war, dass er nicht gut hörte? Stattdessen erzählte sie Ben von ihrem Leben in New York, von Candice und ihrer verrückten Katze. Dass das erste Zimmer, das sie sich mit niemandem teilen musste, kein Fenster gehabt hatte. Dass neben ihrer jetzigen Wohnung in Brooklyn gerade ein Nackt-Yogastudio aufgemacht hatte. Dass sie ein halbes Jahr dafür gebraucht hatte, ihre Dusche so einzustellen, dass sie sich nicht wahlweise Verbrennungen oder Frostbeulen zuzog. Und dass für sie die Grand Central Station der allerschönste Ort in New York war. «Warst du schon einmal dort?»

Ben verneinte.

«Es würde dir dort gefallen. An der Decke in der Haupthalle ist ein astrologisches Wandbild mit 2500 Sternen. Außerdem gibt es eine Echogalerie. Wenn du in einer Ecke etwas flüsterst, kann es derjenige, der in der gegenüberliegenden Ecke steht, deutlich hören. – Was ist?», fragte sie, weil Ben sie amüsiert anschaute.

«Nichts. Ich hätte nur nicht gedacht, dass dein Lieblingsort in New York ein Bahnhof ist. Der Times Square oder *Macy's* hätten mich weniger überrascht.»

Nele spürte, wie sie errötete. «Ich mag die vielen Menschen, die dort ein und aus gehen, und die Vorstellung, dass man nur ein Ticket kaufen muss, um zu jedem beliebigen Ort der Welt zu gelangen.»

«Würdest du das denn gerne?»

«Was?»

«Dir ein Ticket kaufen und einfach wegfahren? Irgendwohin, wo dich keiner kennt? Wo du noch einmal ganz von vorne anfangen kannst.»

«Ja», sagte Nele. «Manchmal würde ich das gerne.» Neuanfänge hatten etwas Verlockendes, aber im Moment wollte sie nirgendwo anders sein als in New York.

«Ich würde das auch gern», sagte Ben, und plötzlich lag eine Trauer in seinem Blick, die sie ganz beklommen machte.

Er führt nicht das Leben, das er will, dachte sie. Und ich bin schuld daran.

«Wir müssen weiter.» Ben stand auf. «Sonst kommst du noch zu spät zu deiner eigenen Premierenfeier.»

«Es ist keine Feier. Es kommen nur ein paar Kollegen, und die sehe ich im Grunde jeden Tag.»

«Willst du denn gar nicht mehr dorthin?»

«Nein, eigentlich nicht.» Irgendwie war ihr auf einmal nicht mehr nach Feiern zumute. Nach belanglosem Smalltalk, den Glückwünschen von Kolleginnen, die ihr in Wirklichkeit am liebsten mit einem Messer die Stimmbänder durchtrennen wollten, um selbst die Elphaba spielen zu dürfen. Und Claude ...

«Wir halten nachher unsere eigene kleine Feier ab», hatte er ihr ins Ohr geflüstert, als er ihr in der Garderobe den Rosenstrauß in die Hand gedrückt hatte. «Lass uns nachher noch ein bisschen spazieren gehen.»

Langsam wurden die Geräusche der Stadt leiser, die Lichter in den Fenstern der Wolkenkratzer erloschen nach und nach. Nele und Ben spazierten weiter am East River entlang in Richtung Brooklyn Bridge. Hin und wieder glitt ein Boot an ihnen vorbei, ein stummer Schatten auf dem glitzernden Fluss. Zuerst hatte Nele befürchtet, dass Ben und sie sich bald nichts mehr zu sagen hätten, schließlich kannten sie sich kaum, aber es war leicht, sich mit ihm zu unterhalten.

«Was ist das denn für ein Gefühl, genau dort angekommen zu sein, wo man immer hinwollte?», fragte er sie mit einem Augenzwinkern.

Nele zögerte. «Das bin ich doch gar nicht.»

«Hallo? Du hast gerade die Hauptrolle in einem Broadway-Musical gespielt.»

«Ja», gab sie zu, «aber auf diesem Erfolg kann ich mich nicht ausruhen. Ich hoffe nicht, dass es meine einzige Hauptrolle bleiben wird. Ich möchte die größte Musicaldarstellerin aller Zeiten werden.»

Er lachte. «Du hast ganz schön große Ziele.»

«Ja. Denn kleine Ziele sind etwas für kleine Menschen mit kleinem Leben. – Der Satz stammt von Emily, meiner ersten Tanzlehrerin», fügte Nele verlegen hinzu, weil Ben sie eine ganze Zeitlang schweigend musterte. «Welche Ziele hast du?»

Er senkte den Blick. «Puh, du stellst ganz schön gewichtige Fragen.»

«Nein, die kommt in New York gleich nach ‹Wie geht es dir›. Der vielbeschäftigte New Yorker hält sich nicht mit Floskeln auf. Zeit ist schließlich Geld.» Nele lächelte schief. Was war denn an dieser Frage so schwer zu beantworten? Er musste doch auch irgendwelche Ziele haben. Oder waren sie ihm alle abhandengekommen …?

Ben schaute auf seine Armbanduhr. Inzwischen war es schon nach halb eins. «Bist du nicht müde?»

Ja, das war sie, doch Nele schüttelte den Kopf. Sie wollte noch nicht zurück in ihre Wohnung, wo nur ihr Bett und ihre unzuverlässige Dusche auf sie warteten. Sie hatte Ben angeschwindelt. So ganz hatte sie das widerspenstige Ding noch immer nicht im Griff.

«Im Internet stand, dass das Empire State Building bis zwei Uhr nachts geöffnet hat. Ich würde dort gerne noch hin, bevor ich morgen wieder nach Hause muss. Kommst du mit?»

Nele hatte schon erlebt, dass die Schlange vor dem berühmtesten Gebäude New Yorks so lang war, dass sie einmal um den ganzen Block reichte, doch um diese Uhrzeit war kaum noch etwas los. Ben kaufte zwei Eintrittskarten und eine Miniatur des Empire State Building – für Nele, als Erinnerung an diesen Abend –, was sie sehr süß von ihm fand. Dann standen sie auch schon im Aufzug und schossen nach oben in den 86. Stock. Saxophontöne schwebten ihnen entgegen, als sie ihn betraten. Ein Farbiger saß auf einem Hocker und spielte. Seine karierte Hose wurde von Hosenträgern gehalten, und auf seinem Kopf saß eine Melone. Als sein Blick den von Nele traf, löste er seine Finger kurz von den Klappen seines Instruments, schob seinen Hut hoch und zwinkerte ihr zu. Mehrere Besucher hatten sich um ihn versammelt. Auch Ben und Nele gesellten sich einige Augenblicke zu ihnen und hörten zu, bevor sie nach draußen gingen.

Viele behaupteten, dass die Aussicht vom Rockefeller Center viel besser sei als vom Empire State Building. Nele fand das nicht, denn das Rockefeller Center war komplett verglast, die Plattform des Empire State Building lediglich durch Gitter abgesichert. Ein kalter Wind wehte, als Ben und sie ins Freie traten.

«Möchtest du meinen Pullover?», fragte Ben.

Nele schüttelte den Kopf und legte ihre Hände an die Gitterstäbe. Egal, wie oft sie hier war, ihre Faszination nahm nicht ab. Meist kam sie spät hierher. Tagsüber wurde man ständig angerempelt oder bekam das Objektiv einer Kamera ins Kreuz gedrückt. Je später der Abend wurde, desto mehr wich das hektische Gewimmel einem ruhigen Fließen. Besucher nahmen sich Zeit, einfach nur herumzustehen und die Aussicht zu genießen, anstatt nur nach dem perfekten Platz für ein Foto zu suchen.

«Du liebst New York, nicht wahr?», sagte Ben.

«Ja», gab Nele zu. «Vor allem von hier oben. Immer wenn ich Selbstzweifel habe, komme ich hierher und schaue auf diese unglaubliche Stadt hinunter. Dann erinnere ich mich daran, weshalb ich mit dem Tanzen angefangen habe.»

«Weshalb hast du es?»

Ein paar Momente lang dachte Nele an die drei Mädchen, die dick vermummt in Emilys Tanzschule verschwunden und schön wie Prinzessinnen hinter dem Fenster wieder aufgetaucht waren. «Ich wollte etwas Besonderes sein», sagte sie.

Ben schaute zu ihr hinunter. «Für mich bist du es.»

Nele schluckte, und ihre Augen begannen zu brennen. Einen Moment lang dachte sie darüber nach, ihre Arme um seinen Hals zu schlingen und Ben zu küssen. Aber das ging nicht. Sie mochte Ben wirklich, und was passierte, wenn man sich auf jemanden einließ, den man wirklich mochte, hatte sie vor Jahren schmerzlich erfahren müssen.

Nele drehte sich um, schlang die Arme um ihren Oberkörper und blickte schweigend auf die funkelnde Stadt hinab. Auf die Millionen Menschen, die dort wohnten, mit all ihren Träumen.

## 15. Kapitel

### Juist 2019

Die Kutsche musste jeden Moment auftauchen, denn der Inselflieger war schon vor einer Stunde gelandet. Die ersten Interessenten für das Deichschlösschen – das Ehepaar aus Oldenburg – mussten also jeden Moment da sein.

Nele schaute sich um. Unglaublich, dass sie wirklich mit allem fertig geworden war! Das Deichschlösschen war von Schmutz und Staub befreit, das Unkraut in den Beeten entfernt. Sogar die Regenrinne und der Fensterladen waren repariert. Dank Henry. Letztendlich hatte Neles Vernunft über ihre Bockigkeit gesiegt, und sie hatte eingelenkt und sein Angebot angenommen. Schließlich wollte sie die ganze Angelegenheit so schnell wie möglich hinter sich bringen.

«Ich weiß nicht, was ich von dieser Spontanaktion halten soll», sagte Laura mit verkniffenen Lippen. Sie saßen mit Annika auf der Bank unter der verwachsenen Erle. Von hier aus hatte man die Straße gut im Blick. «Das Haus ist doch erst gestern inseriert worden.»

Nele verdrehte die Augen. «Immerhin hatten Herr und Frau Weber Zeit, eine Nacht drüber zu schlafen.» Wieso stellte Laura sich so quer? Als Oma Lotte noch lebte, hatte sie nie den Eindruck gehabt, dass ihre Mutter besonders am Deichschlösschen hing. Die meisten Ferien hatte sie allein bei Oma Lotte verbracht.

«Ich will auch nicht, dass irgendwelche blöden anderen Leute im Deichschlösschen wohnen», quengelte Annika.

Nele ermahnte sich innerlich zur Geduld. Sie hatte versucht, ihre Tochter zu überreden, mit Emily im Dorf ein Eis zu essen, doch davon hatte sie nichts hören wollen.

«Ich doch auch nicht», sagte sie und strich Annika über die Locken. «Aber wir können es wirklich nicht behalten.»

«Aber dann sehe ich Emily und Otto ja niemals wieder?» In den dunklen Augen ihrer Tochter schimmerten Tränen.

«Wir werden sie in den Ferien hin und wieder besuchen», sagte Nele, obwohl sie sich in dieser Hinsicht alles andere als sicher war. Sie wollte endlich einen Schlussstrich unter ihre Vergangenheit ziehen. Auch wenn sie die Insel und vor allem Emily natürlich furchtbar vermissen würde.

Zum Glück näherte sich jetzt die Kutsche, und Nele sprang auf. Zwei große Braune hielten vor dem Deichschlösschen, der Makler kletterte vom Kutschbock und half einem Mann und einer Frau von vielleicht Anfang sechzig heraus. So elegant, wie sie gekleidet waren, erinnerten sie Nele ein wenig an das Ehepaar, das mit Annika und ihr vor ein paar Tagen im Flieger gesessen hatte. Eine andere Klientel konnte sich das Deichschlösschen wohl auch nicht leisten. Für anderthalb Millionen bot der Makler die Villa an. Nele hatte es bei dieser Summe die Sprache verschlagen. Laura dagegen hatte den Makler unverblümt gefragt, ob er sie auf den Arm nehmen wolle. Doch der hatte ihnen versichert, dass für Objekte wie das Deichschlösschen ein solcher Preis auf der Insel durchaus bezahlt wurde. Runtergehen könne man außerdem immer.

«Was für ein wunderschönes Haus!», rief Frau Weber spontan aus und nahm Nele damit sofort für sich ein. «Genau so etwas haben wir gesucht, nicht wahr, Werner?»

«So etwas in der Art zumindest.» Nele sah dem Mann an, dass er sich gewünscht hätte, seine Frau würde ihre Begeisterung nicht so unverhohlen zeigen.

«Lassen Sie uns unsere Besichtigungstour drinnen anfangen.» Der Makler machte eine einladende Handbewegung in Richtung Eingangstür.

«Sie ist geliftet», flüsterte Laura Nele ins Ohr. «Und die Lippen sind aufgespritzt. Das sehe ich als Fachfrau sofort.»

«Na und?» Nele hielt ihre Mutter zurück. «Bitte, Mama!» *Mama*, diese Anrede hob sie sich für ganz besondere Gelegenheiten auf. «Sieh es endlich ein! Wir können das Deichschlösschen nicht behalten. Je schneller wir es verkaufen, desto leichter ist es für uns alle.»

Laura warf ihr einen vernichtenden Blick zu.

«Aua, du tust mir weh, Mama!», jammerte Annika, und Nele merkte, dass sie ihre Hand viel zu fest um die ihrer Tochter geschlossen hatte.

Ihre Mutter, Annika, der Makler und das Ehepaar waren schon auf dem Weg in den ersten Stock, als Nele, die etwas hinter ihnen zurückgeblieben war, schnelle, trippelnde Schritte auf dem Parkettboden hörte. Aliya war durch die Lücke im Zaun ins Deichschlösschen gekommen und stand nun wortlos in der Diele. Ihr Besuch passte gerade schlecht, aber Nele brachte es nicht übers Herz, das Mädchen wegzuschicken, das nun zum zweiten Mal versuchte, sich zaghaft anzunähern. «Was ist denn, Schätzchen?», fragte sie. «Möchtest du mit Annika spielen?»

Aber Aliya schüttelte den Kopf und ging ins Wohnzimmer. Dort zeigte sie auf den CD-Player.

Nele war gerührt. «Du möchtest das Lied von gestern noch einmal hören?»

Das Mädchen nickte eifrig.

«Ich mache es dir an. Aber du musst einen Moment allein hier bleiben, ja? Ich muss nämlich diesen Leuten das Haus zeigen. Sie wollen es vielleicht kaufen.»

Aliya nickte noch einmal. Nele legte die CD ein, wählte *Memories* und drückte auf Start. Als sie sich kurz vor dem Verlassen des Wohnzimmers noch einmal nach Aliya umdrehte, sah sie, dass das Mädchen lächelte.

Im ersten Stock wurde sie Zeugin einer weitaus weniger schönen Szene. Als sie das Bad betrat, hatte Laura das Ehepaar gerade auf einen Schimmelfleck oberhalb der Dusche aufmerksam gemacht.

«Meine Mutter hat jahrelang gegen diesen Fleck angekämpft», erklärte sie. «Aber egal, wie oft sie ihn mit Chlor entfernt hat, er kam immer wieder. Vielleicht ist eine Leitung undicht.»

Der Makler war sichtlich pikiert. «Es sollte kein Problem sein, dies zu beheben», beeilte er sich zu sagen.

«Natürlich.» Laura nickte. «Mit einer vernünftigen Schimmelsanierung bekommt man so ziemlich alles in den Griff.» Sie sah das Ehepaar treuherzig an. «Ich könnte mir es aber nicht verzeihen, Sie nicht auf das Problem hingewiesen zu haben.»

Frau Weber schien sehr angetan von Lauras Ehrlichkeit, denn sie bedankte sich überschwänglich. Nele jedoch war stinksauer. Als der Makler seine Besichtigungstour fortsetzte und den Interessenten die anderen Räume zeigte, hielt sie ihre Mutter zum zweiten Mal an diesem Nachmittag zurück. «Was soll das?», herrschte sie Laura mit nur mühsam unterdrückter Lautstärke an. «Was bezweckst du damit?»

«Ich wollte nur ehrlich sein», protestierte Laura. «Außerdem wäre der Schimmelfleck früher oder später sowieso aufgefallen. Spätestens wenn die beiden einen Sachverständigen beauftragen. Oder glaubst du, man kauft ein Haus zu dieser Summe, ohne es vorher gründlich begutachten zu lassen?»

Nele stöhnte. «Nein, aber man muss potenzielle Käufer doch nicht gleich bei der ersten Besichtigung mit der Nase auf irgendwelche Mängel stoßen! Erst mal muss das Interesse doch so groß sein, dass der Sachverständige überhaupt eingeschaltet wird.» Ach, was redete sie da?, dachte sie resigniert. Ihre Mutter hörte ihr doch sowieso nicht zu.

«Möchtest du einen Kakao?», wandte sie sich an Annika. Ihre Tochter nickte. «Gut, gehen wir nach unten. Und du kommst mit!» Sie schob Laura energisch in Richtung Treppe. «Ich koche uns einen Kaffee. Der Makler kann die beiden auch allein herumführen.» Sie erwartete, dass Laura protestieren würde, doch zu ihrer Überraschung fügte ihre Mutter sich widerspruchslos. Der Verkauf des Hauses schien ihr wirklich zuzusetzen.

Als sie im Erdgeschoss ankamen, war *Memories* längst zu Ende, und ein anderes Lied hatte begonnen. *Shimbleshank, the Railway Cat* hieß es. Es war schneller, fröhlicher, und als Nele das Wohnzimmer betrat, traute sie ihren Augen kaum: Aliya tanzte. Im Takt der Musik drehte sie sich, sprang, wirbelte herum, und all das sah so leicht und grazil aus und ihr Gesichtsausdruck war so glücklich, dass Neles Augen feucht wurden.

«Wie schön sie tanzt!», raunte ihr Annika zu.

Nele nickte. Sie drehte den Kopf ein wenig zur Seite, damit Annika und Laura es nicht sahen, und wischte sich mit den Fingerspitzen die Tränen aus den Augenwinkeln.

Sie nahm kaum wahr, wie Frau Weber ihnen zum Abschied die Hände schüttelte und sagte, dass das Deichschlösschen wirklich ein ganz bezauberndes Haus sei. Sie dachte nur an Aliyas glückliches kleines Gesicht und ihre leuchtenden Augen.

Von diesem Tag an kam Aliya öfter durch die Lücke im Zaun in den Garten des Deichschlösschens geschlüpft. Sie war sogar bereit, ohne ihre Mutter mit Annika und ihr zur Tanzschule zu gehen. Zwar tanzte sie bei den Proben nach wie vor nicht mit, sondern klammerte sich an ihr fest, als wäre sie ein Rettungsring, doch ihre Mutter Fatima war trotzdem ganz aus dem Häuschen, dass ihre Tochter ihre Angst vor fremden Menschen ein bisschen verloren hatte.

«Kommt ihr morgen wieder?», fragte Greta sie am Ende der Stunde.

«Nö», sagte Annika, aber sie kräuselte dabei ihre sommersprossige Nase und grinste. Sie war gerne bei Greta und den Kindern, auch wenn aus ihr niemals eine begeisterte Tänzerin werden würde.

«Möchtest du?» Nele kniete sich vor Aliya und sah ihr in die Augen.

Das Mädchen nickte.

«Sehr gut!» Greta drückte dem Mädchen die Hand.

Am nächsten Tag war Aliya dazu bereit, sich am Anfang und am Ende der Probe mit den anderen Kindern in den Kreis zu setzen. Und am dritten Tag tanzte sie mit, und wenn sie glaubte, dass niemand sie beobachtete, lächelte sie sogar dabei.

Nele hatte nicht damit gerechnet, dass es ihr so viel Freude machte zu sehen, wie sich das Mädchen mit Hilfe der Musik langsam wieder öffnete. Weil Greta durch ihre fortgeschrittene Schwangerschaft zunehmend unbeweglich wurde und Hilfe brauchte, tanzte Nele jetzt bei den Proben ebenfalls mit. Eine willkommene Abwechslung zu ihrem Ausräum-Marathon im Deichschlösschen! Außerdem schleppte der Makler jeden Nachmittag neue Interessenten an, und Nele war froh, wenn sie bei diesen Terminen nicht dabei sein musste. Es war besser für ihre Nerven. Gegen Ende der Woche rechnete der Makler mit den ersten Angeboten.

«Wenn es mit der Karriere in München doch nicht klappt, hätte ich einen ausgezeichneten Tipp für dich.» Henry lehnte lässig an der Wand im Übungsraum, die Daumen in die Gürtelschlaufen seiner Jeans gehakt.

Nele, die gerade die Kinder in die Umkleide gescheucht hatte, sah überrascht auf. Sie hatte gar nicht gemerkt, dass er zugeschaut hatte. Sie strich sich die verschwitzten Haarsträhnen aus der Stirn und zog ihren Pferdeschwanz ein wenig straffer.

«Hast du nichts Besseres zu tun, als hier herumzulungern?», fragte sie angespannt. Sie hatte ihre Auseinandersetzung im Lütje Teehuus nicht vergessen. «Ein paar Kindern das Skateboardfahren beibringen vielleicht? Oder ihnen erzählen, wie ungesund Cola ist?»

«Das würde ich ja gerne machen, aber leider sind schon alle bei Greta und dir eingespannt.» Henry feixte. «Sei doch nicht so zickig!», sagte er dann in versöhnlichem Ton. «Ich finde wirklich, dass du gut mit Kindern umgehen kannst.» Er folgte ihr in den Gang. «Außerdem ist es gut, einen Plan B zu haben. Du kannst schließlich nicht ewig auf der Bühne stehen.»

Nele warf ihm einen vernichtenden Blick zu. «Ich bin fünfunddreißig, nicht fünfzig. Ein paar Jährchen habe ich schon noch.» Bis sie vierzig war, wollte sie mindestens noch weitertanzen. «Hast du sonst noch ein paar Weisheiten auf Lager? Nein? Sehr gut, dann kann ich ja gehen.» Sie wusste selbst, dass sie zu hart reagierte, schließlich hatte Henry ihr mit seinen Reparaturarbeiten wirklich aus der Patsche geholfen. Aber er schaffte es immer wieder, sie durch seine blöden Sprüche auf die Palme zu bringen.

Aliyas Mutter Fatima war über Nacht mit ihren beiden Söhnen aufs Festland gefahren, weil einer von ihnen nicht gut hörte und im Krankenhaus ein Paukenröhrenschnitt gemacht werden musste. Zu Neles Überraschung hatte Aliya nicht mitkommen wollen. Irgendwie hatte sie ihrer Mutter klargemacht, dass sie lieber bei ihr und Annika bleiben wollte.

Als die beiden Mädchen mit ihren Turnbeuteln über der Schulter die Umkleide verließen, schlug sie ihnen vor, mit ihr zur Domäne Bill zu radeln, um dort ein Stück Rosinenstuten zu essen. In einem Anfall von Großmut beschloss Nele, auch ihre Mutter einzuladen, doch Laura teilte ihr am Telefon mit, dass sie schon etwas anderes vorhatte.

«Warte heute Abend nicht auf mich!», erklärte sie fröhlich. «Es kann spät werden.»

«Hast du ein Date?», fragte Nele misstrauisch.

«Schön wär's.» Laura lachte gekünstelt. «Ich gönne mir mal ein paar entspannte Stunden im *TöwerVital*, mit Massage und so. Ich muss doch schauen, was die Konkurrenz so auf dem Kasten hat.»

Natürlich hatte ihre Mutter ein Date. Nele, der Lauras kurzes Zögern nicht entgangen war, zog eine Grimasse. Bestimmt war der Makler das Objekt ihrer Begierde! Nele mochte den Mann nicht, er erinnerte sie an Julius. Doch sie hatte schon lange aufgehört, sich in die Männergeschichten ihrer Mutter einzumischen oder sich über ihre seltsamen Typen ernsthaft Gedanken zu machen …

Keine halbe Stunde später hätte sie sich jedoch beinahe gefreut, wenn es Georgie-Boy gewesen wäre. Denn sie und die Mädchen hatten gerade den Ortsausgang von Loog passiert, als Nele ihre Mutter sah: Laura huschte ins Mühlenhaus! Sie hatte sich eine Kapuze über die blonden Locken gezogen, aber

Nele erkannte sie natürlich trotzdem. Laura hatte ein Date mit Arno!

Vor lauter Schreck bremste Nele so abrupt, dass Annika ihr hinten auffuhr. «Mensch, Mama!», schimpfte sie empört.

Nele seufzte. Blieb ihr denn gar nichts erspart?

## 16. Kapitel

Juist, 28. August 2010

> A perfect life, the kind you dream of
> Waits for me
> And yet, and yet
> I can't shut out this sense of dread
> This haunting doubt.
>
> «A Perfect Life», aus: Dracula

«Nele! Hier bin ich!» Oma Lotte stand an der Mole und winkte ihr zu. Vor ihr saß ein Wesen, das aussah wie ein grauweißer Wischmopp, nur dass es eine rosafarbene Zunge hatte. Otto junior. Den Hund hatte Oma Lotte in der Nähe des Wäldchens an eine Bank gebunden aufgefunden, von seinen Besitzern weit und breit keine Spur, und sie hatte ihn bei sich aufgenommen. Der letzte Otto war nämlich vor ein paar Monaten gestorben; der dumme alte Kerl hatte sich von dem einzigen Auto überrollen lassen, das abgesehen von Krankenwagen und Feuerwehr auf der Insel herumfuhr: dem Polo von Dr. Herberger. Als Nele davon erfahren hatte, hatte sie bitterlich geweint.

Doch dieser neue Otto war offensichtlich fest entschlossen, sie über den Verlust hinwegzutrösten. Obwohl der Hund sie noch nie gesehen hatte, stürzte er sich auf sie und warf sie fast um, so sehr freute er sich, sie zu sehen. Nele umarmte erst Oma

Lotte – sonst wäre sie beleidigt gewesen – und kniete sich dann zu dem Hund auf den Boden.

«Du bist ja ein freundlicher Kerl.» Sie ließ sich von ihm das Ohr ablecken.

Oma Lotte musterte währenddessen skeptisch ihr Gepäck. «Hast du vor, bei mir einzuziehen, Mädchen?»

«Wieso?»

«Dieser Koffer ist so groß, dass ich meinen kompletten Hausrat darin unterbringen könnte! Und dann auch noch diese Tasche! Was hast du denn alles dabei?»

«Nur ein paar Kleider», verteidigte sich Nele. «Du weißt doch, wie unbeständig das Wetter hier ist. Ich wollte für alles gewappnet sein.» Letztes Jahr war sie das nicht gewesen. Sie hatte New York bei Temperaturen von vierzig Grad verlassen und war auf Juist von knapp zwanzig empfangen worden. Vier Tage am Stück hatte es nur geregnet. Die meiste Zeit war Nele in einer Strickjacke von Oma Lotte herumgelaufen, die ihr an den Armen viel zu kurz war.

Doch das war nicht der eigentliche Grund, wieso sie mit so viel Gepäck angereist war. Den wahren wollte sie ihrer Oma aber nicht verraten: Am vorigen Abend war sie nach der Show mit Kollegen in einer dieser angesagten *Roof Top Bars* versackt, die seit ein paar Jahren überall in New York die Dächer verschönerten. Und als sie am nächsten Morgen mit dröhnendem Kopf aufgewacht war, hatte sie erschrocken realisiert, dass sie schon in zwei Stunden am Flughafen sein musste. Völlig kopflos hatte sie alles in ihren Koffer und die Reisetasche gestopft, wovon sie dachte, dass sie es brauchen würde, und war in ein Taxi gesprungen. Den Flieger hatte sie gerade noch bekommen.

Seit ihrer Premiere in *Wicked* lief es super für Nele. Fünf Tage die Woche stand sie mit grün geschminktem Gesicht als Hexe

Elphaba auf der Bühne. Ständig wurde sie auf Partys, Ladeneröffnungen und Ausstellungen eingeladen. Kevin Watson, Hotelbesitzer und Kunstmäzen, war so begeistert von ihrer Darbietung, dass er ihr für einen Spottpreis eines seiner Zimmer vermietete. Das Hotel lag in Hells Kitchen, gleich neben dem Theatre District, weswegen viele Tänzer und Schauspieler in dem Viertel wohnten. Fast ein Jahr war es schon her, dass Nele von Brooklyn dorthin gezogen war. Aber wenn sie die 9th Street hinunterschlenderte und in nicht einmal zwanzig Gehminuten am Times Square ankam oder wenn sie morgens in dem noch ruhigen Central Park joggen ging, kam es ihr immer noch wie ein wunderschöner Traum vor, dass sie jetzt in Manhattan lebte.

«Rufus!», rief Oma Lotte. «Rufus!» Sie winkte dem Gepäckträger zu, der gerade mit Fahrrad und Anhänger an der Mole entlangfuhr. «Wir müssen dein Gepäck nach Hause bringen lassen. Ich hol mir ja einen Bandscheibenvorfall, wenn ich das tragen soll.»

Tatsächlich hatte Nele keinen Gedanken daran verschwendet, wie sie ihre Sachen von der Fähre zum Deichschlösschen transportieren sollte. Anders als Emily hatte Oma Lotte kein Pferdegespann, sondern erledigte alles zu Fuß oder mit dem Rad. In New York hätte Nele einfach ein Taxi gerufen. Je länger sie dort lebte, desto mehr kam ihr Juist vor wie eine seltsame Parallelwelt, die mit ihrem wirklichen Leben überhaupt nichts mehr zu tun hatte. Ein- bis zweimal im Jahr kam sie trotzdem her, um sich von der Hektik und dem Stress in New York zu erholen und um sich von Oma Lotte so richtig verwöhnen zu lassen.

Sie freute sich darauf, Jens zu sehen. Und Ben. Wie auch letztes Jahr hatte sie es geschafft, einen Teil ihres Urlaubs auf Ende August zu legen, damit sie auch ihn auf Juist treffen konnte.

Rufus eilte heran. Wie immer, wenn er arbeitete, trug er eine Weste mit großen goldenen Knöpfen und eine Schirmmütze, auf der sein Name stand.

«Puh, du reist aber mit schwerem Gepäck, Mädchen!», sagte er, nachdem er Neles Koffer unter theatralischem Ächzen und Stöhnen auf seinen Fahrradanhänger gewuchtet hatte. «Na, wie isses in New York?»

«Toll! Du solltest mich wirklich mal besuchen kommen.» Nele zwinkerte dem älteren Mann zu.

«Nee, nee, lass mal!», winkte er ab. «Zu viele Leute und vor allem zu viele Autos. Und dann diese ganzen Wolkenkratzer. Da bleiben wir doch lieber hier in unserem schönen Töwerland, nicht wahr, Lotte?»

«Ach, irgendwann möchte ich schon mal nach New York fliegen», sagte Oma Lotte.

Irgendwann ... Nele verdrehte die Augen. Wann sah ihre Oma endlich ein, dass das Leben viel zu kurz war für dieses Wort! *Jetzt* musste man es leben! Sie hatte Oma Lotte schon oft angeboten, ihr den Flug zu bezahlen, aber immer kam ihr angeblich irgendetwas dazwischen. Selbst Laura besuchte sie in unregelmäßigen Abständen – das letzte Mal zusammen mit ihrem neuen Freund. Er führte ein Bestattungsunternehmen, was Nele am Anfang noch ein wenig befremdet hatte, war aber ein wirklich netter Typ. Mit ihm verstand sie sich weitaus besser als mit ihrer Mutter.

Auch Henry hatte sie vor drei Jahren in New York gesehen. Es war auf einer Party im East Village gewesen, nur ein paar Tage nach ihrer Premiere in *Wicked*. Er war mit einem bulligen Mann da gewesen, der mit Baseball-Cap, überweitem Shirt und dem schweren Goldschmuck aussah wie ein Gangsterrapper. Henry selbst hatte Stoffhose und Rollkragenpullover getragen, Kleidungsstücke, die Nele noch nie an ihm gesehen hatte. Im ersten Moment hatte sie deswegen an eine Verwechslung geglaubt. Schließlich hatte jeder Mensch mindestens einen Doppelgänger auf der Welt, oder? Aber dann war eine junge Frau durch die Partymeute auf die beiden zugestöckelt und hatte schon von weitem gut hörbar «Hey, Henry!» gerufen. Nele hatte die Party fluchtartig verlassen und in den folgenden Wochen das East Village gemieden.

Sie hatte Oma Lotte nach Henry gefragt, aber die hatte keine Ahnung, was Henry in New York tat. Aber er hatte gut ausgesehen auf der Party. Offensichtlich hatte er sich wieder gefangen. Anders als bei ihrer letzten Begegnung, in Ivys Stall, hatte er diesmal nicht gewirkt wie ein Junkie kurz vor dem goldenen Schuss, sondern wie eine etwas ältere und kantigere Version seines früheren Ichs.

Nach dieser Party hatte Nele ständig geglaubt, Henry irgendwo zu sehen. Auf der Brooklyn Bridge, beim Sushi-Take-away, vor dem Trump Tower, im *Macy's* ... Doch wiedergetroffen hatte sie ihn nie. Weder in New York noch hier auf Juist. Egal, wie sehr sie nach ihm Ausschau hielt.

Eine Windbö wehte eine Geruchsmischung von Fisch, Meer, Salz und Schiffsdiesel heran. Normalerweise mochte Nele diesen typischen Hafenduft, aber heute spürte sie, wie Übelkeit in ihr aufstieg. Sie hätte gestern Abend nicht so viel trinken sollen! In der letzten Zeit war ihr ständig schlecht, und es gab Tage, an denen sie kaum etwas zu essen herunterbrachte. Vielleicht kündigte sich mal wieder eine Magenschleimhautentzündung an. Seit sie in New York wohnte, hatte sie damit öfter zu kämpfen.

«Hast du Ben schon gesehen?», fragte sie Oma Lotte, als Rufus mit ihrem Gepäck auf dem Fahrradanhänger davongeflitzt war und sie in gemächlicherem Tempo folgten.

«Ja. Der arme Kerl!» Oma Lotte, die gerade noch so vergnügt ausgesehen hatte, wirkte plötzlich betroffen.

«Was ist denn mit ihm?», fragte Nele beunruhigt.

«Sein Vater ist vor ein paar Wochen gestorben.»

Nele blieb abrupt stehen. «Was? Wieso hast du mir das denn nicht erzählt?»

«Wann hast du denn schon mal Zeit, mit deiner alten Oma zu telefonieren.» Nele entging der vorwurfsvolle Ton ihrer Stimme nicht. Sie setzte sich wieder in Bewegung, aber jetzt ging sie viel schneller als zuvor.

Auch wenn Nele so schnell wie möglich zu Ben und seiner Familie wollte, holte sie zuerst im Deichschlösschen ihr Fahrrad und stattete dann Jens einen Besuch ab. Ohne Blumen konnte sie keinen Kondolenzbesuch machen.

Wie sie vermutet hatte, war ihr bester Freund in der *Blumeninsel*. Er band gerade einen Hochzeitsstrauß. Fünf orangerote Callas hatte er zu eine Art Zepter zusammengefasst, die Stängel mit einem Satinband umwickelt und Perlen in die Blüten gesteckt. Als Florist war er auf Juist inzwischen richtiggehend berühmt für seine experimentellen Kreationen, und auf dem Festland hatte er sogar schon Preise dafür bekommen.

«Nele!» Jens ließ den Blumenstrauß auf den Tisch sinken und eilte mit weit geöffneten Armen auf sie zu. War er früher eher mollig gewesen, kam er ihr nun bei jedem ihrer Treffen ein bisschen schlanker und durchtrainierter vor. Bei seinem letzten New-York-Besuch hatte er sich ein Augenbrauen-Piercing stechen lassen. Was Hannelore wohl dazu sagte? Wenn der Anlass ihres Besuchs nicht so ernst gewesen wäre, hätte Nele vermutlich gekichert.

Ein kleines, zugegebenermaßen etwas boshaftes Lächeln

konnte sie sich aber nicht verkneifen. «Ich soll dich von Adam grüßen», sagte sie. «Er hat ein neues Tattoo. Es ist ein Vergissmeinnicht.» Nele wartete einen Augenblick auf seine Reaktion. Als Jens nichts sagte, zog sie ihn weiter auf: «Wusstest du, dass diese Blumen im Englischen *scorpion grass* heißen? Da du zufälligerweise nicht nur Florist, sondern auch Skorpion bist, haben Tanita und ich uns gefragt, ob das vielleicht etwas mit dir zu tun hat …»

Tanitas Banker-Freund Adam und Jens waren sich vor einiger Zeit schon nähergekommen. Nele hatte bald gemerkt, dass sie nicht mehr der einzige Grund für Jens' zahlreiche Reisen nach New York war. Anfangs war das zwischen den beiden nur eine lockere Affäre gewesen. Doch als sie nun sah, wie Jens' Gesichtshaut sich farblich den Callas in seinem Strauß anglich, und wenn sie Adams Tattoo mit in Betracht zog, wurde ihr klar, dass die ganze Sache inzwischen wohl ein wenig verbindlicher geworden war.

Leider war Jens in Bezug auf alles, was mit Adam zu tun hatte, untypisch verschlossen – enttäuschend! –, und mehr als ein bisschen Smalltalk war im Moment nicht aus ihm herauszuholen. Deshalb kam Nele schnell auf den eigentlichen Grund ihres Besuchs zu sprechen.

«Wusstest du, dass Bens Vater gestorben ist?», fragte sie.

«Ja, du nicht?»

Genau wie Oma Lotte ging Jens anscheinend davon aus, dass Ben und sie sich wöchentlich E-Mails schrieben oder miteinander telefonierten. «Es stand sogar in der BILD-Zeitung.»

«Die bekomme ich in New York nicht, du Holzkopf.» Die Nachrichtenübermittlung zwischen Juist und New York war anscheinend äußerst dürftig. Wer wusste, welche Neuigkeiten ihr noch alle entgangen waren! «Kannst du mir einen Blumenstrauß binden? Wenn ich gleich zum Kurhotel fahre und dort Bens Mutter begegne, möchte ich nicht mit leeren Händen dastehen.» Erstaunlich, dass die Familie so kurz nach dem Tod des Vaters hierherkam, dachte Nele. Sie selbst an ihrer Stelle hätte den Urlaub wahrscheinlich abgesagt.

«An welche Blumen hast du gedacht? Lilien?»

«Nein.» Sie rümpfte die Nase. Natürlich wären diese Blumen passend gewesen, aber sie mochte ihren Geruch nicht. «Die Callas in dem Brautstrauß finde ich hübsch. Gibt es die auch in weiß?»

«Klar.»

«Dann nimm die. Und vielleicht ein paar Rosen und Gerbera.»

Zum Glück saß heute nicht Hannelore am Empfang des Kurhotels, sondern eine junge Frau mit kurzen roten Haaren. Nele fragte nach Ben, und die Rezeptionistin rief auf seinem Zimmer an. Nur wenige Minuten später stand er bei ihr in der Lobby.

Er sah erschöpft aus. Nachdem sie sich ein wenig unbeholfen umarmt hatten, wanderte sein Blick zu den Blumen.

«Das wäre aber nicht nötig gewesen.» Seine Mundwinkel zuckten.

«Für deine Mutter.» Nele drückte ihm den Strauß in die Hand. «Meine Oma hat mir erzählt, was passiert ist. Es tut mir leid.»

Ben kniff die Lippen zu einem schmalen Strich zusammen. «Danke. Meine Mutter wird sich freuen. Sie ist gerade mit Anemone und Florentine im Dorf.» Er schaute sich suchend um. «Könnten Sie ...?»

Die Rezeptionistin nickte und nahm ihm den Strauß ab.

«Ich stelle die Blumen in eine Vase, dann bleiben sie frisch, bis sie wieder da ist.»

«Wollen wir ein bisschen rausgehen?», fragte Ben. «Mir fällt hier im Hotel die Decke auf den Kopf. Oder musst du gleich wieder weg?»

«Nein, ich habe Zeit.» Nele hakte sich bei ihm unter. «Wie wär's, wenn wir zum Otto-Leege-Naturlehrpfad fahren? Der ist erst in diesem Jahr angelegt worden, und ich war noch nicht dort.»

Bens Trauer war fast körperlich spürbar, und Nele fühlte sich von seiner offensichtlichen Verzweiflung überfordert. Erst als sie mit den Fahrrädern auf der Höhe des Dünenfriedhofs angekommen waren, traute sich Nele zu fragen, wie es passiert war.

«Es war ein Herzstillstand», antwortete Ben. «Meine Mutter hat ihn morgens leblos im Bett gefunden.» Seine Miene wirkte wie in Stein gemeißelt.

«Wie schrecklich!», sagte Nele mitfühlend.

«Wenigstens musste er nicht leiden.» Aus irgendeinem Grund kamen ihr seine Worte einstudiert vor. Aber was wusste sie schon von Menschen, die trauerten? Sie selbst hatte bisher das Glück gehabt, noch niemanden von ihren Lieben verlieren zu müssen. Jedenfalls war niemand gestorben.

Das Bild des siebzehnjährigen Henry schob sich vor ihr geistiges Auge, mit seinen Sommersprossen auf der Nase, seinen viel zu langen Haaren und dem immer amüsiert wirkenden Lächeln. Dann das Gesicht von Eddy. *Haut ab!*

«Wie nimmt deine Mutter es auf?»

«Ganz gut.» Ben radelte inzwischen so schnell, dass sie sich ganz schön anstrengen musste, um neben ihm zu bleiben. «Sie ist viel stärker, als ich gedacht habe. In den letzten Jahren hatte sie sich schon ein bisschen von ihm gelöst, ist selbstbewusster geworden, auch mal mit Freundinnen in den Urlaub gefahren. Das kommt ihr jetzt zugute, denke ich. Sie will die Abendzeitung übernehmen.»

«Wirklich!», keuchte Nele. Ben könnte ruhig ein wenig langsamer fahren, sie waren schließlich nicht auf der Flucht! «Damit hätte ich nicht gerechnet. Sie ist mir nie wie eine Geschäftsfrau vorgekommen.» Wenn Marlene Hellmann mit ihr gesprochen hatte, war es immer nur um ihre Liebe zur Kunst, vor allem zur Musik, gegangen.

Ben zuckte mit den Schultern. «Die Zeitung ist ein Familienunternehmen. Meine Großeltern haben sie gegründet – so etwas gibt man nur ungern her.» Er hielt den Blick auf einen unbestimmten Punkt am Horizont gerichtet, bevor er ausstieß: «Ich werde die Zeitung mit ihr zusammen verlegen.»

Das überraschte Nele noch mehr als die Vorstellung von seiner Mutter als Geschäftsfrau. Und sofort regte sich das schlechte Gewissen in ihr. Er hatte Arzt werden wollen, um anderen Menschen zu helfen! Nun wurde er Verleger einer Boulevardzeitung und zog Menschen, sollte es die Auflage erfordern, in den Dreck. Das passte einfach nicht zu ihm.

Sie parkten die Fahrräder am Otto-Leege-Tor, einem großen Holztor, das wie ein japanisches Schriftzeichen aussah, und betraten den Bohlenweg. Ben schwieg, und es war offensichtlich, dass er weder weiter über den Tod seines Vaters sprechen wollte noch über seine neue Rolle als Verleger. Nele wechselte das Thema, und sie unterhielten sich über andere Dinge. Florentine, Bens Schwester, hatte ihren ersten Freund, obwohl jeder immer gedacht hatte, die viel selbstbewusstere Anemone würde die Erste sein. Und Nele erzählte Ben, dass sie hin und wieder in einer New Yorker Suppenküche aushalf. Nicht besonders oft, vielleicht einmal im Monat, aber es war ihr wichtig, dass Ben das wusste.

Danach sprachen sie nicht mehr, aber die Stille zwischen ihnen war nicht unbehaglich. Das war auch etwas, was Nele an Ben mochte: Mit ihm konnte man gut schweigen.

An einem zwei Meter hohen Holzobjekt blieben sie stehen. Es war eine Windharfe und kein avantgardistisches Kunstwerk, wie Nele auf einer der beiden Infotafeln las. Während Ben sich weiter in den Text vertiefte, versuchte Nele, dem Instrument Töne zu entlocken. Es dauerte ein wenig, bis sie den richtigen Winkel gefunden hatte, in dem der Wind die Saiten zum Schwingen brachte, aber schließlich gelang es ihr. Ein leiser, sehnsuchtsvoller Ton wurde laut, der zunehmend anschwoll.

«Ich habe es geschafft!», rief Nele Ben zu, der mit dem Rücken zu ihr stand und immer noch auf die Tafel schaute. Er reagierte nicht.

Sie ging zu ihm hinüber. Hatte er sie nicht gehört? Und was fesselte ihn so?

Ben starrte auf ein Gedicht. *Wolken* hieß es, und es war von Hermann Hesse.

Nele stellte sich neben Ben und las die poetische Beschreibung dieses Himmelsphänomens.

> Wolken, leise Schiffer, fahren
> Über mir und rühren mich
> Mit den zarten, wunderbaren
> Farbenschleiern wunderlich.
> Aus der blauen Luft entquollen,
> Eine farbig schöne Welt,
> Die mich mit geheimnisvollen
> Reizen oft gefangen hält.
> Leichte, lichte, klare Schäume,
> Alles Irdischen befreit,

> Ob ihr schöne Heimwehträume
> Der befleckten Erde seid?

Nele sah zu Ben auf. «Schön, nicht wahr?» Sanft berührte sie seinen Arm.

Ben nickte. «Von Hesse stammte auch der Trauerspruch auf der Beerdigung meines Vaters. *Auch der schönste Sommer will einmal Herbst und Welke spüren*», rezitierte er. «*Halte Blatt geduldig still, wenn der Wind dich will entführen.* – Gott, es ist so verlogen!»

Nele sah, wie sich seine Hände zu Fäusten ballten.

«Was ist verlogen?», fragte sie verwirrt.

«Mein Vater ist nicht an einem Herzstillstand gestorben», stieß er plötzlich hervor. «Er hat sich umgebracht.»

Nele schnappte nach Luft. Schlagartig war die Übelkeit wieder da, die sie schon bei ihrer Ankunft überfallen hatte. Sie wusste nicht, was sie sagen sollte. Doch während sie noch fieberhaft nach den richtigen Worten suchte, fuhr Ben schon fort, und jetzt sprudelten die Worte nur so aus ihm hervor: «Aber das soll natürlich niemand erfahren! Genauso wenig wie den Grund dafür. Er hatte ein Verhältnis mit einer Auszubildenden. Sie war erst sechzehn! Als ihre Eltern davon erfahren haben, wollten sie ihn anzeigen. Er hat ihnen Schweigegeld geboten, aber das haben sie abgelehnt. Er wusste, wenn das alles herauskommt, wäre nicht nur sein Ruf ruiniert, es würde ihm auch eine Haftstrafe drohen …»

«Und deshalb …» Neles Stimme erstarb.

Ben nickte. «Von meiner Mutter haben sie das Geld dann genommen.» Seine Schultern sackten kraftlos herab, und er sah unglaublich verloren aus.

Betroffen nahm sie ihn in den Arm, und Ben ließ sich gegen

sie sinken. Aus seiner Kehle kam kein Laut, aber seine Schultern zuckten, als würde er weinen.

Nele spürte, wie sich ihre Hände wie von selbst zu Fäusten ballten. Man sollte über die Toten nicht schlecht denken, und sie wollte sich gar nicht ausmalen, wie verzweifelt der Mann gewesen sein musste. Aber in diesem Moment empfand sie nur Verachtung für Bens Vater. Was für ein skrupelloser Mensch musste man sein, um eine minderjährige Mitarbeiterin zu verführen und dann auch noch zu glauben, dass man damit durchkam? Aber das taten diese Typen ja ständig. Auch Julius hatte sie damals angefasst, obwohl er damit rechnen musste, dass Nele ihrer Mutter davon erzählen würde. Und er war damit durchgekommen.

Nele spürte, wie ihre Wut immer größer wurde. Männer waren solche Schweine! Sie dachte an Claude. Seit drei Jahren schon schlief sie mit diesem Idioten, der eine liebenswerte, hübsche Frau und ein kleines Kind hatte. Denn wenn sie es nicht tat, würde er ihr die Rolle der Elphaba wegnehmen.

Plötzlich schämte Nele sich. Wie hatte sie diese billige, schmutzige Affäre nur so lange aufrechterhalten können? Sie schmiegte sich enger an Ben, streichelte seinen Rücken und hielt ihn fest. Und er erwiderte ihre Umarmung. Lange standen sie so da, während der Wind noch immer auf der Harfe spielte und die Außenwelt um sie herum verschwamm. Nele schmiegte ihr Gesicht in Bens Halsbeuge, und während das Zucken seiner Schultern nachließ und sein Herzschlag ruhiger wurde, verlangsamte sich auch ihr eigener.

Schließlich löste Ben sich wieder von ihr. «Tut mir leid», sagte er, auf einmal verlegen.

Nele schüttelte den Kopf. «Das muss es nicht. Wozu sind Freunde da?» Sie strich ihm mit den Fingerspitzen die Tränen aus dem Gesicht, und er legte seine Hand auf ihre und hielt sie fest. Nele schaute in Bens graugrüne Augen, dann auf seinen Mund – sie hatte die geschwungenen Lippen schon immer gemocht –, und auf einmal empfand sie das überwältigende Bedürfnis, ihn zu küssen, genau wie drei Jahre zuvor auf dem Dach des Empire State Building.

Doch dieses Mal gab Nele der Versuchung nach. Sie zog ihre Hand unter seiner hervor und legte sie in seinen Nacken. Bens Augen weiteten sich überrascht, dann neigte sich sein Kopf zu ihr herunter. Sein warmer Atem traf ihre Haut, und erwartungsvoll schloss Nele die Lider. Doch die ersehnte Berührung ihrer Lippen blieb aus.

«Ich kann nicht», sagte Ben leise.

Verwirrt öffnete Nele die Augen und sah ihn an.

Ben räusperte sich. «Es gibt noch etwas, das ich dir sagen muss.»

«Und was?» Ihre Stimme war kaum mehr als ein Flüstern.

«Ich habe mich verlobt.»

Es dauerte ein wenig, bis Nele die ganze Tragweite dieser Worte erfasst hatte. Sie wich einen Schritt zurück. «Verlobt?»

«Sie heißt Viola und kommt aus München. Ihre Eltern sind mit meinen befreundet. Also jetzt nur noch mit meiner Mutter ... Wir kennen uns schon, seit wir klein waren.» Ben wand sich unter Neles ungläubigem Blick.

«Wow!», sagte Nele. Sie schwieg eine Weile, dann widerholte sie: «Wow! Das ... das ist ja toll! Herzlichen Glückwunsch! Du hast sie nie erwähnt.»

Sie brachte es nicht über sich, den Namen dieser Frau auszusprechen. Und sie kam sich dumm vor, so unglaublich dumm.

Es überraschte Nele, dass sie es noch schaffte, Ben ins Kurhotel zurückzubringen. Sie wartete sogar noch, bis sich die schweren Türen hinter ihm schlossen. Dann glitt ihre Hand in ihre Jackentasche, und ihre Finger schlossen sich um eine Zigarettenschachtel. Eigentlich hatte sie sich fest vorgenommen, ihren Aufenthalt auf Juist dazu zu nutzen, mit dem Rauchen aufzuhören. Schließlich wusste hier niemand von diesem Laster. Doch dies war ein Notfall. Ben war verlobt! Mit einer gewissen Viola. Nele zog das Päckchen aus ihrer Tasche.

«Möchtest du Feuer?» Ein Feuerzeug klickte, und eine kleine rote Flamme züngelte neben ihr auf.

Nele zuckte zusammen. Sie war so in Gedanken vertieft gewesen, dass sie gar nicht gemerkt hatte, dass jemand neben sie getreten war. Sie drehte sich um, und es dauerte einen Moment, bis sie wirklich realisierte, wer da vor ihr stand.

«Hallo Nele!», sagte Eddy mit einem schiefen Grinsen. «Kannst du dich noch an deinen alten Vater erinnern?»

*Nein*, hätte Nele nur liebend gerne gesagt, als sie sich von ihrer Überraschung erholt hatte. Schließlich hatte er sie bei ihrer letzten Begegnung auch nicht erkannt. Aber das wäre kindisch gewesen. Sie wusste nicht, ob sie lachen oder weinen sollte. Dass Eddy hier war, erschien ihr so surreal! Vor allem, da er kaum noch etwas mit dem leicht verwahrlosten Alleinunterhalter gemein hatte, dem sie vor acht Jahren fast an der gleichen Stelle gegenübergestanden hatte. Mit dem langhaarigen Rockstar auf dem Foto des Zeitungsartikels, den sie noch immer in ihrer Erinnerungstruhe aufbewahrte, aber auch nicht. Zu einem schlichten weißen Poloshirt und schmal geschnittenen Jeans trug er Sneakers. Seine blonden Haare waren modisch mit Gel in Form gebracht worden.

«Natürlich erkenne ich dich.» Nele räusperte sich, weil ihre

Stimme gar zu belegt klang. «Hallo Eddy! Machst du Urlaub auf Juist?»

«Nein.» Er zögerte einen Augenblick. «Ich wollte dich sehen.»

«Woher weißt du, dass ich hier bin?» Nele knetete nervös ihre Hände.

«Du hast es auf Facebook gepostet.»

Nele schluckte. «Du folgst mir?»

Er nickte, bevor er für einen Moment verlegen den Blick senkte. «Ich kann mir vorstellen, dass du jetzt total überfordert bist mit der Situation. Und mir fällt das Ganze auch nicht leicht.» Nele sah, wie er tief ein- und ausatmete. «Ich will, dass du weißt, dass es mir wahnsinnig leidtut, dass ich so plötzlich verschwunden bin. Ich war jung und dumm. Aber seitdem ist viel passiert, und … Ich … ich würde gerne wieder Teil deines Lebens sein.»

Er wollte wieder Teil ihres Lebens sein! Nele schnappte nach Luft, und auf einmal schien sich alles um sie herum zu drehen. Sie presste die Hand vor den Mund. Doch es war zu spät. Nele schaffte es nur ein paar Meter weit, und das erste Mal, seit sie mit vierzehn Jahren eine halbe Flasche von Emilys Eierlikör getrunken hatte, übergab sie sich in einen Rosenbusch.

# 17. Kapitel

### Juist 2019

Nele stöhnte auf. Laura und Arno! Sie hatte es bereits irgendwie geahnt, denn Laura war mehrmals rot geworden, wenn sie Henrys Vater erwähnt hatte. Aber jetzt mit ansehen zu müssen, wie Arno breit lächelnd ihrer Mutter die Tür öffnete und Laura hineinhuschte, war noch einmal eine ganz andere Sache. Genervt trat sie schneller in die Pedale, so schnell, dass Annika hinter ihr protestierte. Jetzt zwang sie sich, ihr Tempo wieder zu drosseln. War das denn zu fassen? Laura und Arno waren zusammen aufgewachsen, und jetzt, mit über fünfzig Jahren, entdeckten sie, dass da mehr war zwischen ihnen? Nele konnte nur hoffen, dass Lauras Begeisterung für Henrys Vater genauso schnell nachließ wie für die meisten anderen Männer in ihrem Leben und dass das Ganze nur ein belangloser Urlaubsflirt war. Auf eine Zusammenführung ihrer Familien legte sie wirklich keinen Wert.

Als sie bei der Domäne Bill ankamen, war Nele der Appetit auf den köstlichen Stuten vergangen, aber die Mädchen schlugen sich begeistert die Bäuche voll. Danach bat Annika darum, durch das Wäldchen zurückzufahren.

«Du musst dabei aber ganz leise sein», erklärte sie Aliya ernsthaft. «Dort leben nämlich Elfen, Feen und Gnome.»

Auch wenn Nele nicht an die Existenz von magischen Wesen glaubte und im Gegensatz zu ihrer Tochter noch nie eine Elfe gesehen hatte, konnte sie sich dem Zauber des Wäldchens nicht entziehen, das sich zwischen Loog und der Westspitze der Insel erstreckte. Vor allem jetzt, wo es leicht regnete. Tropfen funkelten wie Kristalle auf Blättern und Spinnweben, und durch den Regen herabgefallene Blüten lagen auf dem Weg vor ihnen, wie helle Sterne auf sandigem Braun.

Als sich Bäume und Gestrüpp an einer Stelle lichteten und den Blick auf die blaue Spiegeloberfläche des Hammersees freigaben, wollte Annika unbedingt eine Pause machen, um Steine ins Wasser zu werfen. Nele hatte nichts dagegen. Sie setzte sich auf eine Bank und sah den Mädchen zu, dankbar, einmal nichts tun und nicht reden zu müssen. Ganz allmählich spürte sie, wie sich ihre Anspannung legte. So ging es ihr immer, wenn sie hier war. Das Wäldchen musste wirklich ein magischer Ort sein.

Auch nach Oma Lottes Beerdigung hatte sie hier Zuflucht gesucht. Zusammen mit Ben.

Eine Windbö fuhr durch die hohen Heckenrosensträucher, und Blütenblätter rieselten auf Nele hinab wie rosafarbenes und weißes Konfetti. Vorsichtig nahm sie eins der winzigen Blättchen zwischen die Fingerspitzen. Noch nie zuvor war ihr aufgefallen, dass sie die Form von kleinen Herzen hatte. Nele lächelte versonnen. Nur ein paar Meter von ihr entfernt standen zwei Bäume, die knapp unterhalb ihrer Krone so miteinander verwachsen und ineinander verschlungen waren, dass sie aussahen, als würden sie sich umarmen. Bis sie einmal vor vielen Jahren mit Ben durch das Wäldchen spaziert war, waren sie ihr nie aufgefallen. Er hatte sie darauf aufmerksam gemacht und die Bäume die «Liebenden» genannt. Unter ihren Kronen hatten sie sich das erste Mal geküsst.

Bei dem Gedanken daran, dass sie Ben schon in wenigen Tagen wiedersehen würde, wurde Nele ganz warm ums Herz, ganz so, als hätte sie eine Kanne heißen Ostfriesentee mit Kandis und Sahne getrunken. Bei ihrem gestrigen Telefonat hatte er verkündet, er habe eine Überraschung für sie. Was das wohl war?

Ein paar Augenblicke gab sich Nele noch der Erinnerung an ihr letztes Gespräch hin, da waren Annika und Aliya schon wieder da.

«Wir haben Rehspuren im Sand gefunden», wisperte ihre Tochter. «Wir wollen schauen, ob die Rehe noch irgendwo sind.» Die Mädchen nahmen Nele bei den Händen und zogen sie hoch. Sie waren ganz aufgeregt. Zuerst wollte Nele sie abwimmeln, doch dann erinnerte sie sich daran, was Henry und sie als Kinder an diesem See und in diesem Wald alles erlebt hatten, und gab sich geschlagen.

«Okay, aber ihr müsst ganz leise sein!» Nele legte den Zeigefinger an die Lippen, und leise wie Indianer schlichen sie vorwärts. Sie hatten Glück! Nur wenige Minuten später fanden sie die Rehe tatsächlich. Sie standen auf einer kleinen Lichtung mitten im Unterholz. Der Wind schien günstig zu stehen, denn die Tiere witterten sie nicht. Aliya schlug die Hände vor den Mund, um einen entzückten Aufschrei zu unterdrücken. Vielleicht hatte sie vorher noch nie ein Reh in freier Wildbahn gesehen. Aber auch Nele war hingerissen. Vögel zwitscherten, der sanfte Regen tröpfelte leise auf Blätter, die Natur um sie herum war sattgrün – und dann auch noch diese beiden schönen Tiere mit ihrem weich aussehenden Fell und den großen braunen Augen. Auch im Zaubergärtchen ästen manchmal Rehe. Manchmal wagten sich sich sogar bis ins Dorf hinein.

Ich will hier nicht weg!, dachte Nele plötzlich, und diese Erkenntnis traf sie so hart, dass sie nach einem Ast griff, um sich daran festzuhalten. Er brach ab, und die Rehe hoben alarmiert die Köpfe.

Im nächsten Moment krachte ein Schuss durch das Unterholz. Eines der Tiere brach zusammen, das andere hetzte davon. Danach herrschte Stille. Die Natur schien voller Angst den Atem anzuhalten. Nele saß wie versteinert da und versuchte verzweifelt zu begreifen, was gerade passiert war. Die Vögel hatten aufgehört zu zwitschern, selbst die Regentropfen schienen sich an den Blättern festzukrallen, um kein Geräusch zu machen. Dann fing Aliya an zu schreien. Es war ein hoher, grauenvoller Ton, der in Neles Ohren gellte und in den Annika einfiel.

Erst jetzt schaffte es Nele, sich aus ihrer Erstarrung zu lösen. «Runter!» Sie riss die Mädchen an sich und warf sich mit ihnen auf den Boden, damit nicht auch sie aus Versehen in das Visier des Jägers gerieten. Der Geruch von feuchten, schimmeligen Blättern stieg ihr in die Nase. Nele unterdrückte nur mühsam ein Würgen. Annika weinte weiter, und Aliyas Schreien war einem Wimmern gewichen, das sich nicht weniger grauenvoll anhörte.

Nele kam es wie Minuten vor, aber es konnten nur wenige Sekunden gewesen sein, in denen sie mit hämmerndem Herzen auf dem Boden lag und darauf wartete, dass ein zweiter Schuss folgte. Aber nichts geschah. Auch der Jäger ließ sich nicht blicken. Aliyas Schrei hatten ihm den Appetit auf einen schönen Rehbraten wohl verdorben.

Langsam hob Nele den Kopf. Das Reh lag bewegungslos im Gras, und obwohl sich alles in ihr sträubte, wusste sie, dass sie nachschauen musste, ob das Tier noch lebte.

«Bleibt hier!», befahl sie den Kindern.

Aliya fing wieder an, laut zu weinen. Verzweifelt schüttelte das Mädchen den Kopf und klammerte sich an Neles Arm. Annika tastete nach ihrer Hand. Nun gut, dann musste sie die beiden eben mitnehmen.

Das Reh lebte nicht mehr. Daran gab es keinen Zweifel. Seine großen braunen Augen waren starr und leer, und sein Fell hatte sich im Schulterbereich rot verfärbt. Ein Kloß bildete sich in Neles Kehle. Gerade hatte es noch mit dem anderen Tier hier gestanden und friedlich geäst!

«Ist es tot?» Annikas Stimme klang ganz dünn.

Nele nickte. Sie fasste die Hand des Mädchens fester und schaute zu Aliya hinunter, deren Wimmern verstummt war. Ihre braune Haut hatte einen ungesund fahlen Ton angenommen, ihr Gesicht war starr, und in ihren schwarzen, weit aufgerissenen Augen lag ein derartiges Entsetzen, dass es Nele ganz flau im Magen wurde. Wie konnte das Schicksal nur so grausam sein und das kleine Mädchen hier erneut mit dem Tod konfrontieren? Gerade jetzt, wo es langsam anfing, sich von ihrem Trauma zu erholen! Nele atmete langsam ein und aus, um die Tränen zurückzuhalten. Denn weinen durfte sie nicht. Sie musste stark sein. Für Aliya und Annika.

«Kommt! Wir müssen zurück ins Dorf, um Bescheid zu sagen, was dem Reh passiert ist», sagte sie zu den Mädchen.

Annika folgte ihrer Aufforderung sofort, aber Aliya bewegte sich keinen Millimeter vorwärts.

«Komm, Schätzchen!», sagte Nele und zog sanft an ihrer Hand.

Das Mädchen reagierte immer noch nicht.

«Ich glaube, sie will das Reh nicht allein lassen», flüsterte Annika.

«Ist es so?», fragte Nele die Kleine. «Willst du das Reh nicht allein lassen?»

Aliya reagierte nicht, ihr Blick ruhte noch immer starr auf dem toten Tier. Da sie nicht sprach, wusste Nele noch nicht einmal, wie viel sie überhaupt von ihren Worten verstanden hatte.

«Wir lassen es nicht allein. Seine Seele ist jetzt im Himmel, nur sein Körper liegt noch hier», startete sie einen weiteren Versuch. Doch Aliya wich nicht vom Fleck.

Nele ließ ihre Hand los. Es hatte keinen Zweck. Sie zog ihr Handy aus der Jackentasche und wählte Emilys Nummer. Sie musste herkommen und ihr helfen!

Doch es war nicht Emily, die sich meldete. Die Stimme am anderen Ende der Leitung gehörte Henry.

## 18. Kapitel

Juist, 17. September 2011

> There's a girl I know
> He loves her so
> I'm not that girl
>
> «I'm Not That Girl», aus: Wicked

Der erste Herbststurm war in diesem Jahr früh gekommen und über die Insel hinweggefegt wie ein unbändiges Kind. Er brachte Wolkenarmeen mit, grau wie Stahl, haushohe Wellen, sintflutartigen Regen und Böen, die so heftig waren, dass sie Nele einmal beinahe vom Fahrrad gefegt hätten. Zurückgelassen hatte er Fahnenmaste, abgeknickt wie Streichhölzer, zerstörte Boote, abgedeckte Dächer und verwüstete Gärten.

Heute war der Sturm einem milden Lüftchen gewichen, und nur hin und wieder zeichnete der Kondensstreifen eines Flugzeugs einen schmalen weißen Strich in das ansonsten makellose Azurblau des Himmels. Nele blinzelte ins gleißende Sonnenlicht.

«Du solltest sie eincremen.» Eddy zog Annika, die quietschvergnügt in ihrem Buggy saß und auf einem Stoffbuch herumkaute, den Hut ein bisschen tiefer ins Gesicht. «Die Sonneneinstrahlung ist immer noch sehr stark.»

Nele verdrehte die Augen. Aber weil sie keine Lust hatte, über das immens erhöhte Hautkrebsrisiko zu diskutieren, unter dem

Menschen litten, die bereits als Baby einen Sonnenbrand hatten, gab sie nach und nahm die Sonnencreme aus der Wickeltasche.

«Du bist schlimmer als Oma Lotte, wenn es um Annika geht», sagte Nele. «Und selbst die macht sich über dich lustig.»

Eddy grinste nur. «Das kann ich mir nicht vorstellen. Ich glaube, sie weiß meine Fürsorge sehr zu schätzen.»

Tatsächlich verstanden Oma Lotte und er sich inzwischen blendend. Das war früher ganz anders gewesen. Da war Eddy im Deichschlösschen kein gerngesehener Gast. Schließlich war er daran schuld, dass Laura ihre Lehre geschmissen hatte, um jahrelang mit ihm als Groupie durch die Welt zu touren. Nachdem er sie verlassen hatte, war er endgültig zur Persona non grata geworden. Doch in den letzten Jahren hatten die beiden sich einander wieder angenähert. Genau wie Eddy und Nele.

Sie hatte ihren Vater nicht mit offenen Armen wieder in ihrem Leben aufgenommen, dazu saß der Schmerz darüber, dass er sie als Kind verlassen hatte, immer noch zu tief. Aber er hatte aufrichtige Reue gezeigt, deshalb war sie bereit gewesen, sich mit ihm zu treffen. Sie hatte ihm zugehört, als er ihr erzählte, wie aus dem umjubelten Rockstar von damals der traurige Alleinunterhalter geworden war, der sie vor neun Jahren am Eingang des Kurhotels nicht erkannt hatte. Als sein Erfolg irgendwann vorbei gewesen war, hatte Eddy es nicht wahrhaben wollen. Anders als seine Bandkollegen hatte er den Absprung von seinem Leben auf der Bühne einfach nicht geschafft. Nele erfuhr von dem Herzinfarkt, der ihn nach einem Auftritt ereilt hatte. Das war in seinem Leben der Wendepunkt gewesen. Eddy erzählte auch von seinem Aufenthalt in der Entzugsklinik, wo er gelernt hatte, ein Leben ohne Alkohol, Zigaretten und andere Drogen zu führen. Allerdings hatte er dort auch gemerkt, wie verdammt einsam er in den letzten Jahren geworden war.

«Es gibt so vieles, was ich bedauere und von dem ich mir wünschte, ich könnte es ungeschehen machen», sagte er, und Nele wusste, wovon er sprach. Auch sie hatte viele Fehler gemacht. Aber die Affäre mit Claude … die gehörte nicht dazu. Trotz aller Schwierigkeiten, die Annikas Geburt in den ersten Monaten mit sich gebracht hatte. Sie beugte sich zu ihrer kleinen Tochter hinunter und streichelte ihre pummelige Hand.

Als sie Claude von ihrer Schwangerschaft erzählt hatte, war er abwechselnd vampirweiß und stoppschildrot geworden. Von Drohen über Betteln hatte er alles versucht, um sie zu überreden, das Baby nicht zu bekommen. Sie hätte die Rolle der Elphaba noch hochschwanger spielen können und bis sie siebzig war, so viel Angst hatte der Mistkerl davor, sie würde irgendwann einmal mit Annika vor seiner Frau stehen und ihr von ihrer folgenschweren Affäre erzählen. Damit sie ihn so wenig wie möglich zu Gesicht bekam, hatte sie sich nach Annikas Geburt bei dem Broadway-Dauerbrenner *Chicago* beworben. Zwar tanzte sie dort nur in der Gruppe, aber immerhin war sie hier nicht auf Claudes Unterstützung angewiesen. Wenn Annika erst ein bisschen älter war, würde sich alles andere schon ergeben, davon war Nele überzeugt. Die Rolle der Roxie Hart wollte sie gerne einmal spielen und noch lieber die der Velma Kelly.

*Nur wer nach den Sternen greift, lernt zu fliegen*, hörte sie auf einmal Emilys Stimme. An diesem Rat hatte sie immer festgehalten, egal, wie sehr andere versucht hatten, ihr einzureden, dass sie zu groß träumte. Und natürlich war sie gefallen. Mehr als einmal. Doch das hatte sie nie daran gehindert, wieder aufzustehen.

«Zufrieden?», fragte Nele, nachdem sie Annika unter wildem Protest das Gesicht und die nackten Ärmchen eingecremt hatte.

Eddy nickte und stellte den Sonnenschirm am Buggy noch etwas schräger, damit Annika ganz im Schatten saß. Er ging ganz in seiner Rolle als Großvater auf, und keiner, der sah, wie er seine Enkelin wickelte, fütterte, im Kinderwagen durch die Gegend schob und permanent mit Sonnencreme einschmierte, hätte gedacht, dass er inzwischen ein erfolgreicher Musikmanager war. Nach seinem Entzug hatte er sich seine früheren Kontakte zunutze gemacht, und schon bald hatte sich gezeigt, dass er ein äußerst gutes Händchen für das Entdecken erfolgversprechender Musiker hatte. Dabei nahm er nicht die Künstler auf, die am talentiertesten waren, sondern diejenigen, die den Erfolg am meisten wollten und die bereit waren, sich dafür einzusetzen. «Harte Arbeit schlägt Talent, wenn Talent nicht dazu bereit ist, hart zu arbeiten», pflegte Eddy stets zu sagen.

Nele konnte das bestätigen. Es gab eine Menge Musicaldarstellerinnen, die ebenso talentiert, wenn nicht sogar talentierter waren als sie, aber Nele war diszipliniert, fleißig und hartnäckig. Wie sonst hätte sie es schaffen können, nur wenige Monate nach der Geburt ihrer Tochter wieder in einer Broadway-Inszenierung mitzuwirken? Leicht war es allerdings nicht, Kind und Karriere unter einen Hut zu bekommen, und ziemlich oft dachte Nele deprimiert, dass sie momentan weder eine besonders gute Musicaldarstellerin noch eine besonders gute Mutter war. Und dass ihr Traum, wieder eine Hauptrolle zu bekommen und doch noch die große Karriere zu starten, vermutlich noch eine ganze Zeit in der Warteschleife würde ausharren müssen.

«Schau mal! Dort ist noch ein Tisch frei», sagte Eddy und zeigte an einer Schirmbar vorbei.

Nele ließ den Blick über die Köpfe der Restaurantbesucher

schweifen. Jens und Adam, mit denen sie sich zum Abendessen treffen wollten, waren noch nicht da.

Mit dem Buggy vor sich schlängelten sie sich zwischen den vielen Touristen hindurch, die ebenfalls auf dem Sonnendeck des beliebten Restaurants Platz genommen hatten.

Jetzt steuerten sie direkt auf einen Mann zu, der Nele vage bekannt vorkam, doch da er eine tief in die Stirn gezogene Baseballkappe trug, erkannte sie zu spät, um wen es sich handelte.

«Hallo Nele!» Henry hob den Kopf und lächelte sie an.

Nele stöhnte auf. Von Oma Lotte hatte sie schon erfahren, dass Henry gerade auf Juist war. An diesem Wochenende fand nämlich *Tatort Töwerland* statt, das Krimifestival, das Arno in diesem Jahr mit organisierte, und Henry wollte seinem Vater dabei zur Hand gehen. Obwohl Nele bereits vor vier Tagen angekommen war, war sie ihm bisher erfolgreich aus dem Weg gegangen. Ihr war selbst ein Rätsel, wie sie das geschafft hatte, schließlich wohnte Emily direkt neben dem Deichschlösschen, und es stand zu erwarten, dass Henry seine Großmutter täglich besuchte. Zumindest hatte er das früher immer getan.

Nele holte tief Luft, bevor sie auf Henry zutrat. Wieso sollte sie nicht mit ihm sprechen? Der Tag, an dem er auf einmal nichts mehr von ihr hatte wissen wollen und sich lieber mit einem Touristenmädchen vergnügt hatte, lag zehn Jahre zurück. Das war fast die Hälfte ihres Lebens. Nun gut, nicht ganz. Sie war schließlich keine zwanzig mehr, sondern bewegte sich langsam schon in Richtung dreißig. Nele graute vor dem Moment, da sie diese Schwelle überschreiten würde.

Auch wenn sie sich immer noch nicht in der Lage fühlte, Henry wieder vollkommen unbefangen gegenüberzutreten, so war ihr Groll doch im Laufe der letzten Jahre vergangen. Vielleicht hatte sie ihre Freundschaft ja überbewertet? Vielleicht war es nur die Tatsache gewesen, dass jeder von ihnen von einem Elternteil verlassen worden war, die sie verbunden hatte. Und irgendwann hatte sich dieser Klebstoff aufgelöst.

Vielleicht hätte sie Henry einfach einmal fragen sollen, was denn damals zwischen ihnen falschgelaufen war. Doch dazu hatte sich nie eine Gelegenheit ergeben. Auch jetzt gab es keine. Nicht nur weil sie Eddy im Schlepptau hatte. Auch Henry war nicht allein.

Eine Frau saß neben ihm, die ohne weiteres auch nach New York gepasst hätte: Sie war sehr groß, sehr dünn, sehr blond (Henry schien ein Faible für diese Haarfarbe zu haben), und ihre übereinandergeschlagenen Beine steckten in Skinny Jeans, unter denen Schuhe mit sehr hohen Absätzen hervorlugten. Vor der Blondine auf dem Tisch stand ein Aperol Spritz.

Nele biss sich auf die Lippe. Oma Lotte hatte ihr nicht erzählt, dass Henry nicht allein auf der Insel war. Und jetzt wusste sie auch, warum es bisher noch nicht zu einer Begegnung mit ihm gekommen war: Die beiden Turteltäubchen verbrachten wahrscheinlich die meiste Zeit im Bett.

«Möchtest du mir deine Bekannte nicht vorstellen, Liebling?», flötete Henrys Freundin, als keiner von ihnen so recht wusste, was sie miteinander reden sollten. Langsam wurde das Schweigen unangenehm.

«Ja, klar.» Henry zündete sich eine Zigarette an und nahm einen Zug. «Nicole, das ist Nele. Nele ist eine ...» Er zögerte, dann fuhr er fort: «Ihre Oma ist eine Nachbarin von Emily.» Er wandte sich Eddy zu und hob die Augenbrauen.

«Das ist mein Vater», erklärte Nele schnell. Er sollte bloß nicht auf die Idee kommen, dass es sich bei Eddy um den Vater ihres Kindes handelte. Einen Sugar-Daddy-Komplex wollte sie sich von ihm wirklich nicht nachsagen lassen.

*Das ist dein Vater? Der Vater, der deine Mutter und dich mit sieben Jahren verlassen hat?*, sagte Henrys verblüffter Blick, und zum ersten Mal schaute er ihr direkt in die Augen.

Sofort fühlte Nele sich an den stürmischen Augustnachmittag vor vielen Jahren zurückversetzt, an dem Henry ihr seine Freundschaft angeboten hatte. Damals war er ein Lichtstrahl in ihrem ansonsten so düsteren Kinderleben gewesen.

Auf einmal geriet Neles Herzschlag doch ein wenig ins Stolpern, und längst überwunden geglaubte Gefühle drängten sich wieder nach oben. Vor so vielen Dingen konnte man fliehen, aber nicht vor den eigenen Erinnerungen. Sie bückte sich zu Annika hinunter und rückte ihr den Hut gerade, der überhaupt nicht schief saß. Wieso konnte sie diesen Mann nicht einfach vergessen?

Schnell verabschiedete sie sich von Henry und seiner Begleitung, und als sie sich noch einmal verstohlen nach den beiden umdrehte, stellte sie erleichtert fest, dass sie den Kellner zu sich gerufen hatten, um zu zahlen.

«War da mal was zwischen euch?», fragte Eddy, nachdem sie sich gesetzt hatten. Nicht selten hatte Nele den Eindruck, als könnte er bis in den letzten Winkel ihrer Seele schauen. Vielleicht lag es daran, dass er sich seit seiner Therapie eingehend mit Psychologie beschäftigte.

«Du hast es doch gehört, er ist der Enkel von Emily», wich Nele aus. «Als Kinder haben wir immer unsere Ferien miteinander verbracht.» Nun tat sie so, als wäre sie in die Speisekarte vertieft, in Wirklichkeit aber wartete sie nur darauf, dass Eddy weiterbohrte. Vielleicht war es an der Zeit, endlich mit dem Smalltalk aufzuhören.

Vielleicht könnte sie die Gelegenheit sogar nutzen und ihn auf Laura ansprechen? Nele glaubte nämlich nicht, dass Eddy nur aus Sehnsucht nach Annika und ihr nach Juist gekommen war. Insgeheim hatte er garantiert darauf gehofft, ihre Mutter hier zu treffen. Er versäumte es nie, sich nach ihr zu erkundigen, und stets meinte sie, dabei einen Hauch von Sehnsucht in seiner Stimme zu bemerken. Anscheinend war sie nicht die Einzige, die vor den Erinnerungen nicht fliehen konnte. Für Laura war Eddy allerdings gestorben, das hatte sie Nele erst neulich am Telefon noch einmal unmissverständlich klargemacht. Sie war nicht begeistert davon, dass Eddy und sie wieder Kontakt hatten.

Jetzt tauchten Jens und Adam auf der Sonnenterrasse auf, und so kam es nicht mehr zu weiteren Gesprächen. Die beiden waren zusammen mit Nele nach Juist gekommen, um ihren Urlaub hier zu verbringen. Auch Jens wohnte jetzt in New York, und das war für Nele ein echter Glücksfall! Adam und er halfen ihr nämlich bei der Kinderbetreuung, und inzwischen wohnte Nele sogar bei den beiden.

Anfangs hatte sie Bedenken gehabt, die Zweisamkeit der beiden zu stören. Doch Adam und Jens hatten ihr unmissverständlich klargemacht, dass nicht nur Nele, sondern auch sie einen Vorteil davon hatten, wenn sie zu ihnen zog, denn die Miete für ihre schicke Wohnung in Williamsburg mit Blick auf den East River war auch für einen Banker mit gutem Gehalt kaum zu bezahlen. Jens arbeitete im *Wild at Heart*, einem Blumenladen in Soho. Er liebte die Arbeit dort, aber reich wurde er davon nicht.

Sie waren gerade bei der Hauptspeise angekommen, als Adam die Nase in die Luft reckte, schnupperte und meinte: «Findet ihr nicht auch, dass es hier ein wenig streng riecht?»

Er hatte recht. Erst dachte Nele, es sei der Geruch von Pferdeäpfeln, den der Wind zu ihnen wehte, doch leider kam er zweifelsohne von unter ihrem Tisch. Dort lag nun schon eine ganze

Weile Annika auf einer Decke. Nele hatte sich schon gewundert, weil ihre Tochter sich die ganze Zeit so ruhig verhalten hatte. Nicht nur ihre rosafarbene Hose, auch der Stoff ihres weißen Bodys war braun – und das bis zum Hals. Nele seufzte. Sie nahm die Kleine mit spitzen Fingern hoch und wickelte sie in ein Spucktuch, damit ihre eigene Kleidung nicht schmutzig wurde und die anderen Gäste die wenig appetitliche Bescherung nicht sahen. «Ich bin jetzt erst mal eine Zeitlang weg», sagte sie und ließ sich von Eddy die Wickeltasche über die Schulter hängen. Gut, dass sie einen Salat mit Rinderfiletstreifen bestellt hatte! Der konnte nicht kalt werden.

Nele hatte die Toilettenräume der Hohen Düne noch nicht erreicht, als zwei junge Frauen auf sie zustürzten. Es dauerte einen Augenblick, bis sie die beiden erkannte. Es waren Bens Schwestern Anemone und Florentine. Was machten die denn hier? Normalerweise kamen sie doch immer in den letzten beiden Augustwochen, nun war es Mitte September.

«Ich glaub's ja nicht. Nele! Das ist ja cool, dich zu sehen! Bist du auch wieder im Land?», rief Anemone.

Nele rang sich ein Lächeln ab. «Seid ihr nicht dieses Jahr ein bisschen spät dran?»

Florentine nickte. «Viola wollte unbedingt auf das Krimifestival gehen.»

Ben und seine Frau waren also auch da. Nele konnte ein Stöhnen gerade noch unterdrücken. Aus der Klatschpresse wusste sie, dass die beiden im Frühjahr geheiratet hatten und auch dass Viola Bernstein die Tochter eines reichen Münchner Hoteliers war. «Sie ist ein riesiger Fan von Arno Simon», fuhr die junge Frau fort. «Kennst du den?»

«Jeder hier auf Juist kennt ihn, er wohnt ja hier.»

Anemone wirkte beeindruckt. «Bestimmt kennst du eine

Menge berühmter Leute. Ben hat erzählt, dass du selbst inzwischen eine richtige Berühmtheit bist. Und du hast inzwischen ein Kind! Wie heißt es denn?»

«Annika», antwortete Nele.

«Wie süß sie ist!» Florentine kitzelte Annika unter dem Kinn, bis sie gluckste.

«Im Moment ist sie vor allem ein ziemliches Stinktier», sagte Nele und verzog das Gesicht. «Ich bin gerade auf dem Weg zur Toilette, sie hat in die Hose gemacht.» Noch vor ein paar Minuten hätte sie nicht gedacht, dass sie sich darüber einmal freuen könnte. Doch nun bot ihr Annikas Malheur eine höchst willkommene Gelegenheit, sich von den beiden zu verabschieden.

«Kein Problem! Bestimmt ergibt sich in den nächsten Tagen noch eine Gelegenheit, ein bisschen zu plaudern.» Anemone zwinkerte ihr zu.

Das hoffte Nele nicht, und mit dem Wickeln und Umziehen von Annika ließ sie sich viel mehr Zeit, als sie eigentlich brauchte. Doch das Pech schien sie weiterhin zu verfolgen, denn der Erste, der ihr über den Weg lief, als sie mit ihrer nun wieder sauberen und wohlriechenden Tochter auf der Hüfte die Toilette verließ, war Ben.

«Entschuldigung!», murmelte er, weil sie beinahe zusammenstießen. Dann erst erkannte er sie. «Nele!» Seine Stimme klang viel erfreuter, als sie es erwartet hätte.

Nele seufzte. Erst Henry und die Barbiepuppe. Und jetzt Ben und seine Frau. Das war ein bisschen viel für ein einziges Abendessen!

Es war Nele immer noch äußerst peinlich, dass sie vor einem Jahr versucht hatte, ihn zu küssen. Seitdem hatte er immer wieder versucht, mit ihr Kontakt aufzunehmen und ihre Freundschaft aufrechtzuerhalten. Doch Nele hatte auf seine E-Mails nicht geantwortet und war nicht mehr ans Handy gegangen, wenn sie seine Nummer auf dem Display sah. Da sie in schwachen Momenten hin und wieder Violas öffentliche Facebook-Seite besuchte, war sie über die beiden trotzdem ziemlich gut informiert. Ein richtiges Glamourpaar waren sie, wenn man Violas Social-Media-Auftritt glauben konnte. Sie schien jetzt die Oberaufsicht über seinen Kleiderschrank zu haben, denn auf allen Fotos war Ben ausgezeichnet angezogen. Wie auch jetzt. Zu einer perfekt sitzenden grauen Hose trug er ein kurzärmliges weißes Hemd und Sneakers.

«Wie geht es dir?», fragte Ben, und Nele wünschte sich umgehend nach New York zurück, wo *How are you?* eine Begrüßungsfloskel war, auf die niemand eine tiefschürfende Antwort erwartete.

«Hervorragend. Es könnte nicht besser sein», sagte sie und zwang sich zu einem Lächeln.

«Ich wusste gar nicht, dass du ein Baby hast», sagte er, während sie sich nebeneinander zwischen den Restaurantbesuchern hindurchdrängten.

«Tja!» Nele zuckte mit den Schultern. «Wir haben uns ja auch eine ganze Weile nicht mehr gesehen.»

Bens Mundwinkel zuckten. «Was nicht an mir lag.» Anscheinend hatte die Heirat ihn selbstbewusster werden lassen, dachte Nele.

Anemone und Florentine saßen an der Schirmbar, neben ihnen eine mollige Frau mit brünetten schulterlangen Locken. Sie wirkte so farblos und unscheinbar, dass Nele ihr auf der Straße niemals einen zweiten Blick geschenkt hätte. Zurechtgemacht für Partys und andere gesellschaftliche Anlässe, hatte sie auf ihrer Facebook-Seite viel glamouröser ausgesehen.

Während die Zwillinge Nele herzlich zulächelten, kniff Viola ihre kleinen, tiefliegenden Augen zusammen und sah sie mit so unverhohlener Abneigung an, dass sie sich ganz unbehaglich fühlte. Wusste Viola, wer sie war, oder versuchte sie grundsätzlich jede Frau, die sich Ben näherte, mit ihren Blicken zu töten?

Sie wusste es. «Sie müssen die Musicaldarstellerin sein», sagte Viola und legte eine Hand auf Bens Schulter, sodass Nele ihren Ehering mit dem opulenten Stein bewundern konnte. Ihre Stimme war hell und mädchenhaft und stand in einem ziemlichen Gegensatz zu ihrem Tonfall, der spitz wie ein Dolch war. «Ich mag ja lieber Opern und Operetten als Unterhaltungsmusik. Wenn Ben und ich das nächste Mal in New York sind, müssen wir trotzdem mal in eine Ihrer Shows kommen.» Viola betonte das Wort *Show* so geringschätzig, dass es sich anhörte, als träte Nele auf einer Amüsiermeile in einem Nachtclub auf. «In welchem Musical dürfen wir Sie denn aktuell bewundern?»

«In *Chicago*.»

Viola wirkte enttäuscht. Viel lieber wäre es ihr wohl gewesen, wenn Nele den Namen einer kleineren, völlig unbekannten Inszenierung genannt hätte. «Ich bin froh, dass ich finanziell nicht darauf angewiesen bin zu arbeiten», erklärte sie. «Wenn Ben und ich Kinder haben, werde ich mich voll und ganz um sie kümmern können. Ich stelle es mir wahnsinnig schwer vor, Kinder und Karriere unter einen Hut zu bringen.»

Was war das nur für eine boshafte Ziege! «Bei mir klappt es hervorragend», flötete Nele. Jetzt war sie froh, dass sie seit ihrem siebzehnten Lebensjahr Schauspielunterricht bekommen hatte. «Ich habe ja Unterstützung.» Sie zeigte auf Jens, Adam und Eddy, die ein paar Meter entfernt saßen.

«Wow! Ist das dein Mann?» Anemones Blick blieb an Adam hängen, der entspannt auf seinem Stuhl saß und gerade einen

Schluck Weißwein trank. «Ich sollte auch mal nach New York fahren.»

*Nein, das ist Jens' Freund,* wollte Nele schon fast zugeben, doch andererseits ... Adam sah so gut aus, und Jens und er hielten sich hier auf Juist mit Zuneigungsbekundungen in der Öffentlichkeit zurück. Es würde also niemals herauskommen, wenn sie das Missverständnis nicht aufklärte.

«Ja, das solltest du.» Nele strahlte. «Ich muss jetzt mal wieder zu ihm, sonst fragt er sich noch, ob ich ihn sitzengelassen habe.» Sie zwinkerte in die Runde. «Man sieht sich.»

Als sie sich entfernte, spürte sie Bens Blick in ihrem Rücken.

Die kleine Annika fand an diesem Abend einfach nicht zur Ruhe. Egal, ob Nele ihr die Flasche gab, sie herumtrug oder sie sich auf den Bauch legte, sie weinte die ganze Zeit.

Um kurz vor elf lagen Neles Nerven blank, und sie wusste sich keinen anderen Rat mehr, als ihre Tochter in das Tragetuch zu stecken und mit ihr zum Strand hinunterzugehen. Dort konnte sie wenigstens niemanden stören, wenn sie schrie. Im Deichschlösschen wohnten in diesem Jahr nicht nur Jens, Adam, Annika und sie, ihre Großmutter vermietete seit kurzem auch zwei Zimmer an Pensionsgäste. Wenn sie mit Annika hier blieb, konnte es nicht mehr lange dauern, bis sich das ältere Ehepaar oder die beiden Freundinnen in den Vierzigern beschwerten. Ob Annika die ersten Zähne bekam? Nele strich ihr über das Köpfchen. Normalerweise war sie ein absolutes Vorzeigebaby, was das Schlafen anging.

Erschöpft schleppte sich Nele am Strand entlang. Nach den beiden aufreibenden Begegnungen in der Hohen Düne hätte sie sich am allerliebsten direkt ins Bett fallen lassen. Wie viel einfacher es doch wäre, wenn es jemanden gäbe, mit dem sie sich die Verantwortung für das Baby teilen könnte! Natürlich hatte sie Jens und Adam, aber die nahmen ihr schon genug ab. An vier Abenden in der Woche, wenn Nele ihre Aufführungen hatte, passten sie auf Annika auf. Sie konnte die beiden unmöglich noch mehr beanspruchen, noch dazu im Urlaub.

Nele sah schon die Kuppel des Kurhotels, als Annika endlich einschlief. Erleichtert schlug sie den Weg zum Strandaufgang ein, um durch das Dorf zum Deichschlösschen zurückzugehen. Auf Höhe des Kurhotels blieb sie kurz stehen. In welchem der Zimmer Ben und Viola wohl schliefen? Inzwischen ärgerte sie sich, dass sie sich von dieser Zicke hatte provozieren lassen. Schließlich hatte sie es nicht nötig, so zu tun, als ob Adam ihr Freund wäre! Wenn er und Jens sich nun doch einmal dazu hinreißen ließen, in der Öffentlichkeit Händchen zu halten, würde sie unmöglich dastehen. Bei dieser Vorstellung musste Nele kichern.

Nur ein paar hundert Meter weiter verging ihr das Lachen, denn aus dem beleuchteten Eingangsbereich des Nordseehotels Freese trat gerade ein Pärchen, in dem sie unschwer Ben und Viola erkennen konnte. Die beiden schienen sich zu streiten.

«Lass mich!» Viola schüttelte Bens Hand ab, die er ihr auf den Rücken gelegt hatte, und kam dabei ein wenig ins Schlingern.

«Du hast zu viel getrunken», sagte Ben ruhig.

«Ja, und?», schnappte sie. «Wundert dich das?»

Nele blieb auf der gegenüberliegenden Straßenseite stehen und tat, als wäre sie ganz in die Auslage des Modegeschäfts vertieft, das von zwei Straßenlaternen schwach beleuchtet wurde.

«Seit wir in dieser Strandbar waren, redest du kaum etwas, sondern starrst nur vor dich hin», keifte Viola weiter. «Es ist wegen dieser Tänzerin, nicht wahr?»

Nele hielt den Atem an. *Bitte fang nicht ausgerechnet jetzt zu wei-*

*nen an*, flehte sie Annika stumm an und wippte das Baby beruhigend auf und ab.

«Das ist doch Unsinn!», widersprach Ben.

«Anemone hat mir erzählt, dass du jahrelang in sie verliebt warst.»

«Anemone erzählt viel, wenn der Tag lang ist.»

Jetzt lachte Viola höhnisch auf. «Verkauf mich nicht für dumm! Ich habe doch gesehen, wie du sie angeschaut hast. Deine Blicke haben förmlich an ihr geklebt. Und ich habe auch gemerkt, dass es dir überhaupt nicht passt, dass sie mit diesem Schönling zusammen ist.» Ihre weinerliche Stimme wurde plötzlich hart und kalt. «Aber es war nicht ihr Geld, das die Abendzeitung vor der Insolvenz gerettet hat. Und denk daran: Genauso schnell, wie mein Vater den Geldhahn aufgedreht hat, kann er ihn auch wieder zudrehen. Ein Wort von mir genügt. Vergiss das nicht!»

«Wie sollte ich?» Bens Stimme klang müde. «Du erinnerst mich ja täglich dran.»

Als das Klackern von Violas Absätzen auf dem Asphalt längst verklungen war, stand Nele immer noch vor der Boutique und wiegte ihre schlafende Tochter hin und her. Was für eine schreckliche Person! Der arme Ben, dachte sie voller Mitleid. So eine Frau hatte er nicht verdient. Aber außer Mitleid empfand sie noch etwas anderes: Erleichterung. Erleichterung darüber, dass Ben Viola nicht aus Liebe geheiratet hatte.

# 19. Kapitel
## Juist 2019

Henry tauchte schon eine knappe halbe Stunde später im Wäldchen auf. Er hatte die alte Ivy vor die Kutsche gespannt. Als er ihr am Telefon seine Hilfe angeboten hatte, weil Emily nicht zu Hause war, hätte Nele in einem ersten Impuls beinahe nein gesagt. Aber Aliya hatte immer noch wie erstarrt dagestanden, und Nele war klar gewesen, dass sie das Mädchen niemals ohne Hilfe nach Hause bringen konnte. Auch Annika war vollkommen aufgelöst. Also hatte sie Henry alles erzählt.

«Ich komme und hole euch ab», hatte er sofort gesagt, und Nele hatte sich geschworen, ihm dafür auf ewig dankbar zu sein.

Nun sprang er vom Kutschbock und kam auf sie zu. Ein Blick auf das blasse, apathische Mädchen genügte, und er hatte die Situation erfasst.

Er kniete sich vor Aliya hin und sah sie an. «Hey, Süße!», sagte er sanft und nahm das Mädchen vorsichtig in den Arm. «Ich weiß, dass ihr alle gerade etwas ganz Schlimmes erlebt habt, und es ist total blöd, dass deine Mama ausgerechnet heute mit deinen Brüdern im Krankenhaus ist. Aber du musst mit uns zurückfahren. Das Reh nehmen wir mit, und wir sorgen dafür, dass es morgen früh eine schöne Beerdigung bekommt, ja?»

«Mit Blumen und Liedern und so?», fragte Annika. «Wie bei Oma Lotte?»

«Ich kann dir nicht versprechen, dass ich singe, aber ein paar Blumen finden wir bestimmt.» Henry stand auf und hielt Aliya die Hand hin. «Fährst du mit uns zurück?» Zu Neles Erleichterung nickte das Mädchen und ergriff Henrys Hand.

Während Nele mit Annikas Hilfe die Fahrräder auflud, wickelte Henry das Reh in eine Decke und hievte es ebenfalls auf die Kutsche. Nele wandte sich ab, weil ihr von dem metallischen Blutgeruch übel wurde. Dann half sie den Mädchen auf den Kutschbock. Sie nahm Aliya auf den Schoß und hielt sie ganz fest. Annika hatte sich zum Glück wieder gefangen. Dass das Reh eine Beerdigung bekommen würde, schien ihr zu helfen. Außerdem hatte Henry ihr erlaubt, die Zügel in die Hand zu nehmen.

Gerade als Annika die alte Stute vor dem Deichschlösschen zum Stehen gebracht hatte, fuhr Piet mit dem Planwagen heran. Piet war Henrys bester Freund. Sein Vater hatte das Fuhrunternehmen übernommen, als Arno sich ganz auf das Schreiben von blutrünstigen Kriminalromanen konzentrieren wollte.

«Moin, Henry», rief Piet. Nele hatte ihn schon ewig nicht mehr gesehen. Er musste seit seiner Heirat mit der ehemaligen Sanddornkönigin Tanja mindestens zwanzig Kilo zugenommen haben und war kaum wiederzuerkennen. «Kommst du gleich zum Schafkopfabend in die Spelunke, Henry?»

Henry nickte. «Aber zuerst muss ich noch ein paar Damen in Not helfen. Sie waren dabei, als im Wäldchen ein Reh erschossen wurde.» Er zeigte nach hinten auf die blutverschmierte Decke.

Piet stieß einen leisen Fluch aus. «Da wollte wohl irgend so ein Hornochse einen schönen Braten zum Essen haben.» Er schob mit dem Zeigefinger den Schirm seiner Kappe ein Stück nach oben und runzelte die Stirn. «Ihr müsst das melden! Auch wenn es von diesen Viechern gerne ein paar weniger auf der Insel geben dürfte. Erst vor ein paar Wochen haben sie unseren Garten verwüstet. Aber einfach so im Wäldchen herumzuballern ... Es hätte sonst was passieren können!»

«Ich kümmere mich darum», versprach Henry. «Bis nachher!» Er hob die Hand zum Gruß, und Piet fuhr weiter.

Inzwischen war Emily wieder zu Hause. «Die arme Lütte!», sagte sie mit einem mitleidigen Blick auf Aliya. «Wenn sie schon erwachsen wäre, würde ich ihr einen Schnaps anbieten. Aber vielleicht tut es ein heißer Kakao auch. Ich bringe euch eine Kanne rüber. Und dazu ein paar DVDs. Ein Film wird die Mädchen auf andere Gedanken bringen, bevor sie schlafen gehen.»

«Au ja!», rief Annika begeistert. «Ich will *Peter Pan* anschauen!»

«Genau wie deine Mutter früher.» Emily lächelte, und Nele dachte voller Wehmut an diese längst vergangene Zeit, als Henry und sie so oft auf Emilys Sofa gelegen hatten, eingekuschelt in Decken und mit einer Tüte Chips oder Salzgebäck zwischen sich, und Peter und Wendy auf ihren Abenteuern im Nimmerland begleitet hatten.

Vor Jahren hatte sie Annika die komplette Disney-Kollektion zu Weihnachten geschenkt. Es war das eigennützigste Geschenk gewesen, das Nele ihrer Tochter je gemacht hatte.

Bereits an der Stelle, als Peter Pan zu Wendy sagt: «Komm mit mir! Komm mit mir ins Nimmerland!», hatte sie angefangen zu schniefen.

«Wieso weinst du denn, Mama?», hatte Annika besorgt gefragt.

«Weil es so traurig ist», hatte sie geschluchzt, eine Antwort, die ihr einen höchst befremdeten Blick von ihrer Tochter eingebracht hatte. Den Film liebte Annika trotzdem, und sie wollte ihn immer und immer wieder anschauen. Auch wenn sie das seitdem ohne Nele tun musste.

Aliya rollte sich sofort wie ein Embryo auf der Couch zusammen. Von Emilys köstlich duftendem Kakao wollte sie nichts. Auch *Peter Pan* schenkte sie keine Beachtung, sondern vergrub den Kopf zwischen zwei Sofakissen. Und sie wollte auch nicht nach oben gehen, als Annika am Ende des Films gähnend verkündete, dass sie müde sei und schlafen gehen wollte. Also ließ Nele sie auf der Couch liegen. Zum Glück wurden Aliyas Atemzüge irgendwann ruhiger, und am regelmäßigen Heben und Senken ihres Rückens erkannte Nele, dass sie eingeschlafen war. Sie ließ den Kopf zurück auf die Sofalehne sinken und schloss einen Moment die Augen. Hoffentlich wachte Aliya so schnell nicht wieder auf. Wieso passierten solche Dinge denn immer ausgerechnet dann, wenn man sie am wenigsten gebrauchen konnte? Sie wollte heute Abend eigentlich damit weitermachen, das Deichschlösschen auszuräumen. Für morgen früh hatte sie eine Pferdekutsche bestellt, mit der die ersten Sachen entsorgt werden sollten. Nun saß sie hier neben einem traumatisierten Mädchen, das kürzlich erst erlebt hatte, wie sein Vater erschossen wurde. Nun war die Kleine schon wieder Zeugin einer Gewalttat gewesen, und morgen würde sie ein Reh beerdigen müssen. Mit Liedern und Blumen ...

Als es an der Tür klingelte, dachte Nele im ersten Moment erleichtert, Laura sei ein bisschen früher als angekündigt zurückgekommen. Ihre Mutter vergaß manchmal, einen Schlüssel mitzunehmen. Doch als Nele die Tür öffnete, stand Henry davor.

«Wolltest du nicht zum Schafkopf spielen gehen?», fragte sie mit einem Stirnrunzeln.

Er zuckte die Achseln. «Ich hatte keine Lust. Kann ich reinkommen?»

Ein entschiedenes *Nein!* lag Nele auf der Zunge, aber das wäre nach Henrys heroischem Einsatz unhöflich gewesen, und so ließ sie ihn herein und versuchte, ihre Nervosität zu verbergen. Er durfte auf keinen Fall merken, welche Wirkung seine Anwesenheit auf sie hatte. Vorhin auf der Kutsche hatten ihr die Hände gezittert, und das nicht nur wegen des erschossenen Rehs. Auch ihre Sorge um Aliya war nur teilweise der Grund gewesen.

Deshalb nickte sie Henry freundlich zu und fragte: «Möchtest du etwas trinken?»

Henry bekam ein Bier, sie selbst goss sich ein Glas Wein ein, und dann setzten sie sich zu der schlafenden Aliya auf die Couch.

Nele zappte sich durch die Programme und blieb an einem Spielfilm hängen, von dem sie nichts mitbekam, außer dass Matt Damon darin die Hauptrolle spielte.

Wann Laura wohl zurückkommt?, dachte sie nervös. Ihr Handy war ausgeschaltet. Sie konnte ihre Mutter nicht erreichen. Langsam fragte sie sich, ob sie sich Sorgen machen musste – in New York hätte sie das längst getan. Aber ihre Mutter war erwachsen und die Kriminalitätsrate auf Juist verschwindend gering. Der Vorteil einer Insel ... Außerdem wusste sie ja, wo Laura war. Nele überlegte, ob sie Henry darauf ansprechen sollte, er musste ja mitbekommen, dass ihre Mutter sich mit seinem Vater traf. Aber letztendlich wollte sie gar nicht so viel darüber wissen. Das Vogel-Strauß-Prinzip war manchmal gar keine so schlechte Taktik.

Obwohl Aliya zwischen ihnen lag, war Nele sich Henrys Nähe überdeutlich bewusst. Aber sie spürte auch die Kluft zwischen ihnen. Nele war so angespannt, dass sie heftig zusammenzuckte, als ihr Handy anfing, *Sex Bomb* von Tom Jones zu spielen. Zum Glück wachte Aliya nicht auf.

«Ist das dein Ben?», fragte Henry, als sie hektisch auf dem Handy herumdrückte, um den Ton auszuschalten.

«Ja, das ist er», gab Nele zu, mehr als peinlich berührt. Jens hatte Bens Nummer heimlich mit diesem Klingelton belegt, um sie aufzuziehen, und sie vergaß ständig, das wieder zu ändern.

«Wieso gehst du nicht ran?»

«Ich rufe ihn später zurück», antwortete sie und drückte das Gespräch weg. Bestimmt wollte Ben sich erkundigen, ob es ihr ein wenig besserging, denn sie hatte ihn vollkommen aufgelöst angerufen und ihm von den Geschehnissen im Wäldchen erzählt. Aber solange Henry da war, konnte sie nicht mit ihm sprechen.

## 20. Kapitel

New York, 25. August 2013

> Sure I came out here to make my name.
> Wanted my pool, my dose of fame.
> Wanted my parking space at Warner's.
> But after a year, a one room hell,
> A Murphy bed, a rancid smell,
> Wallpaper peeling at the corners
>
> «Sunset Boulevard», aus: Sunset Boulevard

«Wieso macht so eine hübsche Frau wie du so was?» Der schmierige blonde Kerl mit dem Seitenscheitel, Typ BWL-Student, sah Nele tief in die Augen. Sein Zeigefinger glitt von ihrem Hals über ihr Schlüsselbein in Richtung Dekolleté. Es fiel ihr schwer, nicht genervt die Augen zu verdrehen.

Weil ich das Geld brauche, das ist ja wohl logisch, dachte sie. Oder warum sonst sollte ich mich von Vollpfosten wie dir begrabschen lassen!

«Weil ich mir nichts Schöneres vorstellen kann, als mich mit dir zu unterhalten, Süßer.» Nele fing seinen Zeigefinger auf, bevor er den Ansatz ihrer Brüste erreichte. «Spendierst du mir ein Glas Champagner?»

Der BWL-Student nickte und hob die Hand, eine Geste, die wohl männlich-dominant wirken soll, ihn aber eher wie einen Polizisten aussehen ließ, der auf einer vielbefahrenen Kreuzung steht und den Verkehr regelt.

«Eine Flasche Champagner für mich und meine Freundin», sagte er zu Karen, die auf sein Zeichen hin geflissentlich zu ihnen herübergestöckelt kam.

Das mit der Freundin hättest du wohl gerne, was?, dachte Nele und verdrehte nun doch die Augen. Aber die Tatsache, dass er gleich eine ganze Flasche von dem Zeug bestellt hatte und nicht nur ein Glas (Kosten: 150 Dollar, von denen sie dreißig Prozent Provision bekam), zusammen mit dem Blick in seine prallgefüllte Geldbörse, ließ sie darauf achten, dass er davon nichts mitbekam. Nur Karen sah es und zwinkerte Nele zu.

Der Typ zog einen Barhocker zu sich heran und klopfte mit der flachen Hand darauf.

Nele unterdrücke ein Gähnen und schielte auf seine teuer aussehende Armbanduhr. Schon fast zwölf. Seit drei Stunden stand sie nun schon hier im *Pleasure Dome*, führte die immer gleichen hohlen Gespräche, stöckelte auf fünfzehn Zentimeter hohen Absätzen herum und ernährte sich ausschließlich von Kaugummis und Champagner. Ihre Knie taten weh, und sie hatte einen schalen Geschmack im Mund, der sie an den Müllbeutel erinnerte, den sie vor ihrer Schicht vergessen hatte, nach unten zu bringen. Hoffentlich hatten Jens und Adam es noch nicht bemerkt! Was das Erledigen der Haushaltsaufgaben anging, nahmen es die beiden sehr genau.

Der BWL-Student musste hier neu sein, sie hatte ihn noch nie gesehen. Doch auch an seinen glasigen Augen und der angespannten Körperhaltung hätte sie erkannt, dass der Typ das erste Mal im *Pleasure Dome* war.

Es war immer das Gleiche mit Neulingen. Anstatt sich entspannt zurückzulehnen und die Show zu genießen, verwandelten sie sich nach ein paar Drinks zu einer Mischung aus Superman und Sugar Daddy. Eine verheerende Kombination ... Einerseits wollten sie Nele und ihre Kolleginnen aus dieser bösen und verdorbenen Welt befreien, doch gleichzeitig überlegten sie krampfhaft, wie sie sie ins Bett bekamen. Höhere und niedere Instinkte rangen in ihnen miteinander. Meist gewannen die niederen, und Nele musste ihnen auf die Finger klopfen.

So wie bei hier bei diesem Jüngelchen.

Noch allerdings behielt sein Retterkomplex die Oberhand. «Du bist doch ein schlaues Mädchen! Du findest sicher etwas Besseres als diesen Job.»

Einen, bei dem sie 3500 Dollar im Monat verdiente und trotzdem tagsüber und an den Wochenenden zu Hause war, um sich um Annika zu kümmern? Wohl kaum. Aber sie war gespannt, welche tollen Vorschläge er ihr gleich machen würde.

«Weißt du, eigentlich ist es gegen meine Moral, in so einen Laden zu gehen», fuhr der BWL-Student fort. «Ich habe es auch gar nicht nötig, für einen Private Dance zu bezahlen.» Er lächelte selbstgefällig. «Den kriege ich in der Disko auch umsonst und kann das Mädel hinterher noch mit nach Hause nehmen.»

Nele stöhne leise auf. Und was machst du dann hier?, dachte sie.

«Außerdem ist so ein Private Dance viel zu teuer. Wie gesagt, das kriegt jedes x-beliebige Mädchen genauso gut hin.»

«Du musst selbst wissen, was es dir wert ist, von Profis unterhalten zu werden.» Langsam fing ihre Geduld an zu bröckeln. Betont gelangweilt griff sie nach dem Glas Champagner, das Karen vor sie auf den Tresen gestellt hatte.

«Holst du mir danach wenigstens noch einen runter?», fragte der Typ unvermittelt.

Nele verschluckte sich und schaffte es gerade noch, nicht zu husten, bevor sie sich wieder gefangen hatte und nach vorne beugte. «Wenn ich deinen kleinen Freund finde, sehr gerne», flüsterte sie ihm ins Ohr und ließ den Blick bedeutungsvoll auf die Stelle zwischen den Beinen seiner Anzughose schweifen.

Die Miene des BWL-Studenten verfinsterte sich. «Da ist wohl jemand ganz besonders schlau.»

«Nein, aber auch nicht so dumm, dass ich nicht erkenne, wann sich das Ego eines Typen in seiner Größe antiproportional zu der seines Schwanzes verhält. Danke für den Champagner!» Nele kippte das Glas in einem Zug hinunter und stand auf. Was machte sie hier? Zu Hause lag Annika mit einer fiebrigen Erkältung im Bett, und Jens und Adam passten auf sie auf. Sie würde Karl fragen, ob sie heute früher Schluss machen konnte.

Zum Glück war nicht mehr viel los im Club, deshalb ließ ihr Chef sie gehen. «Ausnahmsweise», sagte er. «Dafür bleibst du morgen länger.»

*Ja, du mich auch.*

In der Garderobe lümmelte Lola, die mit fast vierzig eine ihrer älteren Kolleginnen war, im engen Stretchkleid und mit dem Smartphone in der Hand auf dem Sofa. Bei Neles Eintreten schaute sie kurz auf.

«Ich mach Schluss», sagte Nele, auch wenn sie ihr keine Rechenschaft ablegen musste.

«Du Glückliche.» Lola nickte abwesend.

Nele schlüpfte aus ihrem Ledermini und den Highheels und zog sich einen bequemen Nickianzug über ihre Spitzenunterwäsche. Dann schminkte sie sich sorgfältig ab, band sich die Haare zusammen und schloss die Garderobentür hinter sich.

Anfangs hatte sich Jens immer Sorgen gemacht, einer der Gäste aus dem *Pleasure Dome* könnte ihr auflauern. Aber seine Angst war unbegründet. Kaum einer der Männer, für die sie tanzte, schaute ihr je ins Gesicht, deshalb würde niemand eine ungeschminkte Frau mit langem blondem Pferdeschwanz in

Jogginganzug und Turnschuhen mit der Tänzerin im aufreizenden Outfit in Verbindung bringen. Nele jedenfalls war noch nie angesprochen worden, wenn sie den Club verließ. Falls sich die Kerle, die auf dem Parkplatz oder vor dem Eingang herumlungerten, überhaupt Gedanken über sie machten, dachten sie bestimmt, sie sei die Putzfrau.

Williamsburg, wo sie mit Jens, Adam und Annika wohnte, lag zu Fuß nur knapp zwanzig Minuten vom Club entfernt. Vor den Pubs und Clubs standen ein paar Nachtschwärmer herum und rauchten. Einige der Männer pfiffen ihr hinterher. Abgesehen davon gelangte sie völlig unbelästigt nach Hause.

Noch lagen die Fassaden der Geschäfte im Dunkeln, und nichts deutete darauf hin, dass in wenigen Stunden auf der Straße hektische Betriebsamkeit ausbrechen würde. Dann schlurften Ladenbesitzer mit noch müden Gesichtern auf die Straße und schoben die Gitter ihrer Geschäfte mit einem blechernen Scheppern zur Seite. Lieferwagen würden heranrumpeln. Ohne Rücksicht auf die Anwohner, die zum großen Teil noch schliefen, rissen die Fahrer die Türen ihrer Wagen auf und ließen sie genauso laut wieder zufallen. Sie rollten Bierfässer über das Kopfsteinpflaster oder luden Holzkisten voller Obst und Gemüse aus. Oder in Plastik verpackte Billigkleider und Säcke voller Touristennepp. Nele wusste das, da sie meistens erst in den frühen Morgenstunden nach Hause kam.

Die Wohnung, in der sie mit Jens und Adam lebte, lag drei Stockwerke oberhalb von *The Dublin Castle*, einem Pub, in dem es fast jeden Abend Livemusik gab. Als Annika auf die Welt kam, hatte sie sich Sorgen gemacht, das Kind würde wegen der wummernden Bässe und dem Stimmengewirr auf der Straße nicht einschlafen können. Doch anders als sie selbst hatte ihre Tochter hier von Anfang an geschlafen wie ein Stein.

Nele schloss die Tür des Wohnhauses auf. Es roch nach verschüttetem Guinness, nach Erbrochenem und nach dem indischen Essen, das Jai zubereitete, der mit seiner achtköpfigen Familie in der Drei-Zimmer-Wohnung gegenüber wohnte. Noch war es ganz dunkel und still im Haus, und auf einmal überfiel Nele mit beinah körperlicher Gewalt ein schreckliches Gefühl der Einsamkeit.

Wie zum Teufel war es nur dazu gekommen, dass sie jetzt mit einer Plastiktüte voller billiger Klamotten in der Hand hier in diesem Hausflur stand? In Gedanken ging sie die Stationen ihres Lebens durch. Verdammt! Es war gar nicht so lange her, da hatte sie noch im Gershwin Theatre auf der Bühne gestanden!

Erschöpft schleppte sie sich die Treppe hinauf. Erst als sie oben angekommen war, machte sie das Licht an. Sie hatte den Schlüssel schon ins Schlüsselloch gesteckt, als sie plötzlich hinter sich eine leise Stimme hörte: «Nicht erschrecken!»

Sie wirbelte herum, und als sie sah, wer da auf den Stufen zum obersten Stockwerk saß, keuchte sie auf.

«Was machst du denn hier?»

«Ich habe auf dich gewartet. Erst im Pub und dann hier.» Ben stand auf. «Jens hat mir erzählt, dass du heute später nach Hause kommst.»

«Und da hättest du nicht bis morgen warten können?» Nele konnte nicht glauben, dass er hier vor ihr stand. Ben hatte wirklich ein Talent dafür, vollkommen überraschend irgendwo aufzutauchen. Sie hatten sich seit zwei Jahren nicht mehr gesehen!

«Nein», antwortete er nur.

«Und wieso nicht? Musst du morgen schon wieder zurück?», fragte sie ein wenig bitter, weil sie an ihr letztes Treffen in New York dachte.

Ben schüttelte den Kopf. «Wir haben uns heute vor genau zwölf Jahren kennengelernt. Am 25. August 2001. Und wo ich schon mal genau an diesem Tag hier bin ...»

In Neles Nacken begann es zu kribbeln, und sie wusste nicht, ob aus Freude oder Unbehagen. Dass er sich das gemerkt hatte! «Genau genommen ist jetzt schon der sechsundzwanzigste.» Sie zeigte auf ihre Armbanduhr.

«Ich hatte nicht gedacht, dass es so spät werden würde.» Er legte den Kopf schief. «Viola und ich waren vor ein paar Tagen in *Chicago*. Aber du hattest wohl frei.»

Nele schluckte. Ben war also nicht allein hier. «Ich trete dort nicht mehr auf», gab sie zu.

«Wieso nicht? Hast du jetzt woanders ein Engagement?»

«Vor neun Monaten habe ich mir beim Training das Sprunggelenk gebrochen. Blöd, wenn so etwas gerade dann passiert, wenn ein Engagement ausläuft ...»

«Und wo kommst du dann jetzt her?» Ben wirkte verwirrt. «Jens hat gesagt, du würdest arbeiten.»

«Ich arbeite in einem Nachtclub.» Nele löste den Blick von den abgetretenen Dielenbrettern. «Eine tolle Karriere habe ich hingelegt, nicht wahr?» Sie zog eine Grimasse. «Möchtest du nicht reinkommen?», fragte sie schnell. Ben sollte nicht sagen, dass es ihm leidtat – oder irgendeine andere Floskel. «Sonst stehen gleich die Nachbarn vor uns.»

«Bist du nicht müde?»

«Doch», gab sie zu. «Aber auch neugierig.» Nele schloss die Tür auf. «Wir haben schließlich eine ganze Weile nichts voneinander gehört. Woher weißt du eigentlich, wo ich wohne?»

«Deine Oma war so nett, mir deine Adresse zu verraten.»

Davon hätte Lotte ihr ruhig etwas sagen können!

Nele bat Ben, kurz in der Küche zu warten, und schaute nach

Annika. Fieber hatte die Kleine wohl nicht mehr, und sie schlief ruhig und tief. Nele deckte sie gut zu, dann ging sie zu Ben zurück. In der Küche lehnte sie sich gegen die Anrichte. «Möchtest du etwas trinken? Wasser, Kaffee, Bier, Schnaps?»

«Kaffee.»

Nele machte sich auch einen, auch wenn ihr nach dieser Überraschung eher nach einem Schnaps zumute gewesen wäre. Es war so surreal, dass Ben in ihrer Küche saß!

Die Tür ging auf, und Adam kam herein. Sein durchtrainierter Körper war nur mit einer Boxershorts bekleidet, sein Haar zerzaust. Als er sah, dass Nele nicht allein war, hob er entschuldigend die Hand. «Sorry, ich wollte nicht stören. Ich hole mir nur schnell was zu trinken.» Er nahm eine Flasche Wasser aus dem Kühlschrank und verschwand wieder.

Ben suchte Neles Blick. «Fragt sich dein Freund denn gar nicht, was ich mitten in der Nacht hier mache?»

Nele spürte, dass sie rot wurde. «Er ist nicht mein Freund, sondern der von Jens.» Sie reichte Ben die beiden Kaffeetassen und nahm eine Packung Zigaretten und ein Feuerzeug aus der Schublade. «Kommst du mit raus auf den Balkon? Ich habe dir wohl einiges zu erklären.»

Nachdem die Hitze heute den ganzen Tag unerträglich gewesen war, war es draußen jetzt angenehm warm.

«Schön habt ihr es hier!», sagte Ben und schaute auf den ruhig dahinfließenden East River.

Nele nickte. Sie zündete sich eine Zigarette an, und dann fing sie an zu erzählen. Von Claude und ihrer Schwangerschaft, von Jens und Adam, die so nett gewesen waren, sie bei sich aufzunehmen, von ihrer kurzen Zeit bei dem Musical *Chicago*, ihrem Sturz beim Training, ihren verzweifelten Bemühungen, wieder in Form zu kommen, und vom *Pleasure Dome*. Nele verschwieg

Ben nichts, und als sie mit allem fertig war, hatte sie zwei weitere Zigaretten geraucht und fühlte sich ein kleines bisschen leichter. «Es tut mir wirklich leid, dass ich dich angelogen habe. Ich habe mich geschämt. Vor dir, deinen Schwestern ... und Viola.» Nele drückte ihre Zigarette aus. «Macht sie sich eigentlich keine Sorgen um dich? Es ist schließlich schon nach Mitternacht, und du sitzt immer noch bei mir.»

Bisher hatte Ben sie die ganze Zeit angesehen. Jetzt aber wandte er den Blick ab und betrachtete die Mücken, die im Lichtkegel der Lampe über dem Tisch tanzten. «Sie hat heute Abend Migräne gehabt und eine Schlaftablette genommen. Danach kann nicht einmal ein Meteoriteneinschlag sie wecken.»

«Wieso hast du sie geheiratet?», fragte Nele unumwunden. Nachdem sie ihre Karten offen ausgespielt hatte, war nun er an der Reihe. Und zu ihrer Überraschung tat er es. Die Abendzeitung hatte schon länger keine schwarzen Zahlen mehr geschrieben, erzählte er, aber das hatten er und seine Mutter erst nach dem Tod seines Vaters begriffen. Und auch dass sie dringend einen Investor brauchten. Violas Eltern waren schon seit Jahren mit den Hellmanns befreundet, und Marlene Hellmann vermutete, dass Viola schon genauso lange in Ben verliebt war ...

«Noch einen Kaffee?», fragte Nele.

Ben nickte.

Irgendwann ging die Nacht in den Morgen über. Das Tintenblau des Himmels wurde am Horizont heller. Verschlafen fing New York an sich zu räkeln. Immer öfter fuhren gelbe Cabs unter dem Balkon vorbei. Erste Jogger mit Kopfhörern auf den Ohren drehten im noch fahlen Licht ihre morgendlichen Runden.

«Ich muss jetzt gehen», sagte Ben und stand auf.

Nele brachte ihn nach unten. «Bis du dich das nächste Mal meldest, dauert es nicht wieder zwei Jahre, oder?»

Er schüttelte lächelnd den Kopf. «Darf ich mir zum Abschied noch etwas von dir wünschen?»

«Was denn?» Doch nicht etwa einen Kuss? Es war nicht nur der viele Kaffee, den sie in den letzten Stunden getrunken hatte, der dafür sorgte, dass sie sich auf einmal ganz merkwürdig fühlte.

Ben nahm ihre Hand. «Du gehörst wieder auf die Bühne. Und damit meine ich nicht die eines Nachtclubs.»

Betreten wich Nele seinem Blick aus. «Es ist nicht so einfach, am Broadway ein Engagement zu bekommen, und als Mutter eines kleinen Kindes schon gar nicht.»

«Hast du es denn versucht?»

Nele atmete tief durch. «Nein», gab sie schließlich zu. Natürlich hatte sie sich in ihrer Tanzkarriere schon öfter verletzt, aber noch nie so schlimm. Bereits als sie nach dem Sprung aufgekommen war, umknickte und vor Schmerz zu Boden sank, hatte sie gewusst, dass sie dieses Mal nicht mit einer harmlosen Bänderzerrung davongekommen war. Die physiotherapeutischen Übungen, die sie zu Hause machen sollte, um möglichst schnell wieder fit zu werden, hatte sie diszipliniert durchgezogen, aber als es darum gegangen war, sich wieder ein Engagement zu suchen, hatte sie gekniffen. Sie schaffte das alles nicht mehr. Das stundenlange Warten bei den Castings, die vielen Mitbewerber, dann die zwei Minuten, die sie nur hatte, um die Jurymitglieder mit ihren ausdruckslosen Gesichtern von sich zu überzeugen, schließlich die Anspannung, wenn sie darauf wartete, ob ihre Nummer aufgerufen wurde und sie eine Runde weiterkam, und die Enttäuschung, wenn diese Nummer nicht genannt wurde …

«Was ist, wenn ich wieder falle?», flüsterte Nele.

«Was ist, wenn du fliegst?» Ben küsste sie auf die Wange, dann drehte er sich um und ging davon.

Als er schon längst zwischen den Häuserblocks verschwunden war, stand Nele noch immer vor der Eingangstür und schaute ihm nach.

## 21. Kapitel

### Juist 2019

«Du hättest ruhig mit Piet in die Spelunke gehen können.» Nele wollte das Gespräch so schnell wie möglich von Ben und dem peinlichen Klingelton ablenken und Henry die Möglichkeit bieten, sich zu verabschieden. Er hatte doch bestimmt Besseres zu tun, als hier mit ihr vor dem Fernseher zu sitzen.

Er zuckte die Achseln. «Ich hatte keine Lust. Im Grunde tue ich also nicht dir einen Gefallen, sondern mir.»

Wie kam er darauf, dass er ihr einen Gefallen tat! «Ich dachte, Piet sei dein bester Freund. Und ihr seht euch bestimmt nicht besonders oft.»

Henry trank aus seiner Bierflasche, während Nele ihr Weinglas zum zweiten Mal auffüllte. «Ja, das stimmt.»

«Was für ein Zufall, dass gerade sein Vater das Fuhrunternehmen übernommen hat», plauderte Nele drauflos. Die Stille zwischen ihnen fand sie noch weniger erträglich als Smalltalk. «Wenn Arno mit seinen Krimis nicht so erfolgreich wäre, würdest du vielleicht jetzt das Unternehmen führen und immer mit der Kutsche auf der Insel herumfahren.»

Henry schüttelte den Kopf. «Das wäre nichts für mich gewesen. Immer dieselben Leute, immer die gleichen Gespräche. Die Welt ist zu groß, um immer an einem Ort zu bleiben.» Er starrte so intensiv auf seine Bierflasche, als würde er dort eine lange gesuchte Wahrheit finden.

«Willst du deshalb eine Zeitlang nach New York ziehen?»

«Ja. Aber nicht nur aus diesem Grund.»

Ein beunruhigendes Gefühl macht sich in Nele breit. Sie verbot sich die Frage, was ihn denn sonst noch dorthin trieb, doch nach einigen Sekunden gab Henry ihr die Antwort selbst. «Ich vermisse dich», sagte er leise, und Neles Herz hörte für einen Moment auf zu schlagen.

«Das kann ich mir nach unserer letzten Begegnung kaum vorstellen», brachte sie mühsam hervor. Im nächsten Moment hätte sie sich ohrfeigen können für diesen Satz. Er verriet nur allzu deutlich, dass ihre besagte letzte Begegnung ihr alles andere als gleichgültig gewesen war.

Henry öffnete den Mund, schloss ihn aber gleich wieder. Nach einer Weile sagte er: «Vielleicht habe ich inzwischen gemerkt, dass ich deinen Feenstaub brauche, um fliegen zu können, Wendy.» Dass er sie mit dem Namen ansprach, den er ihr als Kind gegeben hatte, brachte das Weinglas in Neles Hand zum Zittern. Aber es machte sie auch wütend. Das war ja mal wieder typisch! Henry war sich seiner Wirkung auf Frauen so sehr bewusst, dass er tatsächlich glaubte, ein paar Sprüche würden reichen, um sie wieder herumzukriegen!

«Dir ist wohl das Bier zu Kopf gestiegen.» Abrupt stellte sie das Glas ab. «Früher hast du mehr vertragen und kanntest dich auch besser aus. Wendy gibt Peter Pan überhaupt keinen Feenstaub, sondern Tinkerbell. Sie ist die Fee und Wendy nur ein einfaches Mädchen. Außerdem braucht Peter Pan gar kein Glitzerpulver, um fliegen zu können, sondern nur eine schöne Erinnerung.»

Henry hielt ihren Blick fest. «Wir haben einige davon.»

Ja, das stimmte. Und in New York hatte es sogar einmal eine Zeit gegeben, in der Nele gedacht hatte, dass sie vielleicht nicht gerade wieder Freunde, aber doch zumindest gute Bekannte werden konnten. Und dass er es noch immer verstand, aus allem ein Abenteuer zu machen.

Weil Henry wusste, wie sehr sie Bahnhöfe mochte, hatte er sie zur stillgelegten Old City Hall Subway Station gebracht. Nele hatte immer gedacht, dass man dort nur mit geführten Touren hineinkäme, die teuer waren und fast immer ausgebucht, aber es gab einen Trick, den Henry kannte. Man fuhr mit der Linie 6 bis zur Endstation Brooklyn Bridge/City Hall Station und blieb einfach in der Bahn sitzen. Dann fuhr sie eine Schleife durch die Old City Hall, die mit ihren teilweise verglasten Decken und den Kronleuchtern wie ein altes Herrenhaus aussah.

Ein anderes Mal hatte Henry Nele und Annika zum Vergnügungspark auf Coney Island geführt. Die Mischung aus altem Rummelplatz-Charme und Las-Vegas-Feeling war faszinierend. In der berühmten Cyclone-Achterbahn schrien sie sich die Kehlen wund, und in Nathan's Farm, einem Grillrestaurant, wetteiferten sie darum, wer die meisten Hotdogs essen konnte. Es hatte Nele selbst überrascht, dass sie gewann.

Ja, mit Henry zusammen konnte man viel Spaß haben, auch heute noch, aber anders als früher sah Nele inzwischen nicht mehr nur die guten Seiten in ihrem Peter Pan. Denn zum Erwachsenwerden brauchte es mehr Mut als nur den, Abenteuer zu erleben.

«Sieh es endlich ein, Henry!», sagte sie und wandte mit einem Ruck den Blick von ihm ab. «Nicht nur du hast dich verändert, auch ich. Ich bin nicht mehr dieselbe wie vor zwanzig Jahren, und es reicht nicht, über die guten alten Zeiten und Erinnerungen zu reden, um dort anzuknüpfen, wo wir aufgehört haben.»

Aliya drehte sich mit einem Seufzen vom Bauch auf den Rücken, und Nele fürchtete schon, dass sie aufgewacht war. Doch nachdem das Mädchen kurz die Augen geöffnet, sich verwirrt umgeblickt und ein paar unverständliche Worte gemurmelt hatte, schlief es ruhig weiter.

Nele sank ins Polster zurück. Wann kam nur endlich ihre Mutter zurück? Vielleicht wusste Laura, was sie mit Aliya machen sollten. Sie konnte doch nicht die ganze Nacht neben ihr auf der Couch sitzen. Und neben Henry ... Nele spürte, wie ihre Augen feucht wurden, und sie drehte sich hastig weg. Doch zu spät ... Henry hatte es gesehen.

«Das alles macht dir ganz schön zu schaffen, nicht wahr?», fragte er.

Weil Nele zu sehr damit beschäftigt war, den tennisballgroßen Kloß in ihrem Hals hinunterzuwürgen, dauerte es ein wenig, bis sie in der Lage war, ihm zu antworten. «Ja, was glaubst du denn? Das Deichschlösschen ist wie mein Zuhause.»

«Könnt ihr es nicht behalten?» Henrys Gesichtsausdruck war ungewohnt ernst, und sein Mitleid wirkte aufrichtig. So mochte sie ihn so viel lieber als den routinierten Aufreißer von vorhin.

«Nein», sagte Nele, als sie wieder einen Ton herausbrachte. «Weder Laura noch ich haben das Geld, die andere auszuzahlen. Und wenn wir zusammen hier wohnten, gäbe es Mord und Totschlag, wie du dir bestimmt vorstellen kannst. Außerdem gibt es hier auf Juist keine Musicals – abgesehen von *Peter Pan*.» Sie versuchte sich an einem Lächeln.

«Wird dir das alles langsam nicht zu viel? Der ganze Druck, der auf dir lastet, das Wissen, immer funktionieren zu müssen, das harte Training, die ständige Ungewissheit, ob du ein neues Engagement bekommst?»

Nele schüttelte den Kopf. Denn all das war es wert. Mehr als alles andere auf der Welt wollte sie noch einmal auf der Bühne stehen, im Applaus des Publikums baden und das Gefühl genießen, all diesen Menschen eine kleine Auszeit von der Wirklichkeit verschafft zu haben. Und sie wollte die Chance, den Zeitpunkt ihres Abschieds von der Bühne, die so viele Jahre ihr Zuhause gewesen war, selbst zu wählen. Sie wollte nicht mit dem Gefühl abtreten müssen, durch eine Jüngere ersetzt worden zu sein ... Die Musicalszene in Deutschland war nicht ganz so jugendfixiert wie die am Broadway. Doch ein bisschen hatte Henry recht. Manchmal war Nele müde. Sehr müde.

Nachdenklich ließ sie die Hand auf Aliyas Rücken sinken, um das Mädchen zu streicheln, und merkte dabei nicht, dass Henry das Gleiche tat. Erst als ihre Finger sich berührten. Ihr erster Impuls war zurückzuzucken, doch dann verfingen sich ihre Blicke ineinander, und sie schaffte es nicht. Sie war zu keiner Bewegung fähig, konnte noch nicht einmal atmen. Von seiner Berührung ging eine Wärme aus, die ihr einen Schauer über die Haut jagte und die alle Gedanken in ihrem Kopf verstummen ließ. Wenn sie doch nur die Zeit zurückdrehen und noch einmal ganz von vorne anfangen könnten ...

«Hallihallo! Ich bin wieder da!», schallte es durch den Flur. Neles Hand fuhr zurück. Ihr Herz schlug ihr bis zum Hals, und die wohlige Wärme, die gerade noch durch ihren Körper geströmt war, wich unangenehmer Hitze.

Laura erschien im Wohnzimmer. «Henry! Wie schön, dass du uns mal wieder besuchen kommst.»

«Ja, aber ich muss jetzt leider los.» Henry stand auf. Er wirkte genauso verwirrt, wie sie sich fühlte.

Nachdem Henry sich von ihnen verabschiedet hatte, blieb Nele noch kurz am Erkerfenster stehen und schaute in den Garten hinaus. Dort stand er und zündete sich eine Zigarette an. Dabei hielt er den Kopf leicht geneigt, und mit der Hand schirmte er die Flamme des Feuerzeugs gegen den Wind ab. In diesem Augenblick, nur vom Licht der Sterne und des Mondes beschienen, wirkte er so jung, dass Nele sich einbilden konnte, dass er wieder der Junge von damals war und dass es die letzten Jahre nicht gegeben hatte. Wie hatte sie ihn geliebt! Und wie liebte sie ihn immer noch ... Verdammt!

Laura trat hinter sie. «Ich habe Emily vor der Tür getroffen, sie war gerade noch mit dem Hund draußen. Sie hat mir erzählt, was passiert ist. Wie furchtbar! Du siehst fix und fertig aus, du Arme!» Sie legte ihr mitfühlend die Hand auf die Schulter.

Abgesehen von verkrampften Umarmungen zur Begrüßung oder zum Abschied war das seit Jahren ihre erste Berührung. Nele hätte sich so gerne zu ihrer Mutter umgedreht, ihr Gesicht in Lauras Schulterbeuge vergraben und sich von ihr erzählen lassen, dass alles gut war. So wie früher. Aber sie war kein kleines Kind mehr! Und nichts war gut! Tränen brannten hinter Neles Augenlidern und warteten nur auf eine Gelegenheit hervorzustürzen. Aber das würde sie nicht zulassen.

«Geh doch nach oben», sagte Laura sanft. «Ich bleibe bei dem Mädchen.»

Nele schüttelte den Kopf. Sie konnte Aliya jetzt nicht allein lassen.

«Dann leg dich wenigstens hier ein bisschen hin und versuche auch ein bisschen zu schlafen.»

Laura führte sie zum Sofa, und dann deckte sie Nele zu, so wie sie es früher immer getan hatte. Und schließlich weinte Nele doch.

## 22. Kapitel

Juist, 27. August 2016

> The wind is howling like this
> swirling storm inside.
> Couldn't keep it in,
> heaven knows I've tried.
>
> «Let It Go», aus: Die Eiskönigin

«Aaachtung!» Annika nahm Anlauf und donnerte den Ball ins Netz. Oma Lotte hatte das kleine Fußballtor extra für sie gekauft. Nicht nur weil sie ihrer fünfjährigen Urenkelin damit eine Freude machen wollte, sondern vor allem auch weil sie Angst um ihre Fensterscheiben und die Rosenbüsche hatte und das Tor eine Möglichkeit war, Annikas Schüsse in eine kalkulierbare Richtung zu lenken. Beim zweiten Schuss fegte sie trotzdem Rufus die Kappe vom Kopf. Er war gekommen, um Oma Lotte und Emily abzuholen und mit ihnen auf einen Kaffee nach Sylt zu fliegen. Nachdem er wegen seines kaputten Knies vor ein paar Jahren in den Ruhestand gegangen war, hatte er den Segelflugschein gemacht.

«Schade, dass sie kein Junge geworden ist.» Rufus hob die Kappe auf und klopfte den Schmutz ab. «Der WM-Sieg 2030 wäre uns dann sicher. Von wem sie wohl dieses Talent hat?»

«Von mir auf jeden Fall nicht.» Nele grinste. Obwohl Annika noch nicht einmal sechs war, war sie jetzt schon nicht mehr in der Lage, ihrer Tochter den Ball abzunehmen. Zumindest nicht wenn sie nicht zu höchst unfairen Maßnahmen greifen wollte. Was sie zugegebenermaßen manchmal tat, um überhaupt eine Chance gegen diesen Wirbelwind zu haben. «Eddy behauptet, sie hätte es von ihm. Er ist fest davon überzeugt, dass er mindestens so gut wie Lothar Matthäus geworden wäre, wenn seine Eltern ihn in seiner Jugend mehr gefördert hätten.» An Selbstbewusstsein mangelte es ihrem Vater nicht. Das hatte er auf jeden Fall Annika vererbt. Aber dass sie bereits jetzt so gut Fußball spielte, lag Neles Meinung nach vor allem an Chris. Ihr Freund, mit dem sie seit zwei Jahren zusammen war, hatte in Deutschland in der Ersten Bundesliga gespielt. Doch diese Zeit lag nun etliche Jahre zurück, und jetzt war seine Karriere als Profi auf dem absteigenden Ast. In Amerika versuchte er nun, den letzten Rest aus seiner Karriere herauszupressen. Da er aber ständig verletzt war, hatte er viel Zeit, um mit Annika zu trainieren. Nele war der Meinung, er sollte das aktive Fußballspielen einfach sein lassen und stattdessen eine Trainerlaufbahn einschlagen. Annika und ihre Freunde – es waren fast nur Jungs – liebten ihn. Doch davon wollte er nichts wissen. Noch nicht. «Vielleicht in drei Jahren», sagte er immer, aber Nele glaubte nicht, dass das eine gute Idee war. Man sollte aufhören, wenn es am schönsten war. Oder wenn man am erfolgreichsten war. Aber seinen Zenit hatte Chris längst überschritten. Leider wollte er das einfach nicht wahrhaben.

 Nele hob den Ball auf, der ins Gebüsch gerollt war. «Schieß nicht so fest!», ermahnte sie Annika, als sie ihn ihr zurückgab. «Du weißt ja, was in der Schule passiert ist.»

 Seit dem letzten Sommer besuchte Annika eine Vorschulklasse in der Bronx. Weil Annika und sie nicht dauerhaft zusammen in einem Zimmer wohnen konnten, war Nele im letzten Jahr schweren Herzens bei Jens und Adam ausgezogen und hatte sich eine eigene Wohnung gesucht. In Williamsburg hatte sie sich keine leisten können, nur in der Bronx. Der Stadtteil war zwar – zumindest in der Gegend, in der Nele und Annika lebten –, besser als sein Ruf, mit dem immer hipper werdenden Williamsburg aber natürlich nicht vergleichbar.

Annikas Schule jedoch war wirklich nett. Bisher hatten die Kinder dort auf dem eingezäunten Schulhof immer herumkicken dürfen. Seit es Neles Tochter jedoch kurz vor Ende des Vorschuljahres gelungen war, den weichen Ball so fest gegen ein zierliches kleines Mädchen zu schießen, dass es hinfiel, mit dem Kopf aufschlug und ins Krankenhaus musste, war das verboten. Nele seufzte bei der Erinnerung an diesen Vorfall. Sie hatte sofort in die Schule kommen müssen.

Es hatte ihr überhaupt nicht gepasst, denn sie war auf dem Weg zu einem Casting für *Finding Neverland* gewesen. Das Ensemble suchte eine neue Hauptdarstellerin für die Rolle der Sylvia Llewelyn Davies, der Muse von Peter-Pan-Erfinder James M. Barry. Dass sie schon seit ihrer Kindheit eine ganz besondere Verbindung zum Peter-Pan-Stoff besaß, hatte Nele für ein gutes Zeichen gehalten. Zur Zeit trat sie in *Billy Elliott* auf, was schon eine unglaubliche Verbesserung gegenüber den entsetzlichen Monaten war, in denen sie im *Pleasure Dome* gearbeitet hatte, um sich finanziell über Wasser zu halten. Aber da es in dem Stück nur eine einzige größere Frauenrolle gab – die der alten Ballettlehrerin –, wollte Nele dort nicht bis zum Ende ihrer Karriere tanzen.

Entsprechend verärgert war sie also an jenem Tag in der Schule aufgetaucht. Sie hatte sich alles angehört, brav genickt und am Ende des Gesprächs versprochen, Annika dazu zu bringen, in Zukunft etwas weniger ungestüm zu sein. Bereits als sie das Büro von Annikas Lehrerin verlassen hatte und über das Sportgelände ging, war ihr klargeworden, dass dies schwierig werden würde. Denn in schwindelerregendem Tempo kam jetzt Annika auf sie zugeflitzt – auf einem Skateboard! Eine ältere Lehrerin, die Nele an Fräulein Rottenmeier erinnerte, die strenge Gouvernante aus *Heidi*, konnte gerade noch zur Seite springen und hob drohend den Zeigefinger.

Ohnehin ging es auf dem Sportgelände zu wie in einer Ferienfreizeit. Die Kinder, die sich dort tummelten, fuhren nicht nur Skateboard, sondern spielten auch Frisbee oder balancierten auf Slacklines oder Wackelbrettern. Neben der Weitsprunganlage wurde zu dröhnenden Bässen Hiphop getanzt.

«Habt ihr heute denn gar keinen Unterricht?», hatte Nele gefragt.

«Nö», antwortete Annika unbekümmert. «Erst haben wir gesund gegessen, und jetzt dürfen wir spielen. Henry hat gesagt, dass du mir keine Cheerios mehr machen darfst. Die sind ungesund.»

«Henry! Ist das einer eurer Lehrer?», fragte Nele.

Annika schüttelte den Kopf. «Er wohnt in Deutschland. Wie Oma Lotte.»

Ein ziemlich flaues Gefühl machte sich in Neles Magen breit. «Weißt du, wie dieser Henry mit Nachnamen heißt?», fragte sie ihre Tochter, doch da war sie schon davongerollt.

Nele schaute sich um. Bei ihrem letzten Besuch auf Juist hatte Emily ihr ganz stolz von der Organisation erzählt, die Henry in den letzten Jahren aufgebaut hatte. Mit Hilfe von Trendsportarten vermittelte er Kindern aus sozial schwachen Familien Spaß an Bewegung und gesunder Ernährung. Zunächst nur in Berlin, dann im Norden und Osten Deutschlands, und inzwischen gab er die Kurse deutschlandweit und hatte zahlreiche Mitarbeiter eingestellt. Dass er sie auch in den USA anbot, davon hatte Emily nichts gesagt. Es musste also ein Zufall sein, dass der Mann, von dem Annika gesprochen hatte, auch Henry hieß.

Doch leider war das nicht der Fall. Als Nele den Blick weiter über den Sportplatz schweifen ließ, entdeckte sie ihn neben einem Wagen voller Skateboards. Zwei junge Lehrerinnen standen daneben und schauten mit verzückten Gesichtern zu ihm auf. Oh Gott! Neles Schultern verkrampften sich, und sie hatte das Gefühl, keine Luft mehr zu bekommen. Ihr erster Impuls war, so schnell wie möglich das Weite zu suchen. Doch da sie genau wusste, dass sie das später bedauern würde, zwang sie sich, auf das Trio zuzugehen.

«Halluziniere ich, oder bist du es wirklich?», fragte sie.

Der Überraschungseffekt war auf ihrer Seite, denn Henry, der gerade noch so charmant mit den beiden Damen geplaudert hatte, verstummte augenblicklich und starrte sie derart verdutzt an, dass sie gar nicht anders konnte, als Genugtuung zu empfinden.

«Ich frage mich gerade selber, ob ich halluziniere», brachte er schließlich heraus. «Dass du in New York wohnst, wusste ich natürlich, aber dass die Stadt so klein ist … Geht deine Tochter hier zur Schule?»

«Ja, da drüben ist sie.» Sie zeigte auf Annika, die von dem Skateboard gestiegen war und nun auf der Slackline balancierte.

«Die hätte ich nicht mehr erkannt», grinste er. «Aber das letzte Mal hatte sie auch noch Windeln an. Wie lange ist das schon her?» Henry kratzte sich nachdenklich am Kopf.

«Fünf Jahre.» Die Zeit war grausam, sie verging viel zu schnell, und Wunden heilte sie auch nicht so zuverlässig, wie die Redewendung einen glauben machen wollte. Nele zumindest hatte doch tatsächlich einen eifersüchtigen Stich verspürt, als die beiden jungen Frauen eben so unverhohlen mit Henry geflirtet hatten.

«Ich habe deiner Tochter gerade ein paar Skateboardtricks gezeigt», sagte er. «Sie hat Talent.»

«Das hat sie. Zumindest in sportlicher Hinsicht. Leider ist sie auch ein ziemlicher Wildfang.»

«Ich mag wilde Frauen.» Henry hatte sich anscheinend von seiner Überraschung erholt, denn jetzt zwinkerte er ihr vielsagend zu. Die beiden Lehrerinnen verstanden offenbar ein paar Brocken Deutsch und kicherten. Nele dagegen stöhnte leise auf. Er würde sich wohl nie ändern.

«Also gibst du deine Kurse jetzt auch in New York?»

«Momentan nur im Rahmen eines Schüleraustauschs. Aber Moses meinte, ich soll das Konzept auch hier einmal ausprobieren.» Er nickte in Richtung eines bulligen Mannes, dessen Hosen so tief saßen, dass man mehr als nur den Bund seiner Boxershorts darunter sah. Wenn sie sich richtig erinnerte, hatte sie ihn auf der Party im East Village schon einmal gesehen. Wann war das noch mal gewesen? Es kam ihr vor wie eine Ewigkeit.

«Woher kennt ihr euch?»

Henrys Augenlid zuckte, und Nele dachte schon, er würde ihr ausweichen, aber dann sah er ihr direkt in die Augen und sagte: «Aus dem Gefängnis.»

Obwohl sie von den Gerüchten wusste, die auf Juist über Henry in seiner Sturm-und-Drang-Zeit kursiert hatten, war sie doch überrascht – vor allem, weil er ihr gegenüber so offen war. Er hätte ja auch behaupten können, dieser Moses sei eine Partybekanntschaft.

«Ich kann dir aber versprechen, dass ich nicht gesessen habe, weil ich einen Mord begangen habe», scherzte Henry.

«Wieso dann?», fragte Nele, obwohl sie daran zweifelte, dass hier der richtige Ort für solche Gespräche war.

Er zuckte die Achseln. «Ich habe mich mit den falschen Leuten eingelassen.»

«Drogen?»

«Auch. – Aber zum Glück habe ich die Kurve gekriegt und bin wieder ein braver Junge geworden.»

Henrys Lächeln war zaghafter, als sie es von ihm gewohnt war. Sie lächelte zurück.

«In einer Hinsicht bin ich mir zwar nicht so sicher», hatte sie zum Schluss gesagt und bedeutungsvoll auf die beiden jungen Lehrerinnen geschaut, die sich immer noch mehr auf Henry konzentrierten als auf ihre Schützlinge auf dem Sportgelände, «aber ansonsten ist das, was du in den letzten Jahren auf die Beine gestellt hast, wirklich großartig.»

«Hey! Kommt ihr beiden mit zum Strand?» Bens Stimme holte Nele aus dem Nebel ihrer Erinnerungen zurück. In Shorts und mit Sonnenbrille auf der Nase stand er vor dem Gartenzaun des Deichschlösschens.

Seit seinem Besuch in New York waren sie wieder Freude, und darüber war Nele sehr froh. Auch wenn diese Freundschaft wegen seiner Ehefrau Viola nicht mehr die gleiche sein konnte wie früher. Obwohl Nele sich wirklich bemühte, Bens Frau keinen Grund zur Eifersucht zu bieten – sie achtete immer darauf, in ihrer Gegenwart hin und wieder ihren Freund Chris zu erwähnen und hatte ihr sogar sein Instagram-Profil gezeigt –, spürte Nele ihre Abneigung. Fünf Jahre war es inzwischen schon her, dass die beiden geheiratet hatten – aus finanziellem Kalkül, zumindest was Ben anging. Aber er war immer noch mit ihr zusammen. Hatte sich die Abendzeitung denn noch nicht wieder erholt? Nele konnte wirklich nicht verstehen, wie er es mit dieser Person aushielt.

Viola hatte keine Lust, jedes Jahr in den Sommerferien nach Juist zu fahren, das gab sie deutlich zu verstehen, aber der Rest der Familie wollte auf diese zwei Urlaubswochen nicht verzichten. Wenn Nele, Annika, Ben, seine Schwestern und sogar Marlene im Meer schwammen oder mit Annika Ball spielten, lag sie gelangweilt in ihrem Strandkorb, blätterte in einer Illustrierten und vertiefte sich in Artikel, in denen über Affären in europäischen Königshäusern spekuliert wurde.

Es brannte Nele auf der Zunge, Annika zu fragen, ob sie den Strandkorb nicht als Torersatz nutzen wollte. Aber das ging natürlich nicht. Was wäre sie denn dann für ein Vorbild gewesen? Erwachsensein war wirklich manchmal furchtbar langweilig.

Nach dem Strandtag mit Annika, Ben und leider auch Viola hatte sich Nele für den Abend mit Piets Frau Tanja auf dem Sanddornfest verabredet. Rund um den Schiffchenteich waren wie immer Essens- und Getränkebuden aufgebaut, und eine Band spielte Musik aus den Neunzigern, ihrer gemeinsamen Jugendzeit. Nele freute sich, bekannte Songs von Britney Spears oder den Spice Girls zu hören. Tanja dagegen deprimierten sie eher. Sie trauerte ihrer Zeit als Sanddornkönigin hinterher. «Damals waren wir noch jung und knackig», sagte sie düster und prostete Nele mit einem Glas Schnaps zu. An einer der Buden hatte sie gleich eine ganze Flasche gekauft.

«Auf die guten alten Zeiten!» Nele kippte den Schnaps in einem Zug hinunter. Der wievielte es war, konnte sie schon nicht mehr sagen, denn Tanja goss immer wieder fleißig nach.

«Weißt du, was seltsam ist?» Tanjas Aussprache war schon ziemlich verwaschen. «Ich kam mir damals gar nicht so schön vor, aber wenn ich jetzt Fotos von mir sehe: Ich war schon ein ziemlich heißer Feger.» Trübsinnig starrte sie in ihr Schnapsglas, bevor sie es wieder füllte – und gleich wieder hinunterkippte. «Wieso ist mir das damals nur nicht aufgefallen?»

Wem sagte Tanja das? Nele war vor kurzem zweiunddreißig geworden. Im Vergleich zu Eddys Alter oder gar dem von Oma Lotte oder Emily war das natürlich noch blutjung – aber nicht in der Musicalbranche. «Zu alt für die Bühne, zu jung für die Rente», hatte Gerold, ein Kollege von ihr, an seinem fünfunddreißigsten Geburtstag gesagt und mit deprimierter Miene auf sein Knie gezeigt, das ihm schon seit einiger Zeit Probleme machte. «Ich muss mich langsam nach etwas Neuem umsehen.»

Auch Nele spürte, dass sie nicht mehr ganz so fit war wie früher. Das lag auch daran, dass die kleine Annika sie ganz schön auf Trab hielt, und ihr Akku war schneller erschöpft als früher. An diesem Abend war ihre Tochter bereits mit Oma Lotta nach Hause gegangen. Nele genoss es, mal ein bisschen Zeit für sich zu haben. Oft kam das nicht vor.

Schade, dass Tanja so schlecht gelaunt war, dachte Nele ärgerlich. Sie hatte sich auf einen ausgelassenen Abend gefreut. Die Frau hatte einen netten Mann und einen gutgehenden Friseurladen, wie schlimm konnte ihr Leben schon sein? Als sie das Gejammer ihrer Freundin nicht mehr ertragen konnte, verabschiedete sie sich mit der Begründung, zur Toilette zu müssen. Auf dem Weg zum Strandaufgang musste sie sich schon ganz schön darauf konzentrieren, einen Fuß vor den anderen zu setzen.

Als sie vom Toilettenhäuschen hinter dem Kurhotel zurückkam, sah sie Henry, der allein an einem Getränkestand vorbeilief. Sofort fing ihr Herz an, wilde Kapriolen zu schlagen. Dabei hatte sie sich nach ihrer überraschenden Begegnung in New

York fest vorgenommen, ihm beim nächsten Mal vollkommen gelassen gegenüberzutreten! Schließlich hatte sie gewusst, dass er hier sein würde, er hatte ihr erzählt, dass er über das Sanddornfest Urlaub machte.

«Hey!», rief Nele ihm zu.

Henry schrak aus seinen Gedanken, schaute auf und schlenderte zu ihr herüber.

«Hey! Ich hatte schon nach dir Ausschau gehalten, aber du hattest dich wohl gut versteckt.» Er setzte sein lässiges Henry-Grinsen auf, und sofort legte ihr Herzschlag noch ein bisschen an Tempo zu. Dass sie es einfach nicht schaffte, ein normales Verhältnis zu ihm zu entwickeln ...

«Hat es deinen Schülern in New York gefallen?» Neles Stimme klang leider nicht so fest, wie sie es sich gewünscht hätte.

«Ja, sehr. Sie waren überrascht, dass in der Bronx nicht jeder mit einer Knarre herumläuft.»

Nele lachte auf. «Das kann ich nachvollziehen. Ich habe Laura und Oma Lotte immer noch nicht gestanden, dass ich dort wohne. Sie hätten sonst keine ruhige Minute mehr. Zum Glück ist das Viertel besser als sein Ruf.»

«Das haben die Kids auch ziemlich schnell erkannt. Und zumindest einige von ihnen sind mit einem vollkommen neuen Gefühl der Dankbarkeit nach Deutschland zurückgegangen.» Er zog eine zerknautschte Zigarettenschachtel aus seiner Jeanstasche und zündete sich eine Zigarette an. «Sie haben Jugendliche kennengelernt, die auf der Straße leben, in einem Viertel, wo die durchschnittliche Lebenserwartung bei achtundvierzig Jahren liegt. Und sie haben erfahren, dass es keine Selbstverständlichkeit ist, krankenversichert zu sein.»

«Werdet ihr solche Austauschprogramme in Zukunft öfter machen?»

«Auf jeden Fall! Geplant ist zweimal im Jahr. Jetzt sind erst mal die Schüler aus der Bronx an der Reihe, zu uns nach Berlin zu kommen. Und Anfang nächsten Jahres fliege ich für zwei Wochen mit einer Schülergruppe hin.»

Freute sie sich darüber? Nele konnte es nicht sagen. Während sie noch überlegte, ob sie das Gespräch weiterführen oder sich schnell wieder verabschieden sollte, sagte Henry auf einmal: «Ich finde es übrigens cool, dass du wieder Kontakt zu deinem Vater hast. Hat er sich darum bemüht, oder warst du es?»

«Er. Irgendwann ist ihm aufgefallen, dass es doch ganz nett ist, eine Tochter zu haben. Vor allem eine, die nicht mehr gewickelt und gefüttert werden muss.» Nele zog eine Grimasse. «Nein, Spaß beiseite. Wir verstehen uns wirklich gut. Es hat zwar etwas gedauert, aber inzwischen kann ich ihm verzeihen, dass er sich damals gegen Laura und mich und für seine Karriere entschieden hat. Es ist so lange her, und er versucht wirklich, seine Fehler von damals wiedergutzumachen.» Sie trat einen Schritt zur Seite, um ein Pärchen mit einem riesigen Wolfshund vorbeizulassen. «Und du? Hast du mal was von deiner Mutter gehört?» Tanjas Schnaps hatte ihr anscheinend die Zunge gelockert. Selbst als Henry und sie noch dicke Freunde gewesen waren, hatte sie das Thema Ela immer vermieden, weil sie wusste, dass er nicht gerne darüber sprach.

Er nickte. «Ja, vor ein paar Jahren war ich am Chiemsee und habe sie besucht. Ich wollte mich endlich mit ihr aussprechen.»

«Und, wie war es?»

«Ganz okay. Die Pferdezucht, die sie mit ihrem Mann führt, floriert. Sie scheint ein gutes Leben zu haben.»

«Habt ihr seitdem wieder regelmäßig Kontakt?»

«Nein, ich glaube nicht, dass sie daran Interesse hat.» Er zögerte. «Und ich kann einfach nicht aus meiner Haut. Ich kann ihr nicht verzeihen.» Das Spiel seiner Kieferknochen zeigte Nele, wie angespannt er war.

«Wahrscheinlich war Ela damals einfach noch zu jung für ein Kind», versuchte sie ihn zu trösten. «Sie war schließlich erst siebzehn, als sie auf die Insel kam, um im Fuhrunternehmen deiner Familie zu arbeiten.»

«Ja, und achtzehn, als sie mich bekommen hat. Das ist nur ein Jahr jünger, als deine Mutter bei deiner Geburt war.» Er schüttelte den Kopf. «Nein. Manche Frauen haben einfach das Mutter-Gen und andere nicht.»

Und Laura hatte es Henrys Meinung nach? Fast hätte Nele gelacht.

«Weißt du, was seltsam ist?» Er stieß einen perfekten Rauchkringel in die Luft. «Als sie damals fortgegangen ist, hat es mir vor allem für Ivy leidgetan. Ich meine ... sie hat diesen Gaul jeden Tag stundenlang geputzt und geritten, einmal habe ich sie sogar dabei beobachtet, wie sie ihm etwas vorgelesen hat. Und dann lässt sie ihn einfach im Stich.» Nachdenklich schaute er den zartgrauen Schwaden hinterher. «Ich habe mich immer gefragt, wieso sie sich so leicht von dem Pferd trennen konnte, obwohl sie es früher doch einmal geliebt hatte und genau wusste, dass es sie brauchte.» Es war nicht Ivy, von der er sprach.

«Hast du deshalb das blonde Touristenmädchen geküsst?» Nele musste ihre Hände fest um den Lederriemen ihrer Handtasche schließen, damit sie nicht zitterten.

Henry kniff die Augen zusammen.

«Ich habe euch damals gesehen. Ihr habt unter einer Straßenlaterne gestanden. Ich war am Strand spazieren und bin durch das Dorf zurückgegangen.»

«Es tut mir leid. Ich hatte viel zu viel getrunken, und ich ...»

Seine Stimme brach, und sein Blick irrte umher, als würde er einen Punkt suchen, an dem er sich festhalten konnte.

Neles Magen zog sich zusammen, und am liebsten wäre sie weggelaufen, aber sie musste bleiben, um endlich eine Antwort auf die Frage zu bekommen, die schon so lange an ihr nagte. «Hattest du Angst, ich würde dich verlassen, wenn ich erst mal in Hamburg oder New York bin? Genau wie deine Mutter damals?» Sie hielt den Atem an.

«Hallo!» Bens Stimme ließ Nele zusammenzucken. Sie hatte gar nicht gemerkt, dass er auf Henry und sie zugekommen war. «Störe ich?», fragte er, als keiner von ihnen irgendetwas sagte.

«Nein. Ich wollte sowieso gerade gehen.» Henry wandte sich ab.

«Henry!», hielt Nele ihn zurück. Sie wusste genau, dass sie sich nie wieder trauen würde, ihn zu fragen, wenn sie diese Gelegenheit verstreichen ließ. Und es war ihr vollkommen egal, dass Ben zuhörte. «Du schuldest mir noch eine Antwort! War das der Grund?»

Einen Augenblick stand Henry ganz still da. «Ja», sagte er dann nur und ging davon.

Sekunden verstrichen, und Nele wusste, dass Ben eine Erklärung von ihr erwartete. Aber sie brachte kein Wort heraus, und all die Gedanken, die gerade noch durch ihren Kopf gewirbelt waren, verschmolzen zu einem einzigen: Hätte Henry das damals schon zugegeben, als sie ihm im Zaubergärtchen von ihrem Platz an der Stage School erzählt hatte, wäre alles anders gekommen.

## 23. Kapitel

### Juist 2019

«Was hältst du davon, wenn du heute mal mit uns an den Strand gehst?», fragte Laura. «Den ganzen Tag hier herumsitzen, das kann einen ja nur trübsinnig machen.»

«Ich sitze nicht nur hier rum, sondern ich räume das Haus aus.» Nele schaute vielsagend durch das Küchenfenster zu dem Anhänger, der vor dem Haus parkte. An Oma Lottes Schlafzimmer hatte sie sich zwar immer noch nicht herangetraut, aber der Speicher und der Keller des Deichschlösschens waren inzwischen komplett leer. «Und das würde schneller gehen, wenn du mir ein bisschen helfen würdest.»

«Ich helfe dir, indem ich mich um deine Tochter kümmere und ihr zu schönen Ferien verhelfe», sagte Laura spitz. «Annika würde sich bestimmt freuen, wenn du mitkommst. Das Wetter ist herrlich.»

Nele schnaubte. «Annika braucht im Moment niemanden, der sich um sie kümmert. Sie und Aliya spielen die ganze Zeit mit dem Kätzchen.»

Ein paar Stunden nachdem sie das Reh beerdigt hatten, war Henry vorbeigekommen und hatte Aliya das rot-weiße Tierchen geschenkt. «Es braucht dringend jemanden, der sich um es kümmert», hatte er gesagt, und Aliyas trauriges kleines Gesicht hatte angefangen zu strahlen. Aliya hatte dem Kätzchen sogar einen Namen gegeben: Mirai. Es war das erste Wort, das Nele aus ihrem Mund gehört hatte. Fatima, ihre Mutter, hatte vor Freude darüber geweint.

Nein, eigentlich brauchte sie Annika gegenüber wirklich kein schlechtes Gewissen zu haben. Ihre Tochter, die noch nie ein eigenes Haustier besessen hatte, war fast nur noch bei Aliya in Emilys Haus. Es ging ihr gut. Und trotzdem fühlte Nele sich schlecht. Abgesehen von dem Ausflug zur Domäne und den Stunden, in denen sie mit Greta und den Kindern für das Musical probte, hatte sie ihre Tochter wirklich ziemlich viel sich selbst überlassen, und ein bisschen Abwechslung würde Annika guttun. Sie hatte die Ereignisse im Wäldchen zwar weitaus besser weggesteckt als Aliya, aber so richtig verarbeitet hatte sie das Erlebnis auch noch nicht.

Nele gab nach. «Gut, ich komme mit. Aber nur für zwei Stunden. Dann muss ich weitermachen.»

Dafür, dass Laura unbedingt zum Strand wollte, hatte sie es auf einmal nicht mehr besonders eilig. Sie trödelte herum, brauchte ewig, bis sie sich angezogen und zurechtgemacht hatte, und als sie endlich aufgebrochen waren, fiel ihr auf, dass sie ihre Sonnencreme vergessen hatte, und sie wollte noch einmal zurück.

«Das ist nicht nötig», sagte Nele. «Du kannst welche von mir haben.»

«Mit Lichtschutzfaktor fünfzig?»

«Nein, dreißig.» Weder Annika noch sie waren besonders empfindlich.

«In meinem Alter muss man mindestens fünfzig nehmen, wenn man abends nicht wie ein Faltengebirge nach Hause kommen will.»

«Dann gehen wir schon mal vor.» Nele hatte keine Lust, mit vier Kindern – Aliya und ihre Brüder waren ebenfalls mitgekommen – auf dem Fußweg zum Strand auf sie zu warten.

Als Laura verschwunden war, zog Annika die Nase kraus. «Oma benimmt sich heute irgendwie komisch.»

Nicht nur heute. Nele seufzte. Aber es stimmte, im Moment wirkte ihre Mutter tatsächlich besonders fahrig. Ständig checkte sie ihr Handy, und als es einmal geläutet hatte, war sie aufgesprungen und in ihr Zimmer gelaufen. Bestimmt hatte das etwas mit Arno zu tun.

Sie beschloss, Laura nun doch auf ihn anzusprechen.

«War Arno eigentlich gestern mit dir in der Sauna?», fragte Nele deshalb, als sie endlich zurück war und es sich neben ihr im Strandkorb bequem gemacht hatte.

«Arno? Wieso sollte er?» Laura wirkte bei dieser Frage so arglos, dass Nele von ihrer schauspielerischen Fähigkeit richtig beeindruckt war.

«Auf dem Weg zur Domäne habe ich gesehen, dass du bei ihm geklingelt hast.»

Es dauerte einen kleinen Moment zu lange, bis Laura antwortete. «Ach, das», sagte sie mit einer wegwerfenden Geste. «Ich hatte gemerkt, dass mein Vorderreifen zu wenig Luft hatte, und da habe ich ihn nach einer Luftpumpe gefragt.» Dann wechselte sie schnell das Thema. «Cremst du mir den Rücken ein?» Sie hielt Nele die Sonnencreme hin.

Nele nahm die Tube und drückte sich einen großen Klecks auf den Handteller. «Du bist zu ihm reingegangen.»

Die Schultern ihrer Mutter versteiften sich. «Hätte ich draußen warten sollen, während er die Luftpumpe holt?» Sie drehte sich zu ihr um. «Auf was willst du eigentlich hinaus?»

«Hast du was mit ihm?», fragte Nele geradeheraus.

«Nein!» Ihre Mutter lachte laut auf. «Wie kommst du denn auf so etwas Absurdes? Arno und ich ... das wäre ja so, als würde ich ein Verhältnis mit meinem Bruder anfangen.»

«Du bist ein Einzelkind.»

«Eben. Es ist völlig ausgeschlossen! Die erste Erinnerung, die ich an Arno habe, ist, wie er nackt in seinem Gitterbett steht und eine volle Windel über seinem Kopf herumwirbelt. Die ganze Wand war anschließend vollgespritzt. Mit so jemand kann ich doch keine Affäre haben!»

Jetzt musste Nele auch lachen, und auf einmal kam ihr ihr Verdacht albern vor. Es musste Henrys Anwesenheit sein, die ihre Nerven derart überstrapazierte, dass sie weiße Mäuse sah. Zum Glück hatte Nele die Situation auf dem Sofa, als sich ihre Hände berührt hatten, am nächsten Tag schon viel realistischer beurteilt. Sie hatte an dem Abend einfach zu viel getrunken, außerdem hatte die Sache mit dem Reh ihr zugesetzt. Kein Wunder also, dass sie sich nach einer Schulter zum Anlehnen gesehnt hatte. Und wenn er sie noch so oft Wendy nannte, von Sternenstaub und Erinnerungen faselte und sie verständnisvoll ansah – wenn Ben erst einmal da war, würde der ganze nostalgische Spuk hoffentlich ein Ende haben, und sie konnte sich voll und ganz auf die Zukunft mit ihm konzentrieren.

«So, fertig!» Nele drehte die Sonnencremetube zu. «Ich sehe mal nach den Kindern.»

Unten am Wasser lag Annika im Spülsaum, und die anderen drei Kinder gruben sie bis zum Hals im feuchten Sand ein. Nele war die Nächste, die unter lautem Gelächter der Kinder im Sand vergraben wurde. Danach nahm sie ein Bad in der Nordsee, um den nassen Sand wieder abzuspülen. Als sie wieder am Strandkorb war, sah sie beim Blick auf ihr Handy, dass nicht nur der Makler versucht hatte, sie zu erreichen, sondern auch Emily. Da dies bisher nur am Tag von Oma Lottes Tod vorgekommen war, beschlich Nele mehr als nur ein leises Unbehagen, und sie rief Emily als Erstes zurück.

«Ist was passiert?», fragte sie angespannt.

«Nein», wehrte Emily ab. «Ich bin nicht immer ein Unglücksbote. Ich wollte nur nachfragen, ob es sein kann, dass ihr einen Besichtigungstermin vergessen habt. Dieser Makler steht mit einem Mann und einer Frau vor dem Deichschlösschen, und keiner von euch ist da.»

«Mich hat er nicht angerufen», sagte Nele. «Aber ...» Sie schaute Laura an, und die zog sofort schuldbewusst den Kopf ein. «Halte sie auf!», sagte sie zu Emily. «Ich bin sofort da!»

Keine zehn Minuten später und vollkommen außer Atem schob Nele ihr Rad durch das Gartentürchen des Deichschlösschens. Bei den Interessenten handelte es sich um das Oldenburger Ehepaar.

«Es tut mir so leid!», keuchte Nele.

«Ist doch nicht so schlimm», sagte Frau Weber freundlich. «Dank Ihrer Nachbarin haben wir Sie ja erreichen können. Wir würden uns das Haus sehr gerne noch einmal etwas genauer anschauen und ein paar Fotos machen. Ist das möglich?»

«Natürlich.» Nele sperrte die Haustür auf.

Während der Makler die beiden begleitete, setzte sich Nele auf die Bank unter der Schwarzerle. Sie schloss die Augen und atmete tief durch, versuchte sich auf das Rauschen der Blätter zu konzentrieren, auf den Wind, der ihr zart über das Gesicht strich. Aber es gelang ihr nicht, sich zu entspannen.

Sie war wütend auf Laura. Wieso verhielt sie sich so kindisch und boykottierte den Verkauf? Nele wäre es auch lieber gewesen, das Deichschlösschen zu behalten! Auch für sie war es ein Stück Heimat. Doch wenn nicht eine von ihnen plötzlich im Lotto gewann, blieb ihnen keine andere Möglichkeit, als es zu verkaufen! Außerdem konnte Nele das Geld wirklich gut brauchen. Es würde eine solche Erleichterung sein, nicht immer jeden Cent zweimal umdrehen zu müssen! Und sie brauchte es, um Ben zu beweisen, dass sie auf seins nicht angewiesen war. Dass Geld nicht der Grund war, warum sie sich ein Leben an seiner Seite vorstellen konnte. Sondern weil sie ihn liebte.

*Tust du das wirklich?*, raunten ihr die Blätter der Erle zu.

Ja! Ja, das tat sie, verdammt noch mal. Weil Ben einer der selbstlosesten, fürsorglichsten und liebenswertesten Menschen war, die sie in ihrem ganzen Leben getroffen hatte. Weil sie so eine lange Geschichte verband. Und weil er immer zu ihr gehalten und sie immer geliebt hatte. Außerdem war er beruflich erfolgreich, und er sah gut aus. Nur eine Idiotin würde sich einen Mann wie ihn entgehen lassen! Sie konnte nur hoffen, dass dieses furchtbare Gefühlschaos aus ihrem Herzen verschwand, sobald er erst einmal da war.

Der Makler kam mit dem Ehepaar wieder aus dem Haus, und Frau Weber strahlte über das ganze Gesicht. «Das Haus ist einfach zauberhaft! Wir möchten es unbedingt kaufen.»

Ihr Mann warf ihr einen tadelnden Blick zu. «Wir werden das Wochenende noch einmal darüber nachdenken und uns am Montag gegebenenfalls mit einem Angebot bei Ihnen melden», erklärte er in sachlichem Ton.

Die beiden verabschiedeten sich, und der Makler und Nele blieben allein zurück.

«Keine Sorge», sagte er. «Sie werden es kaufen. Wenn ihr Mann sie nicht zurückgehalten hätte, hätte Frau Weber Ihnen das Angebot jetzt gleich gemacht.»

«Meinen Sie wirklich?», fragte Nele. «Ist es nicht üblich, beim Hauskauf einen Gutachter hinzuzuziehen? Vor allem bei einem Haus, das schon etwas in die Jahre gekommen ist. Ich meine, es soll ja schließlich eine Menge Geld kosten.»

«Den Webers gehört eine Reederei. Eine Immobilie in der Preiskategorie des Deichschlösschens ist Peanuts für die beiden. Das Geld ist ihnen egal», antwortete er, und sein zufriedener Gesichtsausdruck zeigte Nele, dass ihm selbst seine Provision alles andere als egal war. «Freuen Sie sich denn gar nicht?»

«Doch, doch. Aber ich ... ich hätte nicht gedacht ... dass es so schnell geht.»

Jetzt sah er sie mitleidig an. «Mir würde es auch schwerfallen, mich von einem solchen Schmuckstück zu trennen. Nichtsdestotrotz: Man muss tun, was man tun muss, nicht wahr?» Er rieb sich die Hände.

Ja, das musste man wohl. Nele begleitete den Makler bis zur Straße.

Die Tür zum Zaubergärtchen stand offen. Der, der es zuletzt betreten hatte, hatte vergessen, sie zu schließen. Wahrscheinlich Annika und Aliya. Genau wie Nele früher liebten es die beiden, dort zu spielen.

Ihre Hand lag schon auf der Klinke, doch anstatt das Törchen wieder zu schließen, drückte Nele es noch weiter auf und ging hindurch.

Im Licht der späten Nachmittagssonne machte der Garten seinem Namen alle Ehre. Das Licht brach durch das dichte Blätterdach und malte bizarre Muster auf den Rasen, die schillernde Oberfläche des kleinen Teichs und die rote Holzbank. Nele ging darauf zu und setzte sich. Genau an dieser Stelle hatte sie vor achtzehn Jahren gesessen und Henry geküsst, und hier hatte sie ihm auch davon erzählt, dass sie an der Stage School genommen worden war. Ein halbes Leben lag das alles nun zurück, und so viel hatte sich seitdem geändert.

Obwohl es alles andere als kalt war, zog Nele fröstelnd die Schultern hoch.

*Ach, Oma Lotte!*, dachte sie traurig. *Ich wünschte, du wärst noch hier.*

Aber ihre Oma war fort, und das Einzige, was von ihr blieb, waren ein paar Andenken, die sie vor dem Container bewahrt hatte. Und ihre Erinnerungen.

Lange saß Nele auf der roten Holzbank, bevor sie die Kraft fand, sich aufzurichten und langsam zum Deichschlösschen zurückzugehen. Es würde verkauft werden. Wahrscheinlich schon am Montag. Daran konnte sie nichts ändern. Es war Zeit, endlich Abschied zu nehmen und das Zimmer auszuräumen, das sie seit ihrer Ankunft noch kein einziges Mal betreten hatte.

# 24. Kapitel

New York, 15. Oktober 2018

> Night time sharpens, heightens each sensation.
> Darkness wakes and stirs imagination.
> Silently the senses abandon their defenses.
>
> «Music of the Night», aus: Das Phantom der Oper

Ich kann dir gar nicht sagen, wie dankbar ich dir bin!» Nele umarmte Jens vor ihrer Wohnungstür. «Annika darf keine Cola trinken und nach sieben Uhr nicht mehr fernsehen, sonst kann sie nicht einschlafen.»

«Nach acht Uhr», sagte Annika.

Nele schüttelte den Kopf. «Nein! Um sieben ist Schluss. – Ach! Jetzt hätte ich fast vergessen, meinen Schlüssel mitzunehmen.» Sie lief noch einmal in die Wohnung. Zum Glück lag der Schlüssel genau da, wo sie ihn vermutet hatte: auf der Vitrine im Wohnzimmer.

«Toll, dass du einspringen konntest. Diese Babysitterin ist die Pest», sagte sie zu Jens, als sie wieder an der Tür stand. In den letzten Jahren hatte sie einige gehabt, aber so unzuverlässig wie Nanette aus Paris war noch nie eine gewesen. Ständig sagte sie aus den unterschiedlichsten Gründen ab. Außerdem hatte ihr Annika erzählt, dass sie sich mehr mit ihrem Handy beschäftigte als mit ihr und dass sie ständig mit ihrem Freund telefonierte. Es waren offenbar keine jugendfreien Gespräche. Ansonsten hätte Nele sich nämlich nicht erklären können, wieso Annika sie fragte, was *Je veux te baiser* bedeutete. «Ich muss mich dringend nach jemand anderem umschauen. Sobald ich die Zeit dazu habe …»

«Vielleicht solltest du einfach wieder zu Adam und mir ziehen», sagte Jens.

«Nein, bevor ich mir wieder ein Zimmer mit Annika teile, muss ich sie leider zur Adoption freigeben.»

«Und Chris? Hattet ihr nicht mal drüber nachgedacht zusammenzuziehen?»

«Das hatten wir. Aber diese Idee haben wir wieder verworfen. Zum Glück. Es läuft gerade nicht so besonders gut.» Nele wich Annika aus, die durch den Flur dribbelte. Der kleine Wirbelwind wusste genau, dass man in der Wohnung nicht mit dem Ball spielen durfte, aber Nele fehlte gerade die Energie, sie zum hundertsten Mal darauf hinzuweisen.

«Ach, Schatz!» Jens legte den Arm um sie und drückte sie an sich. «Irgendwann findest du auch noch den Richtigen.»

«Ich weiß nicht … Ist es nicht traurig, dass die einzige funktionierende Beziehung, die Annika kennt, die zwischen Adam und dir ist?» Nele warf einen Blick auf die Uhr. «Mist! Jetzt muss ich wirklich los. Denk dran, keine Cola und …»

«Ja, ich weiß, kein Fernsehen nach acht», unterbrach Jens sie.

Nach sieben! Aber Nele war schon die Treppe hinuntergelaufen, und wenn sie pünktlich in der Maske sein wollte, musste sie sich beeilen. Hoffentlich bekam sie sofort eine Subway! Von der Bronx bis zum Theatre District brauchte man fast eine Dreiviertelstunde. Früher, als sie noch im Hotel Watson gewohnt hatte, hatte sie zu Fuß gehen können.

Gerade noch rechtzeitig kam sie auf dem Bahnsteig an, um sich neben einem riesigen Mann im Holzfällerhemd durch die

Türen zu quetschen, bevor sie schlossen. Unter seinen Achseln färbten Schweißflecken den karierten Stoff dunkel. Da er sich an einem Haltegriff festhielt, konnte Nele das sehen – und riechen. Die U-Bahn fuhr ruckartig an, und Nele fand sich mit der Nase in der karierten Schweißpfütze ihres Nachbarn wieder.

«Sorry!», sagte sie und suchte nach irgendeinem Halt, der kein menschlicher Körper war. Sie hasste die Subway! Vielleicht sollte sie doch wieder zu Jens und Adam ziehen, die beiden boten es ihr ständig an. Aber seit Adam eine Gehaltserhöhung bekommen hatte, konnten sie sich die Wohnung locker leisten, und nun hatten die beiden vor fünf Monaten auch noch geheiratet. Nein, sie wollte die beiden nicht in ihrer Zweisamkeit stören!

Siebzehn Haltestellen und fünfunddreißig endlose Minuten später stieg Nele am Times Square aus. Es war seltsam: Sosehr sie ihr Leben in New York manchmal nervte und so laut und hektisch es an diesem Platz zuging, nahm sie die Atmosphäre dort immer noch gefangen. Im Meer der Reklametafeln leuchtete eine von *Wicked* auf, und wie immer, wenn Nele sie sah, erfasste sie Bedauern. Dass sie die darauf abgebildete grünhäutige Hexe selbst einmal gespielt hatte, schien zu einer Zeit zu gehören, die unendlich weit zurücklag. Noch immer hatte sie es nicht geschafft, an den Erfolg von damals anzuknüpfen, und noch immer tanzte sie im Ensemble von *Billy Elliott*. Dabei ging sie, wann immer es ihr möglich war, zu Castings. Einmal war sie sogar in die letzte Runde gekommen. Für die *Evita*. Sie hatte sich so gewünscht, die Rolle der argentinischen Präsidentengattin zu ergattern. Doch ihre Nummer war nicht aufgerufen worden, und dann hatte ein Mädchen, das kaum älter als zwanzig war, die Rolle bekommen. Dabei war die Evita eine gestandene Frau! Obwohl Nele wusste, dass sie dankbar sein musste, dass sie überhaupt wieder auf der Bühne stand und auch davon leben konnte, fühlte sie sich wie in einem Hamsterrad. Sie rannte und rannte, aber sie kam immer wieder dort an, wo sie schon einmal gewesen war. Die Uhr tickte, langsam lief ihr die Zeit davon. Tanita hatte der Bühne schon vor Jahren den Rücken gekehrt, Nele jedoch war noch nicht dazu bereit. Wenigstens noch einmal wollte sie eine große Rolle spielen.

Ihr Handy klingelte. Dankbar für die Ablenkung von ihren düsteren Gedanken zog sie es im Gehen aus der Handtasche. Es war Emily. Emily! Was wollte die denn? Nele konnte sich nicht daran erinnern, dass die beste Freundin ihrer Großmutter sie jemals angerufen hatte.

«Nele, bist du es?»

«Ja! Was gibt es denn?»

«Wo bist du gerade?» Normalerweise hörte man an Emilys Stimme, dass die alte Dame Zigarillos rauchte. Jetzt klang sie ungewohnt hell und schrill.

«Auf dem Weg zur Arbeit. Was ist los? Ist etwas mit Oma Lotte?»

«Ja.» Emily fing an zu weinen. Nele hatte sie noch nie weinen gehört. In ihrem Kopf begann es zu brausen.

«Was ist mit ihr?»

«Sie ist tot.»

Wie durch Schalldämpfer hörte Nele, wie ihr Emily erzählte, wie es passiert war – vor etwa einer Stunde, mitten beim Kartenspielen –, dass sie Laura bereits informiert habe, dass Nele sich keine Sorgen um sie machen müsse, weil Rufus und Arno bei ihr seien. Sie solle sich wieder bei ihr melden, sobald sie wieder einen klaren Gedanken fassen könne, um alles Weitere zu besprechen.

Nele konnte sich später nicht mehr daran erinnern, wie sie

Lana, eine der Zweitbesetzungen, angerufen und gebeten hatte, an diesem Abend kurzfristig für sie einzuspringen. Und auch nicht wie sie es ins Innere des Imperial Theatre schaffte, um dort Bescheid zu sagen.

Als sie aus dem Dunkel des Theaters wieder ans Licht trat, eilten die Passanten unbeeindruckt an ihr vorbei. Der Verkehr floss unvermindert weiter, und die Reklameschilder blinkten wie immer. Alles um Nele war in Bewegung, doch sie selbst stand ganz still. Oma Lotte war tot. Erst jetzt kroch ein Schluchzen ihre Kehle hinauf. Sie war tot, und Nele würde sie nie wiedersehen! Wie ferngesteuert lief sie am Broadway Dance Center vorbei, wo sie durch die gläserne Fassade sah, wie Mädchen im Alter von Annika an einer Stange standen und sich aufwärmten, dann passierte sie eine Filiale der Burger-Kette 5*Napkins*, die so hieß, weil die Burger dort so saftig waren, dass man mindestens fünf Servietten brauchte. Schließlich stand sie am Hafen.

Es war einer dieser wunderschönen, frischen Herbstabende, an denen New York aussah wie die pastellfarbene Kulisse eines Liebesfilms. Die letzten warmen Oktobersonnenstrahlen ließen den Hudson leuchten, als wäre er aus flüssigem Gold. Wie konnte das sein, fragte sich Nele, wo es doch in ihrem Inneren aussah wie in einem französischen Schwarzweißfilm?

Wieder riss das Handy sie mit seinem Klingeln aus ihren Gedanken. Laura! Nele drückte sie weg. Sie musste mit jemandem sprechen, aber nicht mit ihrer Mutter. Sie dachte an Jens, doch wenn sie nach Hause fuhr, musste sie auch Annika von Oma Lottes Tod erzählen, und momentan sah sie sich noch nicht in der Lage, zusätzlich mit der Trauer ihrer Tochter fertigzuwerden. Tanita war zurück nach Pennsylvania gezogen, und außer ihr hatte sie nie eine enge Freundin in New York gehabt. Chris ... Nein. Auch wenn er ein wirklich netter Kerl war. Wahrscheinlich war er gerade beim Training. Oder im Fitnessstudio. Oder er machte sich einen Eiweißshake. Auf jeden Fall war er mit Sicherheit mit irgendetwas beschäftigt, das mit seinem Körper zu tun hatte und seine ganze Aufmerksamkeit erforderte. Ben ... Er würde ihr zuhören und sie trösten. Es wäre schön, seine Stimme zu hören. Aber er war so weit weg und hatte Oma Lotte kaum gekannt.

Doch es gab jemanden, der sie gekannt hatte. Sehr gut sogar. Und dieser Jemand war seit Anfang der Woche in New York. Nele brauchte zwei Anläufe, um auf ihrem Handy die richtige Nummer aufzurufen, so sehr zitterten ihre Hände.

«Bist du unterwegs?», fragte sie.

«Nein, ich bin im Hotel. Was ist denn los?»

«Kann ich zu dir kommen? Oma Lotte ist gestorben.»

Das Opera House Hotel, in dem Henry für die Dauer des Schüleraustauschs wohnte, lag direkt neben Annikas Schule und war somit nicht weit von ihrer Wohnung entfernt. Henry stand vor dem Hotel und rauchte. Als er sie sah, warf er die Zigarette fort und nahm sie wortlos in den Arm.

«Bitte sag mir, dass das alles nur ein Albtraum ist!», flüsterte Nele in den Stoff seines Shirts.

Statt einer Antwort zog Henry sie fester an sich. «Lass uns reingehen!»

Aber Nele schüttelte den Kopf. «Wenn ich jetzt stillsitzen muss, werde ich verrückt.»

«Okay, nur ein paar Meter entfernt von hier gibt es einen Park. Sollen wir dorthin? Auf den ersten Blick sieht er ganz nett aus.»

Nele löste sich von ihm. «Das ist er aber nicht. Zumindest wenn du kein Drogenabhängiger bist. Hat dir niemand erzählt, dass du den Park meiden sollst? Selbst am Tag lungern dort Junkies rum, und in der New York Post stand, dass allein im letzten halben Jahr 20 000 Spritzen dort gefunden wurden. Diese Stadt ist ein einziger Moloch.» Wütend kickte sie die zusammengedrückte Dose eines Energydrinks fort. Ein paar Meter von ihnen entfernt stritt sich eine Frau, die wie eine Prostituierte gekleidet war, lautstark mit einem fetten Mann im Unterhemd, dessen Bauch weit über den Bund seiner unförmigen Jeans hing. «Am liebsten wäre ich jetzt ganz weit weg. Irgendwo, wo man nicht schreien muss, um den Verkehrslärm zu übertönen, und wo die Luft nicht nach Abgasen stinkt. Aber so einen Platz gibt es in dieser blöden Stadt natürlich nicht.» Sie spürte, dass sie kurz davor war durchzudrehen.

«Ein bisschen außerhalb kenne ich einen», sagte Henry.

Nele sah ihn überrascht an. «Und wo soll das sein?»

«Lass dich überraschen.» Er ergriff ihre Hand und zog sie mit sich.

«Unglaublich, wie ruhig es ist! Man hört ja wirklich gar nichts außer dem Zwitschern der Vögel», sagte Nele eine knappe Stunde später erstaunt. «Wieso war ich noch nie hier?»

«Das frage ich mich auch.» Henry grinste. «Komisch, dass die Einheimischen ihre Städte meistens viel weniger kennen als die Touristen. Auf Staten Island war ich gleich bei meinem ersten Besuch in der Stadt, weil ich im Internet gelesen hatte, dass man von der Fähre aus den besten Blick auf die Freiheitsstatue hat.»

«Mit der Fähre bin ich natürlich auch schon gefahren, aber ich bin nie auf der Insel ausgestiegen. Hätte ich das nur einmal gemacht! Ich kann gar nicht glauben, dass dieser idyllische Ort nur fünfundzwanzig Minuten von der Bronx entfernt liegt.»

Statt Wolkenkratzern oder zumindest mehrgeschossigen Wohnblocks wie in Manhattan prägen hier viktorianische Reihenhäuser das Bild. Ein paar Straßen weiter waren es Einfamilienhäuser mit großen Gärten. Eine Villa mit vanillegelber Fassade und weißen Stuckverzierungen stach Nele besonders ins Auge. Sie erinnerte sie an das Deichschlösschen. Schnell wandte sie den Blick ab, bevor die Traurigkeit sie wieder mit sich reißen konnte. In dem Haus auf der anderen Straßenseite schien eine Familie mit halloweenverrückten Kindern zu wohnen. Die ganze Auffahrt war von geschnitzten Kürbissen gesäumt, und in einem Baum wackelten gebastelte Gespenster aus durchsichtigem Stoff im Wind. «Stay away!», hatte jemand auf eins der Fenster im Obergeschoss gesprüht, und auf dem daneben stand «Help!».

Nele dachte, dass sie unbedingt einmal mit Annika wiederkommen musste. Ihr würde es hier gefallen. Bestimmt zogen die Kinder hier am 31. Oktober als Hexen und Monster verkleidet durch die Straßen, klingelten an Türen und riefen *Trick or Treat!*, um Süßigkeiten zu erbetteln. In der Bronx wäre so etwas undenkbar. Es musste schön sein, hier zu leben.

Sie schlenderten eine Weile durch die hügeligen Straßen und gingen dann zur Strandpromenade. An einem Springbrunnen, in dem mehrere an Stäben befestigte Metall-Delfine durch die Fontänen sprangen, blieben Nele und Henry stehen. «Als ich das letzte Mal hier war, fand ein Konzert statt», sagte Henry.

Nele musste an Juist und den Kurplatz mit dem Schiffchenteich denken, wo in den Sommermonaten immer Musik gemacht wurde.

«Ich kann nicht fassen, dass sie tot ist», schluchzte sie.

«Ich mochte sie auch sehr gern», sagte Henry. Die Hände tief in den Taschen seiner Jeans vergraben, starrte er in die fröhlich sprudelnden Fontänen, und Nele meinte, auch in seinen Augenwinkeln Tränen glitzern zu sehen.

Hatte die Sonne beim Besteigen der Fähre noch prall wie eine Apfelsine am Himmel gestanden, wehrte sie sich bei ihrer Ankunft in Manhattan nur noch mit ein paar zartorangefarbenen Schlieren gegen die Übermacht der einbrechenden Nacht. Die Rückfahrt hatten Nele und Henry weitestgehend schweigend an der Reling gestanden, umgeben von Touristen, die mit gezückten Handys und ausgefahrenen Selfiesticks auf das Auftauchen der Freiheitsstatue warteten.

In der Subway legte Henry den Arm um ihre Schulter. Nele lehnte sich erschöpft gegen ihn. Obwohl ihr die Fahrt sonst immer so endlos vorkam, flitzten die Haltestellen nun geradezu an ihr vorbei. Dabei wünschte Nele sich nichts mehr, als dass die Fahrt niemals endete. Denn wenn sie vorbei wäre, würde sie nicht länger davor fliehen können, dass Oma Lotte tot war. Sie musste es Jens erzählen und morgen früh Annika. Sie würde mit Laura über die Beerdigung sprechen müssen. Sie musste einen Flug nach Deutschland buchen, und in ein paar Tagen würde sie auf dem Dünenfriedhof stehen und dabei zuschauen, wie Oma Lottes Sarg in die Erde hinabgelassen wurde.

Die Bahn hielt an, und sie stiegen aus.

«Ich bringe dich noch nach Hause», sagte Henry, nachdem sie nach draußen getreten waren.

«Das musst du nicht. Es ist ja nicht mehr weit, und ich gehe die Strecke sonst auch allein. Dein Shirt ...» Nele zeigte auf den Stoff, der von ihrem Make-up und ihrer Wimperntusche verschmiert war. «Ich habe es total schmutzig gemacht. Das tut mir leid. Wenn du es mir mitgibst, lasse ich es für dich reinigen.»

«Das ist nicht nötig.»

«Doch, doch, ich bestehe drauf.»

«Du suchst doch nur nach einem Vorwand, damit ich mich ausziehe, oder?», feixte Henry.

Sie verdrehte die Augen. «Du bist unmöglich.»

«Nein, im Ernst. Ich habe nichts drunter. Wenn du also nicht willst, dass ich mit freiem Oberkörper zum Hotel zurückgehe und auf dem Weg dorthin alle Frauen verrückt mache, musst du mir das Shirt lassen.»

«Oh, okay. Das Risiko kann ich natürlich nicht auf mich nehmen.» Nun konnte auch Nele zumindest ein kleines Lächeln nicht verhindern. Sie schauten sich einen Augenblick zu lange an, und dann hörte sie sich sagen: «Henry ...» Ihre Hand suchte nach seiner, und als sie sie fand, verschlangen sich ihre Finger ineinander. «Ich kann heute Nacht nicht allein sein.»

Henrys gerade noch so belustigter Blick wurde unsicher. Ein paar Sekunden lang sagte er nichts, bevor er leise fragte: «Bist du dir sicher, dass du weißt, was du tust?»

«Nein.» Aber die Nacht bei Henry zu verbringen, in seinen Armen zu liegen, ihn ganz nah bei sich zu spüren und ein paar kostbare Sekunden vielleicht sogar vergessen zu können war die einzige Möglichkeit, sie zu überstehen. Und deshalb stellte Nele sich auf die Zehenspitzen, schlang ihre Arme um seinen Hals und küsste ihn. Die Leidenschaft, mit der sie das tat, überraschte sie selbst.

«Wir sollten wirklich besser reingehen, wenn wir hier nicht für einen öffentlichen Aufruhr sorgen wollen.» Sanft löste Henry sich nach einiger Zeit von ihr, und obwohl er sie bei seinen Worten nicht ansah, wusste Nele, dass er dabei lächelte.

Henry zog sie durch die Lobby des Opera House Hotel, und kaum dass sich die silbernen Türen des Aufzugs zusammengeschoben hatten, fielen sie übereinander her. Als die Türen drei

Stockwerke später wieder aufgingen, war der oberste Knopf von Henrys Jeans schon geöffnet, und Neles Rock war so weit hochgerutscht, dass man ihren weißen Spitzenslip sehen konnte. Durch den Gang zu Henrys Hotelzimmer taumelten sie mehr, als dass sie gingen, weil sie ihre Lippen keine Sekunde voneinander lösen mochten, und als sie endlich vor der richtigen Tür standen, brauchte Henry vier Anläufe, bis es ihm gelang, die Karte richtig herum in den Öffner zu stecken. Die Tür war noch nicht wieder hinter ihnen ins Schloss gefallen, da hatte Henry Nele schon hochgehoben und gegen die Wand gepresst. Es geht zu schnell!, dachte Nele eine Sekunde lang und dann: Blödsinn! Wir haben siebzehn Jahre darauf gewartet!

Beim zweiten Mal, als sie nebeneinander auf dem Bett lagen, ließen sie sich mehr Zeit. Mit ihren Händen und Lippen erkundeten sie den anderen Zentimeter für Zentimeter, und die nächsten Stunden verschwammen in einem nebelhaften Rausch aus verschlungenen Gliedmaßen und heiser geflüsterten Worten.

Wie kann man nur so traurig und so glücklich zugleich sein? war der letzte Gedanke, der Nele durch den Kopf ging, bevor sie eng an Henry gekuschelt in seinen Armen einschlief.

Als Nele aufwachte und auf die schweren dunklen Vorhänge schaute, die so ganz anders aussahen als die luftigen lindgrünen, die vor ihrem Schlafzimmerfenster hingen, wusste sie im ersten Moment nicht, wo sie sich befand. Erst dann brach die Realität über sie herein. Und die war gnadenlos. Oma Lotte war tot! Die Wucht dieser Erkenntnis raubte Nele einen Moment den Atem, und sie keuchte auf.

Ein Arm schob sich unter ihre Schulter und umschlang sie. Henry! Erleichterung durchströmte Nele. Diesen Teil des gestrigen Abends hatte sie also nicht geträumt. Nele schloss die Augen, atmete den Duft seiner Haut ein, die angenehm nach Sex und Schweiß und einem letzten Hauch seines Aftershaves roch. Sie spürte, wie der Schmerz in ihrem Innern ein kleines bisschen erträglicher wurde. Henry war bei ihr. Sie war nicht allein. Er schlug die Augen auf und streichelte ihren Rücken.

«Ich vermisse sie so.» Nele rutschte noch ein wenig näher an ihn heran, obwohl das eigentlich gar nicht mehr möglich war. «Und weißt du, was das Schlimmste ist: Ich kann mich überhaupt nicht daran erinnern, wann ich das letzte Mal mit ihr geredet habe. Und worüber. Es war immer so viel zu tun. Wie kann sie denn einfach nicht mehr da sein? Jetzt kann ich nie wieder mit ihr sprechen.» Tränen strömten über ihre Wangen.

«Mach dir deswegen keine Gedanken», hörte sie seine Stimme an ihrem Ohr. «Sie hat gewusst, dass du sie liebst. Ganz sicher.» Er wiegte sie hin und her. «Habe ich dir eigentlich erzählt, was meine allererste Erinnerung an sie ist?»

Nele schüttelte den Kopf.

«Vanillepudding mit Schokostreuseln drin. Niemand konnte ihn so gut machen wie sie.»

«Das stimmt.» Trotz ihrer Tränen musste Nele lächeln. «Sie hat ihn immer in einer Guglhupfform kalt werden lassen und ihn dann gestürzt, sodass er genauso aussah wie die Puddings auf dem Päckchen. Laura hat das nie geschafft und ich auch nicht. Annika zuliebe habe ich es schon oft versucht, aber bei mir ist der Pudding immer zusammengesackt.»

«Ich mochte als Kind auch ihre Marmelade gern. Diese gelbe. Wie hießen die Früchte noch?»

«Mirabellen?»

«Genau.»

«Sie hatte einen Mirabellenbaum vor dem Haus. Gleich neben

dem Kirsch- und dem Apfelbaum. Ich kann mich gar nicht daran erinnern, was mit ihm passiert ist. Auf einmal war er nicht mehr da.»

«Ein Sturm hat ihn umgeworfen. Ein paar Tage vorher ist Piet noch von ihm heruntergefallen und hat sich den Arm gebrochen. Ein Ast war abgebrochen.»

«Stimmt. Wie konnte ich das nur vergessen? Oma Lotte hatte uns verboten, darauf herumzuklettern, weil er so morsch war.»

Es tat unendlich gut, mit jemandem über Oma Lotte zu sprechen, der sie gekannt und gemocht hatte. Vielleicht sollte sie für Annika all diese Erinnerungen aufschreiben, damit sie nicht verloren gingen.

Annika! Abrupt löste Nele sich aus Henrys Umarmung und griff nach ihrem Handy, das auf dem Nachttisch lag. Halb sieben zeigte das Display an. Annika stand erst um sieben auf. Sie atmete auf. Wenn sie sich beeilte, konnte sie es schaffen, rechtzeitig zu Hause zu sein. «Ich muss jetzt nach Hause.» Nele stand auf.

«Zu deinem Freund?» Auch Henry hatte sich aufgerichtet. Schlagartig war der Rausch der gestrigen Nacht verflogen und machte Ernüchterung Platz.

«Nein. Ich muss zu Jens. Er passt auf Annika auf. Bestimmt fragt er sich, wo ich bleibe.» Als sie ihn gestern spät noch angerufen hatte, hatte sie ihm versprochen, am Morgen rechtzeitig wieder da zu sein, um Annika für die Schule fertig zu machen.

«Aber du bist noch mit diesem Chris zusammen, oder?» Auf einmal war Henrys gerade noch so warmer Blick frostig geworden.

«Ja, irgendwie schon ...» Irgendwie! Wieso hatte sie nicht einfach nein gesagt? Nele klaubte Rock, Shirt, Slip und Schuhe zusammen. Schon seit Monaten hielten Chris und sie ihre Beziehung nur noch aus Gewohnheit aufrecht. Was musste Henry jetzt für einen Eindruck von ihr haben! Sie hatte einen Freund, warf sich aber ihm an den Hals. Nun dachte er, dass sie Chris mit ihm betrogen hatte. Was ja genau genommen auch stimmte, wenn man außer Acht ließ ... «Aber er bedeutet mir nichts mehr.» Himmel, sie verstrickte sich ja immer mehr in Widersprüche. Das hörte sich ja so an, als wollte sie wegen Henry mit Chris Schluss machen! Nele schaffte es kaum, den Reißverschluss ihres Rocks hochzuziehen, weil ihre Hände so feucht geworden waren. «Ich ... ich ... Letztendlich hat mir wohl einfach noch nie ein Mann so viel bedeutet wie die Bühne.» Endlich war der Reißverschluss dort, wo er hingehörte. «Ich muss jetzt wirklich los. Annika muss zur Schule. Und Jens zur Arbeit. Ich ruf dich später an, ja?»

Sie musste mit Henry in Ruhe über alles reden. Aber das konnte sie nicht, während die Sekunden unerbittlich verstrichen und sie zusehen musste, dass sie rechtzeitig nach Hause kam, um sich um ihr Kind zu kümmern.

«Okay», sagte Henry.

«Danke, dass ich heute Nacht bei dir bleiben durfte», sagte Nele. Sie umarmte ihn flüchtig und drückte ihm einen Kuss auf die Wange. «Ich ruf dich an», sagte sie noch einmal, bevor sie das Zimmer verließ. Als sie sich an der Tür noch einmal umdrehte, saß er noch immer auf dem Bett und starrte ins Leere.

Nele rief ihn auch an. Ein paarmal sogar. Aber es meldete sich immer nur Henrys Anrufbeantworter. Als sie es am späten Abend immer noch nicht geschafft hatte, ihn zu erreichen, und er auch nichts von sich hatte hören lassen, trat Nele auf ihren winzigen Balkon hinaus, auf den genau ein einziger Stuhl passte. Sie goss sich ein Glas Wein ein, und das erste Mal seit Jahren zündete sie sich auch eine Zigarette an. Sie war so dumm gewesen! So unglaublich dumm! Wieso hatte sie ihm gesagt, dass sie Chris verlassen wollte! Es war doch klar, dass jemand wie Henry daraufhin das Weite suchen würde.

Tränen strömten über Neles Gesicht, aber sie wischte sie nicht weg, sondern erlaubte sich zu weinen. Um Oma Lotte, der sie noch so viel hatte sagen wollen, um Henry, der mal wieder ihr Herz gebrochen hatte, und um ihr ganzes verkorkstes Leben.

Am nächsten Tag flog sie mit Annika und Jens nach Juist.

## 25. Kapitel

Juist 2019

Obwohl Nele wusste, was sie erwartete, traf es sie doch hart, als sie die Tür öffnete und in Oma Lottes Zimmer trat. Das Bett war gemacht, nie hätte ihre Großmutter es unordentlich hinterlassen, und es war noch immer mit der Bettwäsche bezogen, in der sie geschlafen hatte. Auf ihrem Nachtschränkchen lag ein Buch, ein historischer Roman. Oma Lotte war nur bis Seite einundzwanzig gekommen, vielleicht hatte sie es am Abend zuvor erst angefangen, nicht wissend, dass sie nie weiterlesen würde … Nele wandte sich ab und öffnete den Kleiderschrank. Ein Hauch von Oma Lottes Parfüm hing noch immer darin, obwohl sie doch inzwischen schon so lange fort war. Nele strich mit den Fingerspitzen über ihre Kleider. Sie fühlte kühle Seide, weiche Wolle, festen, ein wenig kratzigen Tweed … Zu jedem einzelnen Teil hätte sie eine Geschichte erzählen können.

Zu dem roten Angorapullover mit den winzigen Strass-Splittern zum Beispiel. Oma Lotte hatte ihn immer an Heiligabend anziehen müssen, weil Nele fand, dass sie darin wie eine Weihnachtsfrau aussah. Die rosafarbene Bluse hatte sie gerade zum Trocknen aufgehängt, als Mette den Brief von der Stage School gebracht hatte. Beim sonntäglichen Kirchgang hatte sie immer eines der drei steifen Kostüme getragen, die sie wie die englische Queen aussehen ließen. Die dazu passenden Hüte standen, sorgfältig in Schachteln verpackt, auf dem Regalbrett darunter. Genau wie Oma Lottes Schmuckkästchen. Der Verschluss klemmte etwas, aber letztendlich gelang es Nele, es zu öffnen. Auf schwarzen Samt gebettet leuchteten ihr Ringe, Ketten, Armbänder entgegen. Und die schreckliche Brosche aus Fimomasse, die Nele vor langer Zeit gebastelt und ihr zum Geburtstag geschenkt hatte. Auch Opa Kalles Ehering befand sich in dem Kästchen. Er hatte ihn nie getragen, weil er Angst hatte, ihn zu verlieren, hatte Oma Lotte erzählt. Nele hätte ihr noch viel mehr Fragen stellen sollen, zum Beispiel, woher die japanische Vase mit dem Kirschblütenmuster kam, wo Oma Lotte doch nie Deutschland verlassen hatte, oder die Brosche in Form eines Skarabäus. Aber Nele hatte immer gedacht, sie hätte noch so viel Zeit. Die Vase hatte einen Sprung, also würde Nele sie wegwerfen. Die Brosche aber wollte sie auf jeden Fall behalten. Ihre Finger schlossen sich um den moosgrünen Käfer mit den goldenen Beinen. Er sollte sie von nun an daran erinnern, dass sie so viel Zeit vielleicht doch nicht hatte. *Es ist immer später, als man denkt.* Wo hatte sie diesen Spruch nur gehört oder gelesen? Nele vergrub ihr Gesicht in der weichen Angorawolle des Weihnachtsfrauenpullis, sie atmete seinen Geruch ein und stellte sich vor, es wäre Oma Lotte, an die sie sich schmiegte.

Helle Stimmen verrieten Nele, dass Laura und die Kinder wieder zurück waren. Doch ein bisschen musste sie sich noch gedulden, bis Laura die Zeit oder vielleicht auch den Mut fand, zu ihr nach oben zu kommen. Wahrscheinlich war es der Mut, der ihr gefehlt hatte, denn ihre zerknirschte Miene war ein einziges Schuldeingeständnis.

«Hör mal, es tut mir leid!», fing sie an und setzte sich aufs Bett. «Ich ...»

Nele hob die Hand, um die Lüge abzuwehren, die sonst unweigerlich gefolgt wäre. «Wieso? Das ist alles, was ich wissen möchte. Wieso hast du mir den Termin verschwiegen?»

Lauras Blick huschte durch das Zimmer, als würde sie dort in einer Nische die Antwort auf Neles Frage finden. Dann stieß sie hervor: «Ich möchte nicht, dass das Haus verkauft wird.» Jetzt strömten die Worte nur so aus ihr heraus: «Weißt du, Schätzchen, du hast nur deine Ferien hier verbracht, aber ich … ich habe meine komplette Kindheit und Jugend hier gelebt! Kannst du dir vorstellen, wie viele Erinnerungen an dem Schlösschen hängen? Ich …»

«Ach, jetzt tu doch nicht so», unterbrach Nele ihre Mutter verärgert. «Dir liegt doch gar nichts an dem Haus. Und genau deshalb interessiert es mich ja, wieso du alles tust, um den Verkauf zu boykottieren. Du müsstest doch auch froh sein, das Ganze abschließen zu können und dir keine Gedanken mehr ums Geld machen zu müssen. Oder hast du inzwischen wieder einen reichen Macker aufgetrieben, der dich aushält?»

Laura stieß hörbar den Atem aus. «Wieso hasst du mich eigentlich so?» Sie hatte die Finger fest ineinander verschränkt, als könnte sie in dieser Geste Halt finden.

«Ich hasse dich nicht. Du bist meine Mutter.»

«Aber du willst mich schon seit Jahren nicht mehr in deinem Leben haben. Du schließt mich aus. Kannst du dir vorstellen, was für ein Gefühl es war, von meiner Mutter erfahren zu müssen, dass du ein Kind erwartetest? Nur von ihr wusste ich auch, dass du es geschafft hattest, eine Hauptrolle in *Wicked* zu bekommen. Vielleicht wäre ich am Tag der Premiere ja auch gerne dabei gewesen.» Lauras Augen schimmerten jetzt feucht. «Ich frage mich, was ich falsch gemacht habe. Ich habe dich doch immer bei allem unterstützt! Und besonders streng war ich auch nie zu dir. Ich habe dir nie gesagt, was du zu tun und zu lassen hast, du durftest immer alles ausprobieren. Ich war wie eine Freundin zu dir.»

«Ja, das warst du.» Nele ließ Oma Lottes Kostüm sinken, das sie gerade in der Hand gehalten hatte. «Viel mehr als eine Freundin hätte ich aber eine Mutter gebraucht! Eine Mutter, die für mich da ist und bei der ich an erster Stelle komme und nicht ihre ständig wechselnden Lover.»

«Ich war für dich da, und du hast für mich an erster Stelle gestanden!», protestierte Laura.

«Ach! Und weil ich dir so wichtig war, hast du mich in den Ferien zu Oma Lotte abgeschoben, um die Zeit mit deinen komischen Typen verbringen zu können», höhnte Nele. «Mitgekommen bist du höchstens an Weihnachten. Verzeih mir also, wenn ich dir deine neue Anhänglichkeit an mich und dein Elternhaus nicht abkaufe!»

Laura presste die Lippen einen Augenblick lang so fest zusammen, dass sie jede Farbe verloren. «Du hast gedacht, dass ich nur wegen der Männer nicht mit nach Juist gekommen bin?»

«Was denn sonst? Oder wieso sonst bist du in den Ferien immer zu Hause geblieben?»

«Weil ich in dieser Zeit gearbeitet habe!» Laura ließ die Schultern hängen. «Was glaubst du denn, warum ich dazu in der Lage war, dir deinen teuren Tanzunterricht zu bezahlen? Die Gesangs- und Schauspielstunden? Deine Ausbildung an der Stage School? Das Zimmer in Hamburg?»

Nele war unsicher geworden. Tatsächlich hatte sie sich nie Gedanken darum gemacht. Natürlich hatte sie gewusst, dass Laura nicht in Geld schwamm. Schließlich waren sie außer nach Juist nie in den Urlaub gefahren, und auch sonst hatten sie sich immer einschränken müssen. Aber in Bezug auf das Singen und Tanzen hatte das nie eine Rolle gespielt. Nie hatte Laura angedeutet, dass sie sich ihre Ausbildung nicht leisten konnte. Und nie hatte Nele sich gefragt, wie das möglich war, wo ihre Mutter doch gar keinen festen Job hatte und sich nur mit wechselnden Gelegenheitsjobs über Wasser hielt. Sie hatte immer gedacht ... «Eddy hat dir doch Unterhalt für mich überwiesen.»

Laura lachte auf. «Natürlich. Davon hätte ich aber noch nicht einmal deine Spitzenschuhe finanzieren können. Als du noch Ballett getanzt hast, brauchtest du manchmal zwei Paar im Monat.» Angespannt drehte sie eine Haarsträhne um ihren Zeigefinger. «Wahrscheinlich war es ein Fehler, dir nicht schon viel früher zu sagen, was das alles gekostet hat – und dass der Unterhalt von Eddy eben nicht ausreichte. Aber ich wollte dich nicht damit belasten. Ich wollte, dass du dich voll und ganz auf deine Ausbildung konzentrieren konntest. Weil ich so sehr daran geglaubt habe, dass du das Talent und den Willen hast, es zu schaffen. Weil ich unbedingt wollte, dass sich dein Traum im Gegensatz zu meinem erfüllt.» Etwas leiser setzte sie hinzu: «... und weil ich ihn durch dich ein bisschen weiterträumen konnte.»

«Deinen Traum, Maskenbildnerin zu werden?»

«Ja.» Ein versonnenes Lächeln legte sich auf Lauras Lippen. «Die Ausbildung zur Friseurin sollte nur der Anfang sein.»

Nele hatte gar nicht gewusst, dass ihre Mutter sich das so sehr gewünscht hatte. Vielmehr hatte sie ihren Traum als kleine Teenagerspinnerei abgetan. Aber sie hatte wohl einiges nicht gewusst, stellte sie beklommen fest.

«Und was die Männer anging, mit denen ich zusammen war ... Sie haben mir die ganze Sache ein wenig erleichtert. Natürlich wäre es mir auch lieber gewesen, wenn ich das alles ganz allein hätte finanzieren können, ohne die Unterstützung von deinem Vater, deiner Großmutter und all diesen Männern. Aber ich hatte nie etwas gelernt, und mit einem hübschen Aussehen allein kommt man auf Dauer nicht weit …» Sie zog ein Taschentuch aus der Tasche ihres Kleides und schnäuzte sich.

All das konnte Nele nachvollziehen, aber … «Und Julius?» Sie spürte, wie sich ihre Schultern noch mehr verkrampften.

Laura nickte. «Dadurch, dass er mir so schnell nach unserem Kennenlernen angeboten hat, bei ihm einzuziehen, konnte ich mir die Miete sparen und dir die Ausbildung an der Stage School und das Zimmer in Hamburg bezahlen.» Sie senkte den Blick und strich eine nicht vorhandene Falte ihres Kleides glatt. «Es tut mir so leid, dass ich damals nicht zu dir gehalten habe.» Ihre letzten Worte waren kaum mehr als ein Flüstern. «Das ist eines der ganz wenigen Dinge, die ich in meinem Leben bedauere. Weil ich heute denke, dass es bestimmt auch anders gegangen wäre. Ich hätte Doppelschichten machen und einen Kredit aufnehmen können. Irgendeinen Weg hätte es schon gegeben. Aber ich habe den einfachsten gewählt. Und dafür schäme ich mich mehr, als du dir vorstellen kannst.»

Nele schluckte betroffen. «Du hättest mir das alles sagen müssen.»

«Was? Dass es nicht Liebe war, was mich mit all diesen Männern verbunden hat, sondern Geld? Würdest du das Annika gegenüber zugeben?»

Nein! Das würde sie nicht. Und sie hatte es auch nicht getan. Auch wenn es nicht Geld war, was Nele sich von ihrer Affäre mit Annikas Vater erhofft hatte, sondern die Rolle der Elphaba. Hinter ihren Schläfen kündigten sich mit einem leisen Pochen heftige Kopfschmerzen an.

«Ich wollte vor dir nicht wie eine Prostituierte dastehen», fuhr Laura fort. «Und es ist ja auch nicht so, dass ich diese Männer nicht gemocht hätte. Ich mochte sie. Die meisten zumindest. Aber …»

«Sie waren nicht Eddy.»

Laura schwieg einen Moment, bevor sie nickte. «Nein, das waren sie nicht», sagte sie dann.

Neles Magen zog sich zusammen. «Ich muss dir etwas sagen, Mama. Wenn wir das Deichschlösschen verkauft haben, gehe ich nach München. Ich ziehe dort mit einem Mann zusammen. Du kennst ihn. Es ist Ben.»

«Ben!» Lauras Augen weiteten sich. «Wow! Damit habe ich nicht gerechnet. Ich weiß natürlich, dass ihr beide euch gut versteht und befreundet seid, aber ... ist er nicht verheiratet?»

«Inzwischen nicht mehr.»

«Ach so.» Nele sah, wie Laura leicht die Stirn runzelte. Sie sah aus, als ob sie noch etwas sagen wollte. Doch dann verzogen sich ihre Mundwinkel zu einem Lächeln. «Wie schön! Dann muss ich in Zukunft ja nicht mehr um die halbe Welt fliegen, wenn ich Annika und dich sehen will.»

«Du denkst, dass es ein Fehler ist», sagte Nele resigniert.

«Quatsch!» Ihre Mutter schüttelte den Kopf. «Ich ... ich bin nur überrascht. Weil ich gar nicht wusste, dass du ...»

«Dass ich in ihn verliebt bin?»

Laura nickte.

«Es hat sich über die Jahre so entwickelt», sagte Nele spröde. «Und du glaubst wirklich nicht, dass es ein Fehler ist?»

«Nicht wenn du auf dein Herz gehört hast», sagte Laura, und Neles Magen krampfte sich zusammen.

Hatte sie das?

# 26. Kapitel

Juist, 20. Oktober 2018

> Do you ever lie awake at night?
> Just between the dark and the morning light.
> Searching for the things you used to know.
> Looking for the place where the lost things go.
>
> «The Place Where Lost Things Go»,
> aus: Mary Poppins' Rückkehr

Der Herbst tat Nele nicht den Gefallen, sich bei Oma Lottes Beerdigung von seiner goldenen Seite zu zeigen. Wolkengeschwader, grau und bedrohlich wie zu allem bereite Armeen, zogen über den Himmel und warteten nur auf eine Gelegenheit, ihre Schleusen zu öffnen. Es schien, als wäre ganz Juist zu der Beerdigung erschienen. Der Dünenfriedhof war so überfüllt mit dunkel gekleideten Menschen und ihren Regenschirmen, dass Nele kaum ein Stück freien Rasen ausmachen konnte.

Oma Lotte wurde neben Opa Kalle beerdigt. Ebenso wie Emilys Mann war Neles Großvater viel zu früh gestorben. Vielleicht war das der Grund, warum Emily und Lotte so eine enge Beziehung zueinander entwickelt hatten. Sie waren mehr Schwestern als Freundinnen gewesen. Zwei junge Witwen, die nur wegen ihrer Ehemänner auf die Insel gezogen und dort von ihnen zurückgelassen worden waren.

Obwohl Emily schon über achtzig war, war sie Nele nie alt

vorgekommen. Jetzt aber sah sie aus wie eine uralte Frau. Vollkommen zusammengesunken stand sie zwischen Rufus und Arno an Lottes Grab. Die schwarze Kleidung, die sie anstelle ihrer sonst so farbenfrohen trug, sorgte zusätzlich dafür, dass sie geisterhaft blass aussah.

Henry war nicht gekommen. Arno hatte seine Abwesenheit mit einer heftigen Grippe entschuldigt. Doch diese billige Ausrede nahm Nele ihm nicht ab, und sie war wütend. Wenn schon nicht ihretwegen, so hätte er wenigstens Emily zuliebe auftauchen müssen, um Oma Lotte die letzte Ehre zu erweisen.

Sogar Eddy hatte kommen wollen, der Oma Lotte viel weniger gekannt hatte. Nele hatte ihrem Vater jedoch so taktvoll wie möglich klargemacht, dass das keine gute Idee war. Laura setzte der Tod ihrer Mutter sehr zu, da wollte sie ihr nicht auch noch zumuten, am Grab auf ihren Exmann zu treffen, den sie seit Jahrzehnten nicht mehr gesehen hatte. Eddy hatte schon mehrere Male angedeutet, dass er Laura sehr gerne wiedersehen wollte, aber die wollte nichts davon wissen.

Aber Ben war da, stellte Nele gerührt und überrascht fest. Und er war allein. Auf Neles Frage, ob Viola auch hier sei, hatte er den Kopf geschüttelt. Mehr hatte sie noch nicht mit ihm reden können, da der Strom der Menschen, die Nele und Laura ihr Beileid aussprechen wollten, einfach nicht abriss. Nele war froh, dass Jens sich um Annika kümmerte, während sie unentwegt Hände schüttelte und kurze, belanglose Gespräche führte.

«Was machen die Männer denn mit dem Blumentopf?», flüsterte Annika Nele zu, als die Urne an Seilen in das dunkle Grab hinabgelassen wurde.

«Das ist doch die Urne, von der ich dir gestern erzählt habe, Schätzchen», antwortete Nele.

«Die Urne, in der Oma Lotte drin ist?», hakte Annika nach. Nele nickte, und Annikas Unterlippe fing an zu zittern. «Aber sie ist so klein, wie kann sie denn da reinpassen?»
Von diesem Teil des Begräbnisrituals hatte Nele Annika vorher nichts erzählt, weil es zu schmerzhaft für sie war. Als sie nun sah, wie dicke Tränen über die Wangen ihrer Tochter kullerten, wusste sie, dass das ein Fehler gewesen war.

«Ich erkläre dir das nachher», sagte Jens, der neben ihnen stand. Er legte den Arm um Annika. «Wenn wir zu Ivy gehen. Emily hat gesagt, dass du sie reiten darfst. Aber zuerst müssen wir uns noch von Oma Lotte verabschieden, okay?»

Annika nickte und sah nicht mehr ganz so ratlos und traurig aus. Die Aussicht, die alte Stute zu besuchen, heiterte sie merklich auf. Nele lächelte Jens dankbar an.

Als die Beerdigung und der anschließende Leichenschmaus vorbei waren, war sie mehr als erleichtert. Aber sie fühlte sich auch leer. Nun musste das Leben also ohne Oma Lotte weitergehen. Sie fragte sich nur, wie.

Um noch ein wenig hinauszuzögern, zu Laura in das viel zu stille Deichschlösschen zu gehen, hatte sie sich bereiterklärt, im Pfarrheim zu helfen, die Tische abzuräumen und das Geschirr zu spülen. Dabei fiel ihr das Liedblatt in die Hände. Auf dem Deckblatt stand:

*Wenn du bei Nacht den Himmel anschaust,*
*wird es dir sein, als lachten alle Sterne,*
*weil ich auf einem von ihnen wohne,*
*weil ich auf einem von ihnen lache.*

Es war ein tröstlicher Gedanke, sich Oma Lotte auf einem dieser Sterne vorzustellen, einem von denen, die Nele in ihrem Leben für einen kurzen Moment erreicht hatte, die aber viel zu schnell verglüht waren.

«Vielleicht sitzt sie dort, trinkt Tee und strickt», sagte sie zu Emily, die neben sie getreten war.

«Mit Sicherheit tut sie das», erwiderte die alte Frau. «Und ich wette, sie ärgert sich unglaublich darüber, dass sie ihr letztes Blatt nicht mehr ausspielen durfte.» Sie legte ihren dünnen Arm um Neles Taille und drückte sie an sich. «Ich glaube, da will dich jemand sprechen.»

Nele schaute auf.

Ben stand in der offenen Tür des Gemeindesaals und schaute zu ihnen herüber. Gut sah er aus. Im Gegensatz zu Emily stand ihm Schwarz ausgezeichnet.

«Geh ruhig zu ihm!», sagte Emily und lächelte. «Ich übernehme hier für dich.»

«Gehen wir ein paar Meter?», fragte Ben.

Nele nickte und hakte sich bei ihm unter.

Nach dem sintflutartigen Regen, der während des Essens niedergegangen war, waren die Wolken plötzlich verschwunden. Nun war der Himmel so makellos zartblau wie ein frischgewaschenes Betttuch.

Sie schlugen den Weg zum Wäldchen ein.

«Danke, dass du gekommen bist», sagte Nele, nachdem sie schon eine ganze Zeitlang schweigend nebeneinanderher gegangen waren. Neben Eddy war Ben der einzige Mensch, bei dem Nele minutenlanges Schweigen nicht unangenehm fand.

«Das ist doch selbstverständlich.» Ben lächelte.

Nicht für jeden, dachte Nele mit leiser Bitterkeit. «Wollte Viola denn nicht mitkommen?»

Er schüttelte den Kopf. «Das heißt, vielleicht hätte sie schon gewollt, aber ... wir sind nicht mehr zusammen.»

«Ernsthaft?» Nele blieb stehen. «Davon hast du bei unserem letzten Telefonat gar nichts gesagt!» Trotz ihrer Trauer empfand sie eine Spur Freude über diese Nachricht.

«Die Trennung ist erst ein paar Wochen her.»

«Hast du dich von ihr getrennt?», fragte sie gespannt.

«Ja», antwortete er.

Nele nickte. Es war kein Geheimnis, dass die Liebe in dieser Beziehung nicht auf beiden Seiten gleich groß gewesen war.

«Und wie hat sie es aufgenommen?»

«Nicht so gut.»

«Gab es einen bestimmten Grund?»

Sie waren an den beiden ineinander verwachsenen Bäumen angelangt, deren Stämme und Äste so verschlungen waren, dass es aussah, als würden sie einander umarmen. Direkt unter ihrer Krone blieben sie stehen.

«Ich würde lieber über etwas anderes sprechen.»

Eine Gruppe lärmender Touristen radelte an ihnen vorbei.

«Kein Problem. Solange es nichts mit Tod und Sterben zu tun hat.» Nach den letzten Tagen hatte Nele von diesem Thema genug.

«Was hast du gesagt?», fragte Ben und neigte ihr sein linkes Ohr zu. Nele wurde kalt. Die meiste Zeit nahm sie diese Geste schon gar nicht mehr wahr, so vertraut war sie ihr. Doch heute, in ihrem emotional aufgewühlten Zustand, erinnerte sie sie schmerzlich an den Tag vor siebzehn Jahren, an dem sich ihr Leben, aber auch das von Ben vollkommen verändert hatte.

Nele wiederholte ihre letzten Sätze, dieses Mal etwas lauter. Dann brach es aus ihr hervor: «Ich muss dir was sagen.» Jetzt endlich würde sie den Mut dazu aufbringen. Sie hätte es schon Jahre vorher tun sollen. «Ich weiß, dass du auf dem rechten Ohr nicht gut hörst. Ich habe dich nie drauf angesprochen. Aber jetzt muss ich es tun. Denn ...» Neles Stimme brach, während sie verzweifelt nach den richtigen Worten suchte.

«Denn?» Bens Miene war fragend geworden.

Es stimmte also! Sie hatte noch einen letzten Funken Hoffnung gehabt, dass er es abstreiten würde.

«Ich bin schuld daran», flüsterte Nele. «Daran, dass Julius dich geschlagen hat. Ich hatte dich damals gefragt, ob du mit mir spazieren gehen willst, weil ich Henry eifersüchtig machen wollte.» Sie sah, dass sich Bens Rücken versteifte und er die Stirn runzelte, doch sie redete tapfer weiter. Wenn sie es jetzt nicht aussprach, würde sie es niemals tun. «Er hatte auf dem Sanddornfest ein Mädchen kennengelernt und ist mit ihm zusammen weggegangen. Wenn ich dich nicht gefragt hätte, wären wir niemals Julius begegnet, du hättest nie gedacht, dass du mich vor ihm beschützen musst, und er hätte dich nicht geschlagen. Ich bin schuld, dass du dein Medizinstudium nicht beenden konntest und jetzt einen Job machst, den du nie machen wolltest.» Auf Oma Lottes Beerdigung hatte sie es geschafft, die Tränen zurückzuhalten, aber jetzt schlug sie sich die Hände vors Gesicht und fing an zu weinen.

«Das hast du gedacht?», fragte Ben geschockt. «Aber das stimmt nicht! Ja, ich habe mir damals bei dem Sturz das Trommelfell gerissen, und ich bin auf dem rechten Ohr so gut wie taub. Aber das Medizinstudium habe ich doch nicht deswegen hingeschmissen.»

Eine zentnerschwere Last fiel von Nele ab. «Warum hast du es dann aufgegeben?»

«Ich habe bei einem Praktikum auf der Kinderstation festgestellt, dass ich mit all dem Leid, das ich im Klinikalltag erlebte, nicht klarkam. Das wollte ich dir gegenüber aber nicht zugeben. Ich wollte vor dir nicht wie ein Weichei dastehen. Gerade vor dir nicht.» Ben blickte an ihr vorbei auf die ineinander verwachsenen Baumkronen. «Ich habe mich deinetwegen von Viola getrennt.»

«Wegen mir?» Neles Stimme war kaum mehr als ein Flüstern. Aber wenn sie ehrlich war, musste sie zugeben, dass es sie nicht überraschte. Zumindest hatte sie es geahnt. Aber ihn nun aussprechen zu hören, was er für sie empfand, war etwas vollkommen anderes. «Du hast nie etwas gesagt.»

«Ich hatte Angst, dich dann ganz zu verlieren», gab er zu.

«Und wieso sagst du es mir jetzt?»

«Weil ich jetzt bereit bin, das Risiko einzugehen.» Er zögerte einen Augenblick, dann fuhr er fort: «Ich bin unsterblich verliebt in dich, Nele Strasser, und das seit dem Moment, als ich dich zum ersten Mal gesehen habe.»

Erst jetzt sah Ben sie wieder an, und unter der Intensität seines Blickes wurden Neles Knie weich. Vor ihr stand ein liebevoller, kluger, gut aussehender und erfolgreicher Mann, ein Mann, der einer der ganz wenigen Menschen in ihrem Leben war, die sie noch nie enttäuscht hatten, und gestand ihr seine Liebe. Worauf wartete sie noch?

*Aber ...*, flüsterte eine kleine Stimme in ihrem Kopf.

*Nichts aber*, brachte Nele sie zum Verstummen.

Und dann schlang sie ihre Arme um Bens Hals und küsste ihn.

## 27. Kapitel

### Juist 2019

«Einen wunderschönen guten Morgen. Ich habe gute Neuigkeiten für Sie», flötete der Makler ins Telefon.

Hatte er sie nicht vor ein paar Tagen mit genau denselben Worten begrüßt? Nele wurde flau im Magen.

«Ich bin gespannt.» Sie bemühte sich um einen euphorischen Tonfall, bezweifelte aber, dass er ihr gelang.

«Herr und Frau Weber …» Der Makler legte eine dramatische Pause ein. «Sie haben gerade angerufen und mir mitgeteilt, dass sie sich bereits jetzt entschieden haben, das Haus zu kaufen. Sie haben wohl Angst, dass ihnen jemand zuvorkommt. Morgen Mittag möchten sie vorbeikommen, um vor dem Notartermin alle Vertragsbedingungen zu klären. Aber ich kann Ihnen jetzt schon versprechen, dass sie mit dem Kaufpreis in voller Höhe einverstanden sind. Ich gehe davon aus, dass Sie Zeit haben.»

«Natürlich. Ich sage meiner Mutter Bescheid.» Obwohl Nele mit dieser Nachricht gerechnet hatte, musste sie sich einen Stuhl heranziehen. Nun war es also so gut wie amtlich: Das Deichschlösschen würde verkauft werden. Irgendwie hatte sie darauf gehofft, dass sich doch noch eine andere Lösung finden würde, auch wenn sie nicht wusste, wie die aussehen sollte.

Laura nahm die Neuigkeit noch schlechter auf. Sie sah aus, als würde sie gleich in Tränen ausbrechen. Dann murmelte sie, dass sie noch etwas erledigen müsse, und verschwand.

Als Nele am Nachmittag mit Annika und Aliya zur Tanzschule fuhr, war sie immer noch fort. Während die Mädchen sich umzogen, ging Nele zu Emily ins Büro.

Emily saß an ihrem chaotischen Schreibtisch und tauchte gerade einen Pinsel in ein Gefäß mit Goldlack. Vor ihr stand eine japanische Vase, die genauso aussah wie die, die Nele vor ein paar Tagen in den Container geworfen hatte. Nur dass sie an mehreren Stellen geklebt war. Als Nele eintrat, schaute Emily auf.

«Ich muss mit dir sprechen», sagte Nele.

Emily runzelte die Stirn. «Über das Musical? Gibt es Probleme?»

«Nein. Es geht um das Deichschlösschen.»

«Hat sich ein Käufer gefunden?» Nun hatte Nele Emilys volle Aufmerksamkeit.

«Ja, ein Ehepaar vom Festland. Die beiden scheinen nett zu sein, und sie wollen selbst einziehen. Wir müssen also keine Angst haben, dass eine Baufirma mit der Abrissbirne anrückt, um einen Apartmentkomplex auf dem Grundstück zu errichten. Das ist doch eine gute Nachricht.»

Emily schloss die Augen, und ihre sonst immer so aufrechten Schultern sackten ein wenig nach vorne. Doch schon im nächsten Augenblick hatte sie sich wieder im Griff. «Ja, das ist es.» Sie wandte sich wieder ihrer Vase zu und malte eine dünne goldene Linie über eine der Bruchstellen. Nele entging nicht, dass ihre Hand dabei ein wenig zitterte.

«Wann kommst du denn, Mami?» Annikas brünetter, wild gelockter Schopf erschien im Türspalt, dahinter der schwarz glänzende glatte von Aliya. «Greta will anfangen.»

«Fangt schon mal ohne deine Mami an, wir müssen noch etwas besprechen, Igelchen», sagte Emily.

Die Mädchen verschwanden.

«Was gibt es denn?», fragte Nele.

«Ich finde, wir sollten für Aliya ein Solo einbauen. Nichts Schweres natürlich. Das Mädchen ist so gut, es wäre eine Schande, wenn wir sie im Stück nicht hervorheben würden. Die Schlussszene würde sich dafür eignen.»

«Ich weiß nicht. Sie hat gerade mal vor einer Woche wieder angefangen zu tanzen. Sie weigert sich, auch nur einen Schritt zu machen, wenn ihre Mutter oder ich nicht in der Nähe sind. Und die Aufführung ist schon morgen. Wie soll sie es schaffen, eine zusätzliche Choreographie einzustudieren? Außerdem würde sie es sich doch nie trauen, allein vor Publikum aufzutreten.»

«Lass sie uns doch einfach fragen. Mit Nicken und Kopfschütteln kommuniziert die arme Lütte ja immerhin.»

«Das können wir. Ich hoffe nur, dass wir sie damit nicht unter Druck setzen.»

«Vertrau mir! Ich unterrichte schon seit fast vierzig Jahren. Oder sind es inzwischen sogar schon mehr? Gott, wie die Zeit vergeht ...»

«Tut es dir sehr leid, dass du die Tanzschule schließen musst?», fragte Nele.

«Ein bisschen», gab Emily zu. «Gerade wenn ich einem Talent wie Aliya begegne. Es wäre schön, das Mädchen zu fördern. So wie ich dich früher gefördert habe. Das ist es, was ich an meinem Beruf immer am meisten geliebt habe.» Emily legte den Pinsel beiseite und griff nach ihren Zigarillos. Als sie merkte, dass die Schachtel leer war, stieß sie ein verärgertes Schnauben aus. Dann blickte sie auf. «Ich habe gehört, dass du nach München ziehen willst.»

«Hat Henry dir das erzählt?», fragte Nele überrascht. «Ich wusste nicht, dass ihr über solche Dinge miteinander sprecht.»

«Henry erzählt mir einiges», erklärte Emily, und Nele fragte sich unbehaglich, was genau sie damit meinte.

«München ist keine typische Musicalstadt», fuhr Emily fort. «Das weißt du, oder? Wenn du schon dem Broadway den Rücken kehrst, wieso gehst du dann nicht nach Hamburg? Meinetwegen auch nach Berlin. Wieso muss es gerade München sein?»

«Ach! Diese Information hat Henry dir also vorenthalten!» Nele reckte das Kinn.

«Offensichtlich. Mir ist es nämlich tatsächlich ein Rätsel.»

Nun war es also an der Zeit, Farbe zu bekennen. «Ich ziehe wegen einem Mann dorthin. Du kennst ihn.»

Einen Moment lang herrschte Stille im Raum. Dann fragte Emily: «Ist es dieser Rothaarige, mit dem du dich jahrelang in den Sommerferien getroffen hast?»

«Ja. Ben. Bitte sag Annika noch nichts davon! Ich will es selbst tun.» Bisher hatte Nele sich davor gedrückt, mit ihrer Tochter zu sprechen. Gegen Juist hätte Annika New York wahrscheinlich problemlos eingetauscht. Aber dass sie ihre Freunde und ihre Fußballmannschaft freudestrahlend verließ, um in eine fremde Stadt zu ziehen, zu einem Mann, den sie nur ein paarmal in ihrem Leben gesehen hatte, bezweifelte Nele.

Noch einmal schaute Emily in die Zigarilloschachtel, aber die tat ihr nicht den Gefallen, sich auf magische Weise gefüllt zu haben. «Früher war er ja nicht gerade eine Schönheit, aber später sah er ganz passabel aus. – Wird es dir in München nicht langweilig sein? Schließlich kennst du dort außer ihm niemanden.»

«Ich kenne seine beiden Schwestern. Und seine Mutter. Sie will mir ein Engagement in einem Musical beschaffen, das Ende des Jahres erstmals aufgeführt wird. *Dornröschen*.»

«Du willst also wieder auf die Bühne.»

Nele nickte. «Ja, ein letztes Mal noch.»

«Das kann ich verstehen. Mir ist es damals auch nicht leichtgefallen, mit dem Tanzen aufzuhören.»

«Ich verstehe immer noch nicht, wieso du es so früh getan hast. Du hättest nach der Geburt von Arno weitertanzen können. Hast du denn niemals bedauert, die großen Bühnen gegen ein Leben auf dieser winzigen Insel einzutauschen?» Und bald war es auch noch ein Leben als Witwe gewesen, dachte Nele. Nur sieben Jahre nachdem Fritz sie als Tänzerin gesehen und sich unsterblich in sie verliebt hatte, war er vollkommen überraschend an einem Herzinfarkt gestorben. So war Emily mit einem Kind allein zurückgeblieben.

«Natürlich gab es solche Momente. Aber es waren nicht viele. Ich bin niemand, der etwas bedauert. Letztendlich ist immer alles für etwas gut. Wenn ich auf dem Festland geblieben wäre, hätte ich schließlich deine Oma nicht kennengelernt.» Ein versonnenes Lächeln legte sich über ihre von feinen Falten umkränzten Lippen. «Und deine Mutter und dich auch nicht.»

«Aber du warst auf dem Höhepunkt deines Erfolgs, als du Fritz geheiratet hast.»

Emily winkte ab. «Ich hätte sowieso bald aufhören müssen. Ich war zwar erst Ende zwanzig, aber meine Füße haben schon damals nicht mehr so zuverlässig mitgemacht.» Sie griff mit der Hand nach dem Stock, der neben ihr stand, und klopfte damit auf den Boden. «Man spürt, wann es Zeit ist zu gehen.»

Dieser Satz kränkte Nele ein wenig, denn sie vermutete, dass er eine Anspielung war. Natürlich taten auch ihr die Füße weh, aber anders als Emily war sie auf einen Stock ja nun wirklich noch nicht angewiesen. «Ich werde nicht so einfach aufgeben», begehrte sie auf. «Einmal noch möchte ich eine Hauptrolle tanzen. Dafür werde ich kämpfen. Du warst es doch, die mir gesagt hat, dass man nach den Sternen greifen muss, wenn man fliegen will.»

«Habe ich das?»

«Ja. Als wir mit Laura und Oma Lotte in Hamburg in *Cats* waren.»

«Nun, vielleicht habe ich mit zunehmendem Alter erkannt, dass es auch auf der Erde ganz nett sein kann.»

Emily rutschte ein Stück zurück und öffnete eine ihrer Schreibtischschubladen. «Ich möchte dir etwas geben.» Sie reichte Nele ein zerknittertes Stück Papier. «Das habe ich vor ein paar Tagen in meinem Papierkorb gefunden.»

«Was ist das?», fragte Nele irritiert.

«Sieh es dir an, dann weißt du es.»

Nele faltete den Bogen auf. Es war ein Brief. Die Handschrift konnte sie zwar nicht zuordnen, aber er war an sie gerichtet.

## 28. Kapitel
### Juist 2019

*Liebe Nele,*
bestimmt hast du nicht mit einem Brief von mir gerechnet. Du weißt ja, dass ich kein besonders großer Redner bin. Aber ich versuche es trotzdem.
Das erste Mal, als ich dich gesehen habe, hattest du ein blaues Kleid an, und du bist mit Otto an der Deichkante entlanggelaufen. Du kannst mich nicht bemerkt haben: Ich lag in einem der Planwagen und habe über den Rand zu dir hinübergeschaut.
Es war Flut. Der Himmel hatte an der Horizontlinie schon diesen seltsamen rosafarbenen Schimmer, den ich bisher nur hier auf der Insel gesehen habe, und die Flut schwappte auf die Salzwiesen. Wie ein perlmuttfarbener Spiegel sah das Meer aus. Vögel standen in den Pfützen oder flogen in Schwärmen darüber. Du hast dich neben den alten Otto gesetzt und sie beobachtet.
Draußen war kaum noch etwas los. Aber am Hafenrestaurant waren noch ein paar Leute auf der Terrasse, und Musik schallte aus den Boxen. Ein Lied begann mit einem Klavierintro, und auf einmal bist du aufgesprungen und hast angefangen, dazu zu tanzen. Ein paar Jahre später habe ich erfahren, wie das Lied heißt: I like Chopin. Die verdammte CD habe ich immer noch.
Du hast dich zur Musik gedreht, bist gehüpft und hast Sprünge gemacht, und auch wenn es damals noch nicht so perfekt aussah wie später, als du auf den großen Bühnen standest und Hunderte

von Menschen dir applaudierten, hatte ich noch nie etwas Schöneres gesehen.

Ich habe dir nie von diesem Moment erzählt und auch nicht dass ich zu deiner Premiere in Wicked nach New York gekommen bin. Ich habe in einer der ersten Reihen gesessen, stolz, dieses wunderschöne, talentierte Mädchen auf der Bühne zu kennen, und nach der Show habe ich mich am Hintereingang herumgedrückt, um auf dich zu warten.

Auch als du keine Hauptrolle mehr hattest, saß ich hin und wieder im Publikum und habe anschließend auf dich gewartet. Mich wundert es heute noch, dass mich nie jemand für einen Stalker gehalten hat. Aber nie habe ich mich getraut, zu dir zu gehen und dich anzusprechen. So vieles stand zwischen uns. Es ist jetzt sicher zu spät, trotzdem möchte ich dir sagen: Auch wenn es für dich bestimmt nicht immer so aussah, du bist die Eine für mich ...

An dieser Stelle brach der Brief ab. Mehrere Sekunden starrte Nele auf die Buchstaben. Es war lange her, dass sie das letzte Mal Henrys Handschrift gesehen hatte. Er war also da gewesen an diesem Abend, an dem sie sich trotz ihres Triumphs so einsam gefühlt hatte. Wieso hatte er nie etwas erzählt?

Nele atmete tief durch. «Wie kommt der in deinen Papierkorb?»

«Henry war gestern da. Mein Computer ließ sich nicht mehr hochfahren.»

Nachdenklich strich Nele das zerknitterte Papier glatt. «Ich wusste gar nicht, dass dein Enkel so ein Poet ist. *Rosafarbener Schimmer, perlmuttfarbener Spiegel* ...»

«Ich war auch verwundert», sagte Emily. «Menschen können einen immer wieder überraschen. Selbst wenn man glaubt, sie noch so gut zu kennen.»

«Wieso zeigst du ihn mir?» Nele ließ das Papier sinken. «Henry hat ihn zerknüllt und weggeworfen. Er wollte nicht, dass ich ihn lese.»

«Ich habe ihn dir gezeigt, weil ich nicht möchte, dass du einen Fehler begehst.»

«Indem ich nach München ziehe?»

«Indem du zu diesem Ben ziehst.»

Ein paar Sekunden sagte keine von ihnen ein Wort.

«Ist das eigentlich Oma Lottes Vase?», fragte Nele in dem verzweifelten Versuch, das Thema zu wechseln. «Sie sieht genauso aus wie die, die ich in den Container geworfen habe.»

«Ja, genau die.»

«Wieso hast du mir nicht gesagt, dass du sie haben willst? Ich hätte sie dir sofort gegeben.»

«Mir ist zu spät bewusst geworden, wie viel mir an ihr liegt.»

«Sie ist kaputt.»

«Deshalb repariere ich sie. Hast du schon mal etwas von Kintsugi gehört?»

Nele schüttelte den Kopf.

«Das ist die Kunst, aus Bruchstücken etwas zusammenzusetzen, damit es noch schöner wird.» Emily schaute zu ihr auf. «Du solltest es auch einmal versuchen.»

«Einige Dinge haben so viele Risse, dass man sie nicht wieder zusammensetzen kann.»

«Nichts ist vollkommen, aber das ist nicht schlimm. Denn durch Risse kann Licht hineinfallen», gab Emily zurück.

«Du sprichst nicht mehr über dieses Kin-Dingsbums und kaputte Vasen, oder?»

«Tust du es denn noch?»

«Nein.» Nele schaute auf ihre Armbanduhr. «Halb drei. Die Probe beginnt.» Fluchtartig verließ sie Emilys Büro.

Normalerweise verging die Probe mit den Kindern wie im Flug. Heute jedoch zog sie sich schier endlos dahin, und noch nicht einmal Aliya war in der Lage, Nele von ihren Gedanken an den Brief abzulenken. Zu Neles Überraschung war sie sofort bereit gewesen, das Solo zu übernehmen. Das Kätzchen schien ihr wirklich gutzutun. Sie hatte sich sogar richtig gefreut, jedenfalls hatte sie eifrig genickt und dabei sogar gelächelt. Und sie hatte es von Anfang an großartig gemacht.

Als die Kinder nun endlich in die Umkleidekabinen gingen, bat Nele Emily, die Mädchen mit nach Hause zu nehmen. Sie selbst schwang sich auf ihr Fahrrad und radelte in die entgegengesetzte Richtung: zum Mühlenhaus. Bestimmt wäre es besser gewesen, eine Nacht darüber zu schlafen oder zumindest noch ein paar Stunden zu warten, bis sie sich einigermaßen beruhigt hatte, aber Geduld war noch nie Neles große Stärke gewesen: Sie musste jetzt sofort mit Henry sprechen.

Er stand auf Ivys Weide, wo er einen kaputten Pfosten am Zaun ersetzte. Die alte Stute stand in einigem Abstand zu ihm und beobachtete ihn dabei, wie er einen riesigen Hammer schwang.

Mistkerl!, dachte Nele. Selbst verschwitzt sah er sexy aus. «Kann ich mit dir sprechen?»

«Was gibt es denn?» Henry stützte sich auf den Zaunpfosten. Nele hielt ihm das zusammengefaltete Blatt Papier hin. «Das.» «Was ist das?»

«Das ist der Brief, den du mir geschrieben und dann in den Papierkorb geworfen hast. Emily hat ihn mir gegeben.»

Das erste Mal, seit Nele Henry kannte, wurde sein gebräunter Teint blass, und sie sah, wie er schluckte.

«Möchtest du mir dazu etwas sagen?» Sie wedelte mit dem Brief vor seiner Nase herum.

Henry fuhr sich durch die Haare, die an den Schläfen ganz feucht waren. «Ich habe ihn nicht abgeschickt, weil du mit Ben zusammen bist. Genau wie die bestimmt zwanzig anderen Briefe, die ich an dich geschrieben habe.»

Es gelang Nele nicht, das Zittern in ihrer Stimme zu unterdrücken. «Du bist also bei meiner Premiere in *Wicked* gewesen und hast auf mich gewartet. Wieso um Himmels willen bist du nicht zu mir gekommen?»

Henrys Miene wurde verschlossen. «Das hatte ich vor, oder glaubst du wirklich, dass ich so ein Waschlappen bin, ein paar tausend Kilometer nach New York zu fliegen, um dann den Schwanz einzuziehen? Ben ist aufgetaucht. Und du bist mit ihm weggegangen. Ihr habt nicht ausgesehen, als ob ihr euch über Gesellschaft freuen würdet.»

Nele sog scharf die Luft ein. «Ich hätte mich gefreut. Sehr sogar. Du kannst dir gar nicht vorstellen, wie einsam ich mich an diesem Abend gefühlt habe. Ganz allein in New York und niemand, mit dem ich meine Premiere hätte feiern können.» Sie schaffte es kaum noch, ihre Tränen zu unterdrücken. «Wieso sagst du mir das ausgerechnet jetzt, Henry? Über ein Jahrzehnt später! Und dieser Brief ... Du kannst mir doch nicht immer und immer wieder das Herz brechen.»

«*Ich* breche *dir* immer und immer wieder das Herz?» Henry starrte sie einen Augenblick an, dann lachte er auf. «Das ist ja wohl ein Witz. Du hast *mir* immer und immer wieder meins gebrochen!»

Nele stemmte die Arme in die Seiten. «Dann habe ich also damals beim Sanddornfest die blonde Schnepfe geküsst?»

«Ich bin nicht stolz darauf, und das soll auch keine Entschuldigung sein, aber du weißt, wie es zu diesem Kuss gekommen ist.» Auch Henrys Augen funkelten nun zornig. «Ich hatte viel zu viel getrunken. Und Angst, dass du niemals wiederkommst, wenn du erst mal auf der Stage School bist. Genau wie meine Mutter niemals wiedergekommen ist, obwohl sie es mir versprochen hatte. Und nicht ich habe nach diesem Abend nicht mehr mit dir gesprochen, sondern du nicht mit mir! Ich weiß gar nicht, wie oft ich in diesen Ferien bei euch geklingelt und nach dir gefragt habe, aber du hast immer so getan, als wärst du krank.»

«Ich *war* krank. Krank vor Kummer», fauchte Nele. «Schließlich war es erst ein paar Stunden her, dass wir beide zusammen im Zaubergärtchen gesessen und du mich geküsst hattest. Damit hatte sich alles zwischen uns verändert!»

«Ja, das stimmt», gab er zu. «Und du kannst dir gar nicht vorstellen, wie sehr ich mein Verhalten von damals immer bedauert habe.»

«Und wieso hast du es dann nach unserer Nacht in New York schon wieder getan?»

Henry runzelte die Stirn. «Was meinst du?»

«Wir hatten miteinander geschlafen, Henry. Kannst du dich wenigstens daran noch erinnern? Und am nächsten Tag bist du nicht mehr an dein Handy gegangen, als ich versucht habe, dich anzurufen.»

«Stimmt.» Am Spiel seiner Kieferknochen sah Nele, dass er die Zähne zusammenbiss. «Weil du, nachdem wir miteinander geschlafen hatten, gesagt hast, dass du niemals einen Mann so sehr lieben könntest wie die Bühne.»

«Außer dir, du Idiot!»

Henrys Augen weiteten sich, und er öffnete den Mund, um etwas zu sagen, doch Nele unterbrach ihn. «Wir haben kein gutes Timing, Henry!», flüsterte sie, und sie spürte, wie ihr eine Träne die Wange hinunterlief.

Henrys Blick löste sich von ihr und richtete sich auf einen Punkt hinter ihr. Nele sah, wie sich sein Brustkorb unter dem engen, verschwitzten Shirt hob und senkte. «Nein, das haben wir nicht.»

Sie drehte sich um und schnappte nach Luft. Denn auf der anderen Straßenseite des Mühlenhauses hielt jetzt eine Kutsche, aus der eine aufgetakelte ältere Dame stieg. Sie hatte unzählige Gepäckstücke dabei und einen Käfig, in dem ein Papagei saß, der hektisch mit den Flügeln schlug und lautstark schimpfte. Und hinter der Dame und dem Papagei stand Ben.

Wortlos drehte Henry sich um und ging ins Haus. Sein Werkzeug ließ er achtlos auf Ivys Weide liegen.

## 29. Kapitel

### Juist 2019

Ben kam auf sie zu. Schnell wischte sich Nele mit dem Handrücken die Träne weg und zwang sich, ihm ein Stück entgegenzueilen.

«Was machst du denn hier? Du wolltest doch erst am Samstag kommen!», rief sie. Ihre Stimme klang schrill.

Ben lächelte. «Überraschung!», sagte er und breitete die Arme aus.

Nele schaute zum Mühlenhaus, wo sich die Tür hinter Henry geschlossen hatte. Dann erst drückte sie Ben an sich.

«Die ist dir gelungen», murmelte sie an seiner Brust. Ihr Herz schlug immer noch heftig, und sie hoffte, dass er es nicht merkte.

«Es geht weiter!», rief der Fuhrmann zu ihnen herüber, der inzwischen das Gepäck und den Papagei der älteren Frau in die Pension *Sonnensegel* gebracht hatte, und Nele war froh, dass sie einen Grund hatte, sich aus Bens Umarmung zu lösen.

«Wohnst du im Kurhotel?»

«Natürlich, wo sonst?» Ben runzelte leicht die Stirn. «Ist alles in Ordnung mit dir?»

«Ja, natürlich. Ich bin nur ... Wir haben einen Käufer für das Deichschlösschen gefunden. Ein Ehepaar vom Festland. Sie kommen morgen schon vorbei ... Es ist gerade alles etwas viel für mich.»

«Das kann ich verstehen.» Ben strich ihr über die Wange. «Kommst du mit ins Hotel?»

Nele nickte. «Aber nicht mit der Kutsche. Ich bin mit dem Rad hier.»

Froh um einen Moment der Verschnaufpause, ging sie zu ihrem Fahrrad. Erst jetzt merkte sie, dass sie noch immer Henrys zerknitterten Brief in der Hand hielt. Sie unterdrückte den Impuls, ihn in viele winzige Stücke zu reißen, und stopfte ihn in die Tasche ihrer Shorts.

Hannelore stand hinter der Rezeption und schaute Nele und Ben neugierig hinterher, als sie zusammen die breiten, mit rotem Samt bespannten Treppenstufen hinaufgingen. Spätestens morgen früh würde ganz Juist Bescheid wissen.

Ein wenig steif standen sie sich kurz darauf in Bens Zimmer gegenüber, bevor Ben seine Arme um Neles Taille schlang und sie an sich zog. Vier Monate hatten sie sich nicht gesehen, und so viel war seitdem passiert! Vor allem in den letzten Tagen ... Seine Berührungen fühlten sich fremd an. Er fühlte sich fremd an.

Nele trat einen Schritt zurück und zog ihr Handy aus der Tasche. «Ich muss Emily fragen, ob sie noch ein bisschen länger auf Annika aufpassen kann.» Weil sie im Zimmer kein Netz hatte, ging sie hinaus auf den Balkon.

Wie erwartet war es für Emily überhaupt kein Problem, wenn Annika noch einige Zeit bei ihr blieb. Nele war froh darüber. Sie war so durcheinander, und die kurze Fahrradfahrt zum Kurhotel hatte nicht ausgereicht, um ihre Gedanken zu ordnen.

Nele legte die Hände auf die Brüstung und schaute über den Strand, ein buntes Flickwerk aus Strandkörben und Handtüchern, hinaus aufs Meer, über dem Möwen und Seeschwalben kreisten auf der Jagd nach Fischen. Wenn man Glück hatte, konnte man hin und wieder einen Schweinswal beim Luftholen sehen.

«Diesen Ausblick werde ich vermissen», sagte sie zu Ben, der hinter sie getreten war.

«Wir kommen doch jedes Jahr wieder.»

«In den letzten beiden Augustwochen?»

«Wann sonst?» Obwohl sie ihn nicht sah, wusste sie, dass er bei diesen Worten lächelte. «Achtzehn Jahre ist es jetzt schon her, dass ich dich das erste Mal gesehen habe. Es war am Eiswagen. Wie hieß der alte Mann noch, der ihn gefahren hat?»

«Siggi. Jetzt fährt ihn sein Sohn.» Sie schwieg einen Augenblick, dann sagte sie: «Weißt du noch, wann das zweite Mal war, als du mich gesehen hast?»

Ben zögerte einen Moment, dann schüttelte er den Kopf.

«Es war in den Dünen. Dort hinten. Schau!» Nele zeigte auf eine Stelle ein paar Meter hinter dem Strandaufgang. Vielleicht würde das Schwelgen in Erinnerungen ihre Anspannung lösen und den Gedankenwirrwarr in ihrem Kopf beseitigen. «Du hast mit dem Rücken im Sand gelegen.» Ein nervöses Kichern entwich ihr. «Ich dachte damals für einen kurzen Moment, dass du tot wärst und ich über eine Leiche gestolpert wäre.»

«Stimmt! Wie konnte ich diesen schicksalsträchtigen Augenblick nur vergessen!» Ben ergriff ihre Hand und verschränkte seine Finger mit ihren. «Sag mal, hast du dich eigentlich vorhin mit Henry gestritten?»

Gerade hatte Nele angefangen, sich ein bisschen zu entspannen. Nun spürte sie, wie sie sich wieder versteifte. «Ja», gab sie zu, weil sie nicht wusste, wie lange er sie schon bei ihrem hitzigen Wortwechsel beobachtet hatte. «Henry ... er ... er hat überhaupt kein Verständnis dafür, dass Laura und ich das Deichschlösschen verkaufen.» Nele drehte sich zu ihm um. «Ich bin so froh, dass du da bist!», stieß sie hervor. Dann küsste sie ihn mit einer Heftigkeit, die sie selbst überraschte.

«Hast du es Annika schon gesagt?», fragte Ben, als sie wenig später zum Deichschlösschen gingen.

«Nein. Aber spätestens morgen mache ich es. Versprochen!»

Laura war wieder da, und sie schien sich auch wieder gefangen zu haben. Herzlich begrüßte sie Ben und schlug vor, zur Feier seiner Ankunft zu grillen. Auch Annika freute sich, ihn zu sehen.

«Spielst du mit Otto und mir Verstecken?», fragte sie. «Dann lässt er vielleicht das Kätzchen mal ein bisschen in Ruhe.» Der große, tapsige Hund mit dem cremefarbenen Flokati-Fell war entzückt über das neue Familienmitglied. Weil er aber viel zu ungestüm mit Mirai umging, hatte Aliya die Katze mit auf ihr Zimmer nehmen müssen, damit sie ein wenig Ruhe vor ihm hatte. Traurig hatte er vor der Türschwelle gelegen und darauf gewartet, dass sich die Tür wieder öffnete. Doch das Versteckspiel lenkte Otto schnell ab. Er war jedes Mal außer sich vor Freude, wenn es ihm gelang, die beiden zu finden.

Alles lief wie geplant, dachte Nele. Sogar besser. Das Deichschlösschen war so gut wie verkauft. Ben war zwei Tage früher gekommen und hatte noch einmal betont, wie sehr der Intendant von *Dornröschen* sich freute, dass eine Darstellerin, die früher am Broadway die Hauptrolle in *Wicked* getanzt hatte, in seinem Musical mitwirken wollte. Annika hatte den Tod des Rehs gut verkraftet, und auch Aliya begann dank Mirai langsam aus ihrem Schneckenhaus herauszukommen. Inzwischen hatte sie sogar ein paar erste zaghafte Worte gesprochen. Nele hätte überglücklich sein können, doch stattdessen empfand sie nichts als Leere.

Beim Abendessen brachte sie kaum einen Bissen hinunter und trank stattdessen eine Weinschorle nach der anderen.

«Alles in Ordnung?», fragte Laura leise, als Ben Annika ein Gesicht aus Gurken, Tomaten und Möhren auf dem Teller konstruierte, um sie dazu zu bringen, außer ihren Würstchen auch etwas Gesundes zu essen.

Nele nickte. «Ich hole jetzt den Nachtisch.»

Es war bereits dunkel und der Garten nur von Solarleuchten erhellt, als sie zum Haus hinüberlief und die Schüssel mit der Mascarpone-Himbeer-Creme von der Küchenanrichte nahm. Als sie wieder hinaustrat, hörte sie Stimmen auf Emilys Grundstück. Nele blieb abrupt stehen, als sie sie erkannte: Sie gehörten Arno und Henry. Sie hoffte, dass die beiden sie nicht bemerkten, wenn sie durch die Gartentür traten, doch natürlich hatte sie nicht so viel Glück.

«Moin!», rief Arno. «Bei euch riecht es ja lecker. Grillt ihr?»

«Ja.» Vor lauter Nervosität zitterten Neles Hände so sehr, dass sie Angst hatte, die Schüssel fallen zu lassen. «Aber inzwischen sind wir beim Nachtisch angelangt.»

«Wir zwei Männer führen meine Mutter heute mal zum Essen aus. Ins Restaurant Achterdiek», erklärte Arno. Dann hob er seine große Hand zum Gruß und ging weiter. «Viel Spaß noch!» Doch Henry blieb stehen. Einen Moment lang, der Nele wie eine halbe Ewigkeit vorkam, schauten sie sich an. Sie dachte schon, er würde noch etwas zu ihr sagen, doch dann wandte auch er sich wortlos ab und folgte seinem Vater.

Nele blieb noch eine Weile stehen. Erst als sich ihr wild klopfendes Herz wieder beruhigt hatte, ging sie zurück zu den anderen.

Sie war froh, als Ben sich nach dem Dessert verabschiedete, weil er müde war. Und als Laura sie beiseitenahm und ihr sagte, sie könne ruhig mit ihm gehen, lehnte sie ab. «Erst muss ich Annika erzählen, dass Ben und ich zusammen sind», sagte sie.

Zusammen mit ihrer Tochter brachte sie ihn zur Gartentür.

«Sehen wir uns morgen?», fragte Ben. Die letzte halbe Stunde war er auffallend still gewesen. So, als würde ihn etwas beschäftigen.

«Natürlich. Aber erst nach der Aufführung. Vorher habe ich zu viel zu tun.»

«Kommst du auch und schaust zu?», fragte Annika.

«Was denkst du denn?» Ben strich ihr über den dunklen Lockenschopf. «Bis morgen!»

Als Nele mit Annika zum Haus zurückging, blieb das Mädchen auf einmal stehen. «Bist du traurig, Mami?»

«Wie kommst du darauf?», fragte Nele erschrocken.

«Du siehst traurig aus.»

Neles Magen zog sich zusammen. Sah man ihr das so deutlich an?

Annika legte den Kopf in den Nacken und schaute in den schwarzen, von winzigen Sternsplittern übersäten Himmel hinauf. «Gestern Abend habe ich mich mit Oma ins Gras gelegt und die Sterne angeschaut. Und weißt du, was Oma gesagt hat?»

«Nein. Was denn?»

«Sie hat gesagt, dass jeder Stern ein Traum ist, der nur darauf wartet, dass jemand mutig genug ist, nach ihm zu greifen. Du bist mutig, hat sie gesagt. Wie sonst hättest du es geschafft, am Broadway zu tanzen.»

Nele musste lächeln, als sie die Stimme ihrer Mutter in Annikas Worten hörte. «Das hat sie gesagt? Das ist aber nett von ihr.»

Annika nickte. «Und ich bin auch mutig. Ich werde später mal eine berühmte Fußballspielerin.»

«Ganz bestimmt.» Nele zog ihre Tochter an sich. Sie wünschte sich, sie könnte ebenso selbstsicher in die Zukunft schauen wie Annika.

Noch nie zuvor hatte ein solches Chaos in ihr geherrscht. In den letzten Tagen war einfach zu viel passiert, hatte es zu viele Geständnisse und unerwartete Wendungen gegeben. Als sie nach Juist gekommen war, hatte sie die Zukunft klar vor sich gesehen: den Umzug von New York nach München, ihre letzte große Rolle. Nun war sie wie von einer dichten Nebeldecke verhüllt. Sie wusste nicht, wohin sie wollte. Sie wusste nicht mehr, wo sie gerade stand. Und mutig war sie auch nicht mehr. Außerdem hatte sie ihre Fähigkeit zu träumen verloren. Wollte sie wirklich noch einmal auf der Bühne stehen?, fragte sie sich auf einmal. Mit allem, was dazugehörte. Den Enttäuschungen, den Schmerzen, den endlos langen Tagen, dem Konkurrenzdruck ...

«Lass uns schlafen gehen!», sagte Nele, in deren Kopf sich auf einmal bohrender Schmerz breitmachte.

Sie ging mit Annika ins Haus. Dort brachte sie ihre Tochter ins Bett, und wie immer schlief diese sofort in ihren Armen ein. Sie selbst fand noch lange nicht zur Ruhe.

## 30. Kapitel

### Juist 2019

Heute ist es also so weit! war Neles erster Gedanke, als sie am nächsten Morgen die Augen aufschlug. In ein paar Stunden würden Herr und Frau Weber kommen, sie würden alle Formalitäten besprechen, und dann war das Deichschlösschen so gut wie verkauft. Nele vergrub den Kopf schnell wieder in ihrem Kissen.

Annika war schon aufgestanden. Nele hörte sie unten mit Laura sprechen. Obwohl ihre Tochter nach wie vor keine begeisterte Tänzerin war und es auch niemals sein würde, war sie aufgeregt wegen des Auftritts. Um ein Uhr würden sie alle sich treffen, um die Kinder zu schminken und den Ablauf noch einmal durchzugehen. Um vier würde das Musical anfangen. Der Tag würde also ziemlich voll werden, aber das war gut so, denn so würde sie keine Zeit zum Nachdenken haben. Sie wollte nicht an das Deichschlösschen denken, und auch nicht an ihre Zukunft, nicht an Ben und schon gar nicht an Henrys Brief und ihr letztes Gespräch mit ihm. Der Brief steckte noch immer in ihrer Handtasche.

Nele schwang ihre Beine, die ihr auf einmal unendlich schwer vorkamen, über die Bettkante und blieb dort noch einen Augenblick sitzen. Die Webers wollten das Deichschlösschen bereits im September übernehmen. Ausgeräumt war es, abgesehen von Möbeln, Geschirr, Lampen und einigen anderen Dingen. Mit jedem Tag war es ein bisschen leerer geworden. Nele graute vor dem Moment, in dem sie die Eingangstür ein letztes Mal hinter sich schließen würde. Der endgültige Abschied würde ihr unendlich schwerfallen.

Es tut mir so leid!, sagte sie stumm zu Oma Lotte, bevor sie ihre ganze Willenskraft einsetzte, um aufzustehen und in die Küche zu trotten.

Laura stand im Nachthemd am Herd und kochte Annika einen Kakao. Auf ihren Lippen lag ein Lächeln, und sie trällerte vor sich hin. Dafür, dass heute ihr Elternhaus verkauft werden sollte und sie gestern deswegen beinahe einen Nervenzusammenbruch gehabt hatte, war sie heute ganz schön gut gelaunt.

«Ist es in Ordnung, wenn ich für eine Stunde verschwinde?», fragte Nele. «Ich möchte noch einmal auf den Friedhof.»

«Natürlich. Ich war gestern schon da», sagte Laura und lächelte verständnisvoll. «Aber trink doch erst auch noch einen Schluck warmen Kakao.»

Der Friedhof lag am Ortsausgang von Juist am Rand der Dünen. Seit Oma Lottes Beerdigung war Nele nicht mehr dort gewesen. Damals war ihr dieser Ort kalt und feindselig vorgekommen. Heute, im Licht der ersten Sonnenstrahlen, wirkte er warm und friedlich. Das Zwitschern der Vögel vermischte sich mit dem Rascheln des Windes in den Bäumen und dem Rauschen der Brandung, das auf der Insel allgegenwärtig war. Es muss schön sein, an einem solch idyllischen Ort seine ewige Ruhe zu finden, dachte Nele, als sie den Friedhof durch das verschnörkelte Eisentor betrat. Sofort spürte sie, wie sich ihre Anspannung ein wenig legte. Wahrscheinlich hätte sie schon viel früher einmal hierherkommen sollen.

Sie war nicht die Erste, die an diesem Morgen die Idee hatte,

Oma Lotte zu besuchen, stellte sie fest, als sie sich dem schlichten Grab mit dem grob gehauenen Naturstein und dem zu einem Herzen geschnittenen Buchsbäumchen näherte. Rufus stand davor. In der Hand hielt er einen Strauß Rosen.

«Rosen hat sie geliebt», sagte er und reichte Nele eine der Blumen. «Hin und wieder mache ich einen Spaziergang am Deichschlösschen vorbei und schneide ein paar für sie ab. Bestimmt interessiert es sie, ob sie auch weiterhin wachsen und gedeihen.»

Nele nahm die Rose und betrachtete sie lange. «Das Deichschlösschen wird heute verkauft.»

«Ich weiß.»

«Die neuen Besitzer wollen schon im September einziehen. Was, wenn sie Rosen furchtbar finden und die Büsche rausreißen? Sie waren Oma Lottes ganzer Stolz.» Nele strich über die weichen Blütenblätter, die genauso wie das Parfüm rochen, das Oma Lotte zu besonderen Gelegenheiten benutzt hatte. «Sie hat jeden Tag die vertrockneten Blüten abgeschnitten und die Blätter auf Läuse untersucht. Und im Herbst musste Arno ihr immer Pferdeäpfel bringen, weil sie überzeugt war, das sei der allerbeste Dünger.» Sie zog ein Papiertaschentuch aus ihrer Rocktasche und schnäuzte sich.

«Mir fehlt sie auch.» Rufus legte einen Arm um Neles Schulter, und sie lehnte sich an ihn.

«Warst du eigentlich in sie verliebt?» Das hatte Nele den alten Mann schon lange einmal fragen wollen.

«Ja, natürlich. Das waren alle alleinstehenden Männer hier. Und ein paar der verheirateten auch.» Er zwinkerte ihr zu. «Deine Oma war auch im Alter noch ein heißer Feger.»

Nele musste lachen. «Ich werde dich vermissen, Rufus.» Sie drückte seine Hand.

«Wieso? Ich bin doch noch da.»

«Aber ich bald nicht mehr.»

«Du kannst jederzeit wiederkommen.»

«Es wird nicht dasselbe sein.» Nele löste sich aus seinem Arm.

«Das stimmt», bestätigte Rufus. «Trotzdem ... es gibt hier immer noch eine ganze Menge Menschen, die dich mögen. Emily und ich zum Beispiel.»

«Ich habe gestern länger mit ihr gesprochen. Sie hat gesagt, dass man wissen muss, wann es Zeit ist zu gehen.»

«Das hat sie garantiert nicht auf dich und das Töwerland bezogen.»

«Nein, aber auf mich und die Bühne.» Nele presste die Lippen zusammen. «Emily hat auf dem Höhepunkt ihrer Karriere aufgehört. Diesen Zeitpunkt habe ich verpasst.» Sie war nicht besser als Chris, wurde ihr auf einmal schmerzlich bewusst. Auch er hatte nie die Hoffnung aufgegeben, noch einmal ganz nach oben zu kommen. Jetzt spielte er in einem Verein, der es in der letzten Saison noch nicht einmal mehr in die dritte Liga geschafft hatte. Oder Eddy. Auch er hatte den Absprung von der Bühne lange Zeit nicht geschafft. Und was war der Preis dafür gewesen?

«Ach, Nele!» Rufus tätschelte ihre Schulter. «Nur die wenigsten schaffen es aufzuhören, wenn es am schönsten ist. Das liegt in unserer Natur. Glaubst du, dass ich mich freiwillig aufs Altengleis begeben habe? Wenn mein Knie mich nicht im Stich gelassen hätte, würde ich heute noch auf dem Fahrrad sitzen und Gepäck transportieren. Monatelang habe ich mich gequält, bis ich eingesehen habe, dass es Zeit ist, in Rente zu gehen. Aber diese Zeit habe ich gebraucht. Ich glaube, es ist nur wichtig, dass man das sinkende Schiff verlässt, bevor es endgültig untergeht.»

«Mein Schiff sinkt bereits seit Jahren. Aber ich schaffe es einfach nicht, mit dem Gefühl abzudanken, gescheitert zu sein.»

«Aber du bist doch gar nicht gescheitert. Du hast deinen Traum jahrelang gelebt. Du bist am Broadway aufgetreten. Du hast dort sogar eine Hauptrolle gespielt. Außerdem ist es kein Scheitern, den Mut aufzubringen loszulassen. Ich habe losgelassen, und schau, nun fliege ich mit meinem Sportfliegerchen durch die Luft und fühle mich pudelwohl.» Er kniff die Augen zusammen und zeigte in den Himmel, wo der Kondensstreifen eines Flugzeugs gerade einen milchigen Kratzer durch den azurblauen Himmel zog. «Das Leben bietet so viele Möglichkeiten.»

Nele legte die Rose neben den grob gehauenen Naturstein, der Lottes Grab schmückte. «Du hast recht.» Sie küsste den alten Mann auf die faltige Wange. «Kommst du heute Abend aufs Sanddornfest? Ich habe Emily und Greta geholfen, ein Musical mit den Kindern einzustudieren.»

Er lächelte. «Natürlich komme ich. Um nichts in der Welt würde ich mir das entgehen lassen.»

Obwohl Nele sich allmählich beeilen musste, weil der Makler mit Herrn und Frau Weber ins Deichschlösschen kommen wollte, fuhr sie nicht auf direktem Weg zurück, sondern machte einen Umweg über den Strand.

Noch war dort kaum jemand unterwegs. Nele liebte den Moment, wenn der Strand noch so jungfräulich vor ihr lag, dass es ihr fast wie ein Sakrileg vorkam, ihre Füße auf den noch kalten Sand zu setzen und die makellose Oberfläche durch ihre Fußabdrücke zu zerstören.

Es würde auch heute wieder ein schöner Tag werden. Der Himmel war an der Horizontlinie fast so hell wie der Sand, bevor sein Farbton nach oben hin immer satter wurde, bis hin zu einem leuchtenden Ultramarin hoch über Neles Kopf. Wie viele unterschiedliche Blautöne es doch gab!, dachte sie. Hatten die anderen Farben genauso viele Schattierungen?

    Sie ging hinunter zum Meer und blieb dort stehen. Hin und wieder wagte sich eine vorwitzige Welle so weit vor, dass sie ihre Fußspitzen erreichte. Nele ließ sich die Sonne ins Gesicht scheinen, atmete den salzigen Algengeruch des Meeres tief ein und blieb dort stehen, bis sich das Geschrei der Möwen zusammen mit dem Rauschen des Windes im Strandhafer zu einem einzigen Ruf verdichtete: *Geh nicht!*

## 31. Kapitel
### Juist 2019

Noch war niemand da. Kein Fahrrad, über dessen Lenker ein Fahrradhelm hing, lehnte am Zaun des Deichschlösschens, und auch von den Webers war nichts zu sehen. Dabei hatte Nele sich verspätet. Nur Otto war da, der mal wieder durch den Spalt im Zaun in den Garten des Deichschlösschens gekommen war und sie hocherfreut begrüßte.

Mit einem mulmigen Gefühl im Bauch, das sie sonst nur vor Zahnarztbesuchen oder Castings kannte, steckte Nele den Schlüssel ins Schloss. Jetzt hieß es endgültig Abschied nehmen.

Nele trat ein und stand plötzlich direkt vor ihrer Mutter.

Sie fuhr zurück. «Hast du mich erschreckt! Was stehst du denn hier im Flur herum?»

«Ich habe auf dich gewartet.»

Nele ließ den Blick an Laura hinabgleiten. Sie trug ein enges rotes Kleid mit dazu passenden Sandaletten. Ihre Nägel und Lippen leuchteten im gleichen erdbeerfarbenen Ton.

«Findest du, dass es etwas zu feiern gibt?» Nele konnte sich einen leicht vorwurfsvollen Ton nicht verkneifen.

«Ja.» Laura lächelte breit.

«Schön, wenn man sich so schnell von etwas lösen kann wie du», sagte Nele bitter. «Wo ist Annika?»

«Die ist mit Emily und Aliya schon zur Tanzschule gefahren.»

«Und Herr und Frau Weber? Verspäten sie sich?»

«Nein. Ich habe ihnen abgesagt.»

Nele dachte, sie müsse sich verhört haben, doch Laura sah sie ungerührt an.

«Sag, dass das nicht wahr ist! Du erlaubst dir einen Spaß mit mir, oder?»

«Nein. Aber es gibt einen anderen Käufer.»

Es gab einen anderen Käufer? Nele ging im Geiste alle Interessenten durch, die sich das Deichschlösschen angeschaut hatten, aber abgesehen von den Webers war ihr keiner so richtig in Erinnerung geblieben.

«Du kannst kommen!», rief Laura plötzlich in Richtung der geschlossenen Tür der Gästetoilette.

Nele sah sich um. Nach einer versteckten Kamera. Oder nach der Flasche Schnaps, die Laura heimlich gekippt haben musste. Die Klinke wurde hinuntergedrückt – provozierend langsam, wie Nele fand –, und heraus kam Eddy.

Nele starrte ihn an. «Du?»

Ihr Vater nickte, und sein Lächeln war ebenso breit wie das ihrer Mutter. «Ist die Überraschung gelungen?»

«Du bist der Käufer?», fragte Nele fassungslos.

«Ja.»

«Woher hast du denn das Geld?»

«Was glaubst du denn?» Eddy wirkte richtiggehend empört. «Dein alter Vater war früher ein berühmter Rockstar! Ich habe einiges von dem, was ich damals verdient habe, angelegt. Und als Musikmanager bin ich auch nicht unbedingt erfolglos.»

Irgendwo musste hier eine versteckte Kamera installiert sein! Neles Blick wanderte zwischen Laura und Eddy hin und her.

«Na, was sagst du dazu?» Eddy sah sie gespannt an.

«Ich ... ich verstehe nicht ... Ihr beide hier im Deichschlösschen? Ihr redet doch überhaupt nicht miteinander.»

Laura sah auf einmal ganz zerknirscht aus. «Ich kann verstehen, dass du etwas überfordert bist, und ich wollte es dir schon viel länger sagen, aber ... ich wusste einfach nicht, wie, und ...»

«Dann red doch jetzt nicht länger um den heißen Brei herum», unterbrach Eddy sie. «Nele, deine Mutter und ich sind wieder zusammen.»

Nele spürte, wie ihr jeglicher Gesichtsausdruck abhandenkam. In welch surreales Szenario war sie nur geraten? Wie konnte Eddy nur so etwas behaupten? Schließlich hatten Laura und er seit fast drei Jahrzehnten keinen Kontakt mehr! Und nun standen sie einträchtig vor ihr und verkündeten, dass Eddy das Deichschlösschen kaufen wollte und dass sie wieder zusammen waren!

Laura strahlte so glücklich, als hätte sie gerade den Lotto-Jackpot geknackt. «Wir haben uns zufällig getroffen. In Hamburg. Ich war dort zum Shoppen, und dein Vater hatte ein Meeting. Wir sind uns in der Fußgängerzone über den Weg gelaufen, und Eddy hat mich überredet, einen Kaffee mit ihm trinken zu gehen. Wir haben geredet und geredet ... Es war total verrückt.» Sie kicherte, und nun leuchteten nicht nur ihr Kleid, ihre Schuhe, Nägel und Lippen erdbeerfarben, sondern auch ihre Wangen.

«Wann war das?», fragte Nele mit tonloser Stimme.

«Im Februar», antwortete Eddy.

«Im Februar? Das ist schon ein halbes Jahr her! Ihr trefft euch sechs Monate miteinander, ohne mir irgendetwas zu sagen?»

«Nun ja ...» Laura griff nach Eddys Hand. «Wir wollten uns erst ganz sicher sein, bevor wir es dir erzählen. Schließlich kam es für uns beide auch vollkommen unerwartet. Fast dreißig Jahre sehen wir uns nicht, und dann ... Peng!»

Ja, peng! Dieses Wort traf es perfekt.

«Kurz nach meiner Ankunft hat dein Vater mir vorgeschlagen, dass er dir deinen Anteil vom Deichschlösschen abkaufen könnte. Ich war mir allerdings nicht sicher, ob ich das wirklich wollte.»

«Bis gestern habe ich gebraucht, um sie zu überreden», erzählte Eddy.

«Ich habe ja schließlich gerade die Stelle an der Ostsee angeboten bekommen. Aber jetzt …» Laura zuckte die Achseln. «Nun werde ich sie natürlich nicht annehmen, sondern auf die Insel zurückziehen.»

«Bist du dir sicher?», fragte Nele mit rauer Stimme.

«Ja», sagte sie, und da war es wieder: ihr berühmtes Julia-Roberts-Lächeln in all seiner früheren Strahlkraft. «Dein Vater wird natürlich nicht ständig hier sein können, aber er wird so oft wie möglich von hier aus arbeiten. Und ich kann stundenweise im Wellnessbereich des Achterdiek anfangen. Wir wollen hier ein paar Zimmer vermieten. Das Haus ist schließlich viel zu groß für uns beide. Eins davon bekommen Greta und ihr Freund. Sie ist überglücklich. Nun kann sie nach der Geburt ihres Babys auf der Insel wohnen bleiben. Sie wird die Tanzschule übernehmen, mit Hilfe von Emily natürlich vorerst.»

«Dann weiß es Emily also auch schon?»

«Natürlich. Sie hat mich in der Entscheidung bestärkt. Und sie war es auch, die vorgeschlagen hat, dass Eddy ein paar Tage bei Arno wohnt, bis ich mir ganz sicher bin, dass ich das alles wirklich will.»

Emily hatte es also auch gewusst. Na toll!

«Ist es nicht unglaublich, wie sich alles gefügt hat?», schwärmte Laura weiter.

«Oh ja, das ist es», erwiderte Nele kühl.

«Du freust dich ja gar nicht», sagte Eddy enttäuscht.

«Doch, klar, ich freue mich wahnsinnig», erklärte sie. In Wirklichkeit wusste sie überhaupt nicht, wie sie sich gerade fühlte. Sie war vollkommen überfordert mit der ganzen Situation. «Ich frage mich nur gerade, wo denn Annikas und mein Platz in diesem ausgeklügelten Plan ist.»

«Für euch halten wir natürlich ein Zimmer frei.» Eddy zog sie an sich. «Ihr könnt uns, wann immer ihr wollt, besuchen kommen. Das tut ihr doch, oder?»

Es wunderte Nele, dass sie es schaffte zu nicken.

«Super!» Ihr Vater drückte ihr einen Kuss auf die Schläfe. «Und jetzt wird gefeiert. Wir haben extra eine Flasche Sekt kalt gestellt.»

Nele schüttelte den Kopf. «Seid mir nicht böse, aber ich muss das alles erst einmal sacken lassen.» Es fiel ihr äußerst schwer, so etwas Ähnliches wie ein Lächeln zustande zu bringen. «Außerdem müssen wir zur Tanzschule! Du schminkst doch die Kinder für das Musical.»

«Stimmt!» Laura schlug sich mit der flachen Hand auf die Stirn. Sie verabschiedete sich von Eddy mit einem Kuss, der für Neles Geschmack viel zu lang und zu innig war, und ging mit Nele nach draußen.

An den Fahrrädern angekommen, stieg Nele nicht sofort auf. «Mama!», sagte sie. «Ich freue mich wirklich für Eddy und dich, auch wenn ich das gerade nicht so zeigen kann. Ich bin einfach zu überrascht. Und bitte sei mir nicht böse, wenn ich dich etwas frage: Hast du denn keine Angst, dass Eddy dich wieder enttäuscht?»

Laura schwieg einen Moment, bevor sie antwortete. «Natürlich habe ich Angst. Aber er war damals noch so jung ... Wir beide waren noch so jung. Und ich wäre doch dumm, wenn ich nur wegen dieser Angst darauf verzichten würde, mit dem einzigen Mann zusammen zu sein, der mir jemals wirklich etwas bedeutet hat.»

Nele spürte, dass sich in ihrem Hals ein Kloß bildete. «Ich liebe Ben nicht», platzte es aus ihr heraus, und dann folgten die Tränen. «Ich liebe Henry.»

«Ich weiß», sagte Laura und strich ihr eine Haarsträhne aus dem Gesicht. «Und ich bin froh, dass du es rechtzeitig gemerkt hast.»

Am liebsten wäre Nele sofort zum Kurhotel gefahren, um mit Ben zu sprechen. Doch dafür war jetzt nicht mehr genug Zeit. Sie musste mit Laura zur Tanzschule, wo die Kinder geschminkt und umgezogen werden würden. Sie konnte das nicht allein Laura, Emily und Greta überlassen. Bereits gestern waren die Kinder vor Aufregung außer Rand und Band gewesen und die Generalprobe ein einziges Desaster. Es hatte Emily und sie alle Überzeugungskraft gekostet, der völlig überforderten Greta klarzumachen, dass Generalproben immer eine Katastrophe waren. Der einzige Lichtblick war Aliya gewesen, die ihr Solo ohne jeden Fehler getanzt hatte.

Nele hielt also tapfer durch und half ihrer Mutter bei der Maske. Sie schminkte Wendy, ein Krokodil und eine ganze Menge Piraten, sie kämmte Haare, drehte Locken, flocht Zöpfe, schloss Knöpfe und putzte Nasen. Doch sobald das letzte Kind fertig war, nahm sie Emily zur Seite.

«Könnt ihr drei allein mit den Kindern den Ablauf besprechen und sie zum Kurplatz hinüberbringen? Ich muss unbedingt noch etwas erledigen.»

Emily, die gerade Lauras Schminkutensilien in einen Koffer packte, nickte. «Natürlich, Liebes. Aber sei so lieb und komm noch einmal zu mir, bevor das Musical anfängt. Ich möchte dir etwas geben.»

Nele runzelte die Stirn. «Aber nicht noch einen Brief, oder?»

Emily lächelte. «Nein, keinen Brief. Es ist etwas anderes.»

«Na, da bin ich aber gespannt.»

Nele verließ die Tanzschule und rief Ben an. Zum Glück ging er direkt an sein Handy.

«Bist du im Hotel?»

«Nein, im Wäldchen.» Seine Stimme klang kühl, stellte sie angespannt fest. Aber vielleicht bildete sie sich das auch nur ein. Die Verbindung war nicht besonders gut.

«Können wir uns dort treffen? Ich muss etwas mit dir besprechen.»

## 32. Kapitel
### Juist 2019

Ben wartete bei den verschlungenen Bäumen auf sie, die er vor Jahren scherzhaft «die Liebenden» getauft hatte und unter denen sie sich ein Jahr zuvor das erste Mal geküsst hatten. Das diffuse Sonnenlicht, das durch das Blätterdach schien, wirkte wie ein Filter, der ihn leicht unwirklich aussehen ließ. Wie eines der magischen Wesen, von denen Annika behauptete, dass sie im Wäldchen lebten. Erst als Nele direkt vor ihm stand, nahm sein Gesicht Konturen an. Er war blass, und seine Augen wirkten gerötet, so als hätte er in der letzten Nacht nicht besonders viel geschlafen. Das erste Mal fiel ihr auf, dass sich um seine Augen feine Fältchen gebildet hatten. Genau wie um seinen Mund, der sie nun ein wenig verkrampft anlächelte. *Er weiß, wieso ich hier bin*, dachte sie beklommen.

«Hey!», sagte er.

Nele bemühte sich, sein Lächeln zu erwidern. «Wieso bist du denn ausgerechnet im Wäldchen spazieren gegangen?»

Ben zog seine Hände aus den Hosentaschen. «Ich musste nachdenken.»

«Worüber?»

«Über uns. Ich habe dich und Henry gesehen.»

Neles Herz wurde schwer. «Wann? Am Tag, an dem du ankamst und wir gestritten haben? Darüber haben wir uns doch schon unterhalten.»

«Nein, gestern Abend. Als wir draußen saßen und du noch einmal ins Haus gegangen bist, um den Nachtisch zu holen. Ich bin dir gefolgt, weil ich dir helfen wollte. Henry war mit seinem Vater bei Emily. Du hattest so einen seltsamen Gesichtsausdruck, als du die beiden bemerkt hast. Und als Henry und du euch angesehen habt ...» Sie sah, wie er schluckte.

«Was war da?», fragte sie mit dünner Stimme.

Es dauerte ein wenig, bis er ihr antwortete. «Mir ist klargeworden, dass du mich niemals so ansehen wirst wie ihn», stieß er hervor.

Ein paar Sekunden stand Nele vollkommen starr da, kein Muskel in ihrem Gesicht regte sich. Sie blinzelte nicht einmal. Dann verlor ihr Körper auf einmal jegliche Spannung, und sie sackte förmlich in sich zusammen. «Es tut mir so unendlich leid. Ich hätte es dir schon viel früher sagen sollen. Aber ich wollte es selbst nicht wahrhaben.»

«Es muss dir nicht leidtun. Na ja, vielleicht ein bisschen.» Er grinste schief, aber Nele merkte ihm deutlich an, dass er die ganze Situation alles andere als leichtnahm. Sie spürte, wie ihre Unterlippe anfing zu zittern.

«Hey! Jetzt schau mich nicht so mitleidig an!» Ben hob mit dem Zeigefinger sanft ihr Kinn an. «Ich weiß, dass ich für dich immer ein linkischer rothaariger Kauz war. Trotzdem bin ich ganz sicher, dass ich nicht übrig bleiben werde. Irgendwann wird es auch für mich wieder eine neue Liebe geben.»

Er sagte das ganz ruhig und auch so, als ob er es wirklich glauben würde. Trotzdem füllten sich Neles Augenwinkel mit Tränen. «Da bin ich mir sicher. Und die Frau, die dich bekommen wird, kann sich sehr, sehr glücklich schätzen.» Sie schniefte. «Was machst du denn jetzt? Fährst du nach München zurück?»

«Ja, erst einmal schon. Aber ich denke, dass es Zeit für einen Neuanfang ist. Um das Abendblatt muss ich mich im Grunde gar nicht mehr kümmern. Anemone ist schon immer eine viel bessere Geschäftsführerin gewesen als ich, und meine Mutter hat auch nicht vor, so schnell abzudanken. Im Grunde stehen mir also alle Möglichkeiten offen.»

Nele war froh, dass er trotz der Traurigkeit in seinen Augen so aufgeräumt wirkte. «Du könntest sogar dein Medizinstudium beenden, wenn du das wolltest.»

Ben schüttelte den Kopf. «Dazu ist es zu spät. Aber vor kurzem habe ich gelesen, dass für ein Projekt in Mali dringend Entwicklungshelfer gesucht werden.» Verlegen senkte er den Blick. «Vor fünfzehn Jahren, als ich das Medizinstudium nach dem Praktikum auf der Kinderstation abgebrochen habe, war ich nicht dazu in der Lage, dem Leid von Menschen etwas entgegenzusetzen. Vielleicht bin ich es ja jetzt.»

«Ganz sicher bist du es.» Nele nahm ihren ganzen Mut zusammen und fasste nach Bens Hand. «Wir werden uns doch weiterhin sehen, oder? Wir können Freunde sein. So wie früher.»

Einen Moment sah es so aus, als würde er über ihren Vorschlag nachdenken, doch dann schüttelte er den Kopf. «Ich denke nicht, dass ich das kann. Zumindest jetzt noch nicht. Mein Herz muss erst noch ein bisschen heilen.»

Das zu hören tat weh. Aber Nele konnte ihn verstehen. «Darf ich dich dann wenigstens noch einmal umarmen?»

Ben nickte, und sie schlangen fest die Arme umeinander. Schon oft hatten sie sich zum Abschied so umarmt, aber dieses Mal war es viel schwerer als sonst. Weil es vielleicht das letzte Mal war, und viel zu schnell löste sich Ben von ihr.

«Jetzt geh!», bat er. «Geh zu Henry! Ich bleibe noch ein wenig hier.»

Nele nickte. Noch einmal drückte sie Ben fest an sich und gab ihm einen Kuss auf die Wange, bevor sie ihn abrupt losließ, sich umdrehte und davoneilte.

Auf den ersten Metern weinte sie so sehr, dass sie die Bäume um sich herum nur verschwommen wahrnahm, aber nach und nach versiegten ihre Tränen, und auch ihre Kehle schnürte sich nicht mehr so schmerzhaft zusammen, dass sie kaum noch Luft bekam. Das Schlimmste an Abschieden war immer die Angst davor. Nun, da es passiert war, spürte sie auch so etwas wie Erleichterung.

Ben hatte recht: Es war Zeit für einen Neuanfang.

## 33. Kapitel

### Juist 2019

Es dauerte noch ein wenig, bis das Musical begann. Aber der Kurplatz war bereits gut gefüllt. Die halbe Insel musste sich dort eingefunden haben, vermutete Nele, als sie die vielen Menschen sah. Sie sah den Eismann Siggi, stolzer Großvater von zwei Darstellern, mit seiner Frau, Jens' Eltern, Piet und Tanja, Rufus … Und Eddy. Sichtlich stolz schaute er Laura dabei zu, wie sie in der Nähe der Bühne zerzauste Frisuren wieder richtete und verschmierte Schminke auffrischte. Greta und Emily standen mit dem Drehbuch daneben und besprachen die letzten Details. Greta wirkte viel gelöster als in den Tagen zuvor, und auch Emily war sichtlich erleichtert, dass nach ihrem Ruhestand die Zukunft der Tanzschule gesichert war. Wobei Nele daran zweifelte, dass sie es wirklich schaffen würde, sich ganz zur Ruhe zu setzen.

Auch Henry war da. Er stand ein wenig abseits des Geschehens und hatte eine Videokamera in der Hand. Emily hatte ihn angewiesen zu filmen. Bei seinem Anblick vollführte Neles Herz wahre Kapriolen, und ihr Mund wurde so trocken, dass sie sich fragte, wie sie es jemals schaffen sollte, ihm die Worte zu sagen, über die sie auf dem Weg hierher ununterbrochen nachgedacht hatte.

Sie war sich sicher, die richtige Entscheidung getroffen zu haben. Und die war sie auch Ben schuldig gewesen. Er hatte eine

Frau verdient, die ihn von ganzem Herzen liebte, und keine, die nur tiefe Zuneigung und Freundschaft für ihn empfand.

Nele tastete nach ihrer geöffneten Handtasche. Neben ihrem Sonnenbrillenetui, dem Geldbeutel, einem Lippenstift und dem Handy befand sich noch etwas darin. Henrys Brief und die Miniatur des Empire State Buildings die Ben ihr geschenkt hatte, als er das erste Mal bei ihr in New York gewesen war, und die sie seitdem immer bei sich trug. Weil sie sie daran erinnern sollte, dass sie alles schaffen konnte, was sie wollte, wenn sie nur fest daran glaubte. Nele wusste noch genau, wie sie auf der Plattform des berühmten Wolkenkratzers gestanden und auf die Lichter von New York geschaut hatten. Damals hatte Nele gedacht, dass dieser Abend erst der Anfang war. Der Anfang einer glanzvollen Karriere. Tatsächlich war er aber bereits der Höhepunkt gewesen, der auch das Ende schon angedeutet hatte. So hatte sie es zumindest lange empfunden.

Jetzt fragte sie sich: War es wirklich ein Ende gewesen?

Nele dachte an alles, was nach diesem Abend gekommen war: die Geburt von Annika, die Versöhnung mit Eddy, Jens, der nach New York gezogen war. Und auch wenn es viele Stationen in ihrem Leben gab, die alles andere als einfach gewesen waren: Sie würde keine einzige davon missen wollen. Denn letztendlich hatte ihr Weg wieder nach Juist geführt. Dorthin, wo vor vielen Jahren an einem stürmischen, kalten Tag im August alles angefangen hatte.

Neles Finger umfassten noch einmal fest die Miniatur des Empire State Building. Dann wanderten sie weiter. Noch ein weiterer Gegenstand befand sich in ihrer Handtasche. Der Bilderrahmen. Sie war extra noch beim Deichschlösschen vorbeigefahren, um ihn zu holen.

Gerade hatte sie ihren ganzen Mut zusammengenommen,

um zu Henry hinüberzugehen und mit ihm zu sprechen, als eine kühle Hand sie am Arm zurückhielt. Emily hatte sich neben sie gestellt.

«Hast du erledigt, was du noch erledigen musstest?»

Nele nickte.

«Dann kann ich dir ja endlich das hier geben.» Sie hielt ihr ein flaches Kästchen hin, das mit einem dünnen Band umwickelt war.

«Du hast ein Geschenk für mich?»

«Wenn du es so nennen willst. Mach es auf!»

Nele gehorchte. Sie zog an dem Band und öffnete dann den Deckel des Kästchens. Ein Schlüssel lag darin. Ein Schlüssel?

«Willst du mir dein Haus vermachen?», zog sie Emily auf.

«Nein, du Dummchen. So schnell werdet ihr mich nicht los, keine Sorge. Das ist der Schlüssel zur Tanzschule.» Emily legte ein wenig unbeholfen einen Arm um Neles Schultern. «Die Tür steht dir immer offen. Wenn du mal selbst proben musst. Oder einfach nur ein bisschen Tanzluft schnuppern willst.»

«Danke.» Gerührt umarmte Nele die alte Frau. «Das bedeutet mir sehr viel, und ich werde ihn bestimmt häufig benutzen. Auch wenn ich die große Bühnenkarriere jetzt endgültig ad acta gelegt habe. Und nach München gehe ich auch nicht.»

«Nein!» Emilys Augen leuchteten. «Bleibst du in New York? Oder ziehst du zu uns auf die Insel, jetzt, wo deine Eltern das Deichschlösschen übernehmen?»

Nele lächelte, und auf einmal fühlte sie sich wunderbar frei und schwerelos. «Das würde ich gerne mit deinem Enkel besprechen.»

Sie steckte das Kästchen mit dem Schlüssel ein und ging mit klopfendem Herzen zu Henry hinüber.

«Hey Peter!», begrüßte sie ihn.

Er sah auf, überrascht von dem Namen, mit dem sie ihn schon mehr als zwanzig Jahre nicht mehr angesprochen hatte. Aber er ging auf ihr Spiel ein. «Hey Wendy! Ganz allein hier? Wo ist denn Captain Hook?»

«Du bist unmöglich», sagte Nele, konnte aber ein Grinsen nicht unterdrücken. «Und wenn du in Ben einen bösartigen Piraten mit einer Eisenklaue siehst: Er ist auf dem Weg zum Flugplatz.»

«Ach!»

«Ja, wir haben beschlossen, dass es besser ist, wenn wir uns trennen. Ich habe nämlich etwas festgestellt», fuhr sie fort, bevor sie kneifen konnte. Sie griff in ihre Handtasche und nahm den Rahmen mit dem Bild heraus, das sie vor vielen Jahren Oma Lotte zum Geburtstag geschenkt hatte. *Zu Hause ist dort, wo das Herz eine Heimat findet*, hatte sie mit himmelblauer Wolle auf den weißen Stoff gestickt. «Ich kann weder nach München ziehen noch hierher. Zumindest nicht wenn du weiterhin an deiner Mission festhältst, alle Kinder aus der Bronx zu gesundheitsbewussten Fitnessfreaks zu erziehen. Mein Herz fühlt sich nämlich blöderweise genau dort zu Hause, wo du bist. Ich werde also wohl vorerst zumindest noch ein bisschen in New York bleiben müssen.» Bei den letzten Worten waren ihre Mundwinkel immer weiter nach oben gewandert.

Henry sah sie fassungslos an. «Das ist jetzt aber kein Scherz, oder?»

Nele schüttelte den Kopf, und sie sah, wie er schluckte.

Jetzt wurde sie wieder ernst. «Mir ist in den letzten Tagen klargeworden, dass meine Gedanken in den letzten Jahren viel zu sehr um mich selbst gekreist sind. Ich habe krampfhaft an meiner nicht mehr existenten Karriere festgehalten und bin alten Träumen hinterhergejagt, ohne zu merken, dass meine Zeit vorbei ist. Und dass es viel sinnvoller wäre, wenn ich nun anderen Menschen dabei helfe, dass ihre Träume sich erfüllen. Kindern wie Aliya zum Beispiel.»

Gerade betrat die Kleine zusammen mit den anderen Kindern die Bühne. Ihr Gesicht war vielleicht ein wenig ernster als das der anderen Kinder, aber ihre Augen leuchteten. Nele wurde ganz warm, als sie sah, wie Annika Aliya anstieß und die beiden Mädchen ihr zuwinkten. «In New York gibt es bestimmt auch Mädchen wie sie, oder was meinst du?»

«Ganz bestimmt. Mir fallen auch sofort ein paar ein.» Henry schlang seine Arme um sie und legte seine Stirn an ihre. «Du kannst dir gar nicht vorstellen, wie unglaublich glücklich du mich gerade machst», flüsterte er. Er schob seine warmen Hände unter ihr Shirt, und dann berührten sich ihre Lippen.

Erst das Knistern eines Mikrophons riss sie aus ihrer Versenkung. Emily hielt es in der Hand. Sie stand vor den Kindern auf der Bühne, um ein paar Worte an das Publikum zu richten. Mit sichtlichem Bedauern löste sich Henry von Nele und zückte die Videokamera. Um ihn nicht abzulenken, ging Nele zu ihren Eltern, die auf einer der hinteren Bänke saßen. Neben Jens und Adam …

Nele quetschte sich zwischen ihre Eltern und ihre Freunde. «Hey, ich dachte, ihr wärt in Kalifornien», wisperte sie. Dort hatten die beiden ihren Urlaub verbringen wollen.

«Hast du gar nicht mitbekommen, dass dort schon seit Tagen Waldbrände toben?», fragte Jens.

«Nein.» Sich über das Weltgeschehen zu informieren war so ziemlich das Letzte gewesen, was Nele in den letzten Tagen interressiert hatte. Sie hatte mit dem Chaos in ihrem eigenen Leben schon genug zu tun gehabt. «Wieso habt ihr denn nicht gesagt, dass ihr kommt?»

«Wir wollten dich überraschen», antwortete Adam auf Deutsch mit seinem süßen amerikanischen Akzent. Schon seit zwei Jahren lernte er fleißig Jens' Muttersprache.

Jens nickte. «Meine Mutter hat mir erzählt, dass das Deichschlösschen schon dieses Wochenende verkauft werden soll, und da wollten wir dir ein bisschen seelischen Beistand leisten. Was aber jetzt gar nicht nötig ist.» Er zwinkerte Nele zu und schaute in Richtung Laura, die Eddy gerade etwas ins Ohr flüsterte und ihm anschließend zärtlich über die Wange strich. «Außerdem wollten wir uns Annikas Bühnendebüt nicht entgehen lassen. Die Kleine ist schließlich auch ein bisschen unser Kind.» Seine Finger verschränkten sich mit denen von Adam.

Oh, oh! Wenn das Hannelore sah! Nele kicherte leise und wandte sich wieder dem Geschehen auf der Bühne zu. Keinen Moment zu früh, denn da tönte auch schon Gretas Stimme aus dem Off: «Alle Kinder werden erwachsen – außer einem ...» Leise Musik setzte ein, und kleine Füße trippelten über die Bühne.

Die Kinder machten ihre Sache großartig. Auch Annika, die sich sichtlich wohler fühlte, seit sie einer der Piraten sein durfte, anstatt wie anfangs geplant eine Fee zu spielen. Wie gebannt schaute Nele dem Geschehen auf der Bühne zu. Leise summte sie alle Lieder mit. Sie fürchtete sich vor Captain Hook und seinen Piraten, verwünschte die bösartigen Nixen, und ihre Augen wurden feucht, als die kleine Fee Naseweis zu Peter Pan sagte: «Kennst du den Platz zwischen Wachen und Schlafen? Den Platz, wo deine Träume noch ganz nah bei dir sind? Dort werde ich auf dich warten, Peter Pan. Dort werde ich dich für immer lieben!» An dieser Stelle gelang es ihr gerade noch, die Tränen zurückzuhalten, bei Aliyas Solo jedoch gab es kein Halten mehr. Nach und nach verbrauchte sie alle Papiertaschentücher, die Laura ihr reichte, so sehr musste sie weinen. Vor Rührung, vor Stolz und vor Erleichterung. Nicht nur wegen Aliya – bis zuletzt war sie sich nicht sicher gewesen, ob sich das Mädchen wirklich trauen würde, vor einem so großen Publikum allein zu tanzen, und sie freute sich so sehr für sie. Sie weinte auch, weil es ihr ganz genauso ergangen war wie der kaputten Vase von Oma Lotte, deren Emily sich vor ein paar Tagen mit Pinsel und Goldlack angenommen hatte: Der Scherbenhaufen, aus dem ihr Leben bis vor kurzem noch bestanden hatte, hatte sich auf wundersame Weise zu etwas zusammensetzen lassen, das noch viel schöner war als alles, was sie sich erträumt hatte. Das Deichschlösschen blieb in der Familie. Ihre Eltern waren wieder zusammen. Und sie hatte Henry. Verliebt schaute sie zu ihm hinüber.

«Du musst nachher unbedingt auf die Toilette gehen», flüsterte Laura ihr zu. «Deine ganze Wimperntusche ist verlaufen. Du siehst aus wie ein Pandabär.»

«Das macht nichts», sagte sie und konnte gar nicht anders, als über das ganze Gesicht zu strahlen. Heute Morgen hatte ihre Zukunft noch in einem dichten Nebel gelegen. Und jetzt ... Sie könnte nach Staten Island ziehen, dann hätte sie zumindest ein bisschen Inselflair, und mit der Fähre wäre sie in einer halben Stunde in der City. Mit dem Erlös des Deichschlösschens konnte sie sich dort bestimmt ein kleines Häuschen leisten. Vielleicht würde sie aber auch einfach in der Stadt wohnen bleiben. Praktisch war es ja schon, es gab dort schließlich eine Menge Parks, und der Hudson war nicht weit weg. Und wenn Henry und sie irgendwann genug von New York hatten, konnten sie mit Annika nach Juist zurückkehren; den Schlüssel zur Tanzschule hatte sie. Oder an irgendeinen anderen Ort auf der Welt, an dem es ihnen gefiel.

Nele griff nach den Händen von Laura und Jens und drückte

sie fest. Rufus hatte so recht: Das Leben war zwar nicht immer schön, und es wählte auch selten den einfachsten Weg für einen, aber es bot viele wunderbare Möglichkeiten. Man musste nur den Mut haben, sie zu nutzen.

## Liebe Leserinnen und Leser!

Ihr möchtet nun auch nach Juist? Das ist eine hervorragende Idee. Denn die Insel ist mindestens so bezaubernd wie in *Wo die Sterne tanzen* beschrieben. Ich bin zu einer Zeit dorthin gereist, in der ich sehr aufgewühlt war. Doch sobald ich in der Kutsche saß und mit fünf Stundenkilometern zum Hotel Achterdiek zuckelte, fiel jegliche Anspannung von mir ab: Die Ruhe, die endlose Weite, das gleichmäßige Klappern der Pferdehufe, das Meeresrauschen und die gute Luft waren besser als jede Meditations-CD.

Bei New York dagegen war es keine Liebe auf den ersten Blick. Das Leben dort war mir zu schnell und vor allem viel zu laut. Aber nach und nach hat sie mich doch gepackt, die Stadt, die niemals schläft. Wie Nele stand ich damals auf dem Dach des Empire State Building. Es war gerade hell geworden, und der Hudson sah im frühen Morgenlicht aus wie ein Strom aus flüssigem Gold. Ich schaute hinunter auf die riesigen Wolkenkratzer mit all ihren Menschen und Träumen darin und dachte nur: Wow!

New York ist voller Gegensätze: Vor Luxusboutiquen breiten nachts Obdachlose ihr Lager auf. Der hektischen Betriebsamkeit rund um den Times Square stehen Wohngegenden wie Chelsea gegenüber, die fast schon dörflichen Charakter haben. Es gibt kleine verschwiegene Parks, in denen der Gesang der

Vögel lauter ist als das Rauschen des Verkehrs, und trotz der hohen Kriminalität, die dort herrscht, habe ich mich auf den stets belebten Straßen sicherer als bei uns zu Hause gefühlt, denn man ist immer unter Menschen.

Im Zusammenhang mit meinen Schauplätzen möchte ich auf drei Stellen verweisen, an denen ich mir dichterische Freiheit erlaubt habe: Wer das Juister «Sanddornfest» besuchen möchte, den muss ich enttäuschen, denn dieses Fest ist eine reine Erfindung von mir. Das Krimifestival *Tatort Töwerland* gibt es jedoch wirklich. Allerdings findet es nicht im September statt, sondern einen Monat später. In *Tanz der Vampire* kann Nele nicht mitgewirkt haben. Sie kommt erst 2004 nach New York, das Musical wurde aber bereits 2003 abgesetzt.

Das Wort «Herzensprojekt» wird von Autoren heutzutage ja fast schon inflationär benutzt. Auch ich habe bereits zwei Büchern diesen Titel verliehen: *Zeit für Eisblumen* und *Immer wieder im Sommer*. Denn in diesen Geschichten steckt sehr viel von meiner eigenen. Genau wie in *Wo die Sterne tanzen*. Zwar hatte ich nie ernsthaft vor, Musicaldarstellerin oder Balletttänzerin zu werden wie Nele (dazu tanze und singe ich leider viel zu schlecht), aber ich kann ihren Kindheitstraum sehr gut nachvollziehen. Genau wie ihre Ängste angesichts der Erkenntnis, dass vieles, was in ihrer Kindheit Bestand hatte, sich auflöst oder nach und nach auflösen wird.

*Wo die Sterne tanzen* führte mich auch in die Zeit meiner Kindheit und Jugend zurück. Mein Opa lebte damals noch. Wie Oma Lotte hat er in seiner gusseisernen Pfanne die besten Bratkartoffeln der Welt gemacht, und er hat mit einem spitzen Messer mit Holzgriff Apfelsinen für mich geschält. Seit er tot ist, habe ich sie immer nur ausgelöffelt.

Damals lag die Welt noch so unglaublich weit und offen vor mir, und ich war fest davon überzeugt, dass alles möglich sei. Viele Träume von damals haben sich nicht erfüllt. Weil das Schicksal andere Pläne mit mir hatte oder weil die Träume an Bedeutung verloren. Eine gute Designerin wäre zum Beispiel nie aus mir geworden. Und einen Pool besitze ich bis heute nicht. Aber das ist nicht schlimm, denn wie Nele kam ich im Laufe der Zeit zu der Erkenntnis, dass nicht alle Träume Wirklichkeit werden können, egal, wie sehr man sich dafür anstrengt. Dafür erfüllten sich andere Träume – auf geradezu magische Weise. Zum Beispiel der, einmal mein eigenes Buch in den Händen zu halten. Inzwischen stehen fünfzehn Stück davon in meinem Bücherregal.

Die letzten Zeilen möchte ich dazu nutzen, den Menschen zu danken, die daran Anteil haben, dass ich Neles, Henrys und Bens Geschichte, die so viele Jahre in mir geschlummert hat, nun in meinen Händen halte.

Mein Dank gilt meiner Agentin Petra Hermanns, die genau zum richtigen Zeitpunkt in mein Leben getreten ist und die mich beim Schreibprozess so umsichtig begleitet hat. Unsere Telefonate haben bisher immer ein wahres Kreativitätsfeuerwerk in mir entfacht, und ich freue mich sehr, von einer so klugen und wundervollen Frau wie ihr vertreten zu werden.

Meine beiden Lektorinnen Sünje Redies und Anne Fröhlich und mich verbinden inzwischen so viele gemeinsame Bücher, und ich bin immer wieder begeistert darüber, wie viel ich aus der Zusammenarbeit mit den beiden mitnehmen kann.

Eine große Hilfe und Inspiration war mir die Tänzerin Anna Maria Johannes, die mir geduldig so viele Fragen beantwortet hat. Ich danke meiner ganzen Familie für den Rückhalt, den sie mir gibt, und die Begeisterung, die sie meinen Geschichten auch nach so vielen Jahren immer noch entgegenbringt. Und vor allem danke ich meinem Mann Stefan, den ich auch nach achtzehn gemeinsamen Jahren sofort wieder heiraten würde. Meiner Tochter Lilly, die so wunderschön fotografiert und die mir so eine große Hilfe rund um den Schreib- und Veröffentlichungsprozess ist. Und meinem Sohn Max, der, ebenso wie Nele, so große Träume hat. Mit euch mein Leben zu teilen, ist das allergrößte Geschenk für mich!

Und am Ende möchte ich euch danken. Was wäre eine Autorin ohne ihre Leser? Nichts! Denn Geschichten erwachen erst dann zum Leben, wenn sie gelesen, geliebt und weitergegeben werden. Vor allem, wenn sie weitergegeben werden! Wenn euch Neles Geschichte gefallen hat, würdet ihr mir einen großen Gefallen tun, wenn ihr eine kurze Rezension schreibt und sie veröffentlicht. So kann *Wo die Sterne tanzen* auch Menschen, die euch nicht persönlich kennen, eine kleine Auszeit vom Alltag bereiten. Ich freue mich auch über Nachrichten von euch auf meiner Homepage, Facebook oder Instagram. Dort könnt ihr meine Bücher und mich auch weiterhin begleiten.

Alles Liebe, und ich hoffe, ihr geht auch bei kommenden Büchern mit mir auf die Reise!

Eure Katharina Herzog

# Quellen

### Gedichte oder Textpassagen

S. 7, Erin Henson: *Voyage – The Poetic Underground #2*, Lulu Press Inc., 2016, S. 92.

S. 187f., «Wolken» aus: Hermann Hesse, Sämtliche Werke in 20 Bänden. Hg. v. Volker Michels. Band 10: Die Gedichte. © Suhrkamp Verlag, Frankfurt am Main 2002, S. 168.

S. 188, «Welkes Blatt» aus: Ursula Michels-Wenz (Hg.): Hermann Hesse: *Verliebt in die verrückte Welt. Betrachtungen, Gedichte, Erzählungen, Briefe.* Berlin: Insel Verlag, 2010.

S. 287, Antoine de Saint-Exupéry: *Der kleine Prinz und ich.* Textbearbeitung von Karel Szesny. Berlin: Abentheuer Verlag, 2015.

### Liedtexte im Text

S. 30, Trevor Nunn, T. S. Eliot (Lyrics), Andrew Lloyd Webber (Komposition): «Erinnerungen», aus: *Cats.* Übersetzt von: Michael Kunze.

S. 94, John Farrar (Lyrics und Komposition): «Hopelessly Devoted To You», aus: *Grease.*

S. 115, Don Felder, Glenn Frey, Don Henley (Lyrics und Komposition): «Hotel California».

S. 154, Stephen Schwartz (Lyrics und Komposition): «Defying Gravity», aus: *Wicked*.

## Kapitelaufmacher

Prolog, Stephen Schwartz (Lyrics), Alan Menken (Komposition): «Heaven's Light», aus: *Disney's The Hunchback of Notre Dame*.

Kapitel 2, Howard Ashman, Alan Menken (Lyrics und Komposition): «Beauty and the Beast (Tale as Old as Time)», aus: *Disney's Beauty and the Beast*.

Kapitel 4, Alan Menken, Timothy Rice (Lyrics und Komposition): «A Whole New World», aus: *Disney's Aladdin*.

Kapitel 6, Timothy Rice (Lyrics), Elton John (Komposition): «Can You Feel the Love Tonight?», aus: *The Lion King*.

Kapitel 8, Jim Steinman (Lyrics und Komposition): «Total Eclipse of the Heart».

Kapitel 10, Phil Collins (Lyrics und Komposition): «You'll Be in My Heart», aus: *Tarzan*.

Kapitel 12, Benny Andersson, Björn Ulvaeus (Lyrics und Komposition): «Slipping Through My Fingers».

Kapitel 14, Gary Barlow, Eliot John Kennedy (Lyrics und Komposition): «We're All Made of Stars», aus: *Finding Neverland*.

Kapitel 16, Don Black, Christopher Hampton, Frank Wildhorn (Lyrics und Komposition): «A Perfect Life», aus: *Dracula the Musical*.

Kapitel 18, Stephen Schwartz (Lyrics und Komposition): «I'm Not that Girl», aus: *Wicked*.

Kapitel 20, Charles Hart (Lyrics), Andrew Lloyd Webber (Komposition): «Sunset Boulevard», aus: *Sunset Boulevard*.

Kapitel 22, Kristen Anderson-Lopez, Robert Lopez (Lyrics und Komposition): «Let It Go», aus: *Frozen*.

Kapitel 24, Charles Hart, Richard Stilgoe (Lyrics), Andrew Lloyd Webber (Komposition): «The Music of the Night», aus: *The Phantom of the Opera*.

Kapitel 26, Marc Shaiman, Scott Wittman (Lyrics und Komposition): «The Place Where Lost Things Go», aus: *Mary Poppins Returns*

## Weitere Titel

***Farben des Sommers***
Immer wieder im Sommer
Zwischen dir und mir das Meer
Der Wind nimmt uns mit
Wo die Sterne tanzen